Bettine von Arnim, geboren am 4. April 1785 in Frankfurt am Main, ist am 20. Januar 1859 in Berlin gestorben.

Bettine von Arnim veröffentlichte 1844 ihre Jugendbriefe, die sie mit dem Bruder Clemens Brentano in den Jahren 1801-1803 gewechselt hatte, in Form eines romantischen Briefromans, den sie treffend als *Frühlingskranz* bezeichnete. Die gefühlvollen und doch kunstvoll formulierten Briefe vermitteln ein lebendiges Bild aus der Frühzeit dieser Geschwisterliebe, die zugleich eine Blütezeit der frühromantischen Ideen ist. Die Brentanos versuchen die Vorstellungen von einer Poetisierung des Lebens zu verwirklichen und nehmen Abstand von ihrem kommerziellen Elternhaus in Frankfurt. Der dreiundzwanzigjährige Clemens, der alle bürgerlichen Berufspläne verworfen und soeben mit einem Roman in Jena debütiert hatte, versucht seine gerade sechzehnjährige, elternlose Schwester zu »erziehen«, wobei er sie zugleich als genialisch-poetisches Kind bewahren will. Bettine nimmt alle Anregungen des geliebten Bruders auf und spielt ihre Mignon-Rolle virtuos, versteht es jedoch zugleich, ihre Überlegenheit zu gewinnen. So entwickelt sich ein vielschichtiger und abwechslungsreicher Briefwechsel, der noch heute Leser jeden Alters in seinen Bann zieht.

insel taschenbuch 812

Bettine von Arnim

Clemens Brentanos

Frühlingskranz

Bettine von Arnim

Clemens Brentanos Frühlingskranz

aus Jugendbriefen ihm geflochten,
wie er selbst schriftlich
verlangte.

Mit einem Nachwort von
Hartwig Schultz

Insel Verlag

Umschlagabbildung:
Handkoloriertes Stammbuchblatt, um 1830
Altonaer Museum, Hamburg
Vollständiger Text nach der Ausgabe von 1844
Orthographie und Zeichensetzung wurden
behutsam modernisiert.

insel taschenbuch 812
Erste Auflage 1985

Vertrieb durch den Suhrkamp Taschenbuch Verlag
Umschlag nach Entwürfen von Willy Fleckhaus
Satz: LibroSatz, Kriftel
Druck: Nomos Verlagsgesellschaft, Baden-Baden
Printed in Germany

1 2 3 4 5 6 – 90 89 88 87 86 85

CLEMENS BRENTANOS FRÜHLINGSKRANZ

Und liebes Kind bewahre meine Briefe, lasse sie nicht verlorengehen, sie sind das Frömmste, Liebevollste, was ich in meinem Leben geschrieben, ich will sie einstens wieder lesen und in ihnen in ein verschloßnes Paradies zurückkehren. Die Deinigen sind mir heilig! – *Heidelberg 1805*

Verliere keinen meiner Briefe, halte sie heilig, sie sollen mich einst an mein besseres Selbst erinnern, wenn mich Gespenster verfolgen, und wenn ich tot bin, so flechte sie mir in einen Kranz. – *Holland 1808*

Sr. Königlichen Hoheit

dem

PRINZEN WALDEMAR

von Preußen

Lieber Prinz Waldemar!

So weit ist's gekommen zwischen uns beiden, daß ich diese letzte Anrede wage und lieber und naturgemäßer sie finde als die auf der ersten Seite. Ich stehe auf einmal da vor *Ihnen*, und alle Leute auf dem Markt vernehmen, was ich *Ihnen* zu sagen habe. Vor soviel Leuten ist man aber nicht aufrichtig, man ist da nur schicklich; folglich ist's wohl nicht schicklich, aufrichtig zu sein. Da man aber einem Prinzen gegenüber durchaus schicklich sein muß, Aufrichtigkeit aber Unschicklichkeit ist, so machen sich *Euer Hoheit* gefaßt, entweder was Unschickliches zu hören oder was Unaufrichtiges.

Wenn ich nun meine Zueignung so begönne:

Es ist das aufrichtigste Gefühl der Verehrung und Liebe, was mich bewogen hat, Euer Hoheit dies Buch zu widmen, so würden Sie denken: die *Freifrau von Arnim* redet dies um der Schicklichkeit willen, denn aus welchen Gründen könnte sie mich so stark verehren? – Daraus müßte ich auf die Bescheidenheit schließen und auf die Einfachheit *Ihrer* edlen Natur, die größere Forderungen an sich macht. Fahre ich nun fort und sage: *In diesem Buch werden Euer Hoheit viel Analoges mit sich finden!* so könnten die Schicklichkeitsmenschen behaupten, dies sei sehr unschicklich, einem Prinzen zu sagen, er habe Ähnlichkeit mit einer *Volksseele*. Ich darf *Ihnen* daher gar nichts sagen, denn meine Aufrichtigkeit würde entweder von Ihrer Bescheidenheit verneint oder von dem Schicklichkeitsgefühl der Aristokraten mir verwiesen.

Dem Publikum, in welchem ich mich heimisch fühle, das mich angeregt durch seinen Beifall und durch sein Einverständnis mich inspiriert, zu dem kann ich doch wohl reden ohne Einwendung, da Aufrichtigkeit bei diesem auch Schicklichkeit ist. Nun also: Ihr Leute auf dem Markt! – Ich hab dies frühlingsduftende Buch nur dem darbieten können, gegen den ich keinen Zweifel hege, der Feldblumenkranz könne ihm zu gering sein.

Ich sage Euch aber, Ihr Leute auf dem Markt, Ihr, deren Gewissen Zeugnis gibt von jenen gefürsteten Fürsten, denen der Lorbeer und die Eiche und die Raute Ehrenkränze tragen, daß gleich in der Brust jener großen Männer, auch *Ihm,* der die Huldigung im Feldblumenkranz willkommen heißt, das *vaterländisch Edle, der Eifer für Wahrheit, der Glaube an göttliche Dinge, die Würdigung der Volkseigentümlichkeit* innewohnen, die sein eigenes Streben mit den Kräften des Gemeingeistes zu allen erhabnen Opfern zusammenschmelzen.

Bettine.

Liebe Bettine.

Noch einmal leb wohl. Ich habe wie immer auf meinem Rückweg noch recht mit Liebe an Dich gedacht und bitte Dich innig, indem Du stets Dich selbst veredelst, diese Liebe zu veredlen und zu erhöhen, von der der größte Teil meines Glückes abhängt; ich habe jetzt außer Dir für keinen Menschen ein ganz lebendiges Interesse, das mir selbst Mut geben kann, mich in die Höhe zu arbeiten. Du gibst mir Kraft und Mut und Aussicht, wenn Du in allem Guten gedeihest, wenn Du gedeihest meinem wärmeren Anteil an Dir. Suche Dich über das, was man Dir als Pflicht zumutet, zu erheben, mache, daß alles um Dich zufrieden ist. Was Du mehr in Dir fühlst als das gewöhnliche *Bravsein*, dafür hat die arme Welt ja doch keine Ordnung, das mußt Du still in Dir bilden und Gott selbst dafür Rechnung stehen und mit der ganzen Harmonie der Gefühle dafür dankbar sein. Es ist dem vorzüglichen Menschen gewiß sehr leicht, alle gewöhnlichen Forderungen zufriedenzustellen, bequeme Dich ein wenig nach der Alltäglichkeit, und sie wird mit ihren Klagen Dir nicht mehr zur Last fallen. Sei fleißig in der Musik und Zeichnung, es sind die unschuldigsten Organe der Güte und Schönheit. Sei Deinen Geschwistern duldsam und verschließe, was Du mir bist, still in Deinem Herzen, denn die meisten Menschen verstehen das nicht und ehren es daher nicht. Du kannst so nur Dir und auch mir großen Schmerz ersparen, weil es weh tut, wenn das Beßre in uns mißhandelt wird durch den Unverstand. Lebe wohl! Sei recht fleißig am Ofenschirm, damit er bald fertig wird, ich freue mich drauf, daß die Flamme durch sein Gewebe schimmert, und ich klimpere dann auf der Gitarre dazu Lieder und Melodien, die Dein sind.

Dein *Clemens.*

Lieber Clemens.

Dein freundlich Abschiedsblättchen hat mir die Großmama* nicht gegeben, ich hätte es vielleicht nie erhalten, wär ich nicht durch Zufall an den Ort gekommen, wo es lag und schon eröffnet war.

Sieh, ich hab Dich so lieb – Du bist so gut – ich möchte Dir alles sagen, um daß Du mir lehrtest, was mich gut und Dir lieb machen kann.

Der Anfang Deines Briefchens sagt mir zum letztenmal noch einmal Lebewohl! – Werde ich Dich denn lange, lange nicht wiedersehen? und stehe weit zurück von allem, was ich liebe? – Und andre gehen dazwischen hin und her, die gleichgültig sind für Dich und mich! – Die Frankfurter Allee hat allen Glanz verloren, sie ist ganz öde in der Nebelluft, denn weil Du jetzt nicht mit dem Abend dort mir entgegenkommst! – So war doch der Morgen immer auch noch schön, wenn Du am Abend dagewesen warst. Weil Du willst, ich soll früh aufstehen wegen dem Gold der Morgenstunde, so wollt ich es ihr aus dem Mund nehmen und lief früh mit der Dämmerung schon durch die Allee, wo all Deine Tritte in den Kies geprägt und schön bereift waren; wär ich später gegangen, so hätten die Marktleute drauf herumgetrampelt. Ach, die langen Winterwege, die Du gemacht hast mir zulieb alle! – Aus dem lustigen Haus, wo die Geschwister und Hausfreunde zusammen Witze machten, heraus über die Schneefelder, auf der kalten einsamen Hoftreppe, wo wir die Winde zusammen flüstern hörten. Und im Schneegestöber bist Du wieder allein in der Nacht den langen Weg nach Haus gewandert! – Ja, Du willst, daß ich Dich immer so liebe, wie Du mich liebst. Und wärst Du doch ganz nah bei mir und könnt Dich ans Herz drücken dafür, daß ich in Dir finde, was ich vergebens in andern suchte, ein Gespräch, wo die Seele in der Pforte steht in ruhender Stellung zwar, aber so hingebeugt zum Nachbar, so sanft lockend, daß der auch sich ausspreche. – Ich war in Sorgen um Deinen langen einsamen Weg in der Nacht, die Sterne haben wohl noch mit Dir fortgeplaudert! – Adieu mein *Clemens*, leide immer, daß ich ein wenig an Dich schreibe, und wenn meine Briefe auch unbedeutend sind, es macht mich doch so froh! – Kann ich Dir auch abgebrochene Gedanken schreiben, wie wenn ich mit Dir schwätzte, wo Du mir immer Antwort gabst, eh ich's ausgesagt hatte? – Ach, wie willst Du mir Deine Briefe schicken, die Großmama gibt sie mir vielleicht gar nicht!

Deine *Bettine*.

Liebe Bettine.

Daß die Großmutter Dir den kleinen Brief nicht gab, ist mir sehr leid, es wäre schön von ihr gewesen, hätte sie Dich gebeten, daß Du ihr ihn lesen lassest, das hättest Du denn auch mit Freuden getan; übrigens verzeih es ihr in Deinem Herzen, denn sie hat es gewiß gut gemeint. Diesen Brief schicke ich Dir nun frei mit der Post, es tut mir zwar leid, daß ich Deinen lieben Namen muß so offen auf die Post geben, allein es ist besser als ein andrer Weg, er würde ein Winkelweg sein, da doch sich an Dir zu freuen und Dich zu hüten und verstehen zu lernen dem Bruder ganz naturgemäß ist! –

Schreibe mir auch nicht zu heftig, es ist nicht gut, wenn man sich dran gewöhnt, und man tut's so leicht, weil es einem wohltut; aber ein solcher Brief ist zu sehr Stimmung, und ein Wort gibt zu sehr das andre, da eigentlich die Seele allein jedes Wort geben soll. Schreibe mir von Euern Scherzen und kindischen Einfällen und kleinen Naseweisheiten. Liebe Deine Geschwister und besonders die um Dich sind, mach Dich ihnen unentbehrlich, mache Dich allen geliebt und geehrt, dann ist Dein Inneres ungestört und Deine äußeren Verhältnisse recht angenehm in der Welt. Spiele brav Klavier, singe, zeichne und lerne, wo Du kannst, nur damit kannst Du Dir Deinen Lebenskreis erweitern. Ich sehe Dich bald wieder, zu Ostern komme ich gewiß, ich bin gar sehr vergnügt hier, und nächstens schreibe ich Dir alles, wie ich hier lebe. Freude, das ist das Höchste, es ist Gesundheit an Leib und Seele, die man gibt und empfängt.

Dein *Clemens*.

Ob Du mir abgebrochene Gedanken schreiben kannst, wie wenn wir zusammen sprechen? – Liebes Kind, so gut ich von hier aus Dir nicht ins Wort fallen kann, noch ehe Du's gefunden hast, würde ich Dich wohl auch nicht so gut verstehen von so weit. Und dann ist's ja auch ein Kunstinteresse, sich voll und bündig ausdrücken zu lernen. Der Schreiber muß zugleich an sich selber schreiben, denn er selbst muß durch den Brief mit sich bekannt werden; Du sagtest mir ja, daß Dir die Welt so unendlich weit vorkomme und Du Dir selber wie verloren darin seist. Und dann sei Dir Dein Lebenskreis wieder so enge, daß Du nur ganz kleine Schritte vorwärts tun könnest. Dies alles kommt daher, daß Du mit Deinem inneren Menschen noch nicht bekannt bist, Du begreifst Dich noch nicht, aber in den Briefen schaust Du in den Spiegel Deiner Seele; darum tut die tiefste Wahrheit Dir selber gegenüber so not, um auf keinen Irrtum zu geraten über Dich selbst. Denn die edle Seele hat eine höchste Bestimmung! Dieser nachzukommen ist ihre ganze Aufgabe, die Welt ist so voller Ereignisse, ist ein Gewebe, in dem jedes Menschen harmonische Bildung ein notwendiger und haltbarer Faden sein muß. Nicht jeder Faden braucht als sichtbare Figur eingewebt zu sein, aber zur Tüchtigkeit und Festigkeit des Gespinstes trägt jeder bei, der die Wahrheit in sich begründet, ja es ist nicht anders möglich so, als daß er eines, Hauptvermittelung aller wesentlichen Entwickelung, werde. Doch was ich Dir hier sage, was Deinem Alter und Deinem Gedächtnis nicht angemessen ist, vergiß es wieder, Liebe, und lasse Dir ins Herz geschrieben sein, daß selbst Jugendspiele und Scherze –

kurz alles, was Dir hier dem Gesagten gegenüber vielleicht unbedeutend erscheint, nie unbedeutend sein kann, solange es die in überquellender Lebenslust unverwirrten, unverwickelten Gedanken hervorsprudlen.

An *Clemens*.

Clemente! Zu Ostern willst Du kommen? Heute haben wir den 22. März! – Nein, es sind beinah noch vier Wochen. Aber es wird dann schon sehr schön im Garten sein. Ich habe unsre Rasenbank erhöht, das muß früh geschehen, das kurze Gras muß recht dicht wachsen. Unsre Katze hat Junge, sie sind so allerliebst, *Clemens*, der Frühling ist nicht mehr zu leugnen, die Reben weinen. Es ist ja auch in wenig Zeit schon Mai, aber doch in vier Wochen erst, denn dann ist gewiß das schönste Wetter.

Ich soll von meinem Tagewerk Dir schreiben und was wir Geschwister zusammen treiben. Heut war ich den ganzen Tag im Garten, ich hab ja am Tag, wo Du fort bist, am Abend noch ein Beet umgegraben und hab Salat hineingesäet, er ist schon heraus, ich mußte eine Strohdecke drauflegen gegen unzeitigen Frost. Ich will mir doch nichts mehr von den Menschen weismachen lassen! Und statt am Abend mir Vorwürfe zu machen, daß ich alles besser wissen will, bin ich am frühsten Morgen schon auf, wo die ganze Welt noch schläft, und beobachte sie; erst kommen die Tauben, sie baden sich und trinken am Brunnen zwischen den Steinen das Wasser, ich hab sie gelockt auf der Haustreppe mit gestohlenem Futter! Morgenstund hat Gold im Mund, darum soll ich früh aufstehen, meinst Du. – Es war noch ganz nebelig und verschlafen, doch bald fiel das Gold der Morgenstunde schräg in die Straße, in den Hausgiebeln gingen die Fenster auf, da wohnen die jungen Mädchen, die wollen auch Morgenluft schlucken; ich ging um die Ecke am

Kanal längs den Gärten, da sind so viel Veilchen, man steckt sie in den Busen, sie duften Dir ein Weilchen, es ist ihre Sprache. Als ich vom frühen Spaziergang heimging, sah ich den Bäckerjungen laufen, er schellte am Haus, wo die Emigranten wohnen, der Duc de Choiseul guckte aus dem Fenster und kaufte Milchbrot, ich wollte ihn nicht beschämen und kehrte wieder um; als ich zum zweitenmal zurückkam, trat die Milchfrau ans Fenster, die ihm die Milch abmaß. Da kamen noch viele Milchtöpfchen zu allen Fenstern heraus; einer, der sich von Spitzbuben umringt sieht, kann sich nicht ängstlicher durchschleichen als ich zwischen dem Milchhandel dieser vornehmen Emigranten; ehemals waren sie von einer großen Valetaille* umringt, die sich wieder bedienen ließ von allerlei Gesindel, und nun sind sie eingerichtet in eigner Person, wie kompendiöse englische Reisenecessaire, wo man alles beisammen hat, selbst das Überflüssige. Ist's möglich, daß man ein Heer von Müßiggängern beschäftige mit Angelegenheiten, die nur der Müßiggang notwendig macht. Sie malen, sie schleifen in Glas, sie sticken Blumen auf Bandschleifen, sie drechslen, sie überschwemmen das Land mit närrischen Künsten, und die Großmama wundert sich, daß unter allen keine Gelehrten sich finden.

Deine *Bettine*.

Liebe *Bettine*.

Ich komme in ein paar Wochen wenigstens auf einige Tage nach Frankfurt, und Du bist eigentlich die Ursache, freue Dich darauf und habe mir recht viel zu sagen. – Was Du einmal in Offenbach schriebst, lese ich noch oft mit vielem Genuß, es ist mir wie ein ewiger Brief von Dir. Ich bitte Dich, bring alle jene Gedanken, die Dir selbst auffallen, zu Papier, es ist eine schöne Gewohnheit, und wenn man einstens in ganz andern Verhältnissen ist, so sind solche Blättter liebliche Andenken verfloßner Frühlinge. Ich kannte ein recht liebes Mädchen, die arm und von geringen Eltern war, sie konnte nicht schreiben und bezeichnete alles, was ihr am meisten auffiel, mit Blumenblättern, die sie zu solchen Zeiten gebrochen hatte; diese Blätter hätte sie nachher um vieles nicht gegeben, als sie schreiben konnte und für eine gescheute Frau galt, ja diese Blumenblätter sind mir lieber als das, was sie nachher schrieb, denn an denen kann sie ihre Fortschritte sehen, an dem Folgenden nur, wie sie stehenblieb. Dies letztere wird nun nie bei Dir der Fall sein, Du wirst nie stehenbleiben, Du wirst ewig fortfahren, Deine Seele zu bilden. Diese Bildung besteht nicht sowohl in Kenntnissen, die man uns lehrt, als in der eigentlichen *Erkenntnis*. Eine gebildete Seele ist die, die alle Kenntnisse, die sie hat, wie der bloße Mensch seine Sinne, anwendet, alles um sich herum zu vernehmen und zu beurteilen. Der bloße gesunde Mensch hört, sieht, fühlt, spricht; dem Gebildeten aber wird das Gehör zur Musik, das Gesicht zur Malerei, das Gefühl zur Gestalt und die Sprache zur schönen gebildeten Sprache, alle seine Bildung und seine Liebe zu verkündigen. Drum sei hübsch fleißig und fröhlich, treibe alles recht so von selbst, ohne irgend gleich darauf zu denken, wie das und jenes, was das eigentliche Ende davon ist, dabei herauskomme; das Ende einer jeden Kenntnis sind wir selbst, die Menschen und unser erhöhtes Talent, sie zu lieben, zu begreifen und uns ihnen verständlich zu machen. Lebe wohl.

Dein *Clemens*.

Lieber Clemens.

Clemens, Du hast mich mit Deinem Brief übereilt; ich wollte Dir ja noch mehr schreiben, letzt am Donnerstag gab ich den Brief so schnell auf die Post, weil ich's nicht erwarten kann, daß Du meinen Brief hast, er ist ja bloß eine Liebkosung meiner Seele, von der Du willst, daß sie durch ihre harmonische Bildung in das Gewebe der Weltereignisse sich mit als ein notwendiger Faden einwirke, und Du meinst, es ist zu schwer für mich, das zu verstehen? – Lieber *Clemens,* dies alles spricht ja laut genug und täglich und stündlich zu mir! – Aber! – Freilich, ein großes Aber fährt aus blauer Luft ein Blitz auf mich ein! Und ich schäme mich, meine Gedanken vor Dir auszusprechen. Wie soll ich denn anfangen? – Ja ich müßte Dir von meiner Verwundrung sprechen über alles, was ich sehe und höre in der Welt! über die Lehren, die jene Leute mir geben, die mich zu einem angenehmen und liebenswürdigen Mädchen erziehen wollen. Das kommt mir aber gar nicht angenehm, sondern sehr horribel vor, was andre Leute wohlerzogen oder gebildet nennen. Ach und Du meinst, ich könnte diesen Anstandsforderungen genugtun? – Ach *Clemens,* weißt Du, daß mich dies alles ganz dumm macht? – Ich verstehe entweder Deine Briefe nicht, oder alles, was Du willst, läuft stracks dem zuwider, was jene heischen! – Und ist das nicht eine sklavische Art des Seins, *vor andern Menschen sich zu benehmen,* und wird die Seele sich nicht an das Knechtische gewöhnen, die den Konvenienzen auf Kosten ihrer reineren Gefühle nachgibt! – Ich bin so ärgerlich, es hat mich was gekränkt. Das junge Mädchen, was uns sticken lehrt, ist eine Jüdin, sie heißt *Veilchen,* es ist ein recht liebkosender Name, und ich fand letzt das erste Sträußchen ihrer Namensvettern zusammen, da ging ich ganz früh zu ihr, um sie damit zu überraschen, ich fand sie auf der Treppe mit dem Besen in der Hand, sie war beschämt, ich aber gleich nahm ihr den aus der Hand und sagte, ach lassen Sie mich auch ein bißchen kehren. Da kam so früh schon, denn es war noch nicht sieben Uhr, der Hofmeister vom *Eduard Bethmann* vorbei, der mußte es der Tante* gesagt haben, daß er mich vor der Haustür eines Juden auf offner Straße kehrend fand – ich muß jetzt lachen, denn es ist auch recht lächerlich – ich will Dir die derbsten Ausdrücke von der Tante ihrer Mercuriale ersparen, sie meinte nur, ich sei verloren, für ein besseres Dasein verloren, ich habe mich gänzlich weggeworfen! *Vous n'avez point de pudeur, point de respect humain, on vous trouve balayer la rue main en main avec une juive!** Ich mußte lachen! Nein ich konnte nicht anders. Du weißt, ich fürchte die Tante und mag sie nicht gerne beleidigen oder reizen! *Cachez vous devant le monde, qu'on ne lise point sur votre front les deshonorants signes de votre effronterie.** Ach ich mußte noch einmal lachen, die Tante ging hinaus! Ich hätte sie gern wieder gut gemacht, keine Möglichkeit, ich fühlte, daß ich mich nicht ernsthaft stimmen konnte. Die Bahn war plötzlich gebrochen, ich glaube, ich werde nie wieder dazu kommen, ihre Anstandsregeln zu respektieren. – Ach und wenn Du wüßtest, wie hübsch es bei dem lieben *Veilchen* war! — da war alles schon so sauber im Stübchen, ein kleiner Kaminherd, auf dem brannte ein Feuerchen, dabei kochte das Frühstück für den Großvater, der saß dabei und strich seinen langen weißen Bart durch die Finger, *Veilchen* stickt ein Goldmuster sehr schön in einen *rosinfarbenen* Sammet, so nennt sie ein sanftes Braunrot in ihrer Judensprache. Die Arbeit ist bestellt, und sie bekommt dann viel Geld, wenn es fertig sein wird. Sie ernährt ihren Großvater und zwei seiner Urenkel, die Waisen von dem gestorbnen Bruder, denen ist die *Veilchen* ganz wie eine Mutter, ich half ihr sticken, es ward recht gut, denn ich hab Augenmaß und mache die Stiche sehr egal. Alles, was mit dem Geld angefangen werden soll! – 20 Louisdor! – Da ist so viel zu bestreiten in der Haushaltung, vom Hemd bis auf die Schuhe und Schüsselchen und Töpfchen, und der Herd, der eingefallen ist, und die Ofenplatte geplatzt; das muß geflickt werden und das Wohnzimmerchen frisch geweißt, wo die Leute eintreten, um die Arbeit zu bestellen. *Veilchen* ist von der Gattung Mädchen, die einen Nelkentopf vor ihrem Fenster pflegen und Absenker machen und endlich einen ganzen Flor daraus ziehen, die auch wohl ein Myrtenbäumchen zur Blüte bringen, aber kein Kränzchen daraus winden. *Es wär auch schade,* meinte sie heut morgen und lächelte. – Wir waren so vergnügt zusammen beim Sticken, ich fädelte die Flittern und Goldbouillon auf einen langen Faden, da ging die Arbeit viel geschwinder; wenn sie solche Hülfe hätte, meinte sie, dann würden die Sorgen ihr nicht so leicht über den Kopf wachsen; ich bat sie, daß sie mich alle Frühmorgen mit soll sticken lassen, dann wird's gewiß acht Tage früher fertig. Früh um vier Uhr geht schon die Sonne auf, da kann ich sticken bis acht Uhr, dann muß ich zur Großmama zum Frühstück – jetzt wird's aber die Tante nicht erlauben, denn weil ich die Gaß gekehrt hab – und sollt ich's heimlich tun, das wirst Du mir nicht erlauben, und sollt ich's gar unterlassen? Das will ich nicht. Mein Wort brechen, einem Mädchen, was seinen Großvater ernährt und seine Geschwisterkinder? – Sie weiß nichts davon, zum Tanze zu gehen oder schön geputzt in Kleidern auf den Freier zu warten. Und ich wollte da ein kleines unschuldiges Fädchen anspinnen ins Gewebe der Welt, ein einzig klein Fädchen, und – nein, ich soll's abreißen, weil sich's nicht schickt. Ach! wo soll ich in der ereignisvollen Welt meinen Faden anknüpfen, wenn das Einfachste gegen den Anstand ist! – Wer hat diese Lügen gemacht? – Denn das sind wirkliche Lügen, nach denen ich mich niemals richten werde! Ach wenn Du hier wärst *Clemens,* Du würdest vielleicht es der Tante so vernünftig darstellen, daß sie nichts dagegen haben könnte. Ich hab noch viel zu erzählen, aber nicht heut, jetzt lauf ich in den Garten mit dem Spitz, es ist schon Nacht, ich fürcht mich nicht, wenn der Hund bei mir ist. –

Am 25. *März*. Jeden Nachmittag kommt der Herzog, der blinde Herzog von *Aremberg*, mit einem großen Pack Revolutionsblättern, *Sieyes, Mercier, Pétion*, noch andre, die mit großem Ernst am Weltgeschick weben. Das klingt ein in meine verneinende Seele gegen alles, was ich in der Welt gewahr werde, sie beweisen und heben den Schleier von aller Verkehrtheit. Abends, wenn alles fort ist, spricht die Großmama mit mir, *Mirabeau* sei ein Komet, der alles entzündet, was sich ihm nähert. Das Große in ihm verstehen lernen adle die Seele, sie macht Auszüge aus seinen Briefen, sie gibt mir eine Nadel, damit soll ich ins Heft stechen, welchen Satz ich treffe, den soll ich als Gedenkspruch bewahren, sie hatte diese Sätze selbst alle gesammelt und war überzeugt, ich werde mit der Nadel nicht unrecht stechen, aber ich stach in: *»Die Macht der Gewohnheit ist eine Kette, die selbst das größte Genie nur mit vieler Mühe bricht«*, und die Großmama stutzt, ob ich den Satz nicht gar selbst erfunden hab. Nein liebe Großmama, hier steht er, ich bin nicht *Mirabeau*, aber sein Geist ist mir ins Blut gegangen, er wird mich ewig mahnen, nicht von der Gewohnheit abzuhängen. Die liebe Großmama! Adieu mein *Clemens*, und schreib, daß Du kommst. Deine *Bettine*.

Liebe Bettine.

Ich kann für Deinen lieben Brief Dir nicht besser danken, als wenn ich Dir sage, daß ich die Woche nach Ostern bei Dir in Offenbach bin, Du kannst Dich insgeheim für Dich drauf freuen, denn Du weißt nur mit mir allein, daß ich komme. Ich habe heute einen Brief von der Großmama erhalten, sie hält viel von Dir und möchte alles auf Dich übertragen, was ihr wünschenswert scheint, sie hat mir wieder ihren Wunsch geäußert, Du möchtest Latein lernen. Du kannst es ja ihr zur Liebe eine Zeitlang lernen. Obschon die Sprache nichts enthält für Menschen und Vieh, sie ist hölzern und eingebildet, mit einer Wohlbeleibtheit, die in ihrer langen Toga sich auf den Bauch schlägt, um auf ihre Würde anzuspielen, und der Klang, der dabei herauskommt, ist ihre ganze Wohlredenheit; die Großmutter läßt von dem Gedanken nicht los, Deine Sprachfähigkeit durch Latein auszubilden, ich hab ihr vorgeschlagen, sie soll Dich lieber die Derwisch-, Fakiren-, Bonzen- und Braminensprache lassen lernen, wo soviel grillenhafte Superfeinheit drin ist, die an die mehrere hundert und zwei und neunzigsilbige Wörter grenzt und eine Rangordnung eingeführt hat der Konsonanten als Aristokraten, die den bürgerlichen Vokalen gar den Eintritt nicht gestatten nd lssn ns s ws hnn gfllt xpngrn ns brll, s dß mnchml n wrrwrr ntstht dß kn Tfl drs klg wrdn knn. Gib Dir Mühe, der Großmama das Leben soviel als möglich zu versüßen, und lieber als ein bißchen Latein gelernt, ihre Begeisterung dafür kann unmöglich lang dauern, doch ist's schön, daß ihre Seele immer nur im Gewand des Erhabnen sich wohl fühlt, und wir können beide uns drüber freuen. Denn in welcher Luft könntest Du besser atmen als da, wo der Gemeinheit Dorn und die Nessel böser verleumdrischer Zungen nicht wachsen kann. Die Großmutter schreibt mir auch von *Mirabeau*, gegenüber stellt sie den *Grandison* als Ideal eines sittlich moralischen Charakters, das grenzt ans Komische. Sie läßt sich von Dir die Abhandlung *Mirabeaus* über Staatsgefängnisse übersetzen und schreibt, daß es Dich sehr interessiere. Das hab ich nicht von Dir geahnt. Aber Kind, ist es nicht etwas Einbildung oder Eitelkeit von Dir? – So oft haben wir in vertrauten Gesprächen alles vom Herzen weggeplaudert, was uns lieb und leid war; – und meine Seligkeit war abends auf dem Heimweg, daß ich mich besann über Dich! – – wie auf dem Grund eines Sees die Fische mutwillig durcheinander spielen, so konnt ich Deine Gedanken spielen sehen auf dem klaren Grund Deiner Seele! und war mein einzig Glück, und nun klingt's anders. Und ich lausche in die Nacht hinein, und ich höre *Mirabeau*,

Pétion, Mercier; das lautet ja wie die dumpfe Sturmglocke, nein das ist ja nicht das sanfte Läuten meiner Abendglocke, wo Du die Gedanken ausfliegen ließest wie Bienen nach den Feldblumen? – Bedenke liebstes Kind, daß Denken die Heimat der Seele ist, und suche nicht nach fremden Regionen, wo Dein Schutzengel Dich nicht zu finden ausging. Ein sich Daheimfühlen im innersten Dasein ist die Region, in der wir in schuldlosem Bewußtsein am Quell des Vertrauens und der Weisheit schöpfen, das heißt: *Denken*.

Es ist Nacht geworden während dem Schreiben, da ging ich noch weit ins Feld, da liegen noch einzelne Schneedecken über der Saat, das Hessenland ist ein rauhes Land. Bei Dir ist alles wohl schon viel frühlingsmäßiger, ich freu mich doch auf Dich recht herzlich und hab auch keine Angst, daß Du nicht dieselbe sein könntest, die Du immer warst. Es ist ein so heller Morgen heute, da sitz ich am Schreibtisch, und der Hahn kräht schon zum drittenmal, das flößt mir ein recht Vertrauen ein in die Zukunft. Ich werde recht oft nach Offenbach kommen und alles tun, um die Zeit recht innig mit Dir zu verbringen. Es wird doch wohl eine Zeit kommen, wo ich selten von Dir entfernt bin und wo wir alles zusammen denken. Denken, was heißt das, es ist die einzige Vermittlung mit dem Göttlichen. Es stellt sich gleich eine Säulenreihe um Dich auf, und ein Tempel wölbt sich über Dir, und Dein Gedanke durchduftet ihn. Das ist Denkseligkeit – Gedankenlosigkeit ist Unseligkeit. Aber Du wirst gewiß noch recht glücklich werden und ich auch, aber das wird nur dann sein, wenn wir dem Bedürfnis genügen unserer Seele, das können wir alleine durch Bildung. Wenn ich was weiß und so in mir gerüstet bin, daß ich auch von jedem Punkte aus, ich mag sein, wo ich will, und vom Schicksal eine Aufgabe habe, sie zu lösen verstehe und darin mir selber genüge und der Kunst. Das ist Bildung! – Der Mensch ist auf Erden, sich zu bilden und dann wieder die Welt.

Jetzt kommt der Frühling, da sitze ich abends oft am Fenster, ich wohne in einem Garten, klimpere ein wenig auf der Gitarre und singe auch wohl das Lied »Vien qua Bettina bella« etc.; in den Garten kommen oft einige Kinder, mit denen ich spiele, die zwar ein bißchen dumm sind, aber doch gesund und treu. – Ehe ich weggehe, werde ich den Kindern ein Fest geben, auch eine Schwägerin von *Rossi* hat drei artige kleine Mädchen, die gegen die schwarzen *Rossi*buben wie Engelchen gegen Teufelchen aussehen, so schwarz sind diese kleine Italiener, besonders ist das älteste Mädchen, etwas jünger als *Loulou*, sehr sanft und hold; sie hat den seltsamen Namen *Anonciata*, Verkündigung. Namen sind oft recht einladend, der Deinige zum Beispiel. Diese Kinder nun, die in einem traurigen schmutzigen Hause wohnen und mit ebensolchen Menschen, haben doch ein kleines Fleckchen rein- und schönzumachen gewußt. In dem kleinen Hof steht ein Baum, um den herum haben sie sich ein äußerst niedliches Gärtchen gebaut, so groß wie ein großer Tisch, in diesem Garten nun stehen Butterblumen, Veilchen, Buchs und dergleichen, gleich daneben haben sie sich Tisch und Bank errichtet und sitzen beisammen, wenn die Sonne scheint unter einer Art Laube, die sie durch in die Mauer gesteckte Tannenzweige zusammengeflochten haben. Ich habe gestern lang mit ihnen gesessen, ihnen erzählt und während sie allerlei bunte Perlen und Schmelz in Schnüre fädelten, womit sie ein kleines Handelspiel treiben, ihnen Klostereier gemalt. – Das ist so mein Zeitvertreib, und sie wird mir jetzt lange, bis ich bei Dir bin. Nimm dies als eine kleine Gegenerzählung für Deinen Bericht von dem *Veilchen*, der ist aber schöner, und ich finde es auch ganz natürlich, daß Du gern mit dem *Veilchen* das Kleid fertigsticken willst, aber ich meine doch, es wird besser sein, wenn Du nicht am Morgen so früh Dich vom Haus entfernst. Hast Du nicht zufällig den Herrn Hofmeister begegnet, der Dir den Verdruß machte bei der Tante, böse über Dich zu reden? – Nun könnten doch noch andre Leute Dir begegnen, die auch darüber reden könnten.

Dein *Clemens*.

Weil ich die Ostern nicht komme, sondern erst acht Tage später, so erwarte ich noch einen Brief von Dir, Du wirst ja doch wohl die zwei Sonntage recht still zubringen. Die Leute werden alle spazierengehen, und Du wirst aus dem Fenster sehen und sie in ihrem Putz die Straße hinab-, dem Tor hinauswandern und dann auch wieder heimkommen sehen. Aber in der Zwischenzeit kannst Du schreiben bei Deinem Strauß, den Du doch gewiß im Glas zu stehen hast.

Lieber Clemens.

Wenn man aber auf den Barbara-Tag Reiser von den Obstbäumen abschneidet und die ins Wasser stellt, dann blühen sie im März, und das hab ich getan, und sie blühen auch alleweil. Apfelblüten sind zu schön! – Wär ich als Mädchen, was die Apfelblüte ist, ich wär doch wohl alles Liebe und herzlich Schöne. Was Du von mir denkst, dann könnt ich Dir verzeihen, was Du mir und Dir weismachen willst. Ja es ist recht schön, denn ich hab das Pläsier davon, und Dir schadet's nichts. Aber sei nur nicht ängstlich, daß ich keine Apfelblüte bin, weiß und rot und goldner Same darin, sondern daß ich vielleicht gar so eine Nessel bin oder Distel oder Dorn, wie Du meinst, vor denen ich mich soll hüten.

Ich hab am Feiertag nicht können schreiben, die drei kleine Katzen auf dem Schoß so kommod ineinandergelegt, alle drei eingeschlafen unter der großmächtigen Pappel im Eckelchen auf der Bank. Soviel Blüten tanzten herunter, soviel braune klebrigte Schalen platzten los von den Knospen, ich dachte, was knistert doch im Baum; und später, wie die Katzen so sanft schliefen, da hatte ich auch ein bißchen geschlafen. – Ach *Clemens*, wir wollen recht vertrauend einander schreiben und nichts weismachen einander! – Und wenn Du aber frägst, ob das Einbildung sei oder Eitelkeit mit dem *Mirabeau*, so kann das ja möglich sein und doch auch wahr, ich wehr mich dagegen nicht! Aber der *Mirabeau*! – Ich wollt, ich stünd vor ihm; weißt Du? – Denk ich an ihn, ich fühl mein Gesicht brennen. Liebster *Clemens*, mit aller Sehnsucht meiner Arme, meiner Augen, ja mit allem, was umfassend ist in mir, möchte ich seine Knie umschlingen! Des großen Helden, der auf seine Lippe nimmt das Geschick des Volkes und entzündet es, mit seines Mundes Hauch facht er es an.

Auf meiner Seele klarem Grund die Fischchen herumspielen sehen, das freut Dich? – Nun so guck! Wie sie da fahren wie der Blitz hin und her, sie prallen ans Ufer der allbekannten todbringenden Langenweile, sie stoßen sich den Kopf ein; und soll ich keine Leuchte anzünden, zwischen diesen klippigten Grund einen Ausweg zu finden aus der Pfütze – ins Weltenmeer? – Wohin sonst? – Glaub nicht, daß ich im angenehmen häuslichen Kreis mich gefangen gebe und auch nicht der Bildungsanstalt schöner edler Ideen. Auch nicht Latein kann ich ein Jahr oder ein halb Jahr der Großmama zu Gefallen lernen, denn mir kann ich's nicht zuleid tun. Ich habe ja nicht eine Vernunft, der ich folge, ich bin ja ein elektrischer Funke, und ins Latein kann ich nicht hineinfahren, es stößt ab, sagst Du selbst.

Es ist nichts, du Welt, wonach ich die Hand strecke. Wär's *etwas*! – Auf dem Dach vom Taubenschlag die Sonne sinken sehen, das ist meines ganzen Lebens Aussicht. Sie geht dort unter so blutrot, und mein Blut – wallt mit im roten Meer der Sonne, und dort wird's röter, und mein Gesicht wird blässer. Ja ich glaub, daß der Geist des Blutes mit fortgezogen wird, wenn dort die Sonne ihre letzte Strahlen hineintaucht. Dann denk ich feurig, daß mir's Herz klopft, dann werd ich blaß, lange war's nicht so schön hier in Offenbach als heute abend, und lange hat mich ein schöner Abend nicht so froh gemacht und so traurig zugleich. Es war da gar niemand, der auch nur den geringsten Anspruch hätte gemacht an meine Seligkeit. Ich wundre mich, daß andre nicht sind wie ich! Und Du? – Vielleicht in demselben Augenblick dachtest Du ganz was anders, das geht mir zu Herzen. Die Sonne sank eben in den Main. Ist es Dir nicht auch so, wenn die Sonne sich im Wasser spiegelt, man möchte sich gar zu gerne hineinstürzen und so in dem Glanz untergehen. Aber es wiegte sich noch eine schöne Harmonie von blasenden Instrumenten auf den Wellen; ein leichtes Schiffchen trug alle die Seligkeit auf seinem Verdeck, still bedachtsam zog's den Strom hinauf.

Das Abendrot am Strand hinzieht,
Ergibt den Wellen sich mit Lust,
Da schwellet die beklemmte Brust
Der unbewußten Sehnsucht Lied,
So kühn gewaltig zwingt das Lied
Die Trauer der beklemmten Brust.
In Lebensmut erstrebt sie Lust,
In Liebesflut sie Wolken zieht
Und weckt in der beklemmten Brust
Der hohen Freiheit kühnes Lied.
Sein voller Klang
Das Herz durchdrang,
Das Lied sich schwang
In Liebesdrang.
Zu ihm, zu dem ich hin verlang,
Dort über die Berge mit der Lerche,
Ihm nach der Hymne zu singen dem Volk,
Dem von seinen Lippen sie sollte erklingen.

O *Clemens*, was ist mir doch heute geschehen Sonderbares, da bringt die Großmama heute einen alten Brief vor vom

Lavater, der schon drei Jahre alt ist, kurz vor seinem Tod geschrieben, der malt den *Mirabeau* und recht unglimpflich, und die Großmama holt die Silhouette aus dem Brief hervor, die er mitgeschickt hatte. »Beschauen Sie die Nase«, schreibt er, »diese Nase ist eine Bauernnase, die bezeichnet nicht den Helden, der die kühnsten Entwürfe beharrlich ausführt. Seine Freunde glauben, daß er die Tugend liebte, dies kann aber unmöglich mit so schwülstigen Lippen, deren Winkel so matt herabhängen, übereinstimmen, sein Auge ist zwar feurig, aber von finsterer Vermessenheit und hat einen verachtenden Blick, eine schamvergeßne Gewaltsamkeit thront auf seiner Stirne, aber keinen Heldenmut, ein Zug geht durch die ganze Physiognomie, der zwar die Karikatur des Genies markant ausspricht, nämlich Exaltation, die an Narrheit grenzt.« Und siehst Du, so hat mich die Großmama gequält, ich soll's herausfinden, worin es liege, vergeblich wollt ich sie erinnern, daß sie ja so verleumderische Ansichten über den erhabnen Charakter nicht könne gelten lassen, aber sie wollte ihres *Lavaters* Schwanengesang (so nannte sie diesen letzten Brief *Lavaters* an sie) nicht als verleumderisch gelten lassen. – Und Du predigst mir immer Pietät gegen die Großmutter! – Wo und wie soll sich das alles zusammenfinden, ohne daß heuchlerische und kleinliche Furcht sich dreinmische! Ach *Clemens!* vertrauend – und das heißt ganz wahr und offen sein, das verlangt, daß ich stets auch aus der Tiefe meines Herzens mich an den Tag gebe, nicht umsonst will ich alles verstanden haben, nicht umsonst hab ich meine französische Aufsätze für Herrn *Lendroit* als geheime Antworten, Fragen und Begeisterungen für diesen *Mirabeau* geschrieben, habe er meintwegen Pockengruben, die ihn bis zur Häßlichkeit entstellen, mich geht's nichts an; nicht tief genug kann ich mich in die Gruben seines tiefen Denkens alles Reinen und Hohen hineinbetten, ja in diesen Gruben möcht ich begraben sein. Du wirst antworten, daß ich ihn ja nicht verstehe

– ich versteh ihn freilich nicht, wie könnt ich all die großen Beziehungen auffassen, die er durch diese grausame Revolution hindurch mit der größeren Zukunft des Volkes anknüpfte. – Aller Jammer, der seitdem hereingebrochen ist, den würde er mit starker Faust zurückgewiesen haben, soviel versteh ich doch, daß er liebte nämlich: und daher keine gehässige Gewaltsamkeit geduldet hätte. Und ich will lieber schweigen, ich bin noch so jung – und mit jedem Schritt meines Daseins stoß ich auf lauter widerwärtige Ungereimtheiten, ganz in der Stille schlag ich die Hände zusammen über alle Narrheit – ganz in der Stille bete ich zu dem, der in seinem schmerzvollen Tod noch mit allen Kräften seiner Sinne sich dem Volk zuwendete, für es zu sorgen, ja ich bete zu ihm, daß er bei mir, mit mir sein möge und mich lehren sprechen zu seiner Zeit. Denn ich auch möchte die Welt umfassen. O ich weiß, was Du sagst, Du tadelst mich. – Du sagst, ich sei überspannt, ich wolle affektieren. – Ich beweise schon darin meinen Heldenmut, auf einmal so aufrichtig meine Seele vor Dir auszusprechen? – Ja, wenn Du von offnem Vertrauen sprichst – damals auf der Hoftreppe war ich ja gar nicht aufrichtig! – ich schwieg mit meiner tieferen Seele. – Denn Du hättest sie getadelt. – Aber doppelt kann ich nicht die Wahrheit verleugnen. Wenn Du sagst, ich soll recht vertrauend gegen Dich sein, da muß der tiefste Quell meines Herzens hervorsprudeln. –

Gestern hab ich bei *Arenswald* eine ganze Stunde Lektion gehabt über Elektrizität, mir flimmert's vor den Augen wie tausend elektrische Funken. Wenn Du ein Stück Papier verbrennst, dann laufen diese Funken alle durcheinander wie bei einer Revolution, als wenn sie allesamt die wichtigsten Geschäfte hätten, so geht's in meinem Kopf; wenn's nur nicht so traurig ausging, zuletzt bleibt einer nur übrig, oder zwei, das ist noch melancholischer – der läuft ganz allein durch die schwarzen verlaßnen Finsternissen; – flipps ist er weg! – Der andre dort, weg ist er. Gestern abend hab ich immer wieder ein Papier angezündet, um diesen beiden Fünkchen auf ihrem Aschenweg nachzusehen. Die alte *Cordel* war auf ihrem ledernen Sessel eingeschlafen, sie mußte husten vom Qualm und erwachte mit sehr schlimmem Humor, sie sperrte Laden und Fenster auf, da schien der Mond herein, mir was ganz Neues, ich hatte nicht gedacht, daß der scheinen sollte; ich lief in den Garten, der Spitz, der ist mein Geisterbanner, oder vielmehr bewacht er meine Zusammenkünfte mit den Geistern, denn weil ich die Geister nicht fürchte, wenn er bei mir ist, so ruf ich mir sie herbei und rede mit ihnen, ich würde das allein nicht wagen ohne den Spitz.

Lieber *Clemens*, ich hab Dir alles geschrieben, ich weiß, Du würdest zanken, wenn Du schriebst – aber Du schreibst ja nicht, du kommst ja selbst, da kannst Du nicht, mit meinem Mund geb ich Dir einen Kuß auf Deinen, in welcher Sprache kann ich gebieterischer ausrufen, *halt's Maul, geliebter Bruder!* O mein lieber *Clemens*, wie freu ich mich darauf. – Die Sonne scheint mir eben ins Bett und läßt mich nicht länger träumen von Dir. Ich kann mich mit dem Kritzlen nicht aufhalten, sieh wie das schöne Wetter mich schnöde macht.

Lieber *Clemens*, die Sonne ist eben wieder weg, da wollt ich gern weiterschreiben. Aber adieu *Clemens*, sie ist schon wieder da, es geht gleich in den Wald, da wollen wir frühstücken, ich will sehen, ob ich ein Veilchen für Dich finde, komm bald, daß es noch blüht, ich bewahr Dir's am Herzen, und wenn ich dann so redselig mit Dir bin, dann duftet Dir's aus meiner Brust.

Deine *Bettine*.

An *Bettine*.

Frankfurt.

Sei nicht traurig, liebe *Bettine*, daß ich nicht mehr hinauskomme, es ist besser so, mir selbst tut's leid, und es ist wahrlich keine Trägheit von mir, denn laufe ich doch gern viele Meilen um Deinetwegen, da mich nichts hier herzieht als Du, ja alles andre mich vertreibt. Es würde uns beide traurig gemacht haben, wenn ich noch zu Dir gekommen wär und hätte nichts genützt. Du bist mir immer nah, und alle meinen frohen und guten Stunden wohnst Du bei, so soll Dir auch sein, drum freue Dich und sei gut. Die Freundschaft heißt nicht zusammenhängen und zusammensitzen, Freundschaft ist groß und frei und liegt im Gedanken, für den jeder Raum gleich nah ist. Je mehr Du mir ähnlich fühlst, wo ich gut fühle, je mehr Du mir ähnlich denkst, wo ich groß und edel denke, je mehr bist Du mein Freund, je näher bist Du mir, auch liebe ich nicht Dich hier in Frankfurt noch in Offenbach zu sehen, denn wir sind dann beide durch unsre Umgebung gedrückt, und wir müßten, wenn wir nebeneinanderstehen, immer so stolz, so glücklich und so edel sein, als wir es können. Wenn ich nicht hier bin, bin ich viel besser und kann viel reiner und freudiger mit Dir umgehen.

Ich kann Dir nichts zurücklassen, und Dir nichts mehr sagen, Du weißt, was schön und gut ist, ich hab es oft in Dir gefunden, wolle es eifrig und mit Ernst; und wo Dich die Menschen drücken, so hasse sie nicht, sehe sie an wie Pflanzen, die vielleicht auch in einem Boden stehen, der ihnen nicht gerecht ist. Menschen, die sich selbst nicht kennen und nicht wissen, wo hinaus sie sollen, sind wie Pflanzen, die nicht zum Blühen kommen. Das Blühen des Menschen ist das innere Bewußtsein; dieses aber ist zugleich auch der Begriff der ganzen Menschheit, wie sie in ihren Irrungen umherschwankt, wie sie in ihrer Blindheit und krüppelhaften Verbildung oft das Beßre zurückweist oder zerstört, aber der bewußte Mensch, das heißt der Liebende, muß diese Störungen umgehen können, er muß das Zurückweisen überwinden und muß grade diese Menschen pflegen, denen so vieles mangelt, deren innerem geistigem Lebenskeim so unendlich vieles im Wege steht; er muß ihnen sein wie Dein Gärtner aus dem Boskett, den Du so liebhast, weil er ein so gesellschaftliches Leben führt mit den Blumen; vom frühen Tag an ist er in fortwährendem Verkehr mit ihnen, und noch spät in die Nacht hinein macht er sich mit ihnen zu schaffen und bringt sie alle zum Blühen, die einen durch Kühle und Schatten, die andren durch Licht und Wärme. Immer geht er um sie her und läßt sie doch in ihrer Freiheit gedeihen, sie empfinden keinen Zuchtmeister in ihm, sie schmiegen sich willig am Stab, an dem er sie in die Höhe richtet. Nun aber ist jenen Menschen, die uns oft mißverstanden haben und haben geglaubt, sie müßten unsern Umgang stören, eine solche Pflege nie geworden, wie der Gärtner Deinem Nelkenstock schenkt, der ihn begießt, wenn er Durst hat, und läßt ihn von der heißen Sonne nicht versengen, nur am Abend darf sie mit ihm spielen. – Die Tante weiß zum Beispiel von solcher Pflege nichts. Ihr hartes Schicksal bei einem ganz verwilderten Mann hat ihr das Heimliche im Lebensumgang ganz versagt, sie ist dadurch selbst weniger gefühlig geworden für das, was die Seele angeht, sie hat eine lange Zeit in ihren Jugendjahren zwar sich müssen stählen gegen diesen Mann, der wie ein grobes Ungeheuer vor der Pforte aller Lebensgenüsse lag, und hätte sie auch nur selbst im bestem Willen gewagt, ihm nahzutreten, so war das Ungeheuer gleich wach; das heißt: mit Bosheit beschlich und mit Wut überwältigte er sie, ich hab in meinen Kinderjahren oft ihn sehen halbtrunken hinter der Tür lauern mit einem Messer in der Hand. Die Tante hat damals sich so ernst zusammengenommen, daß jeder in Koblenz die größte Ehrfurcht vor ihr hegte, obschon man von der Grausamkeit des Herrn *von Möhn* sich leicht eine Idee machen konnte, der mit lauter Postillionen von morgens bis abends im Wirtshaus lag, ohne der Frau je zu gedenken, ein Vermögen verzettelte und verschleuderte von mehreren Millionen. Das Herz durfte dieser Tante nie aufgehen – sie mußte mit der Form alles bekämpfen, und so ist ihr auch nur die Form im Umgang mit Menschen geblieben. Hätte sie je mit sich selber Mitleid gefühlt, so wär die Festung der Konvenienz, in der sie sich verschanzt hielt, wie Schnee geschmolzen, dann war sie dem Mitleid ausgesetzt oder auch der Verachtung, beides ist gleich in gewissem Sinn und soll in allen Lagen des Lebens gemieden werden. Man soll Mitleid mit niemand haben, man soll sich vielmehr schämen, daß es so werden konnte. Der Unglückliche steht immer groß dem gegenüber, der sich im Hafen des Glückes wähnt und wohl befindet, da doch wahrscheinlich ihm die bessere Tendenz ganz ermangelt, also den Unglücklichen bemitleiden heißt dumm sein, nein, vielmehr soll man vor dem Unglücklichen sich schämen, glücklich sein zu können auf eigne Faust; sich irgendeinen Lebensgenuß aneignen zu können oder zu wollen, der nur Beraubung dessen ist, der nicht mitgenießt. Hat der Mensch irgendein Weh, so fühlt er sich krank, ist aber ein Teil der Menschheit gedrückt und bedürftig, so tanzt der übrige Teil mit einer Art Wollust ihm auf dem Kopf herum, solang er's zu tragen vermag, hat er ihn gänzlich zusammengetreten, dann fällt's ihm wohl ein, durch Mitleid die arme Seele zu kitzeln, die aber gar nicht mehr wirklich, sondern schon lange zum Gespenst geworden ist. Gespenster fühlen ein Behagen an solchem Tugendgekitzel, sie schmeicheln sich selbst, sie tragen sich auf Händen, sie haben einen faktischen Verkehr mit Gott, der aber nur Götzendienerei ist, sie belämmern alle Menschen mit ihren Anstalten der Menschenliebe; es fällt ihnen gar nicht ein, daß sie selber die bösen Schicksalsdämonen sind, deren Grausamkeit sie gerührt beweinen und der sie steuern wollen mit einem Stück englisch Pflaster, von dem sie mit der feinen englischen Schere der Mildtätigkeit Schnippelchen abschneiden, um damit den aufgesperrten Rachen der entsetzlichen Wunden zu verkleben, aus denen das warme Blut an die Erde quillt. – Ich möchte wohl aufhören, noch weiter darüber zu sagen, denn Du fühlst alles, und besser. Mitleid ist aus Verachtung geboren, und ist auch eigentlich Verachtung, und edelgeborne Menschen werden durch Mitleid sich entwürdigt fühlen, sie wollen lieber die eignen Kräfte dransetzen als vom Mitleid sich betauen lassen, und so kommt es oft, daß diese große Helden werden, die dem Mitleid ausweichen; denn natürlich liegt der Keim des Helden in ihnen. Jene andern aber, die dem Mitleid erlauben, mit Schmarotzerliebe sich an ihnen zu mästen, die werden verkümmern und menschlicher Würde untauglich sein. Gewiß ist dies eine, daß Mitleid, welches aus Verachtung entspringt, auch wieder die Quelle der Verachtung wird. Der Mildtätige hält sich hoch über dem Bedürftigen. Der Habende dünkt sich in Bildung und Streben weit über dem Nehmenden, und doch sollte er vielmehr ihn über sich stellen. Wie die Indianer, die einen Menschen, der nichts Irdisches sein nennt, für göttlich halten, dem sie ihre Gaben als Opfer darbringen und ihn bitten, ihnen nicht zu zürnen, daß sie nicht so heilig sind wie er. Was machst Du mit Deinem Gelde? – Die Geschwister sagen, Du habest nie welches, und doch wissen sie nicht, wohin es kommt.

Sei fleißig und mache, daß Dir das bürgerliche Mechanische im Leben nicht verächtlich wird, es ist die Quelle von viel Geistigem, und bestrebe Dich einer schönen Sparsamkeit. Du glaubst nicht, wie glücklich es Dich machen wird, wenn Du fortfährst den Luxus und die augenblickliche Mode zu verachten, und bloße Reinlichkeit und das Gefällige Dich reizt, Du kannst mit allem, was Du ersparst, einstens vieles Schöne und Vortreffliche erschaffen. So sollte Dir auch die Zeit sein – geteilt in unschuldigem Genuß und in ernstem seelenvollem Geschäft! – Um was ich Dich aber noch bitte, sosehr ich Dich liebe, lerne *schweigen*, für Dich selbst bestehen, und sei in der Würdigung eines jeden gerecht. Nur was ewig gefallen oder mißfallen kann, dem ergib Dich, von dem wende Dich. Sei fleißig in Deinen Gedanken, das heißt sei lebendig im Geist, sehne Dich nach keiner andern Welt als nach jener andern, die in dieser schon lebt, für den, der sie findet, und Du wirst sie finden, denn allen Wesen, die mit einem edlen Durst nach dem Ewigen um sich blicken, denen gestaltet sich das Unsichtbare; der Geist aller Dinge erblühet in schöner Form um sie, und das ist jene bessere Welt, nach der man sich sehnt, sie ist um uns. – Die Kunst und ihr stiller einziger Tempel! ein reines unschuldiges und stolzes Herz.

Ich schicke Dir hier *Moritzens* »Götterlehre« und wünsche, daß Du sie mit Ruhe, ohne Mühe und mit Genuß durchlesest. Du mußt nicht drin herumhüpfen und ein Anekdotenbuch draus machen, denn diese »Götterlehre« ist eine solche andre Welt, die sich das gebildetste Volk, die Griechen, erschaffen hatten, und kann Dir selbst und Deinem Geiste nur wohltätig werden, wenn sie in Dir, in ihrer großen edlen Folge, gleichsam während dem Lesen entsteht. Du sollst besonders suchen, den Gesichtspunkt für die mythologischen Dichtungen zu begreifen, das wird Dich aus Deinem Emigrantenverhängnis hoffentlich ein bißchen ablösen. Ich will Dich in Deinen Begeisterungen ja nicht tadlen für alles, was Dein Verstand zu fassen und in Dir selber zu verdauen versucht. Weltgeschicke liegen jedem gleich nah und wirken in ihm, so wie er dadurch auch berufen ist, in ihnen zu wirken. Also studiere in Gottes Namen mit der Großmama alle fliegenden Blätter und Reden der Nationalversammlung durch, wähle Dir Deinen Helden unter ihnen, bete zu ihm und für ihn und vergiß Deinen *Clemens*, er wird doch Dich nicht aus den Augen lassen. Aber bedenke, daß Reife, Sachkenntnis und Neuheit ein Berg sind, der oft nur eine Maus gebärt; Du aber bist diese kleine Maus und wirst nicht ein Fädenchen an den Weltgeschicken zernagen, obschon es Dein Auge schärft zu überblicken, zu durchschauen und vielleicht auch manches zu durchdringen; und vergiß die Muse nicht über der Tonleiter der Revolutionshelden.

Schreibe mir öfter und schicke mir Deine Aufsätze dabei, auch die über die Revolution. Der letzte »Sur la Volonté de la France«* war schön, und ich finde mich hinein, weil er das Allgemeine in sich enthält. Lebe wohl, und nochmals herzlich bitte ich Deine besondre Aufmerksamkeit auf Schweigen – auf für Dich selbst bestehen und innere Kraft zu wenden und recht froh und gesund zu bleiben.

Dein *Clemens.*

An *Clemens.*

Clemente! Die Sonne hat Kräuter und Sträucher in sich verliebt gemacht, sie schwellen vor Verlangen und werden ehestens in Blüte ausbrechen, eine Knospe strebt der andern vor, doch sind sie nicht eifersüchtig, so viel ihrer sind. *Clemens,* wenn's die Blumen tun, so will ich auch meine Liebeserklärung machen, aber wem? – Ich lege sie in Dein Herz nieder, bewahre mir sie, und wenn Du einmal auf einen hohen Berg kommst, wo man eine weite Aussicht hat, geliebter *Clemens,* so kannst Du sie als Denkmal unserer Eintracht stiften, aber eine weite Aussicht muß meine Liebe haben, dann übersehen wir beide alles zugleich und fühlen Übereinstimmung in allem, wenn wir auch in manchem verschieden denken, und Deine griechischen Götter und meine französischen Helden bilden eine Welt.

Du frägst mich so viel in Deinem Abschiedsschreiben, Du belehrst mich, Du zankst mich verborgen unter heimlicher Decke, und noch so viel Fragen weckst Du mir im Gewissen;

– und voll ist die Brust von der Fülle, die Du mir all in Deinem Brief spendest, daß ich auch wie die Rosenknospen angeschwellt bin und möchte aufbrechen dem Licht und gar keine andre Rechenschaft mehr geben als den Duft, den gleich der Rose meine Seele aushaucht, weil Du sie wie die Sonne wärmst und reizest. – Aber doch wend ich zur einfachsten Frage mich, »was ich mit meinem Geld anfange« und gebe Dir die dummste Antwort, wo Du gleich meinen wirst, ich wär närrisch. *Ich habe das Geld verschatzgräbert!* – Ja *Clemente,* ich hab's in ein klein leinenes Beutelchen gesteckt, worauf ich mit Goldfaden und roter Seide meinen Namen gestickt hab und noch allerlei kabbalistische Zeichen; ich hab's zugesiegelt mit einem schwarzen Siegel, einem grünen und einem roten, dann hab ich ein Loch gegraben zwischen den zwei starken Wurzeln der Pappel an der Rosenwand, da hab ich's in einem ledernen Schuh hineingeschoben und einen Topf mit einem Basilikumstrauch draufgestellt, und allemal, wenn ich Geld kriegte, wechselte ich davon in Gold um, und allemal, wenn der Mond schien, ging ich mit dem Spitz hin und legte es dazu, und dabei hab ich das Gelübde getan, ich wolle es verschweigen, und weil Du mir das Schweigen so sehr anempfiehlst, so erzähle ich Dir das einzige Geheimnis, was ich hätte verschweigen können, und nun ist alles leer an Geheimnis, und ich kann also nichts mehr verschweigen! – Denn sonst – mit dem Mund bloß nicht reden, das ist's doch nicht, was Du meinst, da die Tante sich alle Mühe gibt, mir abzugewöhnen, daß ich nicht wie ein stummer Ölgötze den Leuten in den Mund gucke, die mich etwas fragen. – Ja mit meiner Schatzvergrabung, davon will ich Dir noch forterzählen, weil ich's nun doch schon gesagt hab. Ich habe dies Geld der *Selene* gewidmet, der Himmelsschwester des *Hesperus,* diese beiden sind unsre Schutzpatrone, der Stern ist der meinige als Bruder, der mich abends immer besuchte, der Mond ist der Deine, der Dein Andenken oft mit seinem Schein in mir erhellt.

Nun hab ich aber dieses Opfer doch der *Selene* wieder geraubt, mit Zagen zwar – ich habe das Geld eilig am Abend ausgegraben und hab's über die Gartenmauer geworfen in den Garten vom Magnetiseur* nebenan, ich hörte es klingeln, wie's hinabfiel, und ich rief dazu so laut, als ich konnte, ohne daß man's im Haus hätte hören können: *»Da ist Reisegeld!«* und dann war mir auch, als hörte ich das Geld rappeln beim Aufheben, aber ich lief fort. – Denn die Tante hatte am Tag vorher bei Tisch erzählt, der Magnetiseur möchte gern abreisen, aber es fehle ihm am Reisegeld. Aber er ist doch noch da, denn ich seh ihn alle Abend noch im Garten gehen und beobacht ihn vom Hoffenster, ich schäme mich so sehr und traue mich gar nicht mehr in den Garten, wo wir sonst als* über die Wand allerlei Merkwürdiges verhandeln. Aber nun kommt was Schreckliches, was da passiert ist, mir ist's passiert. – Denk Dir, der alte Schuh, in den ich mein Geld hineingesteckt hatte, um den schönen Beutel zu schützen, war eigentlich ein neuer Schuh, sein Kompagnon stand ganz vergnügt in dem kleinen Kasten bei den andern Schuhen; ich soll abgeholt werden nach Frankfurt morgen früh, die Tante frägt, »wo ist denn der andre neue Schuh? das ist große Schlamperei von Dir, einen Schuh zu verlieren, ich muß Dich sehr bitten, strenge Dich an ihn zu finden«; ich lief in den Garten, ich holte meinen Schuh unter der Pappel hervor, ich wollte ihn ein bißchen reinigen an der Pumpe und versuchte ihm ein Ansehen zu geben, da fällt was heraus, das glänzt in der Dämmerung, ein Ring, ich laß den Schuh stehen, ein dunkler Stein, der funkelt so nächtlich schwarz wie der Blitz des Räubers, oder wie *Mirabeaus* Auge vielleicht, und inwendig im Schild steht ein schwarzes M.

Wir gehen morgen auf die grüne Burg* zu den Geschwistern, acht Tage bleiben wir dort, die »Götterlehre« nehm ich mit und den Ring, wo soll ich ihn lassen, ich glaub, er ist ein Talisman, ich hab schon allerlei Fragen und Befehle um

Mitternacht an ihn ergehen lassen, aber der Geist ist nicht erschienen, der mir vielleicht beistehen wollte, dumme Streiche zu machen. Adieu *Clemens*, ich hab Melodie gemacht auf ein Lied aus dem »Sänger«.*

Deine *Bettine*.

Liebe Schwester. Göttingen.

Ich öffne wie eine Pflanze mein Herz und rolle alle Blätter auseinander, wenn Du herüberscheinst; Dein Brief ist mir von Marburg aus zuvorgeeilt und hat mich hier empfangen.

Ich will, daß Du so vernünftig werdest, daß alle Welt einst ihre Zuflucht zu Dir nehme und Dich hochstelle, und dann will ich Dir's wieder ablernen. Hast Du Lust, dumme Streiche zu machen, so warte, bis ich komme, und mache sie ganz heimlich mir alleine, ich kann mich an Deinem ganzen Leben ergötzen, lese brav, schreibe viel, alles was Du empfindest schreibe nieder, denn das Ausgesprochne ist lebendig wie meine Liebe zu Dir.

Weil Du nun einmal mein guter Engel bist, so mußt Du auch Dein Amt mit Treue verwalten, mein guter Engel muß immer heiter sein und meiner mit Hoffnung und Segen gedenken und auch mich strafen mit Worten und mich anmahnen in Deinen Briefen, daß ich mein Ziel nicht aus den Augen lasse, Du mußt mit Deiner Lebensfreude die meine anfachen, Du mußt meinem Enthusiasmus die Flügel lösen mit Deinem Ernst, mit Deiner Güte und Wahrheit. Willst Du das? – Sei recht fleißig und fröhlich, und ehre und achte, was Du tust. – Den Herbst besuch ich Dich, am End werd ich Dich kaum noch kennen, so wirst Du gewachsen sein, an Geist und Leib; und fröhlich, und so schön wirst Du zeichnen. – Ach Du weißt nicht, was Du mir bist? Was ich liebe, das bist Du, Du hast es also in Händen, kannst es mir hegen und pflegen. Wirst Du das? – O fasse ein recht lebendiges Interesse an allem und dringe tief ein in das, was Du lernst, nicht oberflächlich, lieb Kind, Du glaubst nicht, wie unendlich wohl es Dir tun wird, wenn Du in ein paar Jahren etwas besitzest, dem Du Dich ganz hingeben kannst; lasse Dir's daher recht angelegen sein, zeichne recht mutig, mach Dir nichts daraus, ein Bildchen fertig zu haben, sondern eine Gewalt zu haben im Geist, die Du mit Deinem Talent auszusprechen vermagst, wenn Du über das Gewöhnliche hinauskämst, ich würde glücklicher werden als Du, schicke mir Deine Melodie, schreibe mir und halte Wort und – fasle nicht mit Ring und Talisman und *Mirabeau* etc.

Dein *Clemens.*

An *Clemens.*

Clemente! Hättest Du das letzte nicht geschrieben, so hätte ich Dir das erste nachgesehen, daß Du mich vernünftig machen willst für die Welt – und denn am Rand, daß ich nicht faslen soll mit dem *Mirabeau*; in der Mitte die große Philisterglosse, wie ich mich und Dich soll bessern. Und der Sommer steht inmitten seiner Glut, wo jeder faul sein mag, und ich soll fleißig sein und gewachsen, wenn Du kommst; auf den Grasplatz hab ich mich gelegt unter die Leinwand, vielleicht vom Begießen, daß ich wachse; aber ich kann in der Sonnenhitze nur herumschlendern. Ach *Clemente*! Wenn ich mich hinsetze zum Zeichnen – weißt Du, wie mir's da geht? Es wühlt mir im Kopf, ich muß mir Luft machen mit einem Lied, ich muß ein neues Harpegge erfinden. Nein, das auch nicht, es schwärmen mir Gedanken im Kopf, wie soll ich Dir sagen? – Schmetterlinge sind's, ich muß ihnen nachjagen, aber dazwischen jagt's mich selbst wie einen Schmetterling davon, und die Bohnen in meinem Gartenbeet muß ich erst am Bindfaden hinaufschlängeln. Und will ich mir nicht davonlaufen, dann kribbelt's mir im Kopf und in den Füßen, ich kann nicht sitzen bleiben, es fällt mir das dummste Zeug ein. Meine alte Puppe vor zwei Jahren! Heut hat's mich geplagt, ich mußte sie wieder einmal betrachten, mit der ich mich zum letztenmal unterhalten hatte, als Du zum erstenmal hierherkamst, *Clemente*!* Du weißt noch, wie ich sie geschwind unter den Tisch warf, als Du hereintratst, und ich sah Dich an und kannte Dich nicht und hielt Dich für einen fremden Mann, der mir aber so wohl gefiel mit seiner blendenden Stirne, und Dein schwarz Haar so dicht und so weich, und Du setztest Dich auf den Stuhl und nahmst mich auf einmal in Deine zwei Arme und sagtest: »Weißt Du, wer ich bin? ich bin der *Clemens*!« Und da klammerte ich mich an Dich, aber gleich darauf hattest Du die Puppe unter dem Tisch hervorgeholt und mir in den Arm gelegt, ich wollte aber die nicht mehr, ich wollte nur Dich. Ach, das war eine große Wendung in meinem Schicksal, gleich denselben Augenblick, wie ich statt der Puppe Dich umhalste. – –

Ich habe meinen angefangnen Brief mitgenommen, hierher auf die grüne Burg. Die Schwestern sind auf einem weiten Spaziergang, ich war auf einem Nebenweg so ins hohe Gras gekommen, daß ich nicht mehr drüber hinaussehen konnte, wo die geblieben sind; da bin ich ein wenig liegen geblieben zwischen Gras und Kräuter und hab ins Abendrot geguckt, wie das den blauen Himmel bewältigte, und die Lerchen fielen nieder gar nicht weit von mir, und die Frösche im Burggraben untereinander halten ein Gered von der Moral, durch die ganze Froschtonleiter hör ich vornehmlich krächzen Moral, Moral, Moral. –

Die Linden blühen, *Clemente*, und der Abendwind schüttelt sich in ihren Zweigen. Wer bin ich, daß ihr mir all euren Duft zuweht, ihr Linden? – Ach! sagen die Linden, Du gehst so einsam zwischen unsern Stämmen herum und umfaßt unsre Stämme, als wenn wir Menschen wären, da sprechen wir Dich an mit unserm Duft.

Adieu *Clemens*! es ist schon spät! – Ich konnte noch sehen, wie ich Dir von den Linden schrieb, sie haben mir ihren Atem zum Fenster hereingehaucht, ich mußte sie wieder anduften mit meinen Gedanken, da kamen die Vögel zur Nachtherberg in ihr Gezweig, und ich hätt auch da schlafen mögen, sanft bebend umschmeichelt vom flüsternden Laub, wie angenehm da schlafen.

Schreib nach Offenbach, übermorgen gehen wir drei Schwestern schon wieder zurück.

Da schick ich Dir das Blatt, worauf ich eben mit den Linden mich unterhalten hab.

Ich will in die Wolken schauen und in den Mond, von dem eben der Tag Abschied nimmt, und ich will so lang hineinsehen, bis ich eine andre Welt entdecke, und wenn ich sie gefunden hab, dann soll keine Träne mehr neidisch mir den Glanz verdunklen, in dem meine Seele ihre Farben spiegelt! –

Und was flüsterst du Linde mir ins Ohr? – Grün, grün ist die zarte Farbe der Seelenruh, grün im Abendschein ist die Wiege der Träume! Und jeder Halm wiegt einen Traum, und mein Geblätter raschelt im Netz der Träume, und es winkt Dir! –

Ach schweig du Linde, es ist Nachtzeit, die Sterne glitzern durch dein Laub und reden anderes; und das rieselt mir durchs Gebein! – Ahnung soll künftig meine Seherin sein, und wenn ich ihr die Töne meiner liebenden Trauer geliehen hab, um das Schwellen zu malen und das Sinken ihrer sehnenden Gewalt, so soll sie mich wieder trösten, die, ein ewiges Meer, alle Wehmutstränen in ihren Wogen fortwälzt, bis sie vom Trübsinn gereinigt aufsteigen als elektrisch Feuer aus ihrem Wellenschoß. –

Ach Du! – flüstert die Linde – sei nicht hoffärtig, das löst nicht den Zauber.

Ich horche auf dich nicht, Linde, ich lausche den Sternen da oben! – Ich hör Musik, sie schmelzen ihr Licht ins dunkle Nachtblau, ihre Strahlen klirren im Tanz aneinander.

Was Du nur willst mit Deinen hochstrebenden Gefühlen, sagt wieder die Linde; sie langen ja nicht hinauf, komm unter meine Krone, sie schüttelt ihren Tau auf Dich, damit fühl Dich gesegnet.

Ach nein, immer lauter und klarer klingen die Sterne, ich hör, wie sie freudig ihre harmonische Verwandtschaft in die freien Lüfte tönen.

O wehre meinem Flüstern nicht, sagt wieder die Linde und schmeichelt – und meint, was ist denn Musik der Sterne dagegen? – Wolle mich denken, Du schaffest meinen Geist durch Dein Begreifen meiner Natur, daß der wieder sich um Dich winde, wie jetzt der Deinige sich um mich windet, er soll Dich berühren und immer, bis Deine Seele leicht und kühn sich aufschwingen lernt zu eigner Freude, in einem Zug lieblich sprechender Töne!

Was sagst du Linde? – Ist mein Begreifen deines Geistes spielende Seele? –

Linde sagt: Meine Seele rieselt mit Schauern zu Dir hinüber, weil Du sie denken magst. Denken beseelt, alle Wesen färben sich im Gedankenlicht. Was ist der Abendschein Deinen Gedanken, daß sie weit über Feld mit ihm fliegen, und weil Du ihn fühlst. Und wäre Denken nicht, so würde kein Wesen mehr beseelt sein, und die Schöpfung würde stumm in sich versinken. Denken beseelt, und alles Wesen erklingt in eigner spielender Farbe in seinem Licht, wodurch alles lebt und sich unsterblich glaubt, und doch hängen sie nur vom Geiste ab, der das Denken ist.

Wir glauben uns selbst zu erkennen als lebend, und die geheime Freude des Werdens in uns ist doch, weil wir erklingen im Geist, der uns denkt! –

Sag ich wieder: So denke mich, Linde, denn schöner möcht ich nicht im Gedanken reifen als in dem grünen Schimmer deiner Blätter, den der Abendschein küßt, und möcht nicht edler meinen Geist hinaufgetragen wissen als im Duft deiner Blüten.

Die Linde rauscht im Wind und schüttelt sich, es kitzelt sie, daß ich so artige Worte mit ihr geredet hab, es passiert ihr nicht alle Tag.

Deine *Bettine*.

An *Bettine*.

Am Rhein, Rüdesheim.*

Dein Gespräch mit der Linde und der herrliche Abendschein über dem Rhein, und das schöne Mädchen *Walpurgis* hier im Wirtshause, haben vor wenig Minuten rings um mein Herz gebuhlt. Ich bin in das Mädchen verliebt wie ein guter Junge, und wenn sie das Papier geschrieben hätte oder den Abendschein und die Linde verstände wie Du, so wäre kein Treiben und kein Sehnen mehr auf Erden für mich. Aber so ist's nicht, ich werde nicht von ihr verstanden, denn ich verstehe den Abendschein; und sie, die sich und ihn nicht versteht, ist wunderschön, und der liebe Gott hat Schätze in ihre Augen gelegt und einen Liebreiz in ihren Mund, daß man einen Tempel mit diesen Schätzen könnte errichten und Gebet von diesen Lippen wie Honig von süßen Blumen sammeln könnte, aber sie ist in einer sehr unschönen Umgebung von Eltern und Geschwistern, und Gott segne Dich, daß Du so bist, wie Du bist. Es ist ein alt Sprüchwort, wo Schätze liegen, stellt der Regenbogen seinen Fuß auf, aber es ist böse, es ist ein Aberglaube. Und wenn ich dies Mädchen ansehe, bin ich so abergläubisch, der alte Bettler, der hier in der alten Ruine vom Schloß der *Gisela Brömserin* wohnt, das dicht am Rhein steht, hat seinen Herd auf dem Altar der Kapelle und schläft in steinernen Gewölben, durch die das Himmelsgewölk herabsieht, und seine Begeisterung, die er trefflich auf seiner Pfeife auszudrücken versteht, wenn er viele Heller beisammen hat, hallt zwischen den vielen Pfeilern durch recht lustig, ich gehe da abends in dem lauen Wind auf und ab und höre, wie er aus einem raschen Walzer in den andern sich hineinpfeift, und dabei schlägt er so munter den Takt, als ob er im Tanze mit einer schönen *Walpurgis* sich drehe. Ich rede oft mit ihm, und er hat mir's gar nicht geleugnet, daß er auch noch oft sich verliebt. Am End kam's heraus, daß wir Nebenbuhler sind und daß die *Walpurgis* der eigentliche Reiz seiner musikalischen Belustigungen ist, denn sie hat nicht weit davon einen Weingarten, wo sie den Gästen abends ihren Weinschoppen reicht, in Krügen mit Deckeln von blankem Zinn, und da tun ihr die Gäste schön mit Reden und verlangen auch wohl einen Kuß, sie läßt sich's gefallen, das ärgert mich. Ich hab den Bettler damit eifersüchtig machen wollen, und der hat mich ausgelacht, wir hörten das Gelächter aus der Weinlaube herüberschallen, er trällerte auf seiner Pfeife dazu, und darauf ging er eine Wette mit mir ein, daß wenn ich ihm eine Kanne Wein dort bezahle, so wolle er von der *Walpurgis* einen Kuß erwischen in Gegenwart aller Gäste. Anstatt drüber zu lachen, machte mich's verdrießlich, er zog aber ungeheuer fix die herunterhängenden Strümpfe und Beinkleider auf, die Jacke hing er an den Pfeiler und klopfte eine Staubwolke heraus, dazu bellte der Hund, den er im Zwinger eingesperrt hat, der merkte, es solle auf Abenteuer ausgehen, und wollte mit. – Wie er sich aber seinen staubigen Bart wusch und dann mit der Schuhbürste wichste und dann vor die Haustüre trat und bemerkte, wie der Mond sich drin spiegle? Ich dachte, der böse Feind lache mich aus. Der Mann sah seltsam heimlich anziehend und stolz auf mich herab, und was tat der Mann, er legte seine Hand auf meine Schulter und ging mit einem Schritt, als ob er ein spanischer Grande sei, in die offne Weinlaube. Ich forderte Wein für uns; vom Besten, sagte er; im Vorübergehen gab ihm das Mädchen einen Handschlag. – Und denk Dir, er hat die Wette gewonnen! – Und mir hat sie nie einen Kuß gegeben, sosehr ich auch drum bat; ich vergesse diesen

Mann nie, wie er, beide Ellenbogen aufgestützt, die Hände über die offne Weinkanne gefaltet hielt, dann und wann einen Zug draus schlürfte, ohne sich aus der Position zu rücken, mit seltsamen Trinksprüchen jeden Trunk würzte; das gefiel ihr, er sah ihr tief unter die Augen, goß die Kanne in einem Glucks hinunter, und das gefiel ihr auch. Und kurz, sie gab ihm unaufgefordert den Kuß. In ihren Zügen spiegelte sich eine wunderbare Schönheit, ihre Lippen zuckten und ihre Augen glänzten ihn so freundlich an, als fließe ihre Seele über in Großmut, einen unschätzbaren Schatz geben zu können. Der Mann, der nicht einmal aufgestanden war, sondern sitzend den hinabgereichten Kuß von der schlanken *Walpurgis* ihren Lippen nahm, hielt sie noch eine Weile so im Arm. Kein Fürst konnte freudig kühner sein Antlitz über die Menge erheben.

Alle Gäste waren still geworden, denn alle sind in das Mädchen verliebt; er genoß noch einen Augenblick seinen Triumph, dann stand er auf und bot gute Nacht. Die *Walpurgis* stand an der Gartenhecke und grüßte, indem wir vorübergingen; und das ist's, was mir am meisten ins Herz schnitt. Ach es ist wahrlich all eins, ob man bettelt oder gut lebt; wem das Herz freundlich ist, zu geben und seine Liebe wieder willig zu empfangen, der allein ist reich. Wo ist Reichtum? – Auf Erden nicht! Gold ist Sonnenschein, und Rubin ist Abendrot, aber Liebe ist alles. Aber die Erde ist nicht alles, denn es ist wenig Liebe in ihr; sie ist in der Liebe! – Es tut mir leid, daß Du das alles nicht auch sahst, Du würdest schöner davon sprechen, und schön sprechen soll man, damit das Schöne immer lebendiger wird und mehr. Denn die Liebe hat nimmer des Schönen genug. *Savigny** hat alles auch mit mir gesehen, ich dachte, hier, wo seine Studiermaschine nicht fortwährend im Gange ist, werde endlich einmal sein Inneres zu Wort kommen; doch stumm wie immer marschiert er neben mir die Natur auf und ab, und das verdirbt mir alles Genießen. Morgens kommt der

Barbier aus dem Dorf, der sein Antlitz ziemlich barsch behandelt, um ihm den Bart abzunehmen, er läßt's geschehen; wenn *Walpurgis* zufällig hereinkommt, stelle ich mich vor ihn, weil ich mich schäme, daß dies schöne Mädchen sieht, wie er den Barbier damit umgehen läßt, und dann! – Wie geht er mit mir um? – viel ärger wie der Barbier. Er belächelt meine Reden, er belächelt meine Gedichte, er belächelt auch meine Verliebtheiten, und kurz, sein Wesen wird mir eben nicht klar, und wenn ich darüber klage, so meint er, alles sei ja unendlich klar. Etwas ist's, was mir ihn unverdaulich macht; vielleicht ist die Schuld mein, trotz meinem besten Willen.

Walpurgis hat einige Züge von Dir, und die ziehen mich vielleicht am meisten an, die übrigen, die Du nicht hast, hast Du in der Seele und sie im Gesicht. Ich denke immer an Deine Seele bei diesen Zügen und sage dem Mädchen schöne Sachen, wenn ich an Dich schreibe, und rede Dich an, wenn ich ihr Schönes vorsage.

Werde nicht bös, ich will ein bißchen hinuntergehen, vielleicht sehe ich sie, aber sie weicht mir aus, sie weiß nicht mit mir zu sprechen, so Du nicht.

Ach weißt Du, was sie eben mir sagte, als ich fragte, warum sie den Bettelmann geküßt habe? – er gefalle ihr – und ob ich ihr denn gar nicht gefalle? – sie sagte nichts darauf. – Aber wenn sie mir auch einen Kuß gäbe, so würde ich auf alle andre eifersüchtig werden, und dann würde das ein groß Gezänk geben im Wirtshaus, und das wolle sie aber nicht haben. Mit wem sollte ich in Zank geraten, es ist ja niemand im Wirtshaus wie *Savigny* und ich, und der ist ja gar kein Kenner von deiner Schönheit; ich plaudre dir auf der Gitarre so schöne Abendlieder vor, ich erzähle dir so hübsche Geschichten, ich bin früher auf als du und guck dir zu, wenn du in den Hof herunterkommst, das rührt dich nicht? – sie sagt selbst: *Gar nicht!* Du bist nicht so, mein einzig Kind, mein Schutzengel, was ich Dir zulieb tue, das tust Du gern und verdient Dir einen Dank ab, wenn es auch noch so gering ist. Wenn ich nun auch herumschweife und mich in Liebeshändel einlasse, wenn ich's tue, so ist's doch immer, weil ich weiß, daß ich meine Heimat habe in Dir.

Ich hab dem *Savigny* gesagt, er soll ein bißchen hier dran schreiben, aber der arme Mensch ist froh, daß er lesen kann.

Es ist wieder Abend, er hüllt die Welt in wild zerstreute Farben, der Umriß meiner Tage spricht mich dagegen so farbenlos an, wie wenn ein Geist mich anredete. Die Natur kommt uns armen unnatürlichen Menschen so oft übernatürlich vor. *Walpurgis* hing heut an meinem Arme, ihr Anblick, die ganze Reihe von Bergen umher, deren Häupter unsre Nachbarn waren, erfüllte mich wie ein Traum. Die Täler waren versunken im Nebel, und ein so lebhafter Spiegel aller Dinge in meiner Brust, für die ich keine Stelle mehr sah, um sie mir zu bewahren. Alles dies, was ich Dir hier deutlich hinschreibe, war Verwirrung in mir, und ich sah träumend in den Wald hinein, während ich mit vollem Bewußtsein eine der reinsten und entsprechendsten Umgebungen meines Lebens hätte genießen sollen, hätte sie Herz oder Sinn für mich gehabt. Dort sah ich ein Licht, was im Grunde des Holzes wankte, und erinnerte mich der behaglichen Gefühle, die uns beiden so oft die erleuchteten Hütten gaben, wenn Du mit mir am Abend durch die Dörfer gingst. Die Ruhe nach der Ermüdung; und wir sahen da die Kinder rund um den Ofen, die Spinnräder und die Lampe nach der Reihe einschlafen.

Ach es ist sehr traurig, wie ungeschickt einen das macht, was man im Leben die Konvenienz nennt, vielleicht hätte sie meine Empfindungen ganz auf die verkehrte Seite verstanden. Eine auswendig gelernte Mannigfaltigkeit und geschraubte Konsequenz, die, sobald wir in die Natur treten, zu höchst verderblicher Ungeschmeidigkeit und Einseitigkeit führen. Mit meiner Rückkehr zu mir selber versammelten sich nach und nach allerlei heterogene Empfindungen, und ich fand mich endlich in einer so wunderlichen Gemütslage, wie wenn ein Weltmann einen französischen Pas und einen munteren natürlichen Sprung in der Mitte vereinigen müßte.

Die Wolken drängten sich wie wilde Heere,
Gestalt und Stellung wechselnd in dem Streite,
Der Sonne Strahlen schienen blutge Speere,
Es rollet leiser Donner in der Weite,
Noch unentschieden schwankt des Kampfes Ehre;
Von Tag zur Nacht neigt sich's zu jeder Seite.
Bald sinkt die Glut, es brechen sich die Glieder,
Es drückt die Nacht den schwarzen Schild hernieder,

Doch, teilst Du froh mit mir, was Du gegeben,
Durch die allein von Schmerzen ich genaß,
Dann wirst Du auch mich über alles heben,
Was ich in Deine Seele blickend gern vergaß;
Und kannst Du mir auf diesen Höhen trauen,
So werd ich bald das Höchste überschauen.

Bald werd ich die Gärten der Armide fliehen, bald bin ich bei Dir.

Clemens.

An *Clemens.*

Liebster *Clemens,* ich hab was von meinen Klosterarbeiten* hervorgesucht, ein Sträußchen von Seide gewickelt, die alte Laienschwester *Monika,* wie die das Sträußchen mir wicklen lehrte, kam es mir so allerliebst vor, und nun seh ich, daß es doch nur ein allerliebstes Nichtschen ist, aber vielleicht macht's der *Walpurgis* Spaß. Die *Monika* hatte einen Bierkrug auf ihrem Tisch stehen, von dem erzählte sie mir damals, als wir die seidnen Blumen wickelten, der Geist ihres verstorbenen Vetters sei gekommen und habe den Deckel vom Krug aufgemacht und aus dem Krug getrunken, um ihr anzuzeigen, daß er tot sei. Ist es denn nur bei solchen Gelegenheiten, daß sich ein Geist auf die Beine macht? Ich frage, weil, ach weil ich in Gedanken so sehr, so ganz wahr und wirklich bei Dir bin, weil ich Deine Gitarre höre im Geist und Deine Stimme ihre feurigen Lieder dazu dichten. *Clemens,* Du bist so gut und so schön, wenn Du singst, bist Du so besonders liebend noch dazu, und mir der liebste, der trefflichste, nicht aller Menschen, denn Menschen kenne ich, glaub ich, gar nicht, mir sind sie nicht aufgestoßen, das lieblichste *Du selbst* bist Du mir, die andern sind mir kein Selbst, sie sind zusammengeliehene, durch Umstände und Eigenheiten, die ich besser noch Verkehrtheiten nenne, entstandne Unselbstheiten. Eine grüne Wiese mit tausend goldnen Blumen, die all auf ihren feinen Stielen im Abendschein wanken, und ein *Clemens*, der über die grüne Wiese so stolz am Ufer vom stolzen Rhein hingeht und fährt so rasch über die Saiten und singt so feurig und weich seine Liebe. Ich möchte ihr Hohn sprechen, daß sie Dich nicht küßt, lieber als hüben den Bettelmann, der über Dich lacht, und drüben den *Savigny*, der über Dich lächelt und der sich so offenherzig rasieren läßt. *Clemente,* die ungeheuren Stricke, mit denen Du gebunden Dich wähnst, sind nur Spinnweb. Und Du fürchtest, daß, wenn Du einen Ruck tust, so reißt das ganze liebesgewebte Netz, Du willst's aber gar nicht zerreißen. Gäb sie Dir einen solchen Rheingauer Schmatz, so fiel die Lieb Dir nicht mit der Tür ins Haus. Was solltest Du damit, Du fühlst es selbst. Der *Savigny* mag sie meinetwegen schon geküßt haben, im Weingarten oder am Brunnen oder sonstwo, er kommt herbei, man sieht's ihm nicht an, er macht einen ganz trocknen Mund. Du aber *Clemente* würdest mit allen Sternen Dich darüber besprechen, und Echo würde es Dir abluchsen, um es durchs ganze Donnergebürg zu widerhallen, und Du selbst würdest schwanken wie ein Trunkner, des süßesten Weines voll. – Und *Walpurgis* hat recht, daß es würde Streit setzen im Wirtshaus. Denn das Wirtshaus würde alles entgelten müssen, und wenn das Dachfenster nachts im Winde klapperte, so wär's ein Eingriff in Deine Träume, grade da, wo Du vielleicht gewünscht hättest, das Dachfenster hätte Dich um alles nicht geweckt, und wär die *Walpurgis* zutunlich mit dem Pommer oder mit dem Spitz, so würdest Du ihr vorwerfen, daß sie freundlicher mit den Hofhunden sei wie mit Dir, und würdest dabei ungerecht sein, denn ein Hündchen, das man hat aufgefüttert und das einem so absichtlos treu ist, das kann einem wohl näher am Herzen liegen als ein durchreisender Liebhaber. Und sei doch ein kaltblütiger Dichter, der gern eine Rolle übernimmt in dem eignen Lustspiel, was er dichtet. Du und der gelehrte Jurist, der so ernsthaft jung ist, und der Bettelmann, der so lustig alt ist, und das Mädchen, das nach den Äpfeln und Birnen sieht, ob sie heuer reifen, und dabei den Liebhabern zublinzelt, nun würde ich, wenn ich der Dichter wär, das Stück oder auch den Akt so enden, daß ich den kräftigen Bettelmann und den schmächtigen Gelehrten dem zurückgesetzten Studenten recht übermütig gegenüberstellte, der sich eben auf seinen Philistergaul schwingt, weil die Ferien aus sind, und die beiden Nebenbuhler spottend von ihm Abschied nehmen; allein wie er eben auf dem trägen Klepper den kotigen Dorfweg nehmen will, siehe da, gleich wie im Homer die alte Bettlerin am Wege sitzend ihre Kleider von sich abwirft, um plötzlich als blendende Göttin Minerva in die Wolken zu steigen, wirft dieser Schimmel auch plötzlich die alte Stalldecke ab und schüttelt seine blendende Flügelmähne und steigt in die Wolken so hoch mit meinem *Clemens*, und der wirft Kränze herab von seiner himmelansteigenden Bahn und schenkt den beiden Nebenbuhlern, was sie ohne ihn nicht fassen konnten, nämlich daß es lebende schwebende

Natur ist, ihr himmlischer Sinnenreiz – der zu Füßen der schönen Rheingauerin sich entfaltet und mit reinem Lebensodem sie anhaucht im jungen Grün in der tausendfältigen Blumenflur, im klaren Rhein sich spiegelt und wie Tau von der Sonne wird geküßt, und dann lieber *Clemens*, lebst Du ja nicht Deine eigensüchtige kleine Liebschaft, nein, den ganzen liebenden Frühling von 1804*, und träufelst ihn herab von den fünf Saiten Deiner Leier und betäubst Deine Nebenbuhler, daß sie schlummern und Wunder träumen von Seligkeit, die Du ihnen zumessest.

Das wär nun das Ende von dem Melodrama, das hab ich mir erdacht am Pfingsttag in der Liebfraukirch, wo vom Heiligen Geist gepredigt wurde, wie es mich fürchterlich langweilte, und ich konnte meine Füße nicht ruhig halten vor Ungeduld, ich mußte immer einen über den andern stellen, und in Gedanken war ich am Rhein bei Dir und bei dem Bettelmann, der gar nicht unfreundlich gegen mich war, denn wenn Du meinst, daß ich manche Züge ähnlich mit der *Walpurgis* ihrem Gesicht habe, so fühl ich, daß ich wieder sehr viel Ähnlichkeit hab mit ihrem Naturell, und ich glaube, der Bettelmann hätte auch bei mir den Sieg davongetragen, *wenn nicht*! – Ja wie soll ich Dir's beschreiben? – nämlich als ich eben von meiner Vision im Rheingau zurück in meiner Kirchenbank ankam, da war der Kaplan noch immer dran, als Pfingsttaube aus seinem Kröpfchen die Gemeine mit dem Heiligen Geist zu füttern. Der Bettelmann also hätte auch bei mir den Sieg davongetragen, wenn meine Vision nicht plötzlich mir den lieben Bruder *Clemens* daherzauberte, wie der plötzlich, statt der Taube, in feurigem Galopp aus dem Schalloch herabgeflogen kam, mitten in die Kirche! Der Prediger auf der Kanzel erstarrt, die Gemeine in ihrem Gesang verstummt, der herrliche *Clemens* aber auf seinem Pegasus karakoliert gleich einem englischen Reiter und macht wunderschöne Künste auf seinem Wolkenstampfer; und auf dem Gewölk, was seinem herrlich melodischen Ritt zum Tanzboden dient, schweben wunderschöne Rosenkränze von einer Wolkenstufe zur andern und blühen und duften immer schöner, und die Menschen haben das Beten vergessen, alle fangen sie die Rosen auf, und das war Dir ein Getümmel in der Kirche und ein Jauchzen über die aufgefangnen Kränze! Ach ich könnte Dir noch mehr erzählen, wenn's nicht zu lang dauerte für ein Rosenfest, dessen höchster Reiz ist, daß er bald verblüht. Die Kirche war aus, eh ich's dachte, die Leute tummelten sich zur Kirchtür hinaus. Die Bäcker liefen mit weißgepuderten Kuchen, es war so heißer Sonnenschein. Den zweiten Pfingsttag ganz früh war ich mit dem *Dominikus* und *Anton** auf der Pfingstweide, da wurde unter den großen Linden ein großer Kranz gemacht für den Pfingstochsen, die Kinder gingen bei den Gärtnern herum und bettelten Blumen dazu, sie hatten die Blumen alle zusammengebündelt und so mancher den Stiel abgeschnürt, daß ihr der Kopf abfiel; wie ich aber am Kranz flechten half, da ward er viel schöner, um acht Uhr war der Kranz fertig, und der Brummelochs ward mit angetan; am Nachmittag waren wir vor *Bethmanns* Garten auf einem Floß, das schwamm mit uns ein Stückchen dem Main hinunter, es war auch schön auf dem Main; und wie wird's doch den Tag Dir gewesen sein, Du bist wohl einsam da herumgewandert, ich weiß, am Feiertag ist's oft gar zu wehmütig, je schöner die Natur ist, je schauriger belagern einem die langen Schatten des vergehenden Tages, und die Menschen sind auch alle wie Schemen; sie flirren umher, man sieht kaum sie an, und kein Nachgedanke über sie kommt uns in den Kopf, ach und dann, wenn man vom Spaziergang nach Haus über die Schwelle tritt, da legt man den Blumenstrauß hin, den man gepflückt hatte, er sollte so schön im Glase blühen, er muß welken auf dem Tisch, denn die Seele ist gar zu müde. – So wird Dir's gewesen sein, *Clemens*. Aber wenn nun die Sterne aufgehen und winken, sie hätten was mit Dir zu flüstern, dann vergißt Du der stummen Schatten, die neben Dir hergingen, das helle Sternenlicht ist allein Dir geltend, so war's gewiß vorgestern abend, denn ich hab Dich sehen heimgehen über die Wiesen und hab als in mir verborgen mit Dir geredet und Dich bei der Hand genommen, und es war gewiß eine Stunde, daß ich bloß mit Dir geredet habe in mir, und als ich schlafen ging, da war's, als habe ich recht was Angenehmes erlebt mit Dir.

Das ist meine Pfingsttagsgeschichte in Frankfurt, ich bin jetzt wieder hier in Offenbach, wo ich tausend Federnelkchen aufgeplatzt fand, und der Abendwind jagt sich mit ihrem Duft.

Adieu *Clemens*, die Federnelkchen werden auch bald alle geplatzt sein. Dann kommst Du zurück.

Bettine.

An *Bettine.*

Ich sollte schon bei Dir sein, liebe *Bettine*, ich hatte mir gelobt, daß ich nicht wolle nach den Pfingsttagen hier verweilen, und war auch schon in Mainz, und jetzt bin ich doch wieder auf dem alten Fleck, *Savigny* ist allein zurück, ich will ja nur noch ein Weilchen mich sammlen und so manches Lied, was ich der Gegend und der geschäftigen Natur in ihr abgelauscht habe, noch einmal durchgehen, damit es Dir rechte Freude machen soll.

O kühler Wald,
Wo rauschest du,
In dem mein Liebchen geht,
O Widerhall,
Wo lauschest du,
Der gern mein Lied versteht.

O Widerhall,
O sängst du ihr
Die süßen Träume vor,
Die Lieder all,
O bring sie ihr,
Die ich so früh verlor. –

Im Herzen tief,
Da rauscht der Wald,
In dem mein Liebchen geht,
In Schmerzen schlief
Der Widerhall,
Die Lieder sind verweht.

Im Walde bin
Ich so allein,
O Liebchen, wandre hier,
Verschallet auch
Manch Lied so rein,
Ich singe andre dir.

Ja liebe *Bettine*, da hast Du wieder einmal durch die Ferne herübergesehen, recht scharf, grad wie Du mir schreibst, so war mein zweiter Pfingstabend. – Sie war fortgefahren, sehr schön geputzt, über Land mit der ganzen Familie, ich und der Hausknecht waren allein zurückgeblieben; ich sagte dem Hausknecht, er solle nur auch ein wenig zu seinen Bekannten gehen, wenn Gäste kommen, so wolle ich ihn rufen; so war ich den ganzen Vormittag allein, so still, wie es im Weingarten war, man konnte hören das Gras wachsen. Da kam mancher Wagen vorbeigefahren mit lustigen Leuten, und wenn ihr Räderlauf in der Ferne sich verlor, da fingen die Glocken aus den Ortschaften rundum an zu läuten, so ist mir der Morgen vergangen von früh vier Uhr, wo die *Walpurgis* abgefahren war, bis um elf Uhr, wo sie wieder heimkehrte. – Da kamen so viele Gäste von Bingen herüber, und so viele schifften hinüber nach Bingen, daß der Rhein ein groß Spektakelstück gab von Jauchzen und Musik auf den Schiffen, die sich bombardierten mit Trompetenstößen und allerlei verschiedner Tanzmusik und Lieder, die sich einer über den andern hinaus wollten vernehmen lassen; ich habe auch mit *Link*, der von Frankfurt gekommen war, den *Savigny* bis Mainz begleitet. *Link* ist dort zu einer Frau gegangen, von der er mir Wunderdinge erzählt, sie ist eine Französin aus der Vendée, war in Jena bis jetzt, hat dort mit den größten Gelehrten eine Zeitlang zugebracht, allerlei wissenschaftliche Experimente gemacht. – Sie sei, sagt *Link*, eine Heldin*, eine ganz unerschrockne Seele, die in der Terroristenzeit durch ihre Kühnheit Unendliches gewirkt hat – und namentlich in der Vendée, sie soll so schön sein, so vollkommen wohlgebildet wie ein Weib aus den Nibelungen, sie reitet das wildeste Pferd. – Ich stand vor ihrer Tür mit *Link*, er ging zu ihr mit einem Empfehlungsbrief aus Weimar, ich kehrte um mit dem Marktschiff, in Rüdesheim bin ich erst mit Sonnenuntergang zurückgekommen, alle Wirtshäuser tobten ganz ausgelassen; da hab ich in meinem Giebelstübchen über das Gelärm hinaus mich recht einsamlich in alles, was das Leben mir bietet, hineingedacht, nur Deiner hoffe ich gewiß zu sein, daß auf allen meinen Irrwegen, wo vielleicht keiner mir begegnen mag, Du aber mir nachgehen wirst, und wenn ich mich verlassen wähne, ich dennoch die edelste Wohnung besitze, in Deinem Herzen nämlich. – So war mein Abend beschlossen; getanzt und gejubelt unter mir, ich hörte das Lachen und dann leise klopfen an meiner Tür, als ich aufmachte, fand ich einen Krug mit Maitrank – rheinischer Hippokras – auf der Schwelle und ein Stück Festkuchen; wärst Du hier, so würd ich geglaubt haben, Du hättest es mir vor die Tür gestellt. Aber wer soll's nun gewesen sein? – Es war ja die *Walpurg*, ich hörte sie am End vom Gang laufen.

Du schreibst mir in Deinem Brief, daß Du selbst eine gewisse Hinneigung zum Bettelmann empfindest. –

Wenn ich ein Bettelmann wär,
Käm ich zu Dir,
Säh Dich gar bittend an,
Was gäbst Du mir? –

Der Pfennig hilft mir nicht,
Nimm ihn zurück,
Goldner als golden glänzt
Allen Dein Blick;

Und was Du allen gibst,
Gebe nicht mir,
Nur was mein Aug begehrt,
Will ich von Dir.

Bettler, wie helf ich Dir? –
Sprächst Du nur so.
Dann wär im Herzen ich
Glücklich und froh.

Laufst auf Dein Kämmerlein,
Holst ein Paar Schuh,
Die sind mir viel zu klein,
Sieh einmal zu. –

Sieh nur, wie klein sie sind,
Drücken mich sehr,
Jungfrau, süß lächelst Du,
O gib mir mehr.

An *Bettine*.

Mainz.

Liebe Schwester, Du wirst mir's verzeihen, daß ich nicht Abschied von Dir nehme, aber ich gebe Dir nicht etwas, ich bin Dir gegeben. Du weißt nicht, wie glücklich ich bin, daß ich Dir dies durch die liebenswürdigste Frau sagen kann, die durch ihr Geschick schon über den gewöhnlichen Kreis der Menschen hinausragt, noch mehr aber durch ihre Selbständigkeit, durch den festen ernsten Willen, mit dem sie dies Geschick bekämpfte und heldenmäßig ertrug, indem sie ruhig und allein zwischen den Schrecken der Blutgerichte hindurchwandelte. Mit solchen Naturen sich berühren zu dürfen ist eine Auszeichnung für den, dessen Seele und Geist vielleicht darauf angewiesen ist, durch solche Naturen sich selbst zu bilden und durch sie zum Erhabenen gelenkt zu werden. Wie sehr ich für Dich immer Sorge trage, das Edle und Schöne, was ich auffinde, was mir seine Macht fühlen lässet, mit Dir zu teilen, davon mag Dir hierin der Beweis gegeben sein, daß ich *ihr*, die ein so großes Herz hat, die mit diesem Herzen ausreichte, wo so viele verzagt sein würden, auch Dich und meine Liebe zu Dir empfohlen habe. Ja ich hab ihr alles mitgeteilt, daß ich nämlich die besten Kräfte meines Lebens dranwenden möchte, um Dir eine würdige Zukunft zu bereiten. – Sie hat mir in diesen Stunden, so einfach, als sei es nur ganz gewöhnlich, von sich erzählt. Durch die Vendée ist sie oft auf wilden Pferden, die kaum den geübten Reiter trugen, auf Kreuz- und Querwegen geritten, um mit den großen Helden dort sich zu treffen, denen sie oft auf nächtlichen gefahrvollen Wegen voraneilte, manchen jener armen Landleute (Chouans) hat sie gerettet mit Gefahr ihres Lebens, ihre ganze Familie aber hat die *Guillotine* gefressen. Nur sie, geleitet durch ihren guten Stern, der ja auch von ihrer Stirne glänzt, ist glücklich nach Deutschland gekommen. In Jena hat sie eine geraume Zeit geweilt und war in einer wissenschaftlichen

Verbindung mit meinem Freund, dem großen Physiker *Ritter**, von dem *Goethe* sagt: *Wir alle sind nur Knappen gegen ihn.* – Durch einen Brief von ihm hab ich sie hier in Mainz getroffen, wo ich seit gestern bin und von hier nach Jena zurückgehe. Was kann ich Dir je sagen, was an dieses Weib hinanreicht, da ich nie einen bessern Gedanken hatte, als sie zu begreifen. Du sollst sie lieben wie mich, und mehr wie mich. Du sollst ihr vertrauen und sie mit allen Deinen Armen umschlingen mit Wurzeln und Gezweig, denn sie ist Himmel und Erde, sie ist ein Weib, an dem die Vortrefflichkeit und Barbarei *du jour* (das heißt, wie es heutzutage hergeht) gescheitert ist, sie allein kann Deine Ideen über Revolution und Volksglück aufklären, o sie kann Unendliches für Dich, sie ist ein Geschöpf aus Gotteshand, ein gewöhnliches Weib wie Eva und wie sie aus dem Herzen jedes Mannes heraussteigen soll. Wundre Dich nicht, daß ich so über sie disponiere, da ich sie nur eine Stunde gesprochen habe, aber das organisch Vortreffliche spricht sich in der Sekunde aus, und verhüllst Du die Venus in die dichtesten Schleier, und der unschuldige Mensch merkt nur die Bewegung ihres Atems, so wird er mit seiner Seele dafür haften, daß dieser Mantel die Schönheit und die Liebe verberge. Schenk ihr die Geheimnisse Deiner Seele, alle Deine Phantasien ergieße ihr, sie muß sie aufnehmen und würdigen und muß Dich beglücken, denn es ist in ihrem Wesen wie das Empfangen des Weines im Kelch. Sprich von allem dem gegen niemand. Es ist ein glückversprechender Lebensmoment für Dich, denn der großen Seelen sind nur wenige, sich aber mit ihnen in so voller Unschuld geistig zu berühren, ist auch nur wenigen geworden.

Schreibe mir bei *Friedrich Schlegel* in Jena.

Dein *Clemens.*

Liebe *Bettine*.

Madame *de Gachet* bringt Dir einen offnen Brief von mir, ich habe aber manches währenddem gedacht. – Herzlich offenbaren kannst Du Dich ihr, denn sie versteht Dich, und der gute Mensch hat keine Geheimnisse, auch sollst Du sie lieben wie den geistreichen Menschen, doch nur ihren Geist und Herz, die Narben aber, die ihr Erfahrung und Geschick geschlagen, das männliche Wilde ihres Seins und Verstandes sollst Du übersehen, überhaupt Dich ihr nicht hingeben; mein bleiben und Gott. – Unschuldig sein neben ihr, von ihr lernen ohne Absicht, denn die Absicht überhaupt ist's, die solche Narben zurückläßt. Ich traue Dir unendlich viel zu, wenn ich Dich denke mit ihr umgehend, ohne von ihr hingerissen zu werden; Dich immer selbst besitzend und doch ganz aufrichtig, denke immer an mich dabei, hüte Dich, wenn Du sie verehrst, daß nicht Dein eigener Genius den obersten Platz verliere.

Schreibe mir nach Jena bei *Friedrich Schlegel*, aber bald, in einigen Wochen bin ich in Marburg.

Liebe *Bettine!*

Und immer noch von dieser *de Gachet*, aber Gott weiß, es jagt mich wieder aus dem Bette heraus, ich muß Dir noch einmal von ihr sprechen, denn es kann bei ihr viel zu gewinnen und zu verlieren sein, und ich könnte keine Minute ruhen, wenn ich nicht wüßte, daß Du sicher wärst. Ich weiß von dieser Frau nichts, als daß sie mit einem der geistreichsten Menschen, einem Freunde von mir, genau verbunden ist, daß sie jetzt die einzige Französin ist, die auf der Höhe der deutschen Wissenschaft steht, das ist ungeheuer viel, aber um dies zu erringen, was hat sie vielleicht erfahren müssen, und wieviel zarten Sinn haben ihr diese widerspenstigen Wissenschaften wie kostbaren Hausrat erst zerschlagen, eh sie sich besiegt gaben. Sie ist voll Enthusiasmus, und es ist ihr in allem Ernst auf Leben und Tod, auch hat sie die Mittel dazu, Du wirst Dir leicht denken können, der Mensch sei ein Turm, der in der Erde wurzle und in den Himmel rage und in dessen Mitte eigentlich das schöne liebe Menschenleben zwischen Himmel und Erde ist, viele Menschen steigen in die Tiefe und kehren nicht zurück und vergessen der Mitte, die allein lebendig ist, viele steigen in den Himmel und vergessen diese Mitte, in der doch Himmel und Erde sich umarmen, und diese sind zwar große Menschen, aber nach meiner Ansicht werden sie doch nur als Mittel von Gott gebraucht, er belohnt sie mit berauschendem Stolze für ihre Mühe mit den Wissenschaften und lehrt sie die schöne Mitte verachten, um sie zu verführen, nicht zurückzukehren. Ich bitte Dich, bleibe in dieser Mitte und steige nur in die Höhe, um zu beten, sonst wird das Gebet ein Handwerk. Da ich der *de Gachet* von Dir erzählte, war es ihr sogleich so ernst mit Dir, daß sie vielleicht gar nach Offenbach ziehen wollte, wenn Du ihr gefielst, um mit Dir umzugehen, es wäre schön, wenn Du etwas Chemie von ihr lernen könntest und durch ihre herrlichen Gedanken Deinen Geist erweitern, überhaupt durch sie einen Begriff von vielem erhalten, doch bitte ich Dich recht herzlich, es nur zu tun, wenn es der Zufall erlauben sollte. Ich bereue es sehr, und es ist eine Übereilung, daß ich ihr den Brief an Dich gab, ich kenne sie doch zu wenig dazu, doch hoffte ich, Du wirst beide morgen schon haben, und eher als ihren, und darum durch jenen heftigen nicht verwundert werden, den sie Dir bringt, Du kannst alles, was drinne steht, solltest Du sie näher kennenlernen, an ihr erproben, ob es so ist, das meiste ist vermutlich so, aber ich will nur nicht, daß Du sie gar für unsern Herrgott hältst, ich habe es unstreitig zu arg gemacht, daher, meine liebe Schwester, werfe Dich ihr weder zu Füßen noch um den Hals, sondern *ästimiere* sie und *profitiere* von ihr, ich will, Du sollst mir sogleich umständlich schreiben, wenn Du sie zum erstenmal sahst, wie's darbei herging, alles was an ihr wissenschaftlich ist, mag vortrefflich sein, aber ihre Grundsätze, da glaube ich, brauchen wir zwei keine andre als unsre. Lieb gut Kind, ich habe Dir da eine rechte Seelenschererei mit meinem hitzigen guten Willen gemacht, so geht es, wenn der Bruder ein Poet ist. Du sollst Deine Singstunde immer in Gegenwart eines Dritten oder der Tante nehmen, denn *Koch* ist doch etwas *gemein*, setze alle Deine Arbeiten fleißig fort und behalte mich lieb. Du kannst die *de Gachet* etwas fragen, was Du wohl lesen sollest, aber schreibe mir alles, was sie zu Dir sagt und Du zu ihr, so viel als möglich. – Adies – Adies – die großen dummen breiten Ausdrücke in meinem Briefe, den die *de Gachet* bringt, kommen mir jetzt so komisch vor, ich glaube und schäme mich drüber, ich wollte ihr damit schmeicheln, sehe selbst zu, wie sie Dir gefällt.

Clemens.

Adresse Jena bei *Friedr. Schlegel*, schreibe bald.

An *Clemens*.

Geliebter *Clemens*. Was ist doch alles widerfahren in diesen wenigen Tagen der, die Du *Bettine* nennst! – Ein Südwind auf brennenden Sohlen, in einer Wirbelwolke von Staub, wehte mir ins Gesicht. Von einem Tag zum andern hat die Welt hier in Offenbach einen Purzelbaum geschlagen. Denn erstens las ich im grünen Zimmer auf der Fensterbank, vor dem *Herzog von Aremberg*, über die Volksmajestät ein französisches Aktenstück, worüber ich Unendliches hätte den Herzog zu fragen gehabt, der schlief aber, ich wollte nur allmählich aufhören zu lesen, damit er nicht wach werde, ich fing schon an ganz stille zu werden, ich hatte ausprobiert, daß er fest schlief. Siehe, da kam im Sturm dahergebraust ein Kabriolett wie ein abgeschoßner Pfeil vor die

Haustür, herab springt der Wagenlenker, ein jugendlich voller schöner Mannjüngling mit klirrenden Sporen, zwei Reiter, die ihn begleiten, treten mit ihm ein, ich war, ich weiß nicht wie, nicht warum, von Schrecken durchgriffen, daß ich vergaß zu reden, und besann mich nicht, die Großmama zu rufen, die im Garten war. Der Herzog fragte, wer dasei, ich deutete den Fremden an, er sei blind, und sagte*: »C'est un jeune Cavalier Monseigneur avec deux Messieurs.« »Au contraire, c'est une femme«, sagte der Jüngling und näherte sich. Der Herzog wußte gleich, wer sie war, denn er ergriff ihre Hand und äußerte ein sehr warmes Interesse. Ich lief in den Garten, die Großmama zu holen. Die sagte gleich von Madame *de Gachet*, einer Prinzeß aus der Vendée, und bis wir ins Haus eintraten, schwindelte ihr der Kopf vor Begeistrung. Ich besann mich unterdessen und wollte gern unbefangner Zuschauer sein. Hinter der Tür vor der Großmama ihrem Schreibzimmer blieb ich stehen, wo ich einstens schon *Herder, Boonstedten, Friederike Brunn*, die *Krüdner* und andre närrische Erscheinungen berühmter Leute angestaunt hatte. Es war ein Verbeugen und Neigen der beiden Frauen und ein Beteuern, und ich hätte gern alles behalten, um Dir's zu erzählen, es war ein zu groß Geschwirr von lauten Stimmen; ich konnte nur den Herzog verstehen, der zu ihr sagte*: »Vous êtes la plus respectable des enemies de la France«, sie nannte die »Assemblée nationale le dépôt de la confience de tout un peuple«, und redete, als ob sie die Welt erneuere. »Le peuple n'est plus livré aux intrigues de cour ni aux incertitudes ministerielles«, und meinte, damit sei ihr ganzes tragisches Schicksal ausgewetzt, und dann sprachen sie über Krieg zu Wasser und zu Land, von Vaisseaux de guerre* und Kavallerie und Infanterie, und sie redete davon, als wär sie bei allen Schlachten mitgewesen.

Liebster *Clemens*, wenn Du mir freundlich bist, dann bin ich, wo nicht ruhig, doch zufrieden. Ruhig sein heißt bei mir, die Händ in den Schoß legen und sich auf den Kindchesbrei freuen, den wir heut abend essen. Ruhig sein kann ich nicht, ich freu mich auf alles, was grade das Ruhigsein ausschließt, ich muß jauchzen vor Vergnügen über ein unbestimmtes Etwas. Was mag es sein? Das macht mich auch wieder unruhig, ich nehme drei Treppen unter die Füße bis zum Dachgiebel hinauf, ich guck zum Gaubloch hinaus, was doch herkommen mag, worauf ich so sehr mich freue, und weiß doch nicht was, und ich sah doch auch gar nichts, soweit der Blick trägt; aber nichts! – Aber meine Seele ist eine leidenschaftliche Tänzerin, sie springt herum nach einer innern Tanzmusik, die nur ich höre und die andern nicht. Alle schreien, ich soll ruhig werden, und Du auch, aber vor Tanzlust hört meine Seele nicht auf euch, und wenn der Tanz aus wär, dann wär's aus mit mir. Und was hab ich denn von allen, die sich witzig genug meinen, mich zu lenken und zu züglen? Sie reden von Dingen, die meine Seele nicht achtet, sie reden in den Wind. Das gelob ich vor Dir, daß ich nicht mich will züglen lassen, ich will auf das Etwas vertrauen, was so jubelt in mir, denn am End ist's nichts anders als das Gefühl der Eigenmacht, man nennt das eine schlechte Seite, die Eigenmacht. Es ist ja aber auch Eigenmacht, daß man lebt! – Wir haben in dem Kloster ein Gebet gehabt, daß uns Gott hat das Leben neu geschenkt jeden Morgen. Ich hab's nicht geachtet, jetzt mache ich eine andre Betrachtung darüber, daß wir für unser täglich erneutes Leben dem Gott danken, das macht uns feige, dem Leben zu entsagen! – Aber auch noch Schlimmeres entsteht daraus, wir schließen die Grenze des Lebens so sehr eng ab. Wir steigen so allmählich den Berg hinab und sagen: mein Leben geht schon abwärts, wir setzen die Nachtmütze auf, wir räumen auf und halten an eine kleinliche Ordnung, kurz, wir haben in einem fort mit der Kreide zu tun, mit der wir alle *zufällige* Flecke unserer Seelenmontur zudecken, weil wir uns auf die himmlische Parade vorbereiten. Wenn alles so ziemlich instand ist, setzen wir uns hin und seufzen und schwitzen als noch die paar Lebenstägelchen fort, die uns der Herrgott zugemessen hat, in lauter Angst, daß die Kreide auch hafte auf den Flecken und daß kein neuer Schmutz dazukomme, und da wird denn das Leben so ledern, daß man dem Gott den ärgsten Schimpf antun würde, es als Geschenk von ihm zu achten. Es ist aber noch mehr und ein viel größerer Irrtum dabei. – Nämlich die närrische Idee, daß Leben enden könne, Leben kann wohl verlassen, was nicht vermag Leben zu fassen, aber es kann nie enden. – Und kurz, ich finde diese Anstalten fürs ewige Leben so, daß es Reißaus nehmen muß vor dem Tod in uns. Aber nicht, wie ihr fälschlich meint, daß der Tod über einen komme wie der Dieb in der Nacht. Und wenn er käme, wer wird denn Anstalten machen für diesen Esel, der so schlecht das Lautenspiel versteht, daß er damit schon einer schwachen Seele den Garaus macht. Nein! Wie ich Dir hier noch einmal sage, das Leben flieht die Wüste des Todes, aber dem Tod eine Macht zuschreiben über das Leben, das ist Unsinn. Es ist aber noch ebenso dumm, irgendeine Macht anzuerkennen über uns als nur das Leben selbst, und leg Dir's zurecht, wie Du willst, ich kann's nicht weiter ausdrücken, ich kann nur sagen, was auch in der Welt für Polizei der Seele herrscht, ich folg ihr nicht, ich stürze mich als brausender Lebensstrom in die Tiefe, wohin mich's lockt. – Ich! Ich! Ich! – Ich greife um mich mit meinen Fluten, ich eile in stolzen Wogen durch die Triften. Ich durchziehe euch, ihr Heiden – dort kommen die Berge, die Welt ist rund, mir ist jedes Tal die Höhe, die mir zu durchbrausen beliebt, denn eben, weil die Welt rund ist. –

Clemens! Ich weiß, daß Du diese Wellen des Vertrauens gerne aufnimmst, und ich weiß, daß bei Dir gut weilen ist, drum wird der Lebensstrom auch nur ganz langsam fließen, solang er durch Deine Lebensgegenden zieht, aber über meine Neigungen kannst Du nicht disponieren. Weiß ich doch nicht, was mich Dich lieben heißt, ich gehe Dir nach, ohne zu wissen, warum, wenn's nicht der Lebensstrom wäre, der eigenmächtig durch Deine Fluren wallet und sich wohl befindet so, ja, es ist sein selbstherrschender Wille, der sich durch Deine Lebensgebiete drängt, ach und er strömt so voll, so selbstgefühlig in diesem reinen, edlen Bett, über Perlen und Goldsand, und die Ufer, so blütenreich, gratulieren meinem stolzen Wogengang. – Heut bin ich närrisch *Clemente*! – Der Frau *Gachet* kann ich auch nur im Vorüberströmen günstig sein, *aber sie lieben wie Dich selber*, liebes Flußbett, was fällt Dir ein. – Der Fluß strömt nur Dir freundlich und gutwillig, gegen andre ist er rebellisch und rauh, ich will wohl mit der *Gachet* umgehen und ein bißchen an ihr nagen mit meinen Wellen, aber mich ihr hingeben, von ihr mich leiten lassen, was fällt Dir ein? – Ich brause vor Zorn, daß einer etwas über mich vermögen soll, was nicht ich selber bin? – Nein *Clemens*! Welches Menschenschicksal auch über mich komme, das ist mir so jetzt ganz nicht von Gewicht, aber mich durchreißen, *Ich selber* zu bleiben, das sei meines Lebens Gewinn, und sonst gar nichts will ich von allen irdischen Glücksgütern. Gute Nacht für heute.

Eben jetzt bekomme ich Deinen letzten Brief und bin froh, daß Du selbst bekennst, ein wenig übereilt geschrieben zu haben. – Sie hat gar nichts mit mir gesprochen und Deinen Brief mir sehr freundlich in die Hand gedrückt, sie sah mich oft ganz starr an, als wolle sie mir etwas sagen, Du kannst überzeugt sein, daß ich mich ihr nicht zu Füßen und auch nicht um den Hals werfen werde, ich werde alles, was ich von ihrem Geist begreife und erlerne, Deinem Urteil unterwerfen, mein Leben und mein Glaube und die Lust zu bekennen, was ich will und suche, sind ja Dein, und was meine Sprache nicht auszudrücken vermag, Du mußt's finden in mir, die Dir nicht fremd ist. – Unter allen frohen Stunden bleibt die mir am lebendigsten, wo Du mich zur Lust am Leben angemahnt. Ich begreif doppelt rasch, ich weiß, wo mir's herkommt, daß ich in den nächsten Lebensmoment schaue als in einen reichen Schatz, der mir wie ein Demant entgegenblitzt und mich begierig macht auf ihn. *Der ungehemmte Lebensatem, von dem das volle Herz getragen wird.*

Vernähme der Mensch besser, was ihm die Sterne zuwinken, so würde er sich im Flug entfalten, und könnt ich's besser sagen, so sähest Du deutlich und klar, der Sinn kann sich nicht ändern, er dient Dir so willig, um treu bleiben zu dürfen, so kann er keinem andren sich zuwenden wollen, um's besser zu haben.

Adieu lieber *Clemens*, Du bist mir den Abschiedskuß noch schuldig. Deine *Bettine*.

Wo bleibt denn nun jetzt die *Walpurgis* und die schönen Lieder der Liebe? – Nicht wahr, jetzt bist Du nicht mehr eifersüchtig auf den Bettelmann!

Liebe *Bettine*.

Ich danke von ganzer Seele für den beruhigenden Klang Deines Briefes, in dem sich Selbstgefühl und Liebe so schön durchdringen. Ich weiß nun mehr über die *de Gachet*, Du kannst mit ihr sein und kannst sie auch vermeiden, wenn sie Dir nicht zusagt, denn ein Herz, was so herrlich grünt und blüht wie Deines, bedarf keiner Seele als nur der Liebe; die hast Du von mir. Bleibe über alles Zufällige erhaben, folge Deinem inneren Ruf, er ist zu stark in Dir, wer wollte Dich ihm entziehen? – Es wäre Frevel, es zu wollen, da wir alle noch nicht da sind, wo wir mit uns selbst rechten können, ob wir irgend etwas wollen, sollen oder nicht; so würde der rein als Natur hervortretende Instinkt ja nur in sich selbst erkranken, sollte er bezwungen werden durch Reflexion, und sein Genie, die Rettungskraft aus dem Irrtum heraus, wär ihm dadurch gebrochen.

Daß die Welt den großen Kreislauf macht durch Irrtum und leidenschaftliche Verkehrtheit, hat Dir selbst ja bei Deinem ersten Blick in die Welt eingeleuchtet; daß sie aber zu ihrer Ursprünglichkeit zurückkehren solle in vollem Bewußtsein und mit aller Gewalt, das dieses Bewußtsein gibt, das soll in jedem einzelnen wahr werden, oder er wär dieser Welt verloren. Und außer ihr sein wollen ist Vernichtung. Nein! Jede individuelle Kraft kann nur durch und in der Allgemeinheit Wurzel fassen, kann nur in ihr sich selbst verstehen lernen; und kann nur *an ihr* sich erproben. Drum ist die Geschichte der Dinge das wahre Element der Geister, und darum hat diese *de Gachet* eine elektrische Wirkung auf die Menschen, weil ihre Eigentümlichkeit sogleich an der Geschichte sich entzündet und drin aufleuchtet, ja wenn der Mensch erst dasteht (das heißt obenan steht), dann ist sein Leben ein fortwährendes Weltwirken. Alle kühne Taten großer Menschen sind ein unwillkürliches, aber ganz naturgemäßes Mitwirken der Gesamtheit oder der Geschichte der Dinge, deren Erzeugnis ja auch der Geist ist; und *Mirabeau* würde nicht so Schlag auf Schlag getan haben mit jedem Worte, wäre seine Eigentümlichkeit nicht fortwährend elektrisch eben von dieser Geschichte seiner Zeit entzündet worden. Man beurteilt zwar oft die Menschen nach einem sittlichen Wert oder *Unwert*, dieser ist aber im allgemeinen Weltgeschick nicht mehr zu rechnen. Wer wird dem *Mirabeau* seine moralische Vergehen anrechnen? – Sie sind geschleuderte Blitze seiner Sinne und seines Geistes, je nachdem sie in fortwährender elektrischer Reibung mit der Geschichte der Dinge sich entladen. Die Revolution hat unendliche derartige Charaktere hervorgebracht, sie haben alle geleuchtet, sind scheinbar wieder verschwunden, ob sie noch wirken? – Daß sie noch wirken, das weißt Du wohl am besten, da Du oft Deine höchste Begeisterung für sie ausgesprochen hast und hierdurch die erste und tiefste Grundlage Deines Begriffes in Dir geworden ist. Ganze Generationen sind vorübergegangen, wo gar kein Weltbegriff in den Nationen hervorgetreten war und das ganze Menschengeschlecht im Willen und im Geist am Boden verkeimte, darum war aber auch keine Geschichte; erst indem sie sich zum wirklichen Leben entzündete, regte sich diese Saat selbstwirkender Eigentümlichkeiten; und diese *Gachet* – was auch von der Philisterzunft ihr Nachteiliges möchte nachgesagt werden, war doch von ihrem Zeitalter tief bewegt; sie zählte mit, sie hatte ein Geschick, und dies webte sie kühn und lebenskräftig in die grausamen überwältigenden Weltgeschicke mit ein. – So manches Wagnis führte sie oft nur aus um eines einzigen armen Bauern willen, dem sie nachts vielleicht ein Brot brachte in seinen Versteck oder dessen Kinder und Weib sie nährte, während der Mann nicht für sie sorgen konnte. Authentische Papiere, meinem Freund *Ritter* von ihr mitgeteilt, legen es dar. In einer wilden, nicht geheuren Zeit – was wir unendlich menschliches Elend nennen würden, das wurde dort nicht geachtet, nicht empfunden, es war angemeßnes Tagwerk, diesem Elend der Lebensbedürfnisse zu steuern; – waren sie in etwas befriedigt, so sprühte auch gleich wieder jener elektrische Funke, der die Weltgeschicke durch große Charaktere herausbildet und aufbaut oder sie reinigt oder erzeugt. – Wem hat diese Frau gedient in jedem Bauern, dem sie Hülfe leistete? – einem vertriebenen König, sie konnte das nicht anders wollen, obschon auch ihr die Not und die Berechtigung und die Würde der Nation heilig waren. Und nachdem nun dies schauerhafte Gewitter, was den ganzen Erdenhimmel entzündete, wo kein Blitz aus den Wolken fuhr, der nicht traf, allmählich ausgerollt und sich entladen hat – da sind alle die Ihren vom Blitz getroffen, sie bleibt allein stehen und ergreift die Wissenschaft zu ihrem Freundesstab und sucht die edelsten Geister auf in Deutschland, weil ihr der Vaterlandsboden durch unendlich schwere Jammerszenen unerträglich und auch verpönt ist. Dies alles ist schön und edel, und es ist beglückend, mit solchen Menschen sich berühren dürfen! Das mußte ich Dir sagen, auf Deine Verteidigung Deiner *Lebenseigenmacht;* sie sei Dir ganz individuell, unverletzt, so kann sie doch nur als gesamtmitwirkend Dir selber wieder zugute kommen. Das ganze Du der Menschheit muß ein Ich werden, große Menschen denken und fühlen nicht anders. Und so sollst Du auch sein mit ihr, die ein Du für Dich ist, in der schönen und edlen Seite aber dein eignes Ich sein muß. Es wird Dir vielleicht seltsam deuchten, als ob ich Dich von der einen Seite warne, auf der andern aber sie Dir im verklärten Lichte zeige, und so ist es auch. Ich will nämlich nicht, daß Dein eigner Charakter, der so fest und so entschieden sich schon ausspricht, sich allenfalls einen andern, der so mächtig einzuwirken vermag, sich unterwerfe, ich will aber auch nicht, daß den Handlungen, die nur der wirklich große Mensch begehen kann, ein schlechtes Urteil gesprochen werde. Was ich Dir übrigens über die *de Gachet* hier schrieb, ist teilweise aus dem Brief meines Freundes *Ritter* an mich; dieser große Mensch, der in seinem innern Wissen und Wirken die Zeiten überragt, hat eigentlich hierin den Begriff von sich selber niedergelegt. Ihn mußt Du auch noch kennenlernen, es kann sich Dir nichts Schöneres enthüllen von Menschensinn als dies kindliche, bis ins Antike hinaufragende Gemüt.

Wenn ich von der gewohnten Weise, mich mit Dir zu verständigen, hier abgewichen bin, so ist's, weil ich die reine Menschlichkeit in *Ritters* Begriff in keine andre Sprache übertragen konnte. Ich möchte Dir alles zuwenden, was mich je gerührt und bewegt hat. Lerne, wenn Du auch nur dabei begreifst, wie man Dich nicht lehren sollte. Dein Bestreben sei, Dich so mit Deiner Vorzüglichkeit zu durchdringen, daß kein Mensch merke, wo Du es bist. Antworte mir und bleibe bei dem, was Deine Seele nähren kann. Ich werde Dir bald allerlei Bücher schicken. Vor allem bewaffne

Dich gegen jeden Mißbrauch, den man von Deiner Zukunft machen könnte, gebe niemand auch nur das Geringste davon in die Hände. Lasse nur Dir selber die Herrschaft in Deinem Gemüt, und lasse mich einen geringen Anteil dran haben, wir sind ja keine zwei! –

Adieu Du edles geliebtes Kind.

Dein *Clemens.*

Lieber Clemens.

Jetzt schreib ich gleich weiter von allem, was ich über Deine Warnungssorgen vergessen hatte. Diese Frau hat mich in einem fortwährenden Schauerriesel erhalten, und denke Dir, während ich, in die Türe gelehnt, sie ansah, verstummte sie oft mitten in ihrer Rede und sah sich nach mir um, keine Goldfrucht winkt lockender aus dem dunklen Grün als ihr lächelnder Blick nach mir, ich fühlte mich beschämt. Bei der Heimfahrt nahm der eine ihrer Begleiter den Platz im Whisky* ein, sie schwang sich mit selbstgefälliger Anmut aufs Pferd, sie grüßte mich, als wolle sie mir sagen: schwing dich auch aufs Roß, aus allem heraus, was dich beengt, komm, vertrau mir, ich will dir die Hand reichen. – Und fort war sie; und ich lief in den Garten und stieg auf die Pappel, wo hätt ich hingesollt, so sehnsüchtig in die Weite? – Auf dem Gaul die Abendlüfte durchsausen im Galopp! – und hätt ich das gekonnt, mein ganz Glück würd ich darin finden und muß Dir alles sagen, was ich hierbei denke.

Man muß doch wohl wissen, was das Gegenteil ist von aller Verkehrtheit, denn nur in dieses hinüber kann man sich vor ihr flüchten, und doch, wenn sie mich wie Lüge und Gespensterwesen anschauderte und ich glaubte ihr Gegenteil, die Wahrheit, zu empfinden, so war keine Gewalt in mir dazu. Die erste Melancholie, die erste Träne, die wie eine Frage mir ins Gewissen fiel, war der Art. Ich ging einmal in so unklarer Stimmung über den Hühnermarkt in Frankfurt, auf einmal befand ich mich wie im Traum, aus einem Weltenraum in den andern hineingerissen, aus der kalten, mit spazierengehenden Philistern besetzten Straße unter die befiederten, also zur Freiheit geschaffnen Tiere. Die Tauben, die man im Abendschein in Herden die sonnevergoldeten Wetterfahnen der Kirchtürme umschwingen sieht, waren hier in schmutzige Körbe eingesperrt, wo sie ihr reines Gefieder besudelten bei kargem Futter. Und morgen sollten sie von der Hand und für den Magen eben dieser Philister geschlachtet werden, in denen nie ein Naturgefühl den Lebensreiz erhöht hatte. – Es machte mich traurig, ich fühlte mich hier besser und weniger beschämt als unter den Menschen. Diese Tiere sind ein Liebreiz der Natur, sie haben Mut, sie schwingen den wolkenbringenden Winden sich nach in die Lüfte, und alle Lebensgeister in ihnen sind angefacht. So wie ich mich sehnte damals, mit den Tauben unter Gewittern die Türme zu umkreisen, so hätte ich gestern auf dem Gaul im Galopp dem gewohnten Schlendrian mich entreißen mögen. Ich hab es sehr deutlich gefühlt, was diese Frau vorausḥat, dadurch daß sie so einem Reiz kann genügen. Freiheit fühlt sie in allen Gliedern auf dem Pferd, das sie zu lenken versteht, und wenn es sich bäumt und steigt, und sie läßt so ruhig es gewähren, denn sie weiß, es wird sich gleich fügen, und jetzt ist sie aufgeregt durch einen Gedanken, so setzt sie dem Gaul die Sporen in die Seite, und er fliegt wie ihr Geist mit ihr zugleich dem entgegen, was sie erringen möchte. Ach, wie muß das die Kraft fördern Leibes und der Seele, wie muß das den Gedanken treiben, daß er gepanzert hervorspringt gleich und dreinschlägt in den Begriff, und wie muß es das Herz heben, das Reiten? – Nur edlen Naturen gehört das Pferd, kein Vorsatz konnte mich bewegen, auch keine Vorstellung, keine Belehrung, keine christliche Moral irgend mich selber im Zaum zu halten, das Gute zu tun, das Böse zu lassen. Aber auf einem

Pferd, da würde ich zu jeder kühnen Tat, auch noch im letzten Augenblick, herangesprengt kommen, denn das würde genievolle Begeisterung in mir anregen. Was ist der Unterschied zwischen Gott und Menschen? – Daß in ihm alle Lebensreize wach sind, und aber im Menschen schlafen sie. – Er hebt das Haupt, der Mensch, weil ihm irgend etwas deucht – er sucht seine Meinung, er glaubt sie gefunden zu haben; er paßt sie den unbegriffnen Dingen an, die müssen sich danach zurechtsetzen lassen, und den nennt man einen Weisen, der das Ursprüngliche so lange verkehrt und das Göttliche durch Schein und Trug ersetzt, damit er sagen könne, von mir geht der Begriff aus. Und seinen verrückten Plänen fügt man sich, denn er sitzt tief im Philisterstuhl, aber von dem Feuer eines kühnen Pferdes träumt ihm nichts. Ebensowenig von der Wahrheit, die ein so lustiger und rascher Gaul ist, der über Stock und Stein hinaussetzt und ums Ziel siegend herum sich tummelt. Und da schreien die Leute über den Tollkühnen, der wie wahnsinnig über die Barriere sprengt, verbotne Wege reitet durch die gefahrvollen brausenden Wellen hinauf zum steilsten Ufer, gleich wird er verunglücken! Die Feigen wissen nicht, daß diese tollkühnen Sätze abgemessen sind nach ewigen Gesetzen der Begeisterung, sie sind gewagt, aber in ihrem Wagen liegt ihr Gelingen. Wär ich König, ich würde die Welt untertauchen und sie gereinigt aus den Zeitenwogen hervorgehen lassen. – Was ich sage, sei es Frevel, o so ist mir dieser Frevel lieb. Wo war je ein Gebet stolz genug, daß ich gern es nachgesprochen hätte? –

Hier liegen wir im Staube vor Dir Gott Zebaoth.

So mußten wir im Kloster singen, und nachdem ich's jedesmal mitgesungen hatte, besann ich mich eines Tags, was es denn wohl heißen möge, es schwante mir, als ob dem Gott der Menschheit ein Götze gegenüberstehe, der Zebaoth heiße, denn Gott und Mensch konnte ich nicht trennen und kann es noch nicht, und Staub lecken vor dem Zebaoth, das heißt mich eine innere Stimme bleibenlassen, wenn ich Frieden haben wolle mit dem rechten Gott, der in den mondverklärten Wolken abends sich ins Gespräch mit mir einließ über allerlei und mir recht gab, wo aberwitzige Menschen es besser wissen wollten. Und wie wunderliche Reden führte mit mir oft dies oder jenes auch in der Natur.

Was hab ich alles erfahren in jenen Kinderjahren; – Wurzeln und Kräuter, eine Blumendolde, aus der bei leisem Druck der Same aufsprang – die waren mir Unterpfand und Beteurung vom Gegenteil alles Aberglaubens, sie sagen mir immer dasselbe: *Frei sein,* und jeder Glaubensbefehl leugnet mir das, und endlich, da die Überschwemmung der ganzen Erdenkultur auf mich losgeschwemmt kommt, da strecke ich die Hand allem Unschuldigen entgegen, um es zu retten in meinen Busen. Und jeder Begriff des Großen, Kühnen, der Lüge zum Trotz Reinen – das ist mir ein Lebendiges, das mich anwirbt mit schmeichelnder Verheißung. Und was war dagegen, was man mich lehrte? – ach so unfaßlich, daß man eine Maschine sein mußte, um es nachzusprechen.

Du hast mir oft gesagt, ich solle meine Erinnerungen aufschreiben aus der Klosterzeit, über die ich nun schon mehr als drei Jahre hinaus bin. Es ist alles noch lebendig in mir, ich kann aber nicht die Blütenäste vom Baum abbrechen, der ich selbst bin. Dies Klosterleben hat Knospen in mir angesetzt, Ahnungen, die zur Wahrheit müssen reifen. Denn der Baum kann nicht selber sich berauben seiner Düfte, die noch verschlossen sind. – Denn alles ist mir ja nicht ein Gegenstand, ich bin es selber. Weil es aber heute in so nächtlicher Zeit ganz toll in mir hergeht, daß ich nicht schlafen kann vor dem Gaul, der Schimmel, der mir im Kopf herumtrabt – so weckt er mir ja ganz leidige Erinnerungen, über die ich gleich damals als junges Kind schon den Bann ausgesprochen habe. Ach, ich bin doppelt froh des Lichtes, das ich in Dir sehe, denn alles, was ich Dir schreibe und sage, kommt mir vor, als gehe es von Dir aus, und ich bin so stolz in Dir, weil Du oft mich anredest, als ob es die Stimme der Weisheit sei, auf die ich lange gehorcht habe in die Ferne, und jetzt ist sie mir so nah in Dir, daß ich sie von mir selber nicht unterscheide. Aber ach! hege keine zu großen Erwartungen von mir, bedenk, daß ja Deine Liebe mir keinen Wert mehr läßt, ich hab ihn alle für sie hingegeben. Und heut schreib ich nun nichts mehr, aber morgen.

Nun ist's Morgen *Clemente*, aber welch ein Morgen? – Die *Gachet* hat sich ansagen lassen mit noch merkwürdigen Begleitern, ein Chemiker *Buch*, ein Gottesgelahrter *Maijer*, ein Pferdemaler *Dalton*. Dies Pferdegenie soll sehr interessant sein, der blinde Dux wird auch da sein. Ich freu mich schon auf alles, und mir klopft das Herz, aber ich werde mich doch auch selbst fühlen gegenüber der Frau, die ein Pferd regiert wie ein Mann! – – Denn kann ich nicht vielleicht auch etwas regieren, was dem Gaul gleich ist, oder mehr noch? –

Eben ruft die Großmama, wir sollen ihr Blumen holen im Garten und die Urnen frisch mit Sträußern versehen. Ich werde alle Blumenbeete rasieren, ich muß fort.

Clemente, sie ist dagewesen, wie ist doch alles durcheinandergegangen. – Nach dem ganzen Abenteuer haben die Franzosen im Garten einen fürchterlichen Apfelkrieg geführt, ich kann Dir's heute nicht mehr schreiben, ich muß erst noch eine Nacht drauf schlafen. Aber morgen kommt sie wieder, sie hat mir's im Vorübergehen ins Ohr geflüstert, sie ist des Teufels, aber ich bin auch des Teufels, ich will keine Freundschaft mit ihr, ich bin zu jung. Wär ich schon so, wie es in mir werden will, dann ritt' ich stehend auf zwei Gäulen und spränge dazu durch den Reif. Mit Kunststreichen und Übermut wollt ich ihren kühnen Ritt ausparieren.

Lieber *Clemens*, heut am Montag erzähl ich fort vom

Samstag und Sonntag, diesmal gingen hexenmäßige, die Großmama in höchster Spannung haltende Dinge vor, eine galvanische Batterie! – Der kleine rotwangige Apotheker *Buch* trug Blumenkörbe und Urnen hinaus auf den Hausflur.

Mit Salzwasser in einer großen erdnen Schüssel wurde ein groß Geplätscher gemacht, runde Filzlappen und Taler und Kupferplatten aufeinandergelegt, viele Stimmen und Hände gingen durcheinander bei dem Aufbau der Säule. Der Herzog im Hintergrund hielt mich bei der Hand, ich mußte ihm erzählen, was vorgehe. Nachdem die Säule unter den Händen der Gelehrten mehr wie einmal umgestürzt war, baute die Vendéerin sie selbst auf, und sie blieb stehen; es wurden negative und positive Versuche gemacht, davon kann ich nichts sagen, als daß es nicht ganz so ausfiel, wie man wollte. Die *de Gachet* verlangte feingesponnene Glasfäden, die Frau *Wrede* uns gegenüber hat eine Sultansfeder von gesponnen Glas, sie sagte mir, daß sie den Sultan dem Magnetiseur geschenkt habe, der ihn auch zu seinen Versuchen braucht, ich klingelte an seiner Haustür, wie ich den Schall der Glocke hörte, mußte ich mich fürchten, aber ich war schon im Haus der Treppe hinauf und stand schon vor ihm und wußte nicht, wie ich's ihm sagen solle; er kam mir aber zuvor, wie ich von gesponnen Glas anfing, und gab mir den Sultan in die Hand; da sah er an meinem Finger den Ring aus dem ledernen Schuh, den Stein nach inwendig mit roter Seide umwickelt und mit Harz verklebt, ich schämte mich, ich wickelte den Faden los und reichte ihm den Ring, er besah ihn und sagte: *Ein Talisman!* – und steckt ihn mir wieder an den Finger. Das war alles, was er mit mir sprach, mit dem ich doch manches schon gesprochen hatte über die Gartenwand; ich nahm mir auch vor, gleich den Abend noch auf die Gartenbank zu steigen und mit ihm zu sprechen, ich werde Dir gleich erzählen, wie das aber nicht gegangen ist. Erst wurden mit den Glasfäden Schmelzversuche gemacht, die nicht gelungen sind, drum sollte die Säule ein paar Tage unberührt stehen und sich verstärken; die Großmama war in großer Angst, es könne daran gestoßen werden, und ließ, nachdem die *de Gachet* fort war, niemand ins Zimmer; die französischen Herren hatten sich im Garten versammelt, es war schon dämmerig, ich kam dazu, sie sprangen wie toll herum, machten große Sätze über die Blumenbeete, rissen die Stäbe von den Pflanzen los und schlugen aufeinander und rissen vom Spalier die gezählten noch unreifen Äpfel zum Bombardieren. – Ich war ja wie versteinert. Denk, sie hatten ihre Röcke ausgezogen und auf die Sträucher gehängt, die waren krumm gebogen von der Last, der ganze Garten war verwandelt, ich konnte keinen erwischen, so war er gleich hinter einem andern drein, und wollt ich den wieder um Gottes willen bitten, so hatte er eins, zwei, drei Äpfel abgerissen und setzte über die Rabatten hinaus, um einen zu treffen; sie waren wie toll gewordne Geister, sie flüsterten und kicherten und gaben keinen Laut von sich, in der Verzweiflung rief ich: *Grand-Mama vient,* da warfen sie ihre Munition auf gut Glück dem nächsten an den Kopf, und mit ihren Röcken wie der Wind zur Gartentür hinaus. Verwundert, daß diese alten Herren mit ihrem Podagra und Asthma so ungeheure Bocksprünge machen konnten, nahm ich den Rechen und harkte die Wege, ich steckte die weggeworfenen Blumenstäbe wieder in die Sträucher, es war schon dunkel, da suchte ich noch die abgerissenen Äpfel zusammen und legte sie an die Erde, als wären sie von selbst abgefallen, vielleicht vom Wind. Im Hof des Magnetiseurs sah ich die Leute bei einem Packwagen beschäftigt, und denk Dir, er ist fort, heute morgen, noch ehe die Sonne aufging. Das ganze Haus öde! – es sieht so traurig aus, der Wind spielt mit den Dachluken. – Ich hab ihn also zum letztenmal gesehen, wie er mir die Glasfäden gab. – Wie leid tut mir das! –

Die *de Gachet* war auch noch am Sonntag Nachmittag

hier, kein Mensch hatte sie erwartet und ich auch nicht, obschon sie mir es zugeflüstert hatte; so war ich ein Weilchen allein mit ihr. Wie ängstlich war mir das! – Ach *Clemens*, laß uns lieber allein alles vertrauen, alles miteinander erleben und nicht mit andern. Dieser große Planet, die *Gachet*, erschüttert mich zu sehr, wenn er mir so nah rückt. – Sie redete von den Himmelskörpern, ihrem subtilen Ausströmen und von wechselseitiger Anziehung der Planeten in ihre Kreise und vom innerlichen Sinn im Ozean der Gefühle, und ich war ganz betäubt. Wie komme ich ihr vor, daß sie mir so was sagt! – Sie hielt mich fest in ihren Armen, ich hätte des Teufels werden mögen; ich schämte mich, daß ich ihr zuhören mußte, gefangen in ihren Armen, und nichts verstand; sie ließ mich los, wie die Großmama hereinkam; ich, wie ein entwischter Vogel, sprang in den Garten auf die Bank und sah recht sehnsüchtig in den verlassenen Garten vom Magnetiseur. Da war er aber doch nicht fort, er wandelte noch ganz allein und kam gleich an die Gartenwand; er sagte mir, seine Leute seien schon seit gestern fort, er reise in der Nacht ihnen nach. Ich habe ihm rechte Vorwürfe gemacht, daß er so fortgehe, ohne mir davon zu sagen; da fing er an zu lachen und sagte, ich hätte ihm ja Reisegeld geschickt, ich lachte auch, weil ich mich schämte zu weinen. Ach dieser Mann war mein bester Freund. Er hat mir nie gute Lehren gegeben, aber er hat mich belehrt. Ach *Clemens*, leb wohl, jetzt ist's aus mit der *Gachet*, denn sie sagte der Großmama, daß sie an den Rhein wieder geht.

Bettine.

An *Clemens*.

Es ist aus mit den Blumen, die letzten Asternsträuße waren die, womit wir in voriger Woche die Blumenurnen schmückten und die wegen der Batterie vor die Tür gesetzt wurden.

Gestern haben wir den letzten Herbst gemacht, nur noch die Winterbirnen hängen, von denen meint die Großmama, wir wollten sie hängen lassen, bis erst Reif kommt, der war heut nacht, und nun frag ich: »Wollen wir heut die Birnen abmachen, es war heut nacht Reif.« Großer Schrecken der Großmama, sie hatte so in den Tag hineingelebt und gemeint, es sei noch lang nicht Winter. Und wie sehen die Blumen aus? Wir müssen heute noch Kränze haben, es ist eine Hochzeit hier im Haus, um drei Uhr wird der Pfarrer hier sein und ein edles Paar zusammengeben.

Lieber *Clemente*, was doch alles hier im närrischen einsamen Haus passiert! Aber wir drei Geschwister ahneten gleich die Geschichte, ich sprang mit Flügeln die Treppe hinauf, wir kriegten uns alle drei um den Hals und tanzten eine Ronde, daß die Wände zitterten. Auf einmal erscheint die Tante im Negligé, halb frisiert, was das für ein unanständiger Spektakel sei? – Und was die Hofdame denken solle, die seit acht Tagen im Saal unter uns wohnt, daß wir so ihr auf dem Kopf herumtanzen. Und der Tanzmeister wartet schon eine Viertelstunde. Wir lernen nämlich schon seit vierzehn Tagen bei einem französischen Ballettmeister einen figurierten Tanz, an dem sollen wir fortexerzieren bis zum Neujahrstag, da sollen alle Nationen kommen, dem Fürst *Ysenburg* gratulieren, die Franzosen haben dazu Madrigale gemacht *avec la pointe cachée**, sagt *Chateaubour*, der Hauptdichter. Ich stelle eine Spanierin vor, blau und silbern, und ebenso mein Tänzer, der Prinz *Neunzehner*, der gar nicht vom Platz zu bringen ist, allemal rechts umdreht, es sei links oder rechts; so hat der Tanzmeister deswegen die Figur umgeändert, damit er nun rechts auch auf den rechten Platz komme, und nun läuft er wieder allemal links, wir lachten so toll in der Probe, wir waren so ausgelassen, wir wußten, daß die Tante nicht kommen konnte, weil sie Toilette machte, wir sprangen auf Tisch und Stühle, Herr *Baleri* mit seiner Pochette* in einer Staubwolke, die alte

Cousine, die hereinkam mit einem Befehl der Großmutter, setzten wir auf ihren ledernen Sessel und trugen sie auf den Köpfen, sie schrie, die andern sangen, und *Baleri* spielte einen Marsch. – Die Großmama ließ uns in den Garten beordern. Alle Blumen vom Reif verdorben! – Wir mußten uns an die Hambutten und die herbstlich rote Jungfrauenrebe halten, dazu Tannen und Efeu. Wir waren sehr lustig bei diesem Dekorationsfest, wir machten's wie die Braut und gaben den halb verblühten Astern mit farbigem Papier ein Ansehen. Diese Heirat ist ein Werk der Großmama; vor kurzer Zeit lernte diese Hofdame von Meiningen bei ihr den Herrn *von Drais* kennen, wie er grade vor unserm Hause eine Draisine probierte, eine Bank mit Rädern, die Herr *von Drais*, drauf sitzend, mit Händen und Füßen fortbewegt. Die Hofdame sah ihn dahergerollt kommen, hinter ihm drein alles, was Beine hatte. – Nachdem sie getraut waren, hielt die Großmama eine bewegliche Rede. Wir spielten abends ein Sprüchwort, worin die Draisine eine Hauptrolle hatte. – Heute werden nun die Birnen abgemacht. Da freu ich mich drauf. Das Hochzeitspaar ist nämlich gestern spät noch fortgereist und alles wieder im stillen Geleise. Morgen wird Kartoffelernte gehalten von einem kleinen Feld, worauf die Großmama Musterkartoffeln ziehen läßt, die ihr von allen Enden der Welt, ich glaub sogar von Amerika her, geschickt werden. Da müssen wir ein Register machen, wieviel jede Staude getragen hat, der Großmama ihre höchste Wonne, diese Register zu vergleichen. Nun weiß ich nichts mehr, als daß Du meinen letzten Brief nicht beantwortet hast. *Buch* sagte der Großmama, Du seist nicht in Marburg und würdest erst am 19. wieder da sein. Das ist mein Namenstag, der nie mit andern Blumen kann gefeiert werden als die im Eiskristall am Fenster anschießen. Heut ist der 4. Also 14 Tage soll ich nicht wissen, wo Du bist, da kann der Brief ein Weilchen frieren in Deinem unbewohnten Zimmer.

Bettine.

Liebe *Bettine.*

Deine Briefe erquicken meine Seele und nähren sie, der Winter ist hier so traurig, und *Savigny*, tief in den Studien, überwintert die Saat seiner großen Zukunft unter einer Schneedecke von Verschlossenheit, die mich verzweiflen macht. Was ich mir auch die liebende Mühe gebe, ihm mitzuteilen, er ist stumm dazu, oft denk ich mit Behutsamkeit etwas aus ihm herauszulocken, allein die Erfahrung ist nun in sich vollendet, daß ich nie den geringsten Beweis von ihm erhalten werde, daß, was ich ihm sage, ihn interessiert. Oft in meiner kalten Stube (was mir nun auch noch den Winter unerträglich macht, daß der Ofen nicht heizt, sondern raucht) komme ich darüber in Schweiß, ins klare zu kommen über seine Klarheit, mit der bald die *Tonie*, bald die *Gundel* oder Du mich plagen. Bin ich denn ganz auf den Kopf gefallen, daß mir diese gepriesne Klarheit und Ruhe den peinlichsten Eindruck macht? – Also quäl Du mich nicht mit Deinen erhabenen Ansichten, da ich ihn in der Nähe habe und er vielleicht besonders gut fernt.

Ich hab dem Buchhändler *Guilhomman* den Auftrag gegeben, Dir den Homer zu schicken. Hast Du ihn bekommen? Weiter sollst Du nächstens die Reise des jungen *Anarcharsis** lesen und recht aufmerksam, das wird Dich unterrichten und ergötzen. Doch mußt Du Dir keinen Zwang bei solcher Lektüre antun, Du mußt sie würdigen, indem Du sie liebst. – Die ästhetischen Briefe von *Schiller* – hast Du sie gelesen? – so bedaure ich Dich für die Pein; sie sind für eine kindliche Seele etwas hölzern. Hiervon schweige gegen die Großmutter, sie tut Wunder der Güte in ihrer Art – und Du sollst sie ehren. Schreibe, wenn es möglich ist, Deine Empfindungen während oder nach der Lektüre nieder und schicke mir so etwas, überhaupt sprich in Deinen Briefen oft mehr über den ganzen Kreis Deiner Empfindungen, wie sie nämlich in die Welt hinausstrahlen, als über ihre Konzentration.

Was Du tust, erhalte Deine Seele in reiner jugendlicher Liebe zum Großen und Schönen. Auch die Sinne wollen die Befriedigung in der Schönheit, sie suchen es in sich und in dem, was Einfluß auf sie übt. Du fühlst Dein Ohr beleidigt durch eine klanglose, rauhe Stimme, die keinen Geist widerhallt, so Dein Auge lenkt ab von dem, was seinem Schönheitsreiz widerspricht. Oder es forscht nach der tieferen Schönheit des Geistesadel und der Güte, wenn es mit häßlichen Zügen sich bekannt macht. So ist das unschuldige Auge der strengste, aber auch der edelste Richter, ja der König unter den Sinnen, denn es begnadigt den, der unverschuldet gegen die Schönheit sündigt, es erhebt und rächt ihn an den stumpfen Sinnen, die das Tiefe nicht von der Oberfläche unterscheiden. Seelenreinheit im Verkehr mit andern, ohne Vorbedacht, ohne Berechnung, die allein ist der helle Kristall, durch den das Leben in seiner Ursprünglichkeit begriffen wird und die aus sich selbst die ewigen Motive immer wieder erzeugt, welche eine verwirrte Welt umwälzen und ihre primitive Kraft ihr wiederverleihen. Verstehst Du mich? – Nur solchen Naturen schließen sich alle Lebenstiefen auf, nur sie werden gesund zwischen Lastern, ansteckenden Krankheiten der verwirrten Zeit hindurchgehen, nur sie werden Heilung ausströmen, nur sie werden taube Ohren hörend und blinde Augen sehend machen. Sei unbekümmert um die Zukunft, es gibt keine; wenn Du in jeder Minute rein und voll und ohne Langeweile lebst, so gibt es nur eine gegenwärtige Ewigkeit.

Es würde mich freuen, wenn Du wolltest Dich mit dem Englischen beschäftigen. Sprachen sind ein großer Gewinn, sie enthalten, außer der Verschiedenheit des Ausdrucks, auch noch ein melodisches Genie, und dies erzeugt wieder auch ein tanzendes Genie im Geist. Und willst Du hinter alle Geheimnisse des Geistes kommen, so nehme nur Rücksicht auf das Leben, was die Sinne führen, es spricht Dir Befähigung und Kraft und Neigung aus. In unserer äußern Welt konstruieren sie eine erhabne Geisteswelt, die reifen muß in ihr und endlich sich selbständig zur Welt gebären muß. Das ist unsre Erlösung aus dem Irdischen ins Himmlische. – So wie der Tanz Dich lebendiger und rascher macht. – Als ob, von frischem Frühlingswind angehaucht, die Lebensglut aufflackert und spielend ihre Flamme hier- und dorthin wirft; so ist's mit dem Geist. Sprachen lernen ist, mit dem Geist der aufregendsten Tanzmusik folgend, sich behagen in harmonischen Beugungen und zierlichen kecken labyrinthischen Tänzen, und dies elektrisiert den Geist, wie die Tanzmusik Deine Sinne elektrisiert. In der Sprache aber vermählen sich die Sinne wirklich mit dem Geist, und aus dieser Verbindung erzeugt sich denn, was die Völker mit Erstaunen als ihr höchstes Kleinod lieben und erheben, und wodurch sie sich erhaben fühlen über andre Völker, was den Charakter ausspricht ihrer Nationalität, nämlich *der Dichter*. Drum, liebes Kind, ist's nicht so gemeint, wie die andern es meinen, wenn sie Dich zum Fleiß anmahnen – wenn ich Dich drum bitte; es ist wahrhaftig aus einem tieferen Grund; aus dem heiligen Grund der Vernunft. Diese Vernunft, die immer über uns schwebt, selten den Fuß auf die Erde setzt, nach der schaue ich beständig und flehe sie an, daß sie Deine Muse soll sein. Dir kömmt vielleicht das trocken vor. Ich hab schon oft Dich zürnen hören über Vernunft und vernünftig, Du hast dies Wort bei mir verklagt, daß es so wenig Klang als innerlichen Nachklang habe, und wenn ich Dir auch nachgebe, daß der Klang dieses Wortes nichts Anziehendes habe, was daher rühren mag, weil die Vernunftphilister es in falschem Gold nachmachen, so erinnere Dich nur, was Du mir noch vor einem halben Jahr geschrieben, die Pockengruben, die *Lavater* dem *Mirabeau* so bös auslegt, können Dich nicht hindern, in die Gruben seines Geistes und Herzens Dich einzubetten? – Nun so glaube mir, daß, wer im Begriff der Vernunft ein edles Lager findet, das mit Rosen und Lorbeeren und auch mit Myrten Dir bestreut ist.

Das Mißverständnis der Welt ist der wahre Verleumder, sein Lügennetz verwickelt alle Hin- und Widerreden, alle sich aus gegenseitiger Opposition bildenden Meinungen, und wer sich oder seinen Grundsätzen unrecht getan fühlt, tut wieder dem unrecht, den er selbst durch Irritation so weit gebracht hat, daß ihm die Ahnung in der Seele gelöscht ist vom Großen und Schönen, und betäubt nicht mehr das Rechte erkennt. –

Aus Empörung gegen diese Mißverständnisse gegenseitiger Opposition ist die Revolution entsprungen, und aus Eigensucht derer, die für die höchste Liberalität zu streiten behaupten, wird sie mit ihren schrecklichen Nachwehen, eine schauerliche Ruine für die Nachwelt, dastehen. Aber gebessert kann nur das ganze Weltverhältnis werden durch die heilige Vernunft, laß sie Dein *Mirabeau* sein, wenn dieser Name Dir besser klingt. Widme ihm Deine Begeisterungen, da er Dir doch nur aus den Wolken herabpredigen kann, so wird dies leicht mit der Vernunft übereinstimmen, die auch immer über allen Projekten der Menschheit schwebt.

Verzeih mir, wenn ich Dinge Dir mitzuteilen versuche, die viel reiner in Deiner Seele wohnen, die ich eigentlich in Dir selber wahrnehme, um sie Dir auszusprechen. Die Hoffnung auf eine köstliche Ernte macht mich so ungeduldig, ich sehe alles hervorsprießen und zur Blüte sich drängen in Dir und kann es kaum erwarten, daß es der Wahrheit und Schönheit zugunsten reife.

Noch einmal führ ich Dich auf Deine Studien zurück. Ach wenn Du erst den Shakespeare englisch lesen kannst, das ist ein halbes Leben wert. Auch zeichne fort, recht fleißig und mit der Begierde, es zum Selbsterfinden zu bringen. – Die Zeit, die Du nicht arbeitest, liebe *Bettine*, mußt Du ja doch verlieren. Keine Minute lohnt Dir in Deiner Umgebung. Ja, wohntest Du in der freien Natur und könntest in Feld und

Tal und Wald und Berg herumlaufen, oder könntest Du mit Menschen sein wie mit Sternen, die ihren Einfluß auf große Charaktere ausübten und sie zu erhabnen Handlungen reizten. Aber leider haben die Sterne ihren Einfluß verloren, ich würde Dir dann nicht sagen, arbeite, denn dann würde die Ursprünglichkeit aller höheren Anlagen in Dir, wie das Wort im Geist, Fleisch geworden sein. Aber so kann es nicht sein noch werden, weil der Genius nicht mehr als erste Kraft in uns wirkt und wir uns an die Spekulation verkaufen. Du mußt daher in Deinem Innern Dir einen Schatz sammeln, worin Du Deiner Welt reines Sonnengold einschmelzest, auf daß die lebendige Sonne in Dir selber aufgehe.

Ich wollte, mir wäre so in meiner Jugend geworden! – Doch keine Klagen! – Nein, so ist mir's nicht geworden! – Gott hat mich vieles nur im Bedürfnis kennen gelehrt, damit ich es von Dir fordern könne; und gern vertrauend, daß Du mir sicher folgst und unbefangen trauest, will ich Dir folgende Zeilen aus einem größeren Gedicht nicht vorenthalten, die ich in einer Stunde geschrieben habe, wo ich recht fest an Dich glaubte und das Leben um Deinetwillen liebte.

Kehret, Gedanken, doch heimwärts, eilet, den Tempel zu ordnen,
Schafft mir im Herzen Gebet, eh es in Sehnsucht mir bricht,
Drei sind ihrer, der Teuern, die weit in der Fremde mir weilen;
Zwei, dem Tode geweiht, grüßt noch einmal mein Blick,
Daß ich friedlich entsage, dem, was die Fremde begehrt.
Dann umfasse mich Leben – denn eine noch weilet – ich fühle,
Daß sie das Einzige ist: Leben und Liebe und Zukunft. –
Wie mir's im Herzen – das hat ihr der Gott in den Busen geschrieben,
Wie in der Seele es mir, schrieb ihr der Gott in das Aug. –

Schweigend spricht sie das Wort, was meine Lippe nicht
redet;
Flieh ich, so ist sie die Flucht; ruh ich, so ruht sie in mir.
Suchst Du sie? – dort in den Schatten des Waldes, wo sich
das Dunkel
Tiefer Begeisterung löst, stiller der Himmel sich senkt,
Wo an der liebenden Brust, dem Gestade des brausenden
Lebens,
Des unendlichen Meeres Woge melodisch sich bricht.
Dort weilt sie, dichtet fromm, was ihr Geister sie lehret,
Begierig, Geheimes zu fassen,
Und euch, ihr Götter in mir, schuf nur des Kindes Gebet.
Trösterin! – Freundliche! – Dein Seherauge entsiegelt dem
Tode,
Der Dich als Leben umgibt, selbst den geschlossenen
Blick. –
Alles, *Bettine!* dem liebend Dein schaffender Geist sich
genährt,
Was Deine segnende Hand, was Dein Gedanke berührt,
Blühet schöner, ein Freiheit verklärendes Leben.
Bilde in mir Deine Welt, Du, die den Zweifel nicht kennt,
Die aus dem Busen mir zog den vergifteten Pfeil.
Alles, was der Genius zu bilden mich drängt,
Bilde ich Schwacher es nicht, weilt schon gestaltet in Dir.
Schützend will ich Dir folgen, Du Leben, das, wo ich zage,
mich schützt,
Das, wo ich welke, erblüht, gern mir die Jugend ersetzt.
Verwechselt im Herzen, schreitest Du kühn auf tobender
Woge,
Die aufbraust in mir, und sänftigst sie, daß sie heller,
melodischer klingt.
In Dir weile ich flammend, Du gibst die lindernden Öle,
Und so sühnt sich in Dir, opfernd den Göttern, der Sturm.

Ach liebes Kind, wie einzig möcht ich Deine Begriffe und Ahnungen so stark machen, daß sie wirklich endlich zum Kern würden, zum reinen Gesetz, an dem alle Verkehrtheit zu scheitern komme. Ach, lerne, arbeite, Dich zu bereichern, was es auch sei, nichts ist unbedeutend, alles nährt und weckt und erleuchtet. Aus allem kannst Du weben und flechten einen schattigen Hut, wo die Sonne im Zenit steht, eine Freiheitsmütze, die Deine höheren Anlagen schützt. Ach, die Welt ist groß. Es gibt mildere Sonnenhimmel! – Spanien, wo die Orangen Dir in den Schoß rollen, ich muß Dich hinführen, wo die ganze Natur Dir bestätigt, was Du ahnest, was Du suchst und glaubst, drum lasse Deinen Geist kühn jede Stufe erklimmen, fürchte nicht, daß er ermüde, nein, er kann durch sich selbst nur erstarken; wer von den Banden der Sklaverei sich will befreien, der muß den Geist im Innern befreien. Verberge, was ich Dir hier sage. Es gibt Gedanken, die dem Gott im Menschen allein geweiht sind, und der Geist wird nicht Schöpfer werden, der nicht diese als Geheimnis bewahren kann. Der Geist ist Zauberer, dies ist die Schöpfung, die in sich selbst geheim und heilig ist, eine ewige Tiefe der Freude und des unergründlichen Glückes, fern und unantastbar für die lärmende, vernichtende Oberfläche des Lebens.

Wieder ein Posttag und nichts von Dir! – Wie ist das? – Hindert man Dich? – Der Buchhändler schreibt mir, er habe Dir den Homer geschickt, hast Du ihn? – Schreibe und liebe Deinen *Clemens*.

Ach, manchmal möcht ich verzweiflen, manchmal ist mir's, als müsse dennoch alles im Rauch aufgehen, was mir so gut und schön in Dir deucht, als könnest Du nicht zu Dir selber kommen, um was hab ich Dich alles gebeten? – Du hast mir versprochen, was mich so glücklich machen könnte. Versprochen hast Du's, aber wirst Du's auch halten, wo eine lederne Zeit sich Deiner anmaßet? – Du könntest – und doch kannst Du nicht. – Warum nicht? – Frag

Dich das! – Warum hast Du nicht von Deinen Kinderjahren die Erinnerungen aufgeschrieben? Du hattest mir's versprochen, Du hattest mir's gelobt. Werd ich nicht auf Dich zählen dürfen?

Clemens.

An *Clemens.*

Clemente, Du warst bei der *de Gachet* und nicht zu Hause im Stübchen, und jetzt klagst Du über Deine Einsamkeit, wo Du kaum den Fuß auf die Schwelle gesetzt hast. Und fragst ängstlich, warum ich nicht schreibe. Ei, weil Du nicht da warst. Weil bis zum 19. November keiner wußte, wo Du gewesen bist. Du schreibst mir endlich den schönen langen Brief, den ich nun schon acht Tage mit mir herumtrage, jetzt wirst Du denken, warum ich immer noch nicht antworte! was da dran schuld sein mag? – Gar nichts ist schuld, als daß Dein Brief mich ganz betäubt hat, und ich hab ihn sehr vielmal gelesen und kann ihn nicht behalten, der Inhalt ist mir immer noch fremd. Ja, Du warst bei der *de Gachet,* dort hast Du an der galvanischen Batterie Dich elektrisch geladen, und nun fährst Du mit feurigen Zungen auf mich los. Soll ich denn wirklich schreiben heute? – oder soll ich wieder den Posttag versäumen? Denk, es liegt meinem Geist, dem Du die Schöpfung einer neuen Welt zumutest, wie Blei in den Gliedern. Ich möchte lieber *nicht* schöpfen. Die ästhetischen Briefe von *Schiller*? – Freilich hab ich die nicht gelesen, denn ich kann nicht auf Komma und Punkt Achtung geben. Der Großmama hab ich wohl draus vorgelesen, aber in Gedanken war ich woanders, aber wo, weiß ich nicht; aber von der Lektüre hab ich nicht profitiert, denn ich weiß nichts davon. Ist es Krankheit, daß ich so zerstreut bin? Es ist wohl Schwäche in dem geistreichen Kopf, lieber *Clemens,* dem Du so hohe Würden und Kräfte zuschreibst in Deinem Gedicht. Du schreibst aber von mir nicht, nein gewiß nicht, ich bin kein solcher Einsamkeitskobold, kein solch Wolkengespenst noch Schattenriß der Erhabenheiten.

Jetzt wirst Du böse, ich merk's. – Macht es Dich böse *Clemens*, daß ich so Dir antworte auf Deinen treusten ernstesten Willen für mich? Von Spanien! – Ach, erst hat mir die *de Gachet* davon gesprochen, wie wir allein waren an jenem Sonntag, da hab ich ihr recht glücklich widersprochen, worüber sie sehr erstaunt war; und hab gesagt, »was denken Sie, daß ich hier sollte den Garten verlassen, der mir so lieb ist, und mein Bruder *Franz**, der mich so liebhat, wenn ich so weit von dem fortwollte, und mein anderer Bruder *Dominicus*, der mir Schmetterlinge bringt, wenn sie bald aus der Puppe sich losmachen, die fliegen dann zu Dutzenden im Garten herum auf den Blumen, und mein Bruder *George*, der vornehmste aller Menschen, und mein Bruder *Christian*, der eine mathematische Korrespondenz mit mir führt, und mein Bruder *Anton*, der ist ein Phantast, mit dem dichte ich Fabeln, und mein Bruder *Peter* liegt in der Familiengruft in der Karmeliterkirche bei Vater und Mutter und noch drei Schwestern, die gewohnt sind, daß ich sie grüße, wenn ich in Frankfurt durch die Mainzergasse gehe, wo die Karmeliterkirche steht.« – Sie war verwundert über dies große Register unzerreißbarer Vaterlandsbande, sie sprach von einem großen Weltteil, von Oliven und Orangenwäldern, von blauen Fernen, von heißem Mittag und kühlen Abendlüften und daß Du mitgehen werdest, und dann könne ich ja immer mit Dir sein, und es seien so interessante Menschen dort, viel edler von Geist und Gestalt wie hierzulande. Ich sagte: »Ich will aber nicht immer mit dem *Clemens* sein, sonst könnten wir einander lästig werden, und mir ist das liebste beim Willkommen, ihm an den Hals springen und beim Abschied ihn vors Tor begleiten.« »Vous êtes un enfant«, hat sie gesagt, »sentez donc combien en voyageant votre âme et votre fantaisie se developeront et puis vous serez avec moi, je vous aimerai, et vous comprendrez, la vie le monde la nature tout autrement.«* Glaubst Du, das habe mir keinen Eindruck gemacht? – Gewiß hat es mich Überwindung gekostet. Ich sah ihr unter die Augen, plötzlich kam sie mir vor wie ein Seeräuber oder sonst eine edle Spitzbubengattung; sie glaubte schon, sie habe mich gefangen, da kam die Großmama, ich riß mich los – und jetzt verfolgt mich's, daß sie vielleicht nicht eine Frau, sondern ein Kriegsheld sein könnte, sie sieht so edel aus zu Pferd, so frei, sie bekümmert sich gar um nichts, sie läßt den Gaul dahinsausen, nur der Reitknecht war diesmal mit, das Pferd bäumte, als sie aufstieg, sein Übermut wiegte sie in den Lüften, und fort! – Ich sah ihr durch die alte kalte Domstraße nach. – Und also ich bleib hier, und sie reitet nach Spanien, am rauschenden Strom hin zwischen Felsen durch, der Schweiß rinnt ihr vom Gesicht. Was schadet's? – Immer hoch, immer frei! immer stolz; und ich hier in der Mansarde zähle die Dachziegel da drüben und betrachte dem Sperling sein Nest unterm Dach; die dort sieht die Adler über sich wegschweben und kämpft mit dem Lämmergeier, der die einsame Herde beraubt, und ich laufe mit der Gießkanne und begieße die Bohnen.

Ach was kann ich Großes tun? auf die Pappel klettern beim Gewitter, daß es auf mich losdonnert und blitzt? – oder im Winter auf den Schneeflächen mich tummeln; dem Treibeis nachhelfen im Main? –

Clemente, schreib mir solche Briefe nicht von unmöglichen Anlagen in meinem Geist. Ich mein dann, ob ein Kobold Dich neckt, der Dir das alles weismacht. – O schreib keine Gedichte, worin Du meinen Namen nennst, es ist, als ob Du in die einsame Wüste hineinrufst, ich lausche selber, ob aus der Tiefe meiner Sinne Dir etwas antworte. – Nein – die Sinne werden müde davon, du rufst sie an zum Arbeiten, das wollen sie nicht; sie sind eigensinnig. Du willst meine Trägheit überwinden, mich aufreizen, und vor ungeduldigem Eifer spring ich von einem Buch zum andern. Ich will nicht mit den Katzen spielen, nein, heute nicht, ich will gewiß schreiben – lernen – nein, es will nicht in mir, es lacht mich inwendig aus und sagt, du lernst ja doch nichts. Ach, wenn Du wüßtest, wie ich mich oft bezwingen möchte, Du würdest sehen, es ist nicht Mangel an Treue. – Ich kann mich keiner Beschäftigung hingeben. Inwendig ruft es: dorthin, und dort ruft's wieder hierher, und hier lockt's, da flüstert's und hinter mir und vor mir und in den Lüften gehen Stimmen durcheinander, die mich reizen.

Heut hab ich mir vorgenommen, meine Lebensgeschichte zu schreiben. Gleich hier auf dem Blatt will ich anfangen.

Es war einmal ein Kind, das hatte viele Geschwister. – Eine *Lulu** und eine *Meline*, die waren jünger, die andern waren alle viel älter. Das Kind hat alle Geschwister zusammengezählt, da waren's dreizehn, und der *Peter* vierzehn und die *Therese* und die *Marie* funfzehn, sechzehn, und dann noch mehr, die hat es aber nicht gekannt, denn sie waren schon tot; es waren gewiß zwanzig Geschwister, vielleicht waren es gar noch mehr. Der Bruder *Peter* ist gestorben, wie das Kind drei Jahre alt war, von dem weiß es aber noch sehr viel. Er hatte schwarze Augen, die ein blendend Feuer von sich strahlten, in die hat das Kind oft sich ganz verloren vor tiefem Hineinschauen.

Der Bruder *Peter* trug das Kind oft auf einen kleinen Turm auf dem Haus, da fütterte der *Peter* allerlei Gefieder, Tauben und eine Glucke mit jungen Hühnern, da saß das Kind mit ihm, da dichtete er ihm Märchen vor. Das waren Stunden, die glitzern wunderschön aus der frühsten Kindheit herüber. Was fing dann der *Peter* noch für närrische Dinge mit dem Kind an? – Er war mißwachsen und daher sehr klein, er nahm es am Weihnachttag mit in die Kirche, das sollte keiner sehen, er nahm einen großen Bärenmuff und hielt ihn vor sich und das Kind, daß man nicht Kopf, nicht Hand sah, nur die vier Beine trappelten immer vorwärts, die Leute wunderten sich über das kuriose Rauchwerk, das allein über die Straße lief.

Einmal hatte der liebe Bruder heimlich im Garten etwas gebaut, dann führt er das Kind hinein. Da ist ein kleiner Hügel aufgeworfen, da hebt er einen Stein auf, da springt auf einmal ein Wasserstrahl empor, ein kleines Weilchen, dann hört's wieder auf. Das hast du alles deinem Schwesterchen zu Gefallen getan, o Bruder *Peter*! Es liebte dich aber auch sehr. Morgens, wenn es aufwachte, standest du vor seinem Bettchen, und es lachte mit dir, noch ehe es die Augen öffnete. Es lernte an deiner Hand die Stiegen erklettern, immer führte es sich an dir. – Da war's einmal schon spät, eben wollte die Sonne untergehen, er stand an der Wendeltreppe mit dem Kind; die letzten Sonnenstrahlen leuchteten ihm ins Gesicht, er ward so totenblaß, das Kind klammerte sich fest ihm an, »laß los«, sagte er kaum hörbar und fiel die Treppe hinunter, das Kind hatte aber sein Kleid festgehalten und war mit heruntergefallen. Da trug man den *Peter* ins Bett, das Kind sah den liebenden Bruder nicht wieder. Auf seine Fragen war die Antwort, der *Peter* sei begraben; es verstand nicht, was das sei. Noch manchmal sehnte es sich nach dem Bruder, und noch manchmal in einem Eckchen saß, des Abends, wo das Licht nicht bis hin leuchtete, da sah es in der Dämmerung seine dunkeln Augen es anleuchten, oder war das Einbildung? –

Der Vater hatte das Kind sehr lieb, vielleicht lieber als die andern Geschwister, seinem Schmeicheln konnte er nicht widerstehen. Wollte die Mutter etwas vom Vater verlangen, da schickte sie das Kind, und es solle bitten, daß der Vater *Ja* sage, dann hat er *nie* es abgeschlagen. Nachmittags, wenn der Vater schlief, wo keiner Lärm wagte oder Störung zu machen, das Kind aber lief ins Zimmer, warf sich auf den schlummernden Vater und wälzte sich übermütig hin und her, wickelte sich zu ihm in den weiten Schlafrock und schlief ermüdet auf seiner Brust ein. Er lehnte es sanft beiseite und überließ ihm den Platz; er ward nicht müde der Geduld. Viel Lieblichkeiten erwies er ihm, beim Spazierenfahren ließ er halten auf der Blumenwiese, bis der Strauß groß genug war, das Kind wollte gern *alle* Blumen brechen, das nahm kein Ende, die Nacht brach ein, und den Strauß, viel zu groß für seine Händchen, bewahrte ihm der Vater.

Was ging denn noch Schönes vor und webte allerlei Lustiges ihm in den Lebensteppich. Das belebte Leben auf der Straße! Gegenüber im Haus die offne Halle, in der vom Mai bis in den Herbst die Nachbarn kampierten den ganzen Tag, da spielten die Kinder mit dem Mops, und der Papagei auf der Stange plauderte »Spitzbub«, das wollten wir gern den ganzen Tag hören. Wie glücklich war das Kind mit dem Schlüsselblumenstrauß, den die Milchfrau mitbrachte morgens früh. Ach das Land! – Die Wege hinaus ins Freie! – Die Kinder schiebelten sich lustig den Wall hinunter ins tiefe Gras. Und das Klapperfeld, wo das Gespenst rumorte im bösen Haus, und der Herr Bürgermeister hatte Wache hinpostiert, zehn Mann von innen, und von außen auch zehn an die Türe gelehnt, hat das Gespenst in der Nacht umgeworfen, in der Nacht mit dem Glockenschlag zwölf. Der Doktor Faust habe da gewohnt ganz im Verborgnen und sei erst jetzt gestorben, seitdem rumort es. Da erzählten sich die Leute abends spät noch Wunder vom Doktor Faust, wie er die Bäume konnte blühen machen mitten im Winter und so schnell, daß man zusehen konnte, wie die Blüte herauskam. Das Kind schlief nicht, es erlauschte alles in seinem Bettchen und freute sich der Unmöglichkeiten.

Einmal starb eine vornehme fremde Frau, die in der Stadt krank gelegen hatte an unheilbarem Übel. Sie hatte das Kind oft kommen lassen an ihr Bett und ihm viele Spielsachen gegeben. Ein langgedehnter Grabgesang hallte durch die Straßen, schwarze Männer trugen den Sarg. Da wird die vornehme Frau begraben, hieß es, und man erzählte viel von ihrem schmerzlichen Tod! – Was ist das, Tod? Begraben! Nicht mehr da! – Das Kind kann's nicht begreifen, daß man nicht mehr da sein könne. Und heute noch kann es nicht glauben ans *Nicht-mehr-Sein*. – Nein! Nur wie der Schmetterling aus seinem Sarg hervorbricht ins Blumenelement und nicht sich besinnt, nur taumelt lichttrunken, nur freudig schwärmt, so lösen die Kranken, die Müden sich ab vom Leib, so steigen sie auf ins reinere Freiheitsleben, das ist alles, was den Sinnen nicht sichtbar war. Wie die Raupe sich veredelnd umwandelt, so kann's der Mensch auch. – Hätte es doch wieder vergessen können, was das heißt, von der Erde scheiden! – Der nächste Frühling, vom Tod an der Hand geführt, kommt und geleitet ihm die schönste Mutter ins Grab. Da ist Zerstörung im Haus, die Freunde! – Und viele dankbare Tränen fließen. Der Vater kann's nicht ertragen, wohin er sich wendet, muß er die Hände ringen, alles scheuet seinen Schmerz. – Die Geschwister fliehen vor ihm, wo er eintritt, das Kind bleibt, es hält ihn bei der Hand fest, und er läßt sich von ihm führen. Im dunklen Zimmer von den Straßenlaternen ein wenig erhellt, wo er laut jammert vor dem Bilde der Mutter, da hängt es sich an seinen Hals und hält ihm die Hände vor den Mund, er soll nicht so laut, so jammervoll klagen! – Gesegnetes Haupt, das an seiner seufzenden Brust lag und, von seinen Tränen überströmt, ihm Linderung gab. – Werde doch auch so gut wie Deine Mutter, sagte in gebrochenem Deutsch der italienische Vater. –

Ach lieber *Clemens*, heute kann ich nicht mehr von der Kindheitsgeschichte schreiben. Und es ist ja auch gar nichts, was ich da aufgeschrieben hab, und doch bin ich erschüttert und muß um die Toten weinen. Mein Licht geht gleich aus, es ist so kalt im Zimmer, jetzt spür ich erst, daß ich mit bloßen Füßen die ganze Zeit am Schreibtisch sitze.

Wenn ich wieder schreibe, will ich fortfahren, vom Kloster zu erzählen, wo wir bald nach dem Tod der Mutter hingebracht wurden. Adieu *Clemens*, wenn wir nach Frankfurt kommen, geh ich gleich in die Karmeliterkirche und sehe, wie es da ist, ich hab Eltern und Geschwister so lange nicht besucht, wenn sie's fühlten, wenn sie sich wunderten, daß ihr Kind sie versäumt.

Deine *Bettine*.

Liebe Bettine.

Ich habe Deinen Brief mit vieler Rührung gelesen, sei versichert, daß ich bald umständlich schreibe, heute ist keine Zeit, ich füge Dir einen Brief bei, den ich von *Franz* erhielt. Glaube, daß ich mich in gewisser Hinsicht unendlich über seine Treue gefreut habe. Was er von Dir schreibt, ist ganz meine Meinung, nur daß alles, was wir beide allein unter uns und von einander wissen, dadurch so überwiegend bleibe, als es wahr ist. Was *Franz* schreibt, ist so ehrlich gemeint und so wahr, als Du wohl weißt, daß es sich von selbst versteht; den Brief erhältst Du als Beweis meines unbegrenzten Zutrauens, und daß ich Dir nichts verhehle; die hintere Seite des Briefs schneide ab für die *Meline* nebst den Abbildungen der *Zirkassierinnen* aus Oberhessen.* –

Was *Franz* von unbekannten Ländern schreibt, heißt nichts, als daß er selbst keine Lust zu reisen hat; fühlte er sich in Dich hinein, seine Güte und Liebe, die immer nur für andre sorgt, würde gewiß sich selber Aufopferungen zumuten, um Dich zu befriedigen, und fühl ich Dich recht heraus, so glühst Du eigentlich vor Sehnsucht, mit der *de Gachet* in das fremde Land zu ziehen, und das verdient dies göttliche Weib. – Ja ich war bei ihr, wenig Tage war ich mit ihr zusammen bei meinem Freund *Ritter*, der doch gar zu gut ist, mir himmlische Briefe schreibt über Dich, die er liebt durch mich. Ich kann Dir nicht aussprechen, wie notwendig mir es ist, manchmal über Dich zu sprechen, ich tu es aber mit solchen Menschen nur, die viel größer sind und besser als ich. Und *Ritter*, der liebenswürdigste, der wie *Moses* mit seinem Stab an den harten Fels der Wissenschaft schlägt, aus dem die reine, kristallhelle Quelle der Weisheit hervorsprudelt, und wer es wagt, seinen Becher dran zu füllen, der wird von der Größe dieses unsterblichen Menschen durchdrungen. Mit *Schlegel* war ich auch, aber mit ihm hab ich nie von Dir gesprochen; er ist groß und sehr bedeutend in der Literatur, und Du mußt ihn auch einmal sehen, aber ihm kann man nicht sagen, was das Innere beschäftigt, mit ihm kann man nur Witz und Übermut treiben, und doch kommt man dabei meist zu kurz, weil er Scharfsinn der Kritik und Satire nie versteht, sobald es auf ihn geht. –

Ach, was brauchst Du zu lernen, wenn Du so lieb bist beim Nichtlernen. Mag es gehen, wie es will, das Beßre und Höhere wird doch Dich all durchströmen und wird sich läutern in Deinem unberührten Wahrheitssinn. So bin ich auch unendlich erquickt von der Beschreibung Deiner Kinderjahre, liebes Kind, wollt ich auch Dir beteuern, sie seien unendlich schön und der tiefste Dichtersinn blicke da heraus, Du würdest es nicht glauben. Du glaubst in solchen Dingen mir nie. Aber wenn Du nur Dir die einzige Frage tun wolltest, warum Du grade so schreibst und nicht mit anderen Wendungen und Reflexionen, so wirst Du Dir antworten müssen, daß es so in Deiner Seele geschrieben steht, und weil Du dem nicht untreu sein magst, nicht ihm untreu sein kannst, so sprichst und denkst Du so, wie Du denkst. – Also leugnest Du schon nicht, daß Dein Denken und Sprechen der reinste Abdruck Deiner Seele ist, wenn aber ein Maler ein Bild machte, in dem er den reinsten Abdruck der Natur wiedergäbe, würde das nicht ein unvergleichliches Bild sein? – Eine Mutter, verloren im Anschauen des Kindes, und die von allem, was sonst noch um sie her vorgeht, nichts weiß, würde das nicht ein ewiges Bild sein? – Ein Mädchen, wie Du so alt, in der Dämmerung sitzend unter einem Blütenbaum, und ein Knabe wie ich, so wie wir beide beieinandersaßen am Weg, das grüne Feld hinter uns und der ferne Fluß, und die Schafherde, die an uns vorüberzog, die eine Staubwolke machte, was die Abendröte ein wenig verdeckte, weißt Du's noch? Du sagtest, es sei malerisch, warum denn aber? – Es waren ja doch nur lauter einfache Gegenstände, keiner würde darauf gemerkt haben, der vorüberging, noch weniger würden Leute expreß hingegangen sein, um sich dran zu erbauen; aber doch ist viel Lärm um nichts in der Welt, aber deswegen wird dies Nichts doch nicht etwas. Deine Erzählung aber ist etwas und doch nicht mehr als jene Abendszene, die Du malerisch fandst. Drum schreibe ruhig fort und mit Pietät, das heißt, verwirf nicht, was Du schreibst, beglücke mich damit. Wenn es das ewige Leben und Weben der Natur ist, so einfache Szenen zu bilden, so wolle es nicht besser machen können. Die Natur ist die größere, die edlere Bildnerin, und weil Du ihr nachgesprochen hast, so hat Deine Erzählung Stil, sie deckt nämlich den Ausdruck des Begriffs und der Empfindung vollkommen. Leb wohl und schreib weiter, ich warte mit Sehnsucht darauf. –

Dein *Clemens*.

An Clemens.

Lieber *Clemens*! Am Neujahrstag haben wir unser Ballett aufgeführt, es ist holterdiepolter durcheinander gangen, es ist alles verkehrt gangen. Mein Neunzehner war ein Ritter, dem nichts haften wollte, wir mußten mehrere Proben halten im Kostüme, bald fiel ihm der Panzer, bald die Schienen ab; und endlich am Tag der Aufführung war eine große Not, alles rennte durcheinander, einer rief nach Schminke, der andre nach Strumpfbändern, der dritte hatte den Zwickelbart verloren, wir Mädchen zogen uns aus dem Gedräng zurück auf die Tische und Kanapees – und da warteten wir ruhig, bis die Flut sich gelegt hatte und die Ebbe eintrat, wo wir alle, an Blumengirlanden geschnürt, von unserm Ballettmeister hinübergeleitet wurden, dem der Schweiß von der Stirne rann, bis er uns in Ordnung hatte. Der Vorhang wurde hinweggezogen, und wir tanzten vor alten Hofmasken und Perücken einen trefflichen mimischen Tanz, der allerlei bedeuten sollte, es ging passabel, bis wo wir einen Ringeltanz und das *Ysenburgische* Wappen tanzten, an das wir unsre Kränze aufhängen sollten; mein Neunzehner fiel und riß mit seinem Kranz das Wappen herunter, das fiel auf ihn, und alle Kränze flogen im Saal herum. Ich richtete geschwind das Wappen wieder auf, damit es nicht sollte für ein bös Omen ausgelegt werden. Dann tanzten wir nach den Kränzen, als hätt es nur so sein müssen, und teilten diese den Herrschaften aus; dies Impromptu ging besser als das eingeübte. Die Damen traten vor den Spiegel und probierten sie auf, und mancher stand der Kranz recht schön. – Unterdessen verwandelten wir uns in Bauern, das ging auch sehr geschwind, wir Mädchen schürzten die Röcke hoch, zogen die Hemdärmel hervor und einen Brustlatz vor, ebenso schnell hatten die Ritter sich verwandelt, die als Bauern schon im Pappendeckel-Panzer staken. Blumen, Bänder, Früchte, Obst in Körbchen standen schon bereit. Eh man drei zählen konnte, waren wir in Ordnung aufmarschiert, ein Erntezug, vorauf die Musikanten und Fahnen der Landleute, alles mit Silber- und Goldpapier dekoriert, ein junger Mensch *Bükes* führte die Dorfmusikanten, er spielte auf dem Haberrohr, er hatte schon so viel Witze gemacht, er schnitt so närrische Gesichter, daß ich kaum konnte meine Verse deklamieren, da stolperte der Neunzehner hinter mir und läßt seinen Korb mit Äpfeln über mich hinausrollen, es erschallte ein groß Lachen, kein Mensch denkt mehr an die Verse von *Chateaubour*. Der Dichter, der sich soviel Hoffnung gemacht hatte, quel effet que cela sera*. – Die schönen zirkelrunden Borsdorfer waren bestimmt gewesen, in einem Akt in unserm Bauerntanz nach der Rede, in der ich unterbrochen ward, zu figurieren. Wir sollten im Tanz einander gegenüber zu stehen kommen und nach der Musik mit diesen Äpfeln ein Ballspiel aufführen. Und dies hatten wir nun wochenlang eingeübt, so sicher wie die besten Bombardiere. – Sollte nun dies beste Kunststück durchfallen? – Wir rafften schnell die Äpfel auf und stellten uns in Ordnung auf. Die Rohrpfeife wollte nun die Zwischenmusik überspringen und die Musik zum Ballspiel einleiten oder aufpfeifen. Aber die Geigen verstanden das nicht und kamen ihm nicht nach, sie blieben auf dem alten Satz; es gab ein Charivari*. Die jungen prinzlichen und gräflichen Herrschaften, die dies Spiel nicht zum Ballett gehörig glaubten, hatten sich dreingemischt und warfen mit Äpfeln um sich her, mancher mag da getroffen worden sein, der nicht gemeint war. Doch es fing an menschlich zu werden unter ihnen, sie probierten ihre Kränze auf, wie sie nach ihrer Meinung ihnen recht gut standen, so ging man bekränzt herum, und als ob dadurch die Klausur der Etikette aufgehoben sei, lief alles untereinander, stieß sich mit den Ellnbogen und stolperte ohne weitere Entschuldigungen. *Bükes* mit seiner Pansflöte führte einen Satyrtanz auf aus eignem Ingenium und spielte selbst dazu auf, er endigte dies Impromptu mit einer Ode von *Ovid*, die er langsam und deutlich mit allen möglichen Modulationen, bald mit Donnerstimme, bald mit sanftem Flüstern deklamierte, und dazwischen mit Pansflöte Intermezzos spielte. – Er wurde bewundert. Mehrere, die sich als Lateiner wollten zeigen, gaben ihm das beste Lob, was er mit großem Pläsier anhörte, weil er allerlei lateinisches sinnloses Zeug zusammengewürfelt hatte, was ganz ohne allen Zusammenhang war gewesen.

Gestern, lieber *Clemens*, hab ich bis hierher geschrieben, vielleicht langweilt Dich's, es ist aber gleich aus, die bekränzten Herrschaften setzten sich zur Tafel, sogar die alte Prinzeß *Rothenburg* hatte einen Kranz von Wacholder mit Perlen durchflochten auf ihre altmodische Blondencoiffure gesetzt, die dadurch sehr verschönert ward. Tannen, Myrte, Orangen, Oleander und Lorbeer kränzte manchen alten Kopf, dessen große Hakennase unter dem Kranzschatten sich sehr vorteilhaft ausnahm. Die Musik dauerte während dem Essen fort, das Ballett aufführende Personal tanzte dazu auf eigne Faust allerlei groteske Sprünge. Alle Augenblicke wurde Tusch geblasen, wozu wir im Hintergrund das Vivat verstärkten. Um Mitternacht war gegenseitiges Umarmen, dazu tanzten wir die Ronde, alle an einem blauseidenen Band uns haltend, auf dem Verse gedruckt waren auf alle hohe Personen. Im Tanz machten wir halt und schürzten das Band mit dem Vers über den, an den es gerichtet war, so bekam jeder seinen Vers zu lesen. Nun kam eine große Pastete, der Deckel wurde abgehoben, da sprang ein kleines Hündchen heraus, aber ganz klein, der Herzog hatte es, ich weiß nicht woher, aus dem südlichen Frankreich verschreiben lassen, zum Neujahrsgeschenk für die Fürstin von *Ysenburg*. Dies Pläsier war ganz apart, kaum besann es sich ein wenig, so bellte es die ganze Gesellschaft an, noch zwei andre kleine Hunde wurden herbeigeholt, um Bekanntschaft zu machen, die waren aber nicht so klein. Das Gebell der drei kleinen Hündchen übertönte alles und vermittelte die gegenseitigen Redensarten und Glückwünschungen. Das Lob dieses Festes läutet wie ein wohltönend Glockenspiel hier in der ganzen Umgegend unsern Ruhm aus, man will es noch einmal wiederholt haben. Einmal ist keinmal, aber *noch einmal*, das ist zu viel.

Liebster *Clemens*, noch Lebensgeschichte kann ich gar heut nicht mehr schreiben. Du lobst mir alles, aber um so mehr drückt das mich nieder, diesem Lob zu entsprechen, Du willst mir Lust machen, den gewöhnlichen Acker meines Lebens umzupflügen, jede harte Scholle zu zereggen; nein

Clemens, wenn Du die weißen Wände meines Studierkabinetts, das heißt meines Kopfes, ansähest und nichts drin fändest als Spinnweb, wie wolltest Du Zins von dieser Armut fordern! – Ich kann doch nicht auf jede Seite schreiben, daß die Leute mir ganz närrisch vorkommen, und sonst begegnet mir nichts jeden Tag, und ist mir von Jugend auf nichts begegnet als der große Gedanke, widerhallend von Stufe zu Stufe meines Ingeniums: *Alles, was begonnen wird in der Welt, sei närrisch*. Dabei komme ich mir eben auch nicht anders vor, eben weil kein Bestand in mir ist, weil ich von so manchem ein profundes Gefühl habe und dennoch ein Spielball der Zerstreuung bin, die ganz gehaltlos ist, das fühl ich, das quält mich, davon möcht ich gesunden und weiß nicht wie. Wenn Du aber nun wiederkommst und sagst, es stecke alles in mir und ich könne Wunder verrichten, und ich fühle mich aber behaftet mit allen Verrichtungsfehlern, und nur daß sie keinen Schaden machen, weil nichts an mir verloren ist. Du wirst Dich kreuzigen! – Ich kann aber nicht anders, als daß ich bekenne, worüber ich lange mit Zweiflen gerungen habe, daß nämlich – *alles nichts aus mir werden*, bloß Sünde Deiner närrischen Einbildung ist, daß etwas Großes in mir stecke. – Eine Zeitlang hab ich Dir geglaubt, wenn Du mir als manchmal mit so vieler Liebe davon sprachst, ich solle meine beßre Natur, meine Vorzüge vor den Augen der Welt verbergen, ich war des besten Willens; aber, da ich nun diese Vorzüge wirklich gut zu verpacken gedachte, siehe, da fand ich gar nicht, was ich allenfalls zu verschweigen oder zu verbergen habe. In Talenten komm ich nicht vorwärts, ich kann unmöglich meine elenden Versuche in der Kunst hochschätzen, eine Flora hab ich in Rötel gezeichnet, ich habe sie auch gleich darauf in Papierstreifen zerschnitten, um die Wachslichte mit fest zu machen. Meine musikalischen Versuche? – Ich hatte ziemliche Freude am Generalbaß, da hat sich mein Lehrer, der Herr *Preißing*, zum Fenster hinausgestürzt. Ich mag ja an Musik nicht mehr denken. – Und nun kommst Du mit meiner Lebensbeschreibung auf rechter Heide, man könnte die Grashälmchen zählen, die da wachsen. – Das einzige, was mich intressiert, sind die französischen Miszellen über Revolutionsbewegungen, so menschlich, so verständlich, ein Kind muß ihre Naturgemäßheit empfinden. Ich hab mir die Aufgabe gemacht, in meinen französischen Arbeiten sie zum Thema zu nehmen, ich bin zufrieden, da ich vorwärtskomme auf einem Feld, wo alles auf festen tiefen Begriff ankommt, wo das Echte, das Göttliche, bloß ein vernünftiger Schluß ist, wo ich glaube, weil die Glaubensartikel seelenerziehende Argumente sind.

Wo aber die Sündenregister wie eine elende Hühnerleiter an die Himmelspforte angelehnt sind, da mag ich keinen Versuch machen, mich zu bilden, mich zu bessern, soll ich da von Stufe zu Stufe hüpfen wie ein Hühnchen, damit es auf die Stange zu sitzen komme neben den Hahn. – Nein! *Auf mein Seel,* in einem Flug. Über die Sündenregister hinaus wie die Verheißungen die Himmlischen. Sind die Seligen selig geworden, so lasse sie mit ihresgleichen, schmeichle nicht wie ein Schmarotzer um sie herum, daß Du auch gern wöllest vom Himmelsbrot essen. Ich aber sag mir, kannst Du nicht lernen entbehren? grad das, wonach alle verlangen? – Kannst Du nicht lieber wollen, daß die *andern* selig werden, die so sehnlich darum bitten und seufzen, da Du doch gar nicht danach seufzen kannst? – Dies Seufzen, Flehen und Ringen nach Seligwerden macht mich mitleidsvoll, hätt ich, was sie fordern, ich gäb's ohne Bedingung! Aber wer kann's haben? – Wer kann den Anstrich des Himmels dem Unsinn geben, in den hinein allen so sehr verlangt. – Wer kann das machen, daß Unsinn immerdar ein Quell erneuerter Freuden sei? – Gott nicht, denn sonst würde er gewiß nicht anstehen, den Seligkeitsverlangenden die Himmelstore weit aufzusperren, und wie die alten Nönnchen in Fritzlar uns immer die himmlischen Freuden gleich einen Tanzboden beschrieben, nur viel schöner, als sie es beschreiben könnten, so würde er die Musikanten drauflosschmettern lassen und erquickende Himmelsspeise in Fülle lassen herabregnen. Ach, er könnte froh sein, wenn noch Menschen wären, die solchen Genüssen möchten sich hingeben. – Eine unschuldvolle Energie der Unersättlichkeit, ist die möglich? – Ich war immer schon satt von der Beschreibung des Himmels. Ein unaufhörlich Preisen und Lobsingen – damit fing's an. Ich sang auch gern, aber nicht Kirchenlieder; ich sang, um mein jubelnd Herz auszuströmen, das zum Tanz geneigt war, von einem innern Lebenstakt frisch bewegt, meine Entschlüsse waren rasch und sind es noch, das heißt, ich entschließe mich. – Zu was? – Ei davon ist gar nicht die Rede! der Entschluß! *Ein freudiges Durchrauschen aller Lebensadern!* – Ein freies Auftreten auf den gottgeschaffnen Boden der Erde, überallhin blitzen meine klugen Augen und jagen die Nachtvögel aus ihrem Versteck. Was sind *Dinge,* zu denen wir uns einen Entschluß erkümmern, im heimlichen Rat unsicherer Begriffe, feiger Moral, verschrobner Lebensansichten und noch gar heimlicher Schwächen und eigensüchtiger Begierden hin und her geworfen. Ein solcher Entschluß? Wo blieb die Energie, ihn zu tragen. – Nein! Entschluß – tief in mich hinein fühl ich: – er ist der Mut, frei zu schweben über aller Gemeinheit. – Dinge, zu denen wir uns entschließen *müssen,* die sind nicht. Wir schauen den einzigen Gott an in uns; er durchfährt elektrisch uns die Glieder; das ist Entschluß. Verstehen wir uns, lieber *Clemens*? – Mein alter Magnetiseur würde das verstanden haben, es sind seine Antworten auf meine Fragen, es sind aber freilich keine Antworten auf Deine Forderungen an mich – ich weiß, was Du mit Recht mir vorwirfst! – »Und doch könne ich keinen Willen mir erkämpfen, ruhig und einfach die Entwickelung meiner Talente zu betreiben.« Ach ich weiß ja, daß ich mich schämen muß, jeder blaue Berg wirft mir das vor, er sagt: *Ich* stehe reiner und edler da als du! – mich befällt auch oft eine tiefe Melancholie über mein Nichts. – Was kann ich dafür? – Die Sünden der Welt haben auch mir den Boden abgegraben. Was ist das, wenn die frische, kraftvolle Erde, die den Baum nährt, ihm geraubt wird, und er soll zwischen kalten Steinen Nahrung hinaufsaugen in den Gipfel! – Ach der Bach selbst muß traurig hinsickern über seine entblößten Wurzeln. – So viel Lebensansicht hab ich mir erworben in diesen Verhandlungen über Freiheit und Lebensrechte, daß ich weiß, daß dies die Sünde ist der Welt, für die ist der Gott gestorben, das glaub ich, das weiß ich, aber soll er auferstehen, so muß diese Sünde getilgt sein durch seine Auferstehung.

Ich fürchte mich vor Dir, das auszusprechen, doch ist's die Mitte meines Denkens. Die unverständlichen Aufsätze von mir, die Du mit so viel Neugierde studiertest, sie sind Funken und glühende Asche von diesem Herd, dessen Flamme manchmal hell aufleuchtet; ein ewiges Menschwerden des Geistes durchbricht alles sinnliche Bedürfnis und wirft es nieder und steht aufrecht über ihm, und ja, das ist's, was ich Entschluß nenne, zu sein und zu werden, ob ich's verstehe oder nicht. Rechenschaft geben? – Warum? – Die Geistesauferstehung selbst ist Rechenschaft allem Unsinn, der aber sie verwirft. Laß den Geist werden, und seine großen Zauberkräfte werden über dieses Fordern nach Rechenschaft über Höllenbrodem und Fegefeuer sanft hinüberwallen, und Satzung und Glaubensartikel, sie reichen nicht an seine Region, und wenn sie auch noch so große Staubwolken aufregen unter den Menschen.

Ich wollte Dir ja vom Kloster schreiben, ich wollte Dich überraschen mit der Erzählung dieser einförmigen Tage, wo viel träumerische Knöspchen auf feinen Stielchen rankten! – Aber da laß ich mich überraschen vom Schauder über das Gewöhnliche, was die ganze Welt zum Narrenhaus umwandelt. O ihr Bienen alle, die ihr mich umsummt habt im Klostergarten. Ihr Nelken- und Lavendelbeete, die ihr mich gedeckt habt mit euren Düften. Ach, es ist Winter in mir, und der Schnee der Weisheit deckt die Erde. O Erde, laß den Frühling wieder treiben, halte den Atem nicht länger an, hauch deinen süßen Duft aus, er genügt mir statt Paradiesesfreuden. Willst du deine Gräser herauslassen und deinen Bächen freien Lauf, Erde, dann küß ich dich und schenke dir meine Seele.

Das heißt, das Unterhandlen mit dem Himmel bin ich ganz müde. Das heißt wieder: Alles ist zwar in Richtigkeit und an der Tafel angekreidet. Ach käm nur einer und löschte mit dem Schwamm das ganze Fazit aus, dann wär noch Hoffnung, daß die Natur im Menschen wieder aufwachte.

Deine Schwester *Bettine.*

Liebes Kind.

Ich fühle mich in eine ganz wunderliche Lage hineingeschoben durch Deine ausgreifenden und wieder tief im Lebensschacht herumwühlenden Mitteilungen. Oft ist mir, als stehe ich auf einem vulkanischen Boden, wo die verwitterte Lava, von der schaffenden Natur üppig begrünt, hervorbricht in Flammen und verzehrt es wieder. Und hier und da liegen Brandstätten unter dem ewig blauen Himmel. Was nützt mein guter Wille, meine Stimme, mein Wort. Wie könnte das diesen Boden erschüttern, in dem ein innerliches Wirken verborgne Wege schleicht und dann, jeder Gewalt unerreichbar, plötzlich das begonnene Gepflegte zerstörend aufflammt. – Weißt Du, was Du sprichst? – Nein! Denn ich kann Dir den Mut nicht zutrauen, Dich Nationen und Jahrtausenden gegenüberzustellen und denen Hohn zu sprechen. Das tust Du aber, blind, wie Du bist, springst Du über Abgründe, und immer glücklich fühlst Du den Boden unter Deinen Füßen. Man sagt, der Blitz erschlage keinen Schlafenden, drum soll man während dem Gewitter keinen Schlafenden stören. Ich frage mich, ob Du schläfst, ob Du träumst, und dann mein ich, das Gewitter bist Du selber; es rollen Ideen donnernd in Deinem Geist, die aneinander zerschmettern; und vor meinen Augen sinkt in die tiefste Spalte, die plötzlich gähnt, was eben noch meine Hoffnung war, was ich mit demselben süßen Willen hütete wie Du Deine Blumen und Kräuter. Deine unverständlichen Aufsätze, wie Du sagst, seien die glühende sinkende Asche und ausfahrenden Funken von dem Herd, auf dem der erwachende Geist sich seiner Unverständlichkeit entbindet. Einmal will ich mich vor Dir aussprechen darüber, sollte ich mich irren, so sage mir es. Ich war bis jetzt noch immer so sehr der einzige Gesichtspunkt, nach dem Du mit inniger Begierde hinsahst, in dem das meiste um Dich her nicht das war, was den Geist auf eine würdige Art fesseln kann. Deine Aufsätze, teilweise auch Deine Briefe stellen daher oft mehr Selbstgespräche vor oder eine Art Gebete, in denen der Gedanke sich selbst lieben und würdigen lehrt und in einer sehnsuchtsvollen Andacht verweilt. Diese Andacht ist von allen Gesichtspunkten heilig und unverletzlich, da *sie allein* das Erwachen eines trefflichen Menschen verkündigen kann; sie liegt über der Bildung wie alle Gottesverehrung als die erste Poesie des Menschen; sie ist die Morgenröte vor dem geschäftigen Tag, der Frühling und das Kindliche in dem Fortschreiten jeder Art von Leben überhaupt; so schienen Deine Briefe und Ergießungen bisher mir auch nur die erste schöne reflektierende Bewegung Deines Erwachens in der lieben Welt, und Dein Gefühl, Deine Rührung und Dein Gott sind eins und dasselbe darin; ein Morgengebet eines an sich frommen Menschen, den man nicht grade dazu angehalten hat. Wolltest Du meinen, in Deinen Briefen spräche bloß Deine Liebe, Dein antwortender Geist zu mir, so täuschest Du Dich, sie sind Deine Liebe zu allem, so wie es Dein reflektierender Geist über alles und in allem ist, den Du mir anvertraust; Du kannst nicht zweiflen, daß sie mir daher das höchste lebendige Interesse umfassen und daß Deine Geistesanlagen mir ebenso heilig sind, als es mir rührend ist, daß Du sie mir anvertraust; warum ich also wünschte, daß Du die Kette dieser reizenden Lebensaufregungen nicht unterbrechen mögest, das erweist sich von selbst, da es aber ebenso unmöglich als unnatürlich sein würde, ewig oder sehr oft in dieser Rührung zu verweilen, ja am End komisch und dann gar schändlich werden könnte. Es gibt solche Epochen in der Geschichte, wo dasselbe im großen geschah. Diese Epochen bildeten ihre Krankheitsstoffe aus, als die Andacht nicht mehr im einzelnen Menschen vor dem Verstand sicher war und daher allgemeine Religionen hervorkamen, dann, als gar keine Andacht mehr da war und eine Menge Religionszeremonien ihre Stelle vertraten, das war komisch, und da die Religion als Mittel zu schlechteren Zwecken gebraucht ward, das war schändlich, denn sie ist die Krone alles Lebens und die einzige Ruhe in uns, die jede einzelne Bildung krönt und, indem sie über alles Ungebildete, bloß Zufällige erhebt, dieselbe dem ganzen Dasein, Gott und uns zugesellt. Diese Andacht also, die Liebe, die Du in Deinen früheren Aufsätzen aussprichst, oder auch Deine Sehnsucht überhaupt, zu bilden und gebildet zu werden, kann nur wie der Morgen jeden Tag einmal, und wie der Frühling jedes Jahr einmal, und wie die erste kindische Poesie jeder Völkerbildung in dem Volke nur einmal erscheinen und so ins Unendliche in diesem Zirkel rückwärts und vorwärts in engeren und weiteren Kreisen, und es wäre daher komisch oder schändlich, Dich dazu zu zwingen oder zu verstellen, das erste wär komisch und das zweite schändlich. Du schreibst also bloß, wenn ich Dich durch einen Brief, der Dich an das Bessere erinnert, in Deinem Geist aufrühre. – Aber kennte ich Dich nicht besser, müßte ich dann nicht glauben, Du ließest es bei dieser bloßen Andacht bewenden, und auf das gerührte

Gefühl des Erweckten in Dir folge keine Arbeit, kein Streben; beinah willst Du mir's weismachen! – Darum hab ich Dich aufgefordert, Gedanken, Geschichten, Begebenheiten, Fragen, Meinungen etc. niederzuschreiben, damit Du mir ohne Anstrengung schreiben könntest und Dich nicht dazu erst zu stimmen brauchst; es war mein Wunsch, denn ich selbst lerne durch Dich mich aussprechen. Wie schön sind Deine letzten Briefe davon erfüllt, wie wahr und warm Deine Reminiszenzen aus den Kinderjahren, wie tief Dein Gedächtnis noch aus Deinem ersten und zweiten Lebensjahr. Liebste *Bettine,* bedenk Dich doch, daß solche Eigenschaften von der Natur als köstlichstes Lebensgeschenk in die Seele geprägt sind, daß es feinste Organisation des Geisteslebens ist, so schreiben zu können. Vielleicht sag ich manches in meinen Briefen, was Dich stört, laß es ungesagt sein. Überhaupt nähre das Vertrauen, denk, Du sprichst auf der Höhe auf freien Bergen oder im tiefen Wald, wo nur die Natur Dich auffordert zum Sprechen, nicht der verblendete Mensch, der vielleicht eigensinnig. Oft erschreckt es mich, und es kommt mir vor, als wär Dein Gefühl und Dein durch dies Gefühl gebildeter kühner Wille lange wie eingesperrt gewesen und bräche nun so stolz und unbändig hervor, so berührte mich eben ein großer Teil Deines letzten Briefes; ich habe mich gefragt, ob ich durch Äußerungen Deinen eigentümlichen Wendungen in den Weg getreten sei, und beinah glaube ich's, denn auch in diesem Augenblick fühle ich, wir stimmen nicht ineinander.

Ich wollte Dir noch mehr schreiben, aber eben erhalte ich einen Brief von *Leonhardi,* er habe Dich zweimal gesehen, und wenn die Zeit schöner werde, wolle er öfter nach Offenbach kommen; ich finde das nicht weiter sehr wünschenswert, weil unbedeutende Menschen oft einen Einfluß haben, eben weil sie das Bedeutende aufheben, ich habe jedoch nichts weiter zu erinnern, als dem *Leonhardi* doch nur höchstens scherzend zu begegnen, auf andern Wegen würdest Du ins Philistertum geraten, denn er ist ein hypochondrischer Mensch, der sich leicht einbilden kann, er sei dies oder jenes und müsse Dich wärmen oder schützen oder Dir Weltansichten eröffnen, ein solches Pfuscherwesen lasse Dir nicht in den Weg treten. Er hat Bücher und kann Dir die geben, die ich will. Sei stolz und lasse Deine Einsamkeit Dich nicht verführen, Deine Zeit an Menschen zu verlieren, von denen Du nichts gewinnst.

Dein *Clemens*.

Du sollst einem meiner Freunde, der Dich bittet, den ich und viele für den einfachsten genialischsten Menschen seiner Zeit halten, ein kleines Geschenk machen, sticke, nähe irgend etwas; es ist *Ritter*, der Naturphilosoph, der Freund der *Gachet*, denke was Hübsches aus, sage niemand, für wen.

Liebe *Bettine*.

Du schreibst mir nicht, dies martervolle Schweigen ertrage ich nun sechs Wochen. Dein letzter Brief erregte mir Zweifel, die mich ungeduldig auf den folgenden machten, ich schrieb Dir in einer ganz entgegengesetzten Empfindung, wollte Dir sagen, daß die Basis alles sittlichen Gefühls nicht Stimmung, sondern Wahrheit sei, daß die Wahrheit wieder nur echte Religion sein könne, daß aus dieser kein lügenhafter, sondern ein ganz echter Bildungstrieb nur hervorgehe, der in jeder Handlung, in der Äußerung den ganz reinen Menschen darstelle; daß eben nur dieser Mensch allein wirkungsfähig sei, das wollte ich Dir sagen, ich wollte Dir aber nichts sagen, was Mißtrauen gegen Dich beweise; was ist das nun, daß Du schweigst? Ach wolltest Du mir doch nur einige Hülfe leisten, so würde mir das eine Erholung sein, woran ich jetzt verzweifle, nämlich den Wegen nachzuspüren, die sich Deinem höheren Interesse anfügen.

Deine Briefe sind ja doch keine Kunstarbeit? – Oder kannst Du sie nur in gewissen Stimmungen hervorbringen? da doch so vieles darin sich noch ganz unenthüllt zeigt, vieles nur ahnungsweise anregt. Wie kommt's, daß dies alles Dich auch nicht reizt, es noch ferner in Dir zu beschauen und mir mitzuteilen. Es ist etwas sehr Vortreffliches und Seltnes, Briefe zu schreiben, die bloß die Geschichte des Herzens zum Gegenstand haben, ohne zu lügen. Ich will hier dies näher auseinandersetzen. Der gebildete Mensch oder der empfindendere lebt ein doppeltes Leben, er lebt das gesellige praktische Leben seines Standes, seiner Familie, und lebt das Leben seines Geistes, seiner Begriffe, seiner Empfindungen. *Jenes* Leben ist gebunden und bestimmt durch seine Umgebung und den Punkt, auf den er in der bürgerlichen Welt gestellt ist; *dieses* aber hat das Universum, die Natur und das eigene Gemüt zum Gegenstand, insofern es frei in sich selbst fortbildet, ohne daß das praktische Leben des Menschen darauf einwirke. Beides zusammen bildet seine *Geschichte, die* (wie sich diese beiden Leben in ihm mehr oder weniger bestimmen, aufheben oder durchdringen oder gegenseitig erhöhen) die Geschichte eines schwankenden, einseitigen, geschlossenen oder ewig fortstrebenden Gemütes ist. – Die Berührung des höheren Lebens in uns mit dem Leben, welches durch die Umstände hervorgebracht wird, bildet die Bequemlichkeit oder Unbequemlichkeit unserer Lage, unsre Zufriedenheit, unser Gedeihen, was jedem Geschöpf das Klima und der Boden ist. Aber alles kann ein Umstand dieses Lebens werden, auch was sonst kein Umstand ist: die Geschichte eines andern Menschen. Insofern nun diese mit unserm höheren oder bürgerlichen Leben in Berührung kommt, bildet sich uns der Mitbürger, der Genosse, der Nachbar und, bei totaler Berührung, der *Freund*. Dieser kann, ewig fortschreitend, in höherer Annäherung endlich sich beinah mit uns durchdringen; dies nenne ich das Anziehen, Erfassen, es wird endlich zum Bedürfen. Denn es geht von der einen Seite die nämliche Tätigkeit aus wie von der andern, und wird endlich geistige Lebensforderung. Und hier, wo vier Arme offen sind, entsteht die Umarmung, der *Bund*, und dann die Trennung mit Einverständnis in einem Dritten, das Ziel. Endlich aber das *Wiederfinden*, wenn jeder seinen halben Zirkel durchlaufen hat. Das Leben ist zwischen zweien vollendet; jeder hat das seine im Sinne des andern errungen; sie haben sich im Mute verwechselt, im Streben getrennt und durchdringen sich nun im Errungnen, in der Ruhe des Bewußtseins, das *Ziel*. Von hier aus geht ein neuer Abschnitt der geistigen Lebensgeschichte an, diese Ruhe, dies errungne Ziel ist der Stillepunkt eines erhöhten Werdens, denn die Verzweigungen geistiger Verhältnisse gehen ins Unendliche, sie sind der wahre Sakontalabaum, der Blüte und Früchte zugleich trägt. Und das beglückt ja so unendlich in der Freundschaft, daß der junge Blütenbaum, noch ganz innerlich beschäftigt mit dem Treiben seiner Blüte, bewußtlos die Nahrung reift für den Geist, der auf ihn angewiesen ist. Bei dieser Gelegenheit sage ich Dir, daß ich dies schöne Buch, die Sakontala*, für Dich bestellt habe; Du mußt sie in wenig Tagen erhalten. Ich wollte sie Dir erst mitbringen, um sie vielleicht mit Dir zusammen zu lesen; aber wenn wir beieinander sind, da ist ja immer Blumenzeit, und da findet sich so manche Blume am Weg, die wir spielend betrachten, daß wir zu keiner Beschäftigung und zu keinem ernsten Resultat kommen. Die Sakontala soll ein solches Resultat in Dir bilden. Was an andern Menschen als vorüberstreifender Genuß auch nur eine äußere Bildung bewirkt, das faßt in diesem Freundschaftsklima Wurzel und wird selbststerbender Geist.

Ich habe Dir hier in der Berührung mit dem Freunde die Geschichte jeder Berührung mit dem Lebendigen erzählt, deren Bedingung die *Wahrheit* ist, wenn sie nicht das elendeste Verderben in uns hervorbringen soll, denn alle Trauer, alle Unzufriedenheit ist eine Folge der *Lüge*; nicht grade der Lüge in uns, sondern der *Lüge an sich*. Eine Ansicht, die wir von jeher, durch uns und andre, durch Unerfahrenheit, durch das was noch nicht ergründet ist, haben, ist *Lüge an sich*; – und *fähig sein* heißt daher nichts als Anlage zur Wahrheit haben; *sich bilden* heißt diese Fähigkeit verstärken; *gebildet sein* aber heißt in uns die Möglichkeit zur Annahme aller Wahrheit hervorgebracht haben. Dann tritt das Wissen ein oder die wirkliche Besitznehmung von der Wahrheit; diese ist unendlich wie die Wahrheit. Es sind daher alle Menschen fähig. – Viele bilden sich, wenige sind gebildet, und zählbar sind die, welche wissen. Das eigentliche Verderben aber ist die Wiedervernichtung des Erbauten, des Gewußten, dessen, was einmal in unserm Besitz ist, ist die Zerstörung unsrer geistigen Gesundheit durch alle Art von Mißbrauch und endlich die schändlichste aller Arten der Schändung, die *Lüge in uns*, die wir um so leichter herrschen lassen, als wir meistens in der Trägheit die Selbstbetrachtung verabsäumen und keinen Begriff von der Wahrheit haben; in diesem Falle nun sind die meisten Menschen, auch viele, die sich zu bilden scheinen, denen aber die Bildung nicht eine Verstärkung ihrer Anlage zur Wahrheit, sondern ein Amüsement wird, ihre Unfähigkeit zur Wahrheit zu entlangweilen oder die Vorwürfe der Lüge in sich zu ersticken. Solche gebildete Lügner sind die miserabelsten, denn ihre Lüge hat eine Art von Arm und Bein und scheint lebendig, um sie noch dichter zu umschlingen, sie fürchten sich auch meistens vor jedem Zuwachs ihrer Bildung, wie vor einem neuen Schlangenkopf, und wissen sie sehr viel, so platzen sie vor Dünkel und Anerkanntheit, die letzte Gattung ist der Keim aller Hoffart. – Wir können auch gewissermaßen unschuldig, aber doch nicht ohne die verdiente Beschädigung der Affektation, in die Lüge fallen, und zwar auf folgende Art. Da Konsequenz oder ein vernünftiges Auseinanderfließen der Handlung, das wir selbst beherrschen, eine einzelne Tugend scheint, so will man sie gern im einzelnen ausüben und lügt, wenn man zugleich zwei- oder dreierlei verschiedene Arten von Konsequenzen auszuüben glaubt, grade auf ebensoviel verschiedene Arten. In dieser *Lüge* ist Schmeichelei, Heuchelei, ja sogar eine gewisse Gattung von Höflichkeit zu Haus, der man sich oft mit Fleiß nicht enthalten darf. Es ist aber sehr lächerlich, indem man seine Wahrheit aufopfert, konsequent sein zu wollen, da diese beide eins sind. – Man hört oft: »Dieser und jener Mensch hat keinen Charakter, er bleibt sich nicht gleich.« – Und in dieser Rede ist doch nichts gesagt, als daß dieser Mensch uns nicht in chronologischer Ordnung eine gewisse Anzahl ähnlicher Empfindungen zusammengelogen hat. – Oder hat er nicht gelogen, sondern ist wirklich ein solcher Rosenkranz, der aus denselben Gebeten besteht und den man schlafend beten kann: »Dieser Mensch ist nicht kommod, um ihn gelegenheitlich zu beurteilen, um von ihm zu sagen, er ist ein hübscher, grader, krummer, kleiner oder magrer Mann.« Der wahre Mensch, der sich hingibt in der Freundschaft, klaubt nicht eine gewisse Partie seiner Erscheinung heraus, er gibt sich immer mit der ganzen Lebenssumme grade so ausgedehnt hin, daß er den Augenblick der Hingabe erfüllt. Das, was man Charakter nennt, kann daher nur durch die größte Menge ähnlicher Züge im Menschen begriffen werden und ist nur merkwürdig im Begeisterten als die Gestalt des Schattens, die seine Bewegung nach irgendeinem Licht auf sein Gemüt zurückwirft, und im bloß erwerbenden Menschen als die Gestalt seiner Beschränkung, aus denen man, wie aus den Schatten, welche die Weltkörper aufeinander werfen, astronomische Schlüsse auf die Gestalt, Lage und Durchkreuzung der Sphären ihrer Bildung, ihres Stillstands oder ihrer Bewegung machen kann. Es gibt aber noch einen andern Gesichtspunkt für das Interesse, das man an einem Charakter haben kann, und obschon er nicht hierhergehört, wo ich nun vom Umgange (Verkehr untereinander) rede, so will ich, um einem schiefen Einwurfe vorzubeugen, doch etwas davon sagen.

Der Charakter kann allgemein merkwürdig sein, wenn man ihn als Kritiker betrachtet, dies ist die Betrachtung, deren jeder Charakter als Kunstwerk würdig ist; es sei nun, daß ich wirklich den Charakter einer gedichteten Person oder wirklich eines lebenden Menschen wie ein Produkt seines Lebens, als Kunstprodukt der dichtenden Natur anschaue. Sich zu dieser Ansicht erheben zu können erfordert einen sehr hohen Standpunkt, denn man muß sich dann zur ganzen Poesie – Schöpfungskraft der Natur – wie der Kritiker zum Dichter verhalten; und hier wird mehr erfordert, als nach den geschriebenen Gesetzen einer gewissen Kunstschule dem freien, lebendigen Gedicht die Brust aufzuschneiden, um noch minutenlang zeigen zu können, wie ihm das Herz schlägt. –

Die Konsequenz aber, welche etwas wert ist, ja allein den Wert des Menschen bestimmt, ist eine musikalische, sie ist Harmonie im weitesten Sinne und wird, insofern er mehr oder weniger das ganze Leben berührt, mehr oder weniger Tonarten und Modulationen umfasset, doch immer nur in harmonischen Übergängen wechseln. Insofern er nun bloß das Thema der ganzen Musik ist, ist sein Gang aus sich selbst, und kann er einen Charakter haben, aber insofern er die Harmonie des Ganzen mitbegründet, hat er nur den Charakter seines Instruments; sein Leben aber ist ohne Charakter, bloß ein Teil der ganzen Harmonie. Von dieser Konsequenz der Harmonie kann aber nur die Rede sein bei umfassendern Menschen, denn um harmonisch zu werden, muß man schon eine gewisse Anzahl von Tönen umfassen, und ist hier die Rede nicht von jener Gattung, die nur insofern leben, als ihrer etliche Tausend wohl, wenn sie zusammentreten, ebenso leicht alle zu einem tüchtigen Menschen gehörigen Eigenschaften, als eine vollständige

Kriegskontribution zusammenbringen könnten. Hieher gehören alle Menschen, welche ihrem Stande Mittel sind und sich nicht über ihn erheben, welche nur halb leben, wie ich oben anführte, nur das praktische Leben haben und daher nie biographische Personen werden können, man müßte dann als Kunstprodukt einen einzelnen betrachten, nicht um *ihn*, sondern bloß um die Umstände seiner Zeit an ihm zu erlernen, denn diese Leute sind unglücklich genug, nichts als *ihre Umstände* zu sein, deswegen sind sie ebensowenig verächtlich als die *Irokesen*, obschon weniger merkwürdig. Sie sind die Besitzer des zeitlichen Lebens und werden auch bei der größten Frömmigkeit nie selig werden, da der Himmel nicht zukünftig, sondern von jeher und ewig ist und in nichts anderm besteht als in dem Verstehen und Besitzen der Harmonie. Wir erwerben durch Tugend den Himmel, wir erringen durch Fleiß die Kunst, wir lernen durch Harmonie die Musik, wir gebären sie endlich selbst, in leichter, ewig voller und ergoßner und empfangener Lust des ewigen Lebens, das ist gleichbedeutend. Jene aber sind weit entfernt hievon und verhalten sich wie das gebogne Holz, das noch am Stamme grünt oder dorrt, zur schön geschwungenen Mutter der Töne und der Lieder – der Lyra im Arme des Sonnengottes. Aber auch der wilde Wald rauscht und grünt und ist lieblich oder mächtig, wenn ihn ein empfindend Gemüt begreift, aber er ist nichts ohne dieses. Hier trennt sich der Weg, und ich sage Dir, wo es recht ist, jene Menschen zu vergessen, und wo es recht ist, sie nicht zu verachten: Wo Du mit dem Höchsten an sich, mit dem Geiste das Wesen des Geistes betrachtest, wo Du betest oder dichtest oder liebst, sollst Du jener vergessen, und ständest Du unter ihnen; denn man soll auch im Haine Gott anbeten und die Bäume vergessen. Betrachtest Du aber die Welt historisch, so darfst Du sie ebensowenig verachten, um nicht in lächerliche Sentimentalität zu fallen, als der ins Lächerliche hineinfallen wird, der einen Acker verachtet, auf dem die Mäuse ihre Kornspeicher haben. Nur auf einem Punkte ihrer Erscheinung können sie mehr lächerlich als verächtlich – doch, wenn es etwas lange dauert, etwas fatal werden. Es ist dies der Fall, wenn sie sich auf Augenblicke emporheben, wenn sie von Bildung reden und Geschmack haben wollen, besonders erscheint dies in den Menschengattungen, in denen das praktische Leben am kondensiertesten ist, die nur eine Berührung mit dem Äußern kennen, die nichts wollen als *brauchen*, die den Geschmack, um ihn zu brauchen, zur Mode herabschänden und sogar auch manchmal jenes zweite Leben, das sie nicht haben, brauchen und es zur lächerlichsten Grimasse herabwürdigen, bis ein solcher das schimpft, was er nicht kennt, und verliebter, dürstender zu seinem praktischen Leben zurückkehrt. Auffallend ist es zu bemerken, wie er immer zu triumphieren scheint und wie dieser scheinbare Sieg manchen an dem Kampf nach dem Vortrefflichen erlahmen macht, der sich dann in den Sold begibt, der für kein Vaterland und keinen Himmel streitet, der nur kümmerlich das Leben erwirbt und keinen Himmel. Doch scheint er dies nur, und sosehr uns oft der unwillige Ausruf gerecht scheint, die Kunst gehe betteln und die Dummheit grase, so halte ich ihn doch für die Erfindung einer sehr gemeinen Ansicht, und er hat sich auch schon als solche charakterisiert, da er nun schon ein Gemeinplatz geworden ist. Die Kunst geht nie betteln, wohl aber der Künstler, würde Kotzebue sagen, um aus seinem Reichtum zu beweisen, daß er kein Künstler ist. Wenn die Kunst betteln geht, ist es meistens nur ein Beweis, daß sie arm ist, denn die wahre Kunst beherrscht alles und öffnet alle Schätze, der selbstische Künstler aber, der aus Kaprice oder Unkenntnis nur für sich selbst dichtet, er mag darben, und muß gern darben, um nicht erbärmlich zu sein.

Nun aber haben wir jetzt keine allgemeine Kunst, und ist bloß eine Zeit des Krieges in der Bildung, drum gehn viele

Künstler arm herum mit ihrem Reichtum, und mit Recht mögen jene keine Leute machen, die nur aus Bosheit, Unsitte und für kein Vaterland mitstreiten. Es ist eine wahre und sehr würdige Reflexion, daß die Welt keine moralische Anstalt ist, wo ein Geschöpf das andre aufmuntern soll, so daß gleichsam der Elefant dem Esel nichts als ein gut Beispiel sei, ein Elefant zu werden, und so fort; denn die Progression geht nicht auf Erden, im Leibe – sie geht im Geiste vor. Auch geht die Bildung nicht feldeinwärts oder der Quere, sie geht in die Höhe anbetend und in die Tiefe forschend. Jedes Geschöpf ist als Kompositum beschränkt und als vollkommen mehr oder weniger frei; in es selbst aber ist sein Geist gesetzt, der insofern er nur empfindet, als er nur in sich selbst ist, sich selbst als den Mittelpunkt des Ganzen betrachtet. So ist der Dünkel jedes Standes zu entschuldigen; aber dem ganz freien, gebildeten Menschen ist die stille Betrachtung erlaubt, den bloß praktischen Menschen zu verachten; wenn er spricht, ich triumphiere – denn triumphiert ein geboren Tauber, der geigen will, aus Mode, und die Geige in den Ofen steckt mit den Worten: »Ist es nicht viel edler, Tabak zu spinnen und zu rappieren, da habe ich doch was für meine Nase, ich weiß nicht, was die Leute an dem Kolophonium riechen.«

In eben diesen Fehler verfallen alle Menschen, die sich krankhaft oder aus Trägheit zum Bessern zu erheben ausgeben und eben so nur die Empfindung, Bildung oder Kunst brauchen, ihre Lumpen mit zu flicken; sie geben die schändlichsten Blößen und werden meistens sehr verächtlich; dies ist sehr häufig bei den Weibern der Fall, die nach der bürgerlichen Ordnung, die jetzt sehr in Verfall ist, nichts als die Repräsentanten der erbärmlichen Bildung, die eigentlich das künstlerische Personale des praktischen Standes geworden sind. Ich wollte, hätte ich Zeit, leicht beweisen, daß alles Übel, häusliches und körperliches und geistiges, bloß durch das dumme Bestreben nach Geschmack, der Tochter der Verachtung der Künste, entstanden ist. Ich verstehe hier bloß das Verderben der Töchter, worüber von Familienvätern und ältern Brüdern, ja oft von den Verderbern selbst geklagt wird, und ich will gerne als Märtyrer für die Aussage sterben: Kein treuer und unschuldiger Greis und Vater kann würdigere Tränen weinen als um den Untergang der Religion; – so ganz, was der kräftige unschuldige gemeine Mann Religion nennt, nicht das neue Wort. Die Weiber oder Mädchen, sagte ich, sind die kränksten an dieser Afterbildung, ihre krankhafte unbefriedigte Laune ist Empfindung, ihr Fieber Begeisterung, ihre Sittenlosigkeit wird Philosophie. Ich sagte, sie bedeckten ihre Lumpen mit Bildung, und setze hinzu, daß sie dadurch meist sehr lächerlich werden, indem sie nur entblößen, was sie bedecken wollen. Die Bildung ist nichts als der höhere Glanz der Nacktheit, die die freie Keuschheit der Schönheit ist. Nun aber heißt sich mit Bildung ausflicken nichts, als die Löcher im Gewand mit einer Laterne beleuchten, denn die Bildung ist durchsichtig, und um so mehr erscheinen daher heutzutag die meisten gebildeten Mädchen äußerst miserabel, als sie grad darin die Ausbesserung nötig haben, was das Heiligste des Menschen ist, im Verstande, der Liebe, im Herzen und der Zucht; und ich möchte sie die Laterne nennen, die die schlechten Straßen unsrer Städte nicht so erleuchten, daß man sie sicher durchwandle, um nicht den Hals zu brechen, nein, sie leuchten nur, damit man diesen Dreck bewundere, denn dies ist die Prätension dieser kleinstädtischen Dummheit (ich sage kleinstädtisch auch von Paris in Hinsicht des Universums). Laß uns ihnen zum Trotz, meine liebe gesunde *Bettine*, ihre unsaubere Illumination nicht betrachten, und kommen wir darauf zurück, daß alle die Abscheulichkeiten, die ich Dir hier zeigte, nur Folgen der Lüge sind, von der ich zu sprechen ausging, und daß wir deswegen Freunde sind, weil wir das bessere Leben unsrer Sitten, unsrer Gefühle, unsres Fleißes in Geselligkeit hinbringen und mit zu dem großen geheimen Staat der vortrefflichen Menschen gehören wollen; willst Du aber hier in diesem Lande mein Nachbar sein, so darfst Du mir nicht eine einzelne Art von Reflexion bloß hinstellen, darfst nicht allein mir danken, wenn ich Dich grüße, Du mußt ordentlich hübsch mit mir schwätzen, denn was so mit Deiner Person vorgeht, ist mir meist unbekannter und oft wissensnötiger, als was mit Deinem Gemüte vorgeht, drum schreibe mir jeden Schritt und Tritt von den Menschen, die mit Dir sprechen, was Du über diesen und jenen empfindest, was Du plauderst; denn ich habe mich nicht wenig geärgert, daß Du mir nicht erzähltest, daß Du bei *Leonhardi* getanzt und wie Du dort warst, daß die vortreffliche *Duchaget* mit Dir sprach, die mir sagt, es sei Deine Pflicht, mir darüber zu schreiben, daß Du lange in Frankfurt warst, von allem dem nichts? In Deinen Briefen ist oft ein Ausbruch von Rührung über meine, aber ich will nicht Dich rühren, ich will durchaus, daß Du Dich selber rührst, das heißt, daß Du vor meinen Augen herumspringst wie ein junges lustiges Mädchen; Deine allzugroße Ernsthaftigkeit gegen mich mußt Du Dir nicht so Ernst werden lassen, sonst kömmst Du in Gefahr, mich hochzuschätzen, und dann bist Du auf dem graden Weg des Kindes, das aus besonderer Achtung gegen den beinernen Löffel nie Selbstessen lernt, und am Ende kannst Du doch nicht immer Brei essen, der Mensch ist ein fleischfressendes Tier, und da hilft kein Löffel, und das Vorkauen wird ekelhaft. Lebe wohl, schreibe, sonst schreibe ich nicht mehr, oder bist Du krank, hast Du alle meine Briefe nicht erhalten, ich verstehe es nicht. Noch eins, hüte Dich sehr, aufzufallen, sei oder scheine stets in der Gesellschaft lieber dumm als vorlaut und mit dem Händeklatschen der Toren belohnt, es verführt zu einer miserablen Selbstgefälligkeit, die alle Fortschritte auch bei dem besten Willen tötet, und kannst Du es nicht in Dir dahin bringen, so vermeide lieber die Menschen, denn es ist entsetzlicher, von gemeinen Menschen für genialisch als für einen Narren gehalten zu werden, am besten aber für einen guten ruhigen Menschen.

Dein *Clemens.*

Soeben schreibt mir die *Toni,* wie sie Dich besucht habe, sie habe Dich munter und fleißig beschäftigt gefunden, aber Du sehest übel aus; wie ist Dir, liebes Kind, hast Du Kummer, quält Dich etwas, Du weißt nicht, wie mir der Gedanke meine Ruhe nimmt, Du seist bang und ängstlich im Innern; ich bitte Dich um alle Liebe, um alles, alles, gieße mir Dein Herz aus.

Dein *Clemens.*

Drei Briefe hast Du, diesen lasse der *Toni* lesen, wir müssen Freunde haben, sie liebt uns.

An *Clemens.*

Der verminderte Septakkord hat seinen Satz auf dem Leitton des Grundtons.

Kleine 3.

Falsche 5.

Verm. 7. Die erste Versetzung auf der Sekunde des Grundtons: Quintsextakkord, die zweite auf der Quart: Terzquartakkord, die dritte auf der Sext ist der Sekundenakkord.

Ich hätte dies sollen in mein Studienbuch schreiben, ich will Dir nur zeigen, daß ich studiere. Ich kann leichter eine Melodie erfinden, als sie in ihre Ursprünglichkeit auflösen. Innerlich ist alles tiefer zu fassen in der Musik, als sich ans Gesetz zu halten; dies Gesetz ist so eng, daß der musikalische Geist jeden Augenblick es überschwemmt.

Was mich selber bilden soll, das muß aus mir auch hervorgehen, drum möchte ich aller Teilnahme ausweichen und allein mit mir fertig werden. Es kommt mir wie Frevel vor, daß ich mich einer Leitung hingebe, die vielleicht das Ursprüngliche in mir verleitet. So war's mit der *Gachet*, und was Du über Freundschaft sagst in Deinem Brief, das macht mich flüchten vor ihr. Gäb es Höhlen und Verberge, in die man sich könnte zurückziehen vor gewissen Gefühlsanrechten, ich würde dahin flüchten. Ich schaudre vor solchen Allgewalten des Daseins, sie erregen die Eifersucht der Eigentümlichkeit; Freundschaft ist aber gewiß eine die höchsten Seelenkräfte verzehrende Schmarotzerpflanze. Ich soll doch mein eigen werden, dies ist doch der Wille meines Ichs, denn sonst wär ich umsonst; dies eine, was mich eigentümlich aus dem Gesamtsein herausbildet, das ist der Adel des freien Willens in mir; anders kann ich's nicht ausdrücken. – Sich dem Begriff und Willen eines andern unterwerfen, der auch kein Selbstsein hat – denn sonst würde dieser Wille nicht die Geistesnatur des Freundes zu seinem Herd wählen, sondern in sich selber aufflammen – das ist Verzichten auf diesen Adel des freien Willens. So steht das in mir fest, daß ich *den nicht* aufgebe. Die Freundschaft behauptet zwar, die edlere Natur im Freund hervorzurufen; wie aber kann dieser Adel des Willens sich bilden, wenn nicht in sich und durch sich selber? Raubt da die Freundschaft nicht die Kraft der höchsten Tätigkeit dem Freund, der dann nicht mehr den Willen in sich trägt des besonderen Seins. – Die Freundschaft hat ihn ausgelöscht. Held sein ist nicht befreundet sein, Selbstsein ist Held sein; das will ich sein. Wer Selbst ist, der muß die Welt bewegen, das will ich. – Dies helle Selbstsein soll nicht verdunkelt werden durch den Schatten der Freundschaft; ich brauch das nicht, ich kann den Sonnenbrand vertragen, und Freundschaft ist Brudermord. –

Ich hab zu fechten mit meinen Gedanken, sie fahren gleich auf und wollen immer recht haben.

Am Generalbaß hab ich auch meinen Ärger. Ich möchte diese Gevatterschaft von Tonarten in die Luft sprengen, die ihren Vorrang untereinander behaupten, und jeden, der den Fluß der Harmonien beschifft, um den Zoll anhalten. Aber so wahr diese unumstößlichen Ohrengesetze nur verschimmelte Vorurteile sind, die der Genius mit der Ferse von sich stößt, so wahr werden diese Gefühlsanrechte, denen ich drohe, daß sie mir nicht auf den Hals kommen sollen: als Freundschaft, Großmut, Milde, Mitleid (das ist das allerekeligste), Gerechtigkeit, Nachsicht, Ehrgefühl und alle sittlichen und Moraltugenden ein elend Ende nehmen – es sind Vampire, die dies Selbstsein des freien Willens heimlich lüstern aufsaugen.

Alle Tugend komme von Gott, steht im Katechismus. Schachert der Gott so mit dem Pfennig des Verdienstes? – Verdienst ist Chimäre, ist Lüge. Das fühlt der freie Geist, und bei ihm wird die reine Kraft nimmer zum Verdienst sich ausmünzen, die man abwägen könne; nein, sie ist das Selbstsein. Wer ist der verdienstlose freie Geist? – der soll König sein! Von ihm fällt der Verdienst ab, er muß frei sein. Verdienst macht ihn unfrei, denn er muß sich ihm verpfänden. Dies ist aus meinem Tagebuch, worin ich meine Revolutionsgedanken aufschreibe: »*Der ist nicht König, der aus Hülfsmitteln der Not das augenblickliche Mögliche benützt, um seine Verdienste daraus zu bilden. Nur der ist König, der ganz frei, ganz mächtig diesen Adel des Willens an seiner Zeit ausbildet. – Willkür kann nicht hervorgehen aus dem Adel des freien Willens, sie ist zusammengesetzt aus unfreier Bildung, die der Egoismus der Klugheit ausgedacht hat. – Und Freundschaft ist ein vorbereitender Egoismus jener Bildung, die den Platz des freien Willens sich angemaßt.*« – Ich könnte Dir noch mehr aus diesem Buch absonderlicher und verwirrlicher Gedanken aufzeichnen, die wie mutwillige junge Herden untereinander sich stoßen, die aber ein gewaltiger Hebel sind dieser freien Natur in mir. Ich hab der Großmutter draus vorgelesen, und sie meint, ihr sei bange, ich könne vom Fels stürzen. »Auch im Geist kann man sich versteigen, mein Kind«, sagte sie und erzählte mir die Geschichte des Kaiser *Max* auf der Martinswand; sie sagte: »Die Engel sollen ihn da wieder heruntergetragen haben, aber nicht immer sind diese bereit, wenn man sich so mutwillig versteigt.« – »Was brauch ich denn wieder herunter, liebe Großmama, wenn ich mich oben erhalten kann? – könnte ich denn nicht auch ein Wolkenschwimmer werden?« – »Kind meiner *Max*«, sagte sie, »was hast du vor wunderliche Gedanken.« »Auch darüber kann ich mich trösten, wenn meine Gedanken nicht mit der Klugheit der Menschen übereinstimmen; diese Klugheit verträgt sich nicht mit meiner hüpfenden und springenden Natur, die in allem sich selber verstehen will und wie ein Speer sich der Klugheit entgegenwirft.« »Das weiß Gott«, sagte die Großmama. »Aber Kind, wie sieht es aus in dir?«

Wie es aussieht in mir, liebe Großmama? Nicht wie hier in Offenbach die Wiesen weit hinaus sich ziehen und der Waldrand hinter dem beschifften Fluß bescheiden und lieber das rasche Bächlein mit seinen großen Eichen überwölbt, und die große Bleiche, wo alles so früh schon tätig ist, und die engen Schleichwege zwischen blühenden Hecken, die ums Dorf führen – und dann ganz in der Ferne die Gebirglinie, die an den Himmel ihre Weisheitsschrift ankreidet, an die der freie Wille ohne Auslegung der Schriftgelehrten, ohne Glaubenszwang sich hingibt; dazu die blaue Heerstraße der Wolkenzüge. Nein, dies Vaterlandsbild gleicht nicht meiner Seele, es ist mir doch, ich komme anderswoher! – hoch und niedrig waldumwachsenes Felswerk, an dem der Rasen schüchtern hinaufklettert und das seine eigensinnigen Klippen so trotzig hinausstreckt, an dem die Nebel sich zerreißen. – Wege des Geheimnisses zwischen brausenden Wassern immer tiefer in unverständlichen Windungen, wo der Sonnenstrahl herabblitzt ins enge Tal und nährt zärtlich die blauen Blüten, und das Sinnenfeuer der Natur dampft aus dem kalten Stein, der in der Sonne erschwitzt. Der Wacholderstrauch duftet mir da Weihrauch und stachelt meine Wange, und ich weiß nicht, was Glück ist, als nur – daß die Natur dies heimliche Vertrauen zu ihr so mächtig beantwortet.

Dort wohnt der Knabe, von dem will ich erzählen, wie er in der Nacht sich eilig rüstet, so weit die Sterne leuchten zu wandern, wo neue Berge heraufsteigen und Wälder, und Quellen eng zwischen Klippen herab in freie Länder wallen. Die Sonne steigt, er kommt herab zum Feigenbaum, im feuchten Sand zu ruhen, die Wolke, kühl vom Wind heraufgetragen, regnet auf ihn nieder, er schöpft den Trunk aus der Quelle, er ersteigt den Baum nach den Feigen, die sind noch herb, und er harrt unter dem belaubten Dach, daß die Sonne sie soll reifen.

Dies Lebensbild schrieb ich auf und sagte der Großmama, so sehe es aus in mir; die weite Welt wollte ich durchlaufen und bleib liegen unterm Feigenbaum und warte, daß die Feige mir in den Schoß falle, und vergesse aller Zukunftsgedanken. Der Großmama gefiel dies alles, sie sprach von poetischen Gesichten und Geistergegenden, und die Seele könne oft in ganz andern Klimaten gedeihen als der Leib. – Und, sagte sie, wenn man reiset, kommt man in Gegenden, in denen die Seele zu Haus ist, da kommt man mit ihr zusammen und lernt erst ihre Persönlichkeit verstehen.

Es ist wahr, *Clemens*, in mir ist ein Tummelplatz von Gesichten, alle Natur weit ausgebreitet, die überschwenglich blüht in vollen Pulsschlägen, und das Morgenrot scheint mir in die Seele und beleuchtet alles. Wenn ich die Augen zudrücke mit beiden Daumen und stütze den Kopf auf, recht fest, dann zieht diese große Naturwelt an mir vorüber, was mich ganz trunken macht. Der Himmel dreht sich langsam, mit Sternbildern bedeckt, die vorüberziehen;

und Blumenbäume, die den Teppich der Luft mit Farbenstrahlen durchschießen. Gibt es wohl ein Land, wo dies alles wirklich ist? und seh ich da hinüber in andre Weltgegenden? – Besinn Dich doch darauf. Ich kann Dir doch heut nicht mehr schreiben, ich bin zu schläfrig, die Großmama hat mir den ganzen Abend indische Pflanzen gezeigt; und Kolibris, so klein und fein; wie Schönheitspfeile gucken sie mit ihrem spitzen Schnäbelchen aus den Blüten.

Deinem Freund *Ritter* hab ich eine Sammetmütze gemacht, wie ich selbst eine aus Übermut trage, aber ohne den Lorbeerkranz, den ich darum gewunden, den er aber immer aus Übermut tragen kann, weil dieser mir scheint der Flußgott zu sein, der die Urne seines Geistesstromes ergießt.

Deine *Bettine*.

Liebe Bettine.

Ich habe Deinen lieben lieblichen Brief vor zwei Minuten erhalten; ich hab ihn noch nicht in mich selbst verwandelt, das Herz bebt noch. *Ritter* wird sich freuen, *Ritter*, dieser große Ritter, zu dem *Goethe* sagte: gegen ihn sind wir alle Knappen! – Lieb Mädchen, er wird Dir danken, daß Du ihn nie wieder vergißt. In seinem letzten Brief schrieb er, er lasse schon ein weiß seiden Felleisen machen, die Dankbriefe an Dich zu schicken. Leb wohl Engel, bald bin ich bei Dir im Himmel.

Dein *Clemens*.

An *Clemens*.

Ich habe geglaubt, Du würdest kommen, so sind nun schon vierzehn Tage herum, wo ich jeden Tag Dir entgegensehe und deswegen auch nicht schrieb und noch wegen etwas anderem. Weil ich manchmal zu sehr ergriffen bin, wenn ich an Dich denke, und versäume oder vergesse vielmehr darüber, an Dich zu schreiben, was ich denke. Ich will Dir nun erzählen, wie mir ist und wie ich bin, damit Du keine Sorge um mich haben sollst. Ein Tag wie der andere, frohsinnig, lustig, ja manchmal fast ausgelassen, und dennoch find ich innerlich recht viel ernste Fragen. Die erste Frage bist Du. Der *Clemens*, sagt mir eine innere Stimme, hat viele Fäden ins Weltgewebe eingesponnen, alle sind sie Geist und Feingefühl, aus Schönheit und Güte hergeleitet, und man kann die edle und erhabne Natur von ihm daran beweisen, aber doch führen sie alle wieder zu Mißkenntnis und Undank und auch nicht dahin, wo der *Clemens* meint, und dem er doch so viele Glückseligkeit der Gegenwart opfert. – Und dann denk ich gar, Du wirst durch Aufopferung Dich wohl um allen Vorteil dessen bringen, was die Menschen als Glück erringen möchten. Wie komme ich dazu? – Ach verzeih mir's, ich habe ein Buch von Dir gelesen.* – Bei der Großmama lag es – und ich hörte, daß sie darüber sprach – sie wollte aber gar nicht, daß ich es wissen solle, sie legte es auch sorgfältig unter andre Bücher. Wie ich aber allein in ihrem Arbeitszimmer war, denn ich schlafe da, damit eins von uns in der Nähe von der Großmama nachts ist. – Es ließ mich nicht schlafen, ich dachte immer, es sei wohl besser, nicht nach dem Buch zu suchen, aber ich hab's doch gelesen. Du hattest mir nie davon gesagt, und ist's denn wahr, daß es von Dir ist? – und so vieles, was mich ganz verwirrt! – Große und kleine, törichte und vernünftige Begebenheiten scheinen mir darin verflochten, und dann scheint es mir so sonderbar geschwärmt, und Höhen und Tiefen, die meinem Geist wie ein Rätsel daliegen. »Marias Satire« heißt dies Buch – ist das vielleicht, wie die Schuld und die Unschuld eine verkehrte Rolle spielen in der Welt, oder ist es scharfes und schonungsloses Beobachten und Behandlen der Verhältnisse und Menschen? – Was frag ich doch, es geht mich ja gar nichts an, und wir zwei sind ja bis jetzt immer in – der

Liebe und dem Geist – sehr begreiflichen Lagen miteinander gewesen, wo Du recht wie Maitau, von dem man wächst und gedeiht, auf mich gewirkt hast. – Nun aber ist mir's, als wärst Du verzaubert und legtest die Haut der klugen Schlange dann ab, wenn Du bei mir bist. – Und da kommen mir Gedanken über Dein Glück, die mich verwirren. Ach, ich hoffe, daß Du es nicht der Mühe wert halten wirst, auf meine mir selbst unverständige Gedanken und Gefühle zu achten. Ich will lieber von mir sagen: Ich hab jetzt viel zu tun, noch außer den Büchern von Dir lese ich auch noch viel vor, französisch-politische Sachen. Ich bin aber jetzt sehr zerstreut und kann gar solchen Anteil nicht mehr dran nehmen; obschon es mich immer dahin bringt, daß ich an die Zukunft denken muß wie an einen großen freien Plan, auf dem die Welt ganz unabhängig von Meinungen und Willensstreit sollte neu geboren werden, und sollte sich abwaschen von den Zeitumständen und von Leidenschaften und Begierden und alten Satzungen und sollte die besten nützlichsten Kräfte und die erhabensten Empfindungen entwicklen. Denn bis jetzt scheint mir, als sei das noch nicht so gekommen! – Und soll ich denn fortfahren, Dir alles zu sagen? Wenn es auch nur kindisch herauskommt und ganz unerfahren? – Ach, was nützt Erfahrung? Sie verführt nur dazu, daß die Leute mit Eigensinn an dem einmal Festgestellten hängen und durchaus sich nicht zugestehen, daß die Vernunft das Bessere oder das Wahre erfinde. Zu was nützt es denn, einen forschenden Geist zu haben, wenn es nicht wäre, um die Mittel zu einer neuen Schöpfung zu finden, worin dieser Geist als in einer Ordnung, die von ihm ausgeht, die zugleich ihn trägt und ernährt, das Göttliche schafft. – So groß und einfach, wie ich mir das alles denke! Wie könnte ich je glauben, daß *ich* selbstgedachte Ideen über Welt und Menschenwesen würde können geltend machen? – Und doch muß ich mich dem hingeben, als sei es der Fußpfad, der durch unbewanderte Gegenden mich leitet, vielleicht über gefahrvolle Klippen, die aber in mir Kräfte bilden, mit welchen ich vielleicht manches erwerben könnte, wovor andre zurückschrecken und erbleichen, *ich aber nicht*. – Wenn ich manchmal stillstehe und mich nach andren Menschen umsehe, so fühle ich, wie ich mit ihnen nicht zusammenstimme, wenn ihre Herzen von außen her erschüttert und berührt werden, dann zeigen sich Tugenden; das ist ja aber der Zufall, der hier wirkt, was ist das aber, eine Tugend des Zufalls? –

Ich möchte Dir alles vertrauen, was mir im Herzen liegt, aber es liegt so viel drin, was ich selbst nicht erkenne. Ich möchte beinah sagen, alle Tugend sei mir zuwider! – ja! – ich glaube dies, daß der Mensch *ganz* das Echte sein soll, und nicht das Unechte. Tugend ist ja aber, was von dem Unechten sich gestaltet als eine Seeleneigenschaft, die wir in ihrer Übung Tugend nennen. Wenn aber die Echtheit der große Ozean wäre, der zwar alle Strömungen in sich aufnimmt, nie aber überwallet, sondern alles umfasset? – können wir dann sagen, der Ozean ist tugendreich? (flüssereich) – oder nur: *der Ozean ist er selber!* – Sein und Werden ist zweierlei, das sag ich mir auch, und Werden ist für das wirkliche Leben, Kraft fühlen und diese anwenden, und nicht bloß sich zum Helden *träumen*. Und dies ist, was mich oft vor mir erschreckt, daß ich im Lande der Phantasie mir eine große Rolle auserwählt habe, die ich zwar ohne Gefahr spiele, die aber nicht die Wirklichkeit berührt. – Wie mache ich's, daß ich aus dieser Verbannung des Wirklichen erlöst werde? Dann wär ich nicht mehr traurig, wenn es mir deutlich würde, was ich will, kann und soll! Dann würde ich mich mit den Plänen meiner eignen Gedanken beschäftigen; die Welt wäre mein, ich brauchte nichts von andern, und meine Liebe würde gar nicht ein sehnendes Verlangen sondern eine wirkende Macht sein. *Clemens*, ich bin dumm, daß ich solche Gewaltsgedanken habe, und sage mir oft: »Das ist Dichtung, Du willst aber nicht bloß aus feuriger Einbildungskraft Dich selbst erdenken, wie Du sein möchtest, sondern Du willst selbst *sein.«* – Prüfungen und Gefahren bestehen, die aus der Tätigkeit hervorgehen, das ist Tugend üben, daraus geht das wirkliche Sein erst hervor. Tugend ist also das Werden, das Sein aber ist Allmacht. – *Clemens*! Welche Sehnsucht habe ich zu diesem Sein! – Aus sich selbst handeln, fühlen, daß man das Schicksal beherrsche, weil alle Keime zu allem, was mir widerfahren kann, durch mein Tun lebendig werden und zum Blühen kommen und zu Früchte werden muß. – Mit andern Worten, vermöge meines Charakters und meiner Kraft handeln und was ich überschaue auch bemeistern in meinem Innern; das scheint mir der Herd des Lebens oder der Altar, auf dem die Opferflamme alles Irdische verzehrt, dem innern Gott zu ehren, und ich will dies immerhin Religion nennen, obschon dies ganz und gar das Innerste tiefste Wurzellager ist des Geistes, während Religion doch eine über uns selbst erhabne Einwirkung auf uns übt.

O Sonne, schein hernieder und helle mir den Sinn auf, und daß ich nicht schüchtern vor dem Schatten fliehe und daß die Zukunft nicht einst wie ein schwerer Hammerschlag auf meine Vergangenheit falle und sie als nichtig zusammenschmettere! – *Clemens*, da siehst Du, wie das in mir ist, was andre Menschen mit Gebet ersetzen, ich auch rufe an ein himmlisches, aber kein mit Tugenden (die ich in mir nicht umfasse) ausgeschmücktes Phantom! – Ich rufe an, alles, was meine Tätigkeit reizt, ich sage mir, du willst alles, was aus der Natur des Menschen entspringt, mutig ertragen, du willst mit rechter Erkenntnis dich von der Erkünstlung und der Verstimmung des menschlichen Geistes ablösen und diese überwinden. Und dann sag ich mir: Wer ist Gott? – Gott ist die Zukunft! Wen diese nicht göttlich an sich reißt, daß er sich von den Ketten befreie aller Vergangenheit und in der Zukunft ganz aufgehe, den führt's nicht zu Gott. Ich weiß und fühle, daß ich recht habe! – Denn dies allein löst alle Ungleichheiten des Glückes auf. Weltbegebenheiten, die gefährlich aussehen für die Ruhe und die Gegenwart, die wallen da als reiner geistiger Strom zwischen politischen Ufern, die von schwarzen, stupiden Geistern bevölkert sind, dem Göttlichen zu; das heißt: dem die Freiheit zeugenden Gott. Politik aber ist ein aus sehr beschränktem Interesse hervorgehendes, sehr stupides Handlen und führt nicht zu Gott, nicht in die Zukunft, sondern es fesselt die Sinne an eine schon im Werden vergehende Gewalt.

So träume ich, so denke ich, wenn ich manchmal in der Nacht aufwache und der Mond scheint ins Zimmer, wenn das immerwährende Treiben in den Wolken die Frage an mein Geheimnis richtet, was wird wohl aus meinem Leben werden? – Viel soll daraus werden, geb ich den Wolken zur Antwort, aller Kampf und Widerwärtigkeit in der dunklen Flut der Seele rinnt in der Schöpfungskraft der Zukunft entgegen. Vieles übt das Mondlicht in mir, wie ein dichterisches Genie sieht es und denkt für mich und übt Talente in meiner Phantasie und erhebt mich so hoch über mein Sein, daß ich gleichsam das Bewußtsein davon verliere und in dem Spiel mich selbst gar nicht mehr herausfinden kann. Ach welche schöne Träume – ach wenn ich denen nachkommen könnte! Aber wenn der Mond untergegangen ist und der Schlaf hat mich überfallen, dann beim Erwachen ist keine Spur mehr von diesem Zauber in meinem Geist. Die *Veilchen*, die kleine Goldstickerin, von der ich Dir im vorigen Jahr schon manchmal sprach, die hat mir von manchen jüdischen Religionsgebräuchen erzählt; wenn der Jude den Neumond erblickt, dann sammlet er seinen Geist, als wolle er seiner Zauberkraft sich unterwerfen. – Und der Jude klagt ihm und betet, daß ihn der Haß gegen die Feinde nicht verblende und daß die Verachtung dieser ihn nicht niederdrücke; und er stellt sich vor den Richterstuhl des Mondes, und auf seinen Heimwegen aus Fremde, da öffnet er sein Gewand dem Neulicht, daß es seine Brust bescheine.

Möchte es auch nichts als bloß Gebrauch sein, so deutet es doch darauf, daß er will zu einer höheren Sphäre emporgehoben sein durch den Neumond, er verlangt von der Gewalt der Natur, daß sie ihn erhebe. Wie schön ist dies und wieviel wahrer, als wenn ich ein Register mache meiner Sünden und mir diese schlimme Rechnung auszulöschen erbitte von Gott! – *Clemens,* ich habe mir dies aus der jüdischen Religion angenommen, oder es ist vielmehr in mich wie ein Blitz hereingefahren, daß ich zu dem Mond eine Ehrfurcht hege und ein Vertrauen, und ich könnte Dir noch viel mehr sagen, aber auch von den Türken habe ich gelernt das Abwaschen; wenn ich abends meine Hände wasche, so dient mir das statt Abendgebet; es macht mich unendlich heiter beim Schlafengehen; – als liege ich in der Wiege einer schöneren Welt, und als werde ich aus dieser Wiege herausfliegen und – jetzt schweig ich, *Clemente,* denn Du sollst Dich nicht verwundern über den Trieb solcher Eigenheiten, es ist ja auch nichts Tiefes, es ist nur ein leises Berühren mit der Natur. Und was mögen wohl andere für Gesichte und innerliche Seltsamkeiten haben! – Da fällt mir die *de Gachet* ein, sie war am Rhein, wo sie sich ein kleines Gut gekauft hat; manchmal möchte ich bei ihr sein, und ich glaube auch und fühle, daß sie vortrefflich ist wie Du und Deine Freunde, aber oft zweifle ich noch an ihr, wenn ich höre, wie sie bei jeder Gelegenheit von dem spricht – was ihr heilig sei, sagt sie; und ich hab darüber eine Unterhaltung mit ihr gehabt, sie wohnt auf vierzehn Tage in Oberath*, wo sie jetzt unwohl ist, aber sie wird bald wieder an den Rhein gehen; sie frug mich, ob ich nicht mit Dir auch bloß von dem spreche, was mir heilig sei? – Ich lachte sie aus. – Das machte sie böse, sie suchte mich zu überführen, daß ich ganz kindisch sei und noch nichts vom Leben begriffen habe, denn ich habe noch nicht vom Baum der Erkenntnis gegessen. – Ich sagte, der trage Äpfel, und ich mache mir nichts aus Äpfeln; wenn ich nun noch dazu gewarnt sei, daß die Äpfel von diesem Baum eine so wunderliche, unangenehme Erkenntnis des Bösen einem beibringe, das dann überall einem in den Weg trete, um einem das Vergnügen am Leben zu verderben, so wolle ich lieber nie Äpfel essen und lauter Kartoffeln, die nicht schädlich sind. – Sie sah mich so gemischt an – sie sagte lieber gar nichts mehr. – Ich guckte zum Fenster hinaus nach den kleinen Pflänzchen, die eben begossen wurden, und nach dem Feld, wo der Landmann den Acker furchte, sie wohnt bei diesem Mann, um das Pflügen zu lernen, denn sie will im Rheingau ihr Feld selbst bestellen, und sie ging hinaus, um eine Lektion von Hot und Haar* zu nehmen, den Pflug ordentlich wenden zu lernen; sie begleitete mich noch, nachdem der Pflug ausgespannt war, durch die Hecken hinter der Gerbermühle* weg; sie fragte, ob das nicht was Heiliges sei, die Erde zu bestellen. – Das kann wohl sein, aber daß man gegenseitig sich ergieße über seine Heiligkeit, das kommt mir fremd vor. – »Ja«, sagte sie, »fremd kommt einem das Heilige vor, aber das Unheilige befremdet nicht, das wie ein unheimlicher Strom aller Unterhaltung das ganze Leben mit sich reißt und überall seinen Schlamm zurückläßt. Wer kann noch darauf rechnen, daß der Boden des Geistes wieder gereinigt werde von bösen Dünsten. Die Welt, die so schön könnte sein, wird untergehen, weil das Heilige vertauscht wird mit dem Scheinheiligen. Es wird eine große Verwirrung werden im Geist der Menschen, und die das Große zu tun berufen sind, die werden das Kleine tun, so geht es mit der Revolution; der Strom des Unheiligen darin ist zu stark, und die ihm widerstehen, die werden darin untergehen. Das Große zu bewirken, kann man immer nur die heiligsten Mittel ergreifen, wo aber zum edelsten Zweck ein unheilig Mittel dient, da ist er verloren und erzeugt nur Übel«, sagte sie. Sie war so schön vom Feuer ihrer Rede und von der Morgenluft. Du hättest sie lieben müssen, ich auch liebte sie, und sie sprach weiter: »Wer das Große tut aus reinem Genie, nämlich ohne sündhafte Vermittlung der eignen Schwäche, die ja doch das Große nicht zu fassen vermag, der kann nicht untergehen. Umstände, Zufälle, Geschicke reichen diesem aus. – Seine Größe muß alles decken, erzeugen, zaubern. War unser König wirklicher König, der nur seine Kraft sammelte durch das Genie, das immer heilig ist. – Wer konnte ihm widerstehen! Nicht die Nation! – Geist ist alles, er ist die Macht des Heiligen – er fühlt sich, und dies Gefühl eben macht ihn zum Herrscher. Die Zuflucht aber zu fremden Mitteln ist unheilig, und sei der Zweck auch noch so edel und groß, er wird nie verehrt, er wird unter den eignen Trümmern begraben. – Und die Welt sieht das alles mit Staunen an und gewöhnt sich zuletzt an die umgestürzten Trümmer und baut ihr herabgewürdigtes Leben darauf fort.« – Wie die Frau das alles sagte, so fühlte ich mich so sehr beklommen vor ihr, und wie ich sah, daß sie keine Tränen wollte fließen lassen, ging ich zurück hinter einen Baum und sah mich nicht mehr um nach ihr; sie stand bald auf von dem Stein, wo sie gesessen hatte, sie sagte noch zum Abschied, ich solle immer bedenken, daß jeder Mensch das Recht habe, der Größte zu werden, und daß darin die ganze Erziehung der Seele begründet sei – und daß dazu nicht die äußere Größe und Anerkenntnis gehören, aber die Geschicke, die seien der Tempel aller Größe, und ihr eignes Geschick beweise es, daß sie diesen Gedanken immer vor Augen gehabt, sie wolle groß werden in ihrem Schicksal. »Cette pensée est mon Pilote«, sagte sie, »et il me menera par tous les Mondes et Cieux!«* – Ich vergaß Abschied zu nehmen, ich sprang zwischen den Hecken fort. Wie ich mich nach ihr umsah, stand sie noch da, ich winkte ihr mit dem Sacktuch, sie nickte mir und ging weg, und jetzt legte ich mich an die Erde und ließ mein Herz ausklopfen.

Ich war gestern in Frankfurt, es war ein Herr *Burckhard* da, der uns viele schöne Bilder und Handzeichnungen zeigte, es waren meistens italienische Gegenden. Ich möchte nach Italien, ich möchte so gern reisen, die Sehnsucht ist gar zu groß; ich beschwichtige sie damit, daß ich mir einbilde, Dich bald zu sehen, diese Freude ist doch noch größer; ich will mittlerweile recht fleißig lernen. O Generalbaß! – Werden wir uns je einander bezwingen? – O Zeichenkunst, werde ich je weiterkommen. Die *Toni** bekümmert sich recht viel um mich. –

Ich habe mir ein kleines Kabinettchen eingerichtet, in dem ich studiere, links steht das Klavier, was die eine Wand des Kabinettchens ausmacht, rechts ist das Fenster, aus dem hör ich abends noch den Klavier-*Hoffmann** gegenüber oft bis Mitternacht phantasieren, und vor mir ist der Tisch und dazwischen noch ein kleiner Ausgang. Auf dem Tisch liegt *Homer* und viele andere Bücher, und denn mein Schreibkästchen mit allen Deinen lieben Briefen. Im *Homer* lese ich oft. Könnte ich Dir nur darstellen, was ich da für Erfahrungen mache – welche Rückerinnerungen einer früheren Welt in mir aufgehen. Diese Götter kenne ich, mein *Clemens*; die auf goldnen Sandalen die Wolken beschreiten. Sie machen ungeheuere Schritte und gleiten weit dahin wie auf Schlittschuhen, ehe sie ein Bein vors andre setzen, und wenn sie sich wenden, so prallen die Wolken vor ihnen zurück und versenken sich zwischen Geklüft, und wenn sie denn vorüber geschossen sind in ihrer Ruhe wie der Blitz, dann bricht ihr Zorn in Gewittern los. – Sieh, da im Fenster steht noch eine Hyazinthe, die ich selbst früh aufzog, sie neigt sich zu mir, als wollte sie sehen, was ich schreibe. Ich bin heute so vergnügt und freue mich so auf alles. Jetzt werde ich ein wenig in den Garten springen und einen Grasplatz in meinem Gärtchen zurechtmachen, wenn Du wieder kommst, daß wir uns zusammen darauf setzen. Ich will ihn so groß machen, daß man sich recht bequem drauflegen kann und träumen.

Lieb mich. – *Bettine.*

Eben lese ich diesen langen Brief durch. – Ach, wie verwirrt sind doch meine Gedanken auf dem ersten Blatt! Versteh ich denn, was ich hab gesagt? – Wenn Du es vermagst, einen Sinn herauszudenken, das könnte mich noch bei mir rechtfertigen, denn gestern glaubte ich sehr deutlich mich selbst zu verstehen. Ich hab auch so albern über Dein Satirenbuch geschrieben, wie ein altes Mütterchen. Und dann von der Revolution zu reden, haben meine Gedanken auch so ungebärdig sich angestellt. Wie klar und hell ist dagegen, was ich Dir von der *de Gachet* wieder gesagt habe, und doch hat sie's selbst noch einfacher und ganz mächtig ausgesprochen. – Und doch hab ich manchmal mich unterfangen sie zu tadlen oder Argwohn zu hegen gegen sie – die doch soviel größer und wahrer ist als alle andre Menschen. Gelt *Clemens*, solche Naturen wie die *Gachet* sind keiner Kritik unterworfen, denn sie sind weit erhaben über die Gedanken, die wie ein ungeweihter Rauch aufsteigen aus Vorurteilen, die Gott nicht wohlgefällig sind.

Hat mir denn der *Ritter* nicht danken lassen für meine Sammetmütze? – und hat er sich nicht über den antiken Lorbeerkranz gefreut? – Das hör ich so gern, wenn die Leute sich bedanken. –

Wunderschöne Musik ist das meinen Ohren.

Noch eine vergnügliche Stunde muß ich vor Abgang des Briefes Dir melden. Heute morgen, als ich den Brief schon zugemacht hatte und wollte ihn eben dem Juden *Hirsch* in seinen Schnappsack werfen, in der Meinung, er sei es, der an der Türe klingelt, so war es der freundliche Pfarrer Sch . . .z*, der die Großmutter und auch mich besuchen wollte, so sagte er mir wenigstens, ich hab's geglaubt, obschon es mir was Neues war, daß mich jemand besuchen wollte, und nun noch dazu aus der Ferne will ein so gelehrter Mann bis nach Offenbach gekommen sein, um mir weiszumachen, daß er vorzüglich gekommen sei, mich zu sehen! So ein Pfarrer kann lügen! – Er hat mich geküßt auf die linke Wange und hat mich versichert, es sei wahr. – Und Du habest ihm schon lange meine Bekanntschaft machen lassen durch Deine Gespräche über mich! – Ich wußte nicht, was ich dazu sagen sollte. – *Clemente*, der Pfarrer ist ein guter Kerl, aber er ist, glaub ich gewiß, ein Aufschneider. – Er kann wohl nichts davor, er muß ja sonntags immer himmeln. – Und er hielt mir auch eine allerliebste Zauberrede, die etwas Nachwehen von Kirchenduft hatte. Nein *Clemente*, die Rede war wirklich schön. – Ach er war ja gar zu gut, der Mann, wie kann ich doch dumm von ihm reden; er hat mich später auch auf die rechte Wange geküßt und hat mir gesagt, wie schön und edel – ich weiß es gar nicht mehr, was er gesagt hat, denn ich war zerstreut, denn ich mußte an einen alten Töpfer denken, der gleicht ihm; von dem Töpfer will ich Dir was erzählen, was sehr Hübsches, ich hab seine Bekanntschaft auf dem letzten Weihnachtsmarkt gemacht, er hatte einen ganzen Korb voll Tiere gebacken und bunt glasiert, die bot er zum Verkauf fürs Kindervolk, das seinen Korb umringte und mehr *danach* verlangte als nach allen andern Spielsachen. – Es war auch nicht von ohne. Zum Beispiel einen Schlitten hat er gemacht, der einen Schwan vorstellt, weiß glasiert, mit schwarzem Schnabel, ein Mohr steht hinten drauf, schwarzbraun glasiert, mit einem grünen Kittel. Dieses Kunstwerk besitze ich selbst, es steht in meiner Kunstkammer, das heißt unter meinem Bett. – Dem Töpfer hatte ich damals seinen ganzen Tonkunstvorrat abgekauft für die Kinder, jedes ging mit einem Lamm oder Fuchs oder Wolf, Bär, Löwe etc. ab, ich behielt das Hauptstück, den Schlitten; er wollte nun eiligst wieder Neues anfertigen, und ich wollte gern mit ansehen, wie er damit fertig werde. Und, liebster *Clemente*, ich hab *drei* Abende bei dem Mann zugebracht, Frau und Kinder saßen bei der Lampe und machten Tiere, die Gott nachträglich noch schaffen muß, wenn er gerecht sein will, oder seine Unendlichkeit bleibt unerwiesen, denn was die Phantasie der Töpferskinder erfunden hat, ist noch nicht im Naturreich geschaffen; dem Vater war aber alles recht, er gab diesen Geschöpfen einen Schneller* und einen Drucker und setzte sie auf Postamente, sie wurden angemalt von einem Kittel mit einem breiten Schlapphut als Kopf, er saß in der Ecke beim Feuer am Herd und warf einen mächtigen Schatten. Wie ich nun sah, daß alles so fix ging, daß keiner zagte, seine Kunstwerke zu fördern, wie keiner eine Kritik übte, wie alles recht war, was da entstand, da schämte ich mich meiner Schüchternheit. Ich saß nun auch am Tisch und machte Tonkünste, ins Tierreich wollte ich mich nicht wagen, ich machte einen Baum, auf seinen Zweigen sitzen Vögel, so recht antik, mit wenig Blättern, kannst Du denken. – Kaum fing er an zu werden, so hatte der Schlapphut eine Schlange drum geringelt und der Töpfer Adam und Eva druntergestellt. – –

An *Bettine*.

Wer kann auf Deine Briefe antworten, mein Kind, da es so kalt ist hier und so einsam, wenn Dein liebes Bild nicht neben mir stände, und alle Deine Liebe ruhig empfing, ich armer Bewußtloser, von mir selber und von Menschen Verlaßner, wäre erschrocken über die vielen Herrlichkeiten, die Du um mich hervorzauberst; eine Welt ist mit Deinen Blättern eingedrungen, und doch, ich bin's nicht würdig, denn was kann ich Dir wiedergeben? – Etwas hat mich geärgert, aber es tut nichts, auch habe ich mit dem Fuß gestampft, das ist, weil Dich Sch . . .z geküßt hat, der ein guter freundlicher Mann, aber etwas sentimental und stark wie die Großmutter ist, leid das nicht wieder; – und was mich angeht, macht er mir schreckliche Langeweile, er liebäugelt mit dem Universum, das noch nie an ihn gedacht hat, und meint immer, es meine ihn, wenn es ihn gar nicht meint. –

Soviel über diesen Freund, der über mich mit Dir spricht und mir sehr gern über Dich sprechen würde, daran zweifle ich keineswegs, allein da hat er seine Mühe verloren, wenn er einen ganzen Milchkübel von Sentimenten aus mir melken will – und bin ich nicht ungerecht, wenn ich des Teufels über ihn werde: da ich doch grade so mit *Savigny* stehe, von dem ich wieder nichts losbringen kann; darüber nur folgende Worte: Ich gehe nun schon lange mit *Savigny* um und ringe vergebens gegen seine Verschlossenheit, die mir zwar nichts verbirgt, weil ich durch lange Übung eine Sprache an ihm erfunden habe, die er nicht spricht, sondern die sich selbst spricht. Ich empfinde diese Verschlossenheit jetzt mehr als sonst, weil ich fauler geworden bin zu buchstabieren. Seine Äußerung über meine Bitte hierum war die, daß ich alles um mich herum eher verschließen als eröffnen könne; dies befremdete mich nicht, weil mir es schon mehrmals geäußert wurde. Da ich nun keinen einzigen Menschen sehe als ihn und unser gegenseitiges Verstummen etwas Peinliches hat, solang es mit dem Lusten zum Sprechen kämpft, so will ich diesen Lusten, der von ihm in gleichem Maße erwidert werden dürfte, nach und nach aufheben. – Ich habe nun nichts mehr in der Welt, wovon ich gern rede als von Dir, und habe weiter auch niemand, mit dem ich's könnte. *Savigny* verstummt dann ganz, wenn ich von Dir rede, ist es eingeborne Antipathie gegen Dich oder gegen meine Art zu sprechen. – Wenn Dich's interessiert, so lege Dir's selber aus.

Ach ich sehe immer nach Deinem Bilde hin und bin unendlich einsam, da hab ich gestern zwei Lieder geschrieben für Dich.

Wie sich auch die Zeit will wenden, enden
Will sich nimmer doch die Ferne,
Freude mag der Mai mir spenden, senden
Möcht Dir alles gerne, weil ich Freude nur erlerne,

Wenn Du mit gefaltnen Händen
Freudig hebst der Augen Sterne.

Alle Blumen mich nicht grüßen, süßen
Gruß nehm ich von Deinem Munde.
Was nicht blühet Dir zu Füßen, büßen
Muß es bald zur Stunde, eher ich auch nicht gesunde,
Bis Du mir mit frohen Küssen
Bringest meines Frühlings Kunde.

Wenn die Abendlüfte wehen, sehen
Mich die lieben Vöglein kleine
Traurig an der Linde stehen, spähen,
Wen ich wohl so ernstlich meine, daß ich helle Tränen weine,
Wollen auch nicht schlafen gehen,
Denn sonst wär ich ganz alleine.

Vöglein, euch mag's nicht gelingen, klingen
Darf es nur von ihrem Sange,
Wie des Maies Wonneschlingen, fingen
Alles ein in neuem Zwange; aber daß ich Dein verlange
Und Du mein, mußt Du auch singen,
Ach das ist schon ewig lange.

Am Berge hoch in Lüften,
Da baute er sein Haus;
Am Tore liegt Gewitter,
Nun kann er nicht hinaus.
Die Wolken, sie wollen nicht ziehen,
Der Pfad ist steil und schwer,
O Lieber, Herzlieber in Lüften,
O wenn ich bei Dir wär!

Wohl bei Dir über Wolken,
Wohl bei Dir über Wind,

Wo fromme Vöglein schweben
In Himmelsluft so lind.
Meine Flüglein, die sind mir gebrochen
Und heilen auch nicht eh',
Bis ich zu der Herzliebsten
Durch Tür und Tor eingeh!

Daß ich so stolz in Lüften
Mein Haus gebauet hab,
Das muß mich gar betrüben,
Ich kann nicht mehr hinab;
Die Riegel sind alle verrostet,
Die Tore, sie gehen so schwer,
O Liebchen, Herzliebchen im Tale,
O wenn ich bei Dir wär!

Wohl bei Dir in dem Garten,
Wohl bei Dir in dem Wald,
Wo dichte Bäume stehen
Und Vogelsang erschallt.
Ich kann kein' Kranz mehr flechten
Und singen auch nicht eh',
Bis ich zu Dir, Herzliebste,
Durch Flur und Wald eingeh.

Sie dringt wohl durch die Wolken,
Geht ein durch Tür und Tor,
Die Flüglein schnell ihr heilen
Und heben sie empor,
Wohl über die Wolken und höher
Zu Gott wohl in die Höh,
Trägt sie das treue Herze,
Ade, Herzlieber, Ade! –

Er dringt wohl durch die Wolke,
Geht ein durch Flur und Wald,
Ein Kranz wird ihm geflochten,
Ein Lied ihm auch erschallt,
Wohl unter dem Baum und wohl tiefer,
Wohl unter grünem Klee
Ruht nun sein stolzes Herze,
Ade, Herzliebste, Ade! –

Mach doch eine Melodie darauf.

Dein *Clemens*.

Und nun schließe ich den Brief, als ob ich das geringste Dir geantwortet hätte auf alle Liebkosungen Deines Geistes, die in Deinem Brief in so schöner Konsequenz einander folgen. Deucht mir doch, als habe Gott Berg und Tale und alle Schönheiten der Natur in so lieblicher Verwirrung untereinandergeworfen, als Deine Weisheit ihr gleicht, und die *Gachet* hast Du so warm in Deine Begeistrung eingebettet, als sei sie Dein Gast, dem Du den Ehrenplatz einräumst.

Du machst mich dennoch reich, obschon Du mich auch marterst, denn ich verbringe viele Stunden einsamer Zeit mit Nachdenken über einzelnes. Deine letzte Erzählung vom Töpfer hat mich wieder auf alte Sprünge geführt, ob Dein Platz nicht auf eine Künstlerwerkstatt sich beschränken möge! – Und doch könnte mich Deine Zukunft anklagen, Dich beschränkt zu haben mit diesem Begriff. Das Wort ist das allumfassendste Element, das den reinsten Genuß gewährt, aber auch ist es das gewagteste, aber wer kühn ist, der muß ein Feld dazu haben; – Du bist zu allem zu lebendig, schreitest über alles hinaus; Lernjahre kann ich Dir gar nicht zudenken, reflektieren. – Ach Kind, es ist was Trauriges, lies dies Blatt, was ich hier beilege und was ich an meinem mondhellen Schreibtisch schrieb gestern, als ich Deinen Brief in der Dämmerung zum zweitenmal überlesen hatte und über Kunst und Deine Verwandtschaft zu ihr viel gedacht hatte.

Sobald wir Geschichte der Kunst sagen wollen, setzen wir eine einzige Kunst voraus, die aber nur Idee ist und als Kunst nie existiert hat, denn es liegt eine historische Unmöglichkeit in der Totalbildung aller Menschen, und sobald diese eine Kunst soll dagewesen sein, müßte diese Totalbildung dagewesen sein, und nach meiner Meinung ist nur nach dem Ende der Welt eine solche einzige Kunst dagewesen. Es gibt keine einzige Kunst, denn die Kunst kann nie gewußt werden, und nur die Künste waren da. – Diese einzige Kunst kann nie gedacht werden, denn solange noch gedacht wird, ist die Kunst noch nicht bewiesen einzig, da das Denken in der Kunst aufgehoben sein und als Gedachtes erscheinen muß. Es gibt ein einziges Leben, denn alles Leben ist ein Gelebtes, die Kunst aber ist ein ungelebtes Leben und ist daher im Leben unmöglich. Das einzige Wissen ist das, dem eine einzige Kunst entgegengesetzt werden könnte; da aber diese totale Kunst das ganze Wissen aufheben würde, indem diese sogenannte einzige Kunst das ungewußte Wissen ist, so kann diese einzige Kunst nur im allgemeinen Tode liegen oder im allgemeinen Nichtwissen; wir wissen von keinem Wissen als durch unser Dasein, unser Dasein ist unsere Trennung von dem Äußeren durch die Sinne. Unsere Sinne sind der Gegensatz der Kunst oder der Künste, und je höher unsre Sinne gebildet sind, je mehr Künste sind da, denn jedem Grade des Wissens ist eine neue Kunst entgegengesetzt. Die Kunst ist also nimmer da als lebendig, sondern als Tod. Denn bloßes vollendetes Dasein ist Tod – Schönheit ist Tod – jede angenommene Kunst als einzige Kunst kann also nur ein Verlornes sein, und daher alle Erhebung, alle Rührung bei echten Kunstwerken nur religiös und nicht künstlerisch. Kunst ist daher Bedingung der Religion, wie Religion Unbedingung der Kunst; und Kunstwerk ist Bedingung dieser Bedingung in der Erscheinung. Wie Erscheinung Bedingung einer gewissen Konstruktion des Wissens ist, aber nie des totalen Wissens, denn dieses ist Nichtwissen, weil zum Wissen keine Gleichheit, sondern Sieg gehört. Es gibt also nur Künste, und Sterben ist nur der Sieg des größeren zu wissenden Tod oder der allgemeinen Unsterblichkeit.

Freundschaft hat allein keine Gottheit, weil sie übersinnlich ist! – –

Hier fielen mir die Augen zu; grade im Augenblick, als ich Deinem Genius widersprechen wollte, der in einem Deiner früheren Briefe Dir diktierte, Freundschaft sei Brudermord.

Ach, ich bin matt und müde und höchst traurig. – Der Geist Deines Briefes ist stark kompromittiert durch den meinen, daß er Dir nicht besser zu entgegnen weiß. Adieu, lieb mich und verzeih mir alle Schwächen, die ich heute so stark in mir fühle. Ich habe heute morgen den *Savigny* persuadieren wollen, Dein Bild anzusehen und es schön zu finden, ich machte einen Versuch, ihn zum Sprechen zu bewegen, allein er sagt partout nicht. –

Lieber Clemens.

Der *Savigny* kann wohl ruhig Dir zusehen, wie Du schwärmst für ein Bildchen, das zwar nur bemalt auf ein kleines Brettchen, doch Deine Schwester Dir lieblicher ins Gedächtnis ruft, als sie wirklich ist. – Der *Savigny* sieht still dem zu, wie Du und andre ausgreifen nach Glück und tausend Mißverständnissen dadurch begegnen; seine Glückseligkeitslehre geht ungestört über dem Gewirr Eurer phantastischen Neigungen weg, er sieht Eure Freuden und Leiden wie Tag und Nacht wechseln, denn wie könnte er Anteil nehmen an dem neugefundnen Glück, das Ihr jeden Augenblick aus dem großen Ozean der Zufälligkeiten herausfischet, und gleichgültig wieder in diesen Ozean hineinfallen lasset, was Euch im ersten Augenblick geblendet hat. Ihm aber wächst im heimlichen Grund eine Blume, die nicht verblüht, Du nennst sie seine Studiermaschine, ich nenne sie seine Muse. Was er hört und sieht, das entgleitet seinen Sinnen wieder, sobald es nicht Bezug auf sie hat. Und das ist natürlich, was Dir unnatürlich deucht. Und wo er fühlt, mag er nur sich selber in diesem Wirken fühlen, seine Muse führt ihn mit freundlichem Anstand die Berge hinan, die andre unersteiglich finden, und bereitet ihm die Ordnung, die er notwendig fordert, wenn er sich einheimisch bei ihr fühlen soll, es muß ihr doch was an ihm liegen, sonst pflegte sie ihn nicht mit dieser Sorgfalt. Drum soll Dich auch sein Stillschweigen nicht verdrießen, denn Du und ich sind außer aller Ordnung. – Das nennt er nun verschließen – daß seine Ordnung mit Deiner Außerordnung die Grenzscheide zieht. – Du bist ungerecht, ihm das zu verargen, aber Dir ist's zu verargen, daß es Dich ungeduldig macht; ich bitte Dich, was fragst Du danach, oder wie ist's möglich, daß Du nachträglich noch melancholisch darum sein kannst. – Welche Freude hab ich, wenn er mir schreibt, auch nur wenig Worte, seine Briefe sind mir Heiligtümer, aber welche Freude hab ich, auch wenn er nicht schreibt, an dem reinen Himmelsblau, das die schwarzen Schwalben durchjauchzen heute zum erstenmal; die alte *Kordel* freut sich und liest aus ihrer frühen Ankunft einen warmen Sommer, ihre neunzig Jahre sonnen sich gern. Wie schön ist's an ihr, daß sie an allem sich freut. Ja, es gibt viele Lesearten von dem, was die Seele begehrt. – Und alles tönt in die Wahrheit, die in Dir selber erklingt, und dazu kann *Savigny* immer schweigen. Was er Dir wörtlich sagen könnte, das ist nur Nebensache gegen diesen Hauptinhalt des Schweigens oder Nichtssagens, worüber du klagst, dessen doch sein inneres Leben bedarf.

Ich bin nicht neugierig, was innerhalb seiner Geistesburg vorgeht; sowenig als auf das, was innerhalb von Klostermauern vorgeht. Wer einmal weiß, alles geht innerhalb der vier Wände der Ordnung, wie kann der noch Kunde davon haben wollen und sich kränken, wenn keine erschallt.

Weißt Du, es ist heute der 7. Mai, geh in den Wald, lausch der Nachtigall, die drauflosschmettert, trotz dem »schweigenden Haine«, sie durchschallet das Revier allein, und allein hört sie begeistert sich zu. Schweigt, ihr Nachbarn, denn sie antwortet eben ihr volles Leben dem Frühling, der hat sie darum gefragt. Mit *Savigny* und Dir ist solch Frag- und Antwortspiel nicht, wie der Frühling und die Nachtigall haben. – Was willst Du nun noch? – Du bist im Unrecht, und er ist im Recht in seiner Stummheit. – Du aber *Clemens*, darfst nicht verstummen, Du lockst wie ein Vogelsteller die zärtlichen Waldsänger; o wer hat nicht Lust, ein Vögelchen in der Nähe zu sehen, zu haschen und zu liebkosen und dann wieder fliegen lassen. Du lockst mir sie herbei, die das Naturleben so glücklich, so ganz ergötzlich bevölkern. –

Die Briefe Deines *Ritter*! – er singt ja zu mir! – und Du hast mir's ganz verschwiegen? – und jetzt bitte ich, schick ihm die beiliegenden Zeilen. –

Clemens! – Ich weiß, daß eine ganz eigne Polizei existiert, womit man die jungen Mädchen verfolgt. – Und das nennt man in der Ordnung. Und aber Ordnung umfaßt nicht das Außerordentliche, das sich reimt mit dem Göttlichen. Ordnung ist hölzern, sie kann sich nicht reimen! – Aber Göttlich und Außerordentlich reimt sich. Die Purpurröten! sie wogen, sie durchleuchten und färben reizend die strömenden Lüfte, lasse sie das freie Blaue in sich trinken? –

Lieber *Ritter*! dem *Clemens* zum Trotz zaubere Du doch ein wenig Rot mir in die blaue Ferne, ich schlürfe es wie das rote Blut der Traube, und wenn ich auch ein wenig trunken träume! –

Clemente, ich muß Deiner lachen! – »Wie sie so sanft ruhn, alle die Seligen.« – Dies Lied fällt mir eben ein. – Ja, es ist in der Ordnung, daß sie ruhen, und es reimt sich nicht auf mich, die singt: »Du, o Dionysos, umschlingst die Seele und trägst aus purpurtrunknen Gluten sie hinüber ins ewig frische Blau!« – Das ist nicht in der Ordnung (denn wer, Teufel, versteht es), aber es ist doch unendlich schön und reimt sich mit meiner lebendigen Seele.

Mir sind *Ritters* Briefe ein Zauberspiegel seiner Geistesnatur! nichts von Ordnung darin. Aber *»jeden Nachklang fühlt mein Herz«* reimt sich auf diese *Außerordnung*. Jeder Halm auf der Abendwiese wiegt sich in diesem Nachklang, und darauf reimt sich: *»Es steht von goldnen Blumen die ganze Wiese so voll«*, und es ist schön, wie sie aus seinen Briefen mir zunicken, und das ganze Seelengeheimnis ist nur ein ewig Blühen und Fruchtbringen der Natur, an dem der Vergleich des Herkömmlichen stumm vorübergeht; – es hat keinen Teil an ihm. – Im Geheimnis ist der Mensch frei, er hat keinen Richter, sein Gewissen hält Wache für ihn auf der höchsten Höhe. Und übersieht und erkennt und erreicht alles, was dem Gewissen der Vorurteils-Menschheit ein furchtbarer Kampf ist.

Wer Ewigkeit glaubt, hat die Unsterblichkeit. Wer dem Geheimnis nicht einverleibt ist, hat keine Existenz. – Ich hab das antworten wollen auf Deine kunstvertiefte Schauung; und ich hab sie gar nicht verstanden und wieder gelesen und noch nicht verstanden. Und endlich hab ich aber gemerkt, daß ich mich immer zerstreuen ließ durch einen schmalen Lichtstreif, der durch ein Astloch des zugemachten Ladens fiel, quer über meinen Schreibtisch, in dem tanzte der Demantstaub des Lichtes, und ich sah ihren Kontertänzen zu, anstatt nachzudenken über das, was ich nicht gleich verstand. – Jetzt hab ich aber dem Astloch den Rücken gewendet. Und da hab ich mich besonnen, so scharf ich vermochte. Da sagst Du: *»Es gibt nur ein einziges Leben, denn das Leben all ist ein gelebtes.«* – Ja *Clemens*! – Ein gelebtes, wo jeder Atemzug ewig drin fortlebt. – *»Die Kunst aber ist ein ungelebtes Leben und ist daher im Leben unmög-*

lich.« – Ach, darauf hab ich mich stark besonnen; und immer schwankt's. – – Und jetzt weiß ich's! – Oder weiß ich's dennoch nicht? – *ein ungelebtes Leben!* – Mein Gott! meine Götter, zu denen der Geist alle Sinne, alle Augenblicke die Tempelstufen hinanträgt. – Wie die Lichtstäubchen dort den Sonnenstrahl hinantanzen – in denen aller Geist sich einwebt oder auflöst. Ist das die ungelebte Kunst, die nicht möglich ist im Leben – so lebt doch der Geist einzig in ihr und steigt bis zur obersten Sprosse der Himmelsleiter mit starkem Willen; – mir ist bang, sie muß ihm nachgeben. – Still! hier verwirrt sich's. – *»Das einzige Wissen ist das, dem eine einzige Kunst entgegengesetzt werden könnte.«* Ich schäm mich, eine Antwort zu suchen. – Und doch hab ich sie: *Das einzige Wissen* ist der liebende Geist, *die einzige Kunst* ist das des zu liebenden Göttlichen, was des Geistes Streben an sich reißt durch seine magnetische Kraft. Die Kunst also ist ungelebte Magnetkraft, die alles Leben an sich reißt. – Ach! – in der fernsten Ferne meines Lebens sehe ich, fühle ich diese Magnetkraft mich beherrschen – sie ist Kunst in sich. Feuerkraft ist sie, dem Geisteswillen sich zu unterwerfen. Das Ungelebte zwingt das Lebende! – bist Du's zufrieden, *Clemens*? – – Adieu.

Bettine.

An *Bettine.*

Liebes Mädchen! Hier ohne Dich zu wohnen, wenn ich das aushalte, so darf ich mich meiner Stärke rühmen. – Ach, wo ist's in der Welt wieder so schön, als hier in diesem Frühling hoch in den Lüften zu schweben, dem Himmel so nah, daß jedes der sechs Fenster meiner Stube eine prächtige Landschaft unter Rahm und Glas bringt. Nur das Große der Stadt berührt mich; die Türme sehen mir in die Fenster, und die Stadtuhren sind meine Wanduhren, ich kann nichts tun, als an Dich denken, Dein Bild hinhalten. Der Frühling flieht von meilenweiten Bergen über die blühenden Felder und den sanften Strom und die klingenden, singenden, schwingenden Wälder her zu mir; und bringt Blumendüfte, Farben und Klänge mit, all herein zu den sechs Fenstern, und da halte ich Dein Bild in die Mitte, daß es der Reichtum der Jugend umwalle. Ach, warum bist Du nicht da? – Ich bin entsetzlich ungeduldig um Dich! – Überall entbehre ich Dich, und selbst an Dich zu schreiben macht mir Schmerz, weil Du mir auch *da*zu fehlst! Ja, zu den Gedanken an Dich, zu Dir selbst fehlst Du mir. Und wenn Du da wärst, so wärst Du überall in der Herrlichkeit. – Und alles Sprechen ist nicht wert, ein Wort darüber zu verlieren, so wie alles Schießen keinen Schuß Pulver wert ist. – Wenn ich Dir sagen soll, wie es hier ist, wie es mir ist, wahrhaftig ganz anders als beim *de Gabrielli*, der Sonn und Mond, Wald und Tal und Ferne und Sturm auf ölgetränktem Papier uns so deutlich vormalte, und wir uns beide freuten so herzlich darüber. Nein, es ist auf dem Papier nicht zu erschwingen, was ich brauchte, Dir zu sagen, was man hier in einer Minute empfinden kann, ich müßte in einer Minute wahnsinnig und gescheut, dichtend und liebend und spottend, und lebend und sterbend sein, um Dir dies Leben recht wieder zuzuströmen. Das Haus mitten in den Berg gebaut, aus allen Stockwerken in den Gärten, selbst aus dem Keller. Wenige Schritte oben das prächtige Schloß und Eichen und alles. O ich möchte noch einmal närrisch werden, da ich's einmal schon bin. Daneben steht am Garten ein hoher, alter Turm, da lassen wir nun eine Treppe hinaufführen, ich bin schon mit einer Leiter hinaufgestiegen; oben wird ein Zelt aufgeschlagen, und da hängt man wie ein Luftschiffer über Berg und Tal. – Ach ich langweile mich tot, daß Du nicht da bist, *Bettine*, daß Du nicht da bist, all du Frühling, den ich soeben erzählt hab, daß Du alles nicht da bist, was da ist, weil Du mir fehlst, lieb Mädchen. Gott weiß, ich sehe nur alles im Auge, im Genuß derer, die ich liebe, und ohne sie ist die Welt mir eine ausgebrannte Kohle. Aber ich liebe auch Gott und sein Werk und am meisten Dich, Du bist mir sein Absteigquartier. Die Vögel philosophieren in den Lüften, die Frösche weissagen in den Teichen, und ich versuche ihnen nachzusingen und zu quaken, derweile sie ihre Studia absolvieren. – Ach helf mit – wirke auf Deinem Fleckchen, der Welt den Frühling in seiner Fülle in den Schoß zu ergießen, damit das Leben überall sich regt; sonst kommen Vögel und Frösche bei Euch zu kurz vor lauter Amtsgeschäften. –

Sieh aber nur, so sind die Menschen, so bin ich auch. Gestern und vorgestern hab ich das Vorhergehende geschrieben, da war alles das noch neu und wünschenswert, ich konnte noch nach Dir und nach der Natur begehren. Heute ist es schon ganz anders, ich begehre nur nach Dir, es ist mir, als hätt ich Dich in ewiger Zeit nicht gesehen, und ich empfinde recht deutlich, wie Erinnerung und Sehnsucht einander so ähnlich sind, daß sie sich sogar ergänzen. Und was die Erinnerung nie gewußt hat, das kann die Sehnsucht in Erfahrung bringen und es der Erinnerung überliefern. Daß ich Dich so lebhaft vor mir sehe und in jeder Minute Deiner gedenke, ist doch nur eine Folge davon, daß Dein Bild erst so kurze Zeit deutlich in mir aufgeregt ist durch Deinen Brief, und hätte ich nun seit längerer Zeit nichts von Dir erfahren, so würde mein Sehnen danach der Erinnerung die Rolle abnehmen. Die Nähe hinter und vor uns regt uns gleich stark an. Was wir vergessen, töten wir, wessen wir gedenken, das beleben wir. Was uns vergißt, das tötet uns. Jede Sehnsucht ist Begierde zu bilden, zu gebären, jede Erinnerung ist eine Wiedergeburt. Wahrhaftig, liebes Kind, ich liebe den Frühling nur, weil ich mit innigerer Rührung Deiner drinnen gedenken mag, weil er das einzige ist, das mir in Momenten Dich würdig ersetzen kann, und er versteht und reflektiert mich doch noch nicht wie Du und kann mich nicht so belehren und erquicken. Aus einer recht herzlichen, offenherzigen Liebe kann doch nur allein in der Welt etwas werden, und wenn der Menschen Geist sich nicht recht gewaltig durchdringt und nicht recht muß, so bleibt es eine ewige Lumpenkrämerei und gibt immer Plattheiten. So wie die Elemente sich durchdringen und die Welt bilden, und der Geist und die Welt sich durchdringen und den Menschen bilden, und der Mensch diese Liebe mit einem freien Blick ansieht und, indem er ihre Notwendigkeit und seine Freiheit in dieser Notwendigkeit betrachtet, den Gott erkennt und anbetet – alles das ist nur eine herzliche Liebe, wo diese Liebe nicht ist, da ist die Dummheit und all das Böse, das uns empört. – Ich kann mich oft recht an dem Gedanken entzücken, daß mir in Dir die Welt, die mir gegenübersteht, die Welt, die ich gern ansehen und lieben mag, ja alles, was des Meinigen auf Erden werden sollte, zum Menschen erschaffen worden ist, der mich wieder aufnimmt in seine Gedanken und sich an meinen Freuden ergötzt; seitdem kommen alle freundlichen Ideen, die ich denke, zu mir zurück und denken mich wieder; und was ich anschaue mit Liebe, das schaut mich wieder so an; seitdem bin ich zur Welt geworden und lebe das Leben, das man mein Leben nennt, das aber des Lebens Leben selber ist. – Ich habe mich oft unterfangen, meine Liebe zu Dir zu meinem eignen Werk zu machen, aber es war ein verkehrter Streich, ich bin das Werk meiner Liebe zu Dir, und nicht diese Liebe mein Werk. – Meine unglückliche frühere Neigung preise ich jetzt hoch, denn ich habe mich dadurch erkennen gelernt, und so kann ich Dich in jeder Minute recht verstehen, und Du brauchst keinen Blick unerwidert in die Welt zu tun; und alles, was von Dir laut wird, findet einen freundlichen Richter in mir. – Gott will's so haben, daß wir uns lieben und einander belehren sollen, ich sehe es in allen Dingen und gebe mich dem offen hin, denn ich will nicht mit der Wahrheit streiten, denn es ist nicht möglich, sich zu trennen von dem, in dem man sich begriffen fühlt; es ist undenkbar wie alles Resignieren, was immer nur auf sich selbst verzichten heißt. – Es resigniert niemand, sowenig als das Wasser resignieren kann, Wasser zu sein, solange es noch Wasser ist. – Und Resignation ist nach meinem Begriff nichts als eine lächerliche Selbstgefälligkeit in einer notwendigen Veränderung unserer Selbst, welche Veränderung durch diese lächerliche Selbstgefälligkeit allein entsteht. – Resignation und Kaprice sind an und für sich dieselben tötenden Feinde des eigentlichen freien und vollen Lebens, das nichts von sich weiß und das mit einer von beiden zu sterben beginnt. Wenn wir mit Kaprice das Leben festhalten wollen, so resignierte das Leben schon auf uns und ist im Abmarsch. – Wenn wir resignieren, so sind *wir* im Abmarsch, und das Leben hat die Kaprice, uns nachzulaufen oder nicht, und beides ist eine gegenseitige schlechte Koketterie, bei der man die Zeit verliert. Denn daß wir so oder so leben, ist grade der Beweis, daß wir so leben wollen und sollen, solange wir wollen; da das Leben die Durchdringung des Geistes und Stoffes ist, in der sich nach ewigen Gesetzen grade die Lebenserscheinung konstalisiert, so ist's in allem. Das ganze Leben kehrt in sich selbst zurück, und wo wir schon so in uns selbst zurückgegangen sind, daß wir von uns selbst und also von keinem Ding uns mehr getrennt denken können, heißt es, sei der Tod; der Tod aber ist in jedem Momente des Lebens, da das Leben nichts ist als das ewige Zurückkehren und Hervorgehen des Lebens aus und in sich in demselben Momente. – Ebenso ist das Leben in jedem Momente des Todes, denn Leben und Tod sind eins; um leben zu können, muß man ewig sterben, und um sterben zu können, ewig leben. Die Ansicht vom Leben im Gegensatze vom Tod ist eine sehr beschränkte Ansicht und etwa so, als klage ein Handwerksbursch über die Flüchtigkeit der Zeit, weil der viele Spaß am blauen Montag ihm den seinen so kurzweilig macht. Alle Menschen, die ihre eigne Biographie für ihr Leben halten und so lange einen Menschen für lebendig halten, als seine Stelle nicht vakant ist, sind solche Handwerksburschen, und ihr Leben sind blaue Montage. –

Wir leben nur durch das Bewußtsein unseres Lebens, aber ohne alles Leben überhaupt haben wir kein Bewußtsein, und wir leben daher nur durch die Ewigkeit des Lebens, die alles Leben ist und jedes Leben.

So gibt es denn nur ein Leben. Damit übrigens etwas lebe, muß es im Momente erscheinen und also von der Zeit gefesselt sein; insofern also unser eigentümlich Leben im Momente liegt, ist es in diesem von der Zeit gefesselt, und hinter jedem Momente liegt dessen Tod; der Tod also befestigt das Leben in der Zeit, die Zeit aber selbst ist ein Produkt von uns, denn wir können eine Ewigkeit denken; also liegt der Tod in der Ewigkeit, und Leben ist nichts als die Ewigkeit, die wir uns zueignen dadurch, daß wir uns ein Stückchen von ihr mit einem hinten vorgehaltnen Tod auffangen. – Doch ich kehr zu Dir zurück, liebes geliebtes Kind, ist doch diese Reflexion schon eine Sünde gegen Dich, ich habe in Dir meine Ewigkeit so schön gefangen, daß ich nicht länger grammatisieren darf; da das Leben der Sprache ein Gedicht mit mir lebt, das Du bist, Du Lied vom Weibe, von Liebe und von Gott. – Daß ich Dich so liebe, dafür danke Gott, wenn es Dich glücklich machen kann, ich danke ihm auch um Deiner Liebe willen. Es ist ein großes Erbarmen von ihm, daß er uns alles ineinander gegeben hat, und wir dürfen nicht stolz darauf sein, denn es ist nur Gott, den man liebt, den Gott im Menschen, und je schärfer und tiefer wir blicken, je mehr erkennen wir ihn und je ruhiger und einfacher wird die Liebe. – Etwas Rührendes liegt in unserer Liebe; wenn ich Dir ernst über lebendige Stellen meines Lebens spreche, die nun gestorben sind, und wenn ich Deiner gedenke! – Aller Lärm wird dann stumm, alle Menschen werden mir steinern neben Dir, und dies Stille erwacht in eine Musik, ich möchte sie eine innere Musik nennen, die sich selbst hört. Wenn ich aufrichtig sein soll, spreche ich mich gegen niemand gern aus als gegen Dich, denn Du verstehst mich und freust Dich meiner. Mit den andern Menschen verbindet mich nichts als ihre Seltenheit. – Gute Nacht bis morgen! –

Clemens.

Sollte die *Günderode* Dir einen sehr wunderbaren Brief von mir zeigen, so verwundre Dich nicht, ich bin begierig, was sie darauf spricht.

An *Clemens.*

Es geht schlecht mit meinem Witz, Dein Brief ist wie der Blitz in mich eingeschlagen, und ich kann Dir Neues davon sagen, wie das einem tut! – *Gar nicht* – tut es einem. Geist, samt Eindruck verschwunden! Erst hab ich mich besonnen, ob ich nicht Dir diese Lähmung verschweigen solle, daß ich nämlich mit Deinem Brief nichts anzufangen weiß und lieber Dir etwas vorzaubere vom Frühling, der hier gar nicht schlecht ist. Gibt's der Tage viele wie der gestrige Sonntag? – Himmelsbläue – unendliche! kräftige! vom Sonnenfeuer durchglüht, die Bäume vermählten ihre Schatten einander, alles im schönsten Frieden lautloser Stille – die Orangen warfen als ihre Blüten herunter – da hab ich gelegen im Boskett* und alle Blüten aufgefressen, konnt nichts mehr zu Mittag essen, die Großmama frägt, ob ich krank sei, in der Nachbarschaft sind die Röteln.

Dein Brief kam um zwei Uhr, ich wollt ihn studieren unter jenen duftenden Bäumen, ein narkotischer Balsam strömte aus seinen weisheitsvollen Blättern, der Sonnenschein ging, ich hatte den Brief nicht bedacht, aber beschlafen, aber doch blieb mein Begriff gelähmt. Der Mond kam, und der Tag war noch nicht vergangen, ich ging zum Gitter im Boskett, wo die Blumen alle stehen auf hohen Paradegestellen, man kann dran hinaufsteigen. Der Gärtner stand oben mit der Gießkanne, ich ward ganz durstig, wie sie so gierig das kühle Wasser schluckten, ich trank aus der Gießkanne. Der Gärtner wollt es nicht leiden, ich sollte warten, daß er ein Glas hole. Ich bin dem Gärtner gut, er ist mein bester Geselle. Alles, was er sagt, verbindet sich so nah mit der Gegenwart. Die Blumenglocken bewegten sich vom Abendwind, der zieht mit sanftem Brausen durch die erfrischten Sträucher und nimmt den Staub der Blumen mit sich fort; jeden Abend sieht der Gärtner diesem Spiel des Windes mit den Blumen zu. Grade in diesem Monat versäumt der Wind es keinen Abend, sagt der Gärtner.

Was ich gesehen hab noch? – Eine Biene, die sich ein Bad zurechtmachte in dem Schüsselblatt von einer Geisblattblüte, sie patschte drin herum, tauchte den Kopf unter und wusch sich von allen Seiten mit ihrem Rüsselchen, grad wie eine Katze. – Nun denk ich, ob man eine Biene nicht könne zahm machen auch wie eine Katze. Daß sie hereingeflogen käm, abends, und schlief da auf einem Nelkenstock oder Wicken oder sonst einem Blumenstock, den die Bienen lieben. Der Gärtner meint, eine oder die andere, die einen aparten Sinn habe, könne das wohl – und sagte noch allerlei von den Bienen, was die Leute nicht glauben, weil es zu gescheut wär für so kleine Tiere, aber es sei dennoch wahr; ich glaub's, warum soll er es nicht besser wissen, da er diese mit so großer Liebe beobachtet, das heißt mit Geist. Die Leute sind wohl auch so dumm zu glauben, ein Gärtner habe keinen Geist; – aber, der hat Geist – und kann also mit Geist beobachten, das heißt mit Liebe. –

Ja *Clemens*, ich hab gestern abend noch an Dich schreiben wollen, aber ich mußte nachdenken über die Bienen. Ob sie wohl einen an der Stimme erkennen würden? – Die Bienen haben ein fein Gehör, sie richten sich bei weiten Ausflügen nach dem Abendgeläut, sie unterscheiden genau die Glocke ihres Dorfs, das hat der Gärtner in seinem Dorf huntertmal beobachtet. Wir überlegen's noch mit dem Heimlichmachen der Bienen; – einen Blumenstrauß im Mund, sich ins Gras legen und schlafend stellen. Kommen die Bienen, so muß man sie nicht verjagen, sagt der Gärtner, wenn sie auch an den Blumen vorbei aufs Gesicht fliegen, sie stechen nicht. – Wenn eine erst zahm ist, dann kommen mehrere. – Das wär mir eine Freude, *Clemente*, über alle Freuden, wenn ich so an einem heißen Sommertag in der Lindenallee spazierenging und die Bienen kämen alle von den Bäumen herabgeflogen und umschwärmten mich. Er würde gleich mitschwärmen, meint der Gärtner! – Ich weiß es – und er flög wohl auch daneben; und ich weiß – liebster *Clemente*! Der ist aber kein sentimentaler Pfarrer, der mit dem Universum liebäugelt!

Bis die Bienen wirklich kommen und mich umsummen, daß ich mein eigen Wort nicht hör, hat's Zeit, Deinen liebenden Brief zu besprechen. Schon in Deinem früheren Brief über Kunst steht – – ich fühl, daß solche tief durchdachte Gedanken, die Du an mich zwar richtest, doch vielmehr der Welt angehören, das erstemal wollte ich sie wie einen musikalischen Satz durch einen Gegensatz beantworten, wodurch erst seine Basis begründet wird, sagt der Musiker, und eine Symphonie aus sich hervorzubilden vermag. Aber *Clemens*, ich fühlte mich so beklommen bei Deinem neuen Brief! – er paßt nicht zu meiner feurigen Frühlingsstimmung. »Durch Feld und Wald zu schweifen, mein Liedchen wegzupfeifen!« – – er paßt nicht zu meinem himmlischen leichtsinnigen Stubenkamerad, meinem Dämon – nicht Damon – der mir's unter die Füße gibt, ich soll mich nicht auf Stelzen begeben. – Und *»was kann ich, was kann ich dafür?«* – daß es mir gar um Freundschaft und Liebe nicht zu tun ist.

Gestern, Dienstag, waren wir im Forstwäldchen auf einem Ball, bei *Moritz Bethmann*. – Der Brief kommt nicht weiter heute, es steht ein Blumenstrauß auf meinem Tisch von lauter Vergißmeinnicht, wunderlich gebunden wie ein Kelchglas. In der Mitte auf dem Grund des Kelches sind Moosrosen. Wie schön! – Ja ihr Rosen seid schön, und euer Gewand ist die Schönheit selbst, und euer Reiz umwallt gleich die Brust, an der ihr vergeht! und ihr seid so schnell fort, und doch hat man so zärtlich euch geliebt – und doch seufzt man euch nicht nach! – Warum nicht? – Hat's Gott gewollt, daß man euch liebe, wie der *Clemens* mir sagt: ich sei berufen mit ihm zusammen, daß wir einander lieben; wenn das so wär, daß Gott wolle, wo er gar nicht zu wollen hat, ich würde ihm widerspenstig sein und den grad nicht wollen lieben, den er dazu geschaffen. – Denn es bändigt mich eben grade nicht, wenn er vielleicht sagte, wie die Kindererzieher, wenn sie Äpfel austeilen, *magst du den nicht, so kriegst du gar keinen!* – Fühl ich mich hingezogen zu manchem, so ist's nicht aus vorbedachtem Gefühl, nicht weil ich glaub, Gott hab es so gewollt – es würde mir allen Farbenschmelz und Heiligenschein konsumieren, dies Soll oder Muß. Die Rosen – sie glänzen im Abendschein, sie locken mich, sie zu umfassen, sie zu küssen. Ich bin ganz bei ihnen, wenn wir abends im Mondenschein allein zusammen plaudern, und fühle mich nicht allein mit den Blumen wie oft mit Menschen. Und wenn es *Deine eigne Ideen sind, Clemens*, die Dich wiederlieben, wie Du mir schreibst, so sind die Blumen wohl die Liebesgedanken der Natur, von denen sie auch wiedergeliebt wird. Liebesgedanken sind sie. – Die Rosenknospe ist's, sie wirft in ihrer Verschränktheit glühende Blicke in das Auge, das sich in ihrem Anschauen verliert. Wenn sie nachher dem Tag sich erschließt, dann ist sie nicht mehr so, sie lacht dann jedem Vorübergehenden und wird die Blume des Tages, an der alle gleichen Anteil zu haben meinen. Drum als ich gestern von meinem knospenreichen Rosenstock ein paar davon abbrach zum Ballsträußchen, das tat ich ungern, so jung von ihrem nährenden Stamm sie zu trennen, die so an der Grenze ihrer Jungfrauenzeit aus ihrem grünen Kinderjoppelchen recht neugierig herausguckten, aber ich dachte: ach, morgen habt ihr ja doch das grüne Jäckchen abgeworfen und seht die Tage eurer Kindheit für nichts an. – »Und du! – für was siehst du sie an, deine Kinderzeit, daß du so reden darfst?« – sagen die Rosen wieder. – Ach Rosen! – Vorwürfe von euch! – da ich doch meine Zeit mit euch vertändle. Aus der Natur süßestem Gefühlsschmelz ihr selber hervorgegangen! – Seid ihr Blumen nicht der Liebesdrang, der Venusgürtel der Natur? – ihrer Lippen würzigen Atem hauchen die Blumen in reizenden neckenden Antworten allen Liebesanträgen aller Wesen in ihr. Und die Rosen, sie sind die Antwort, die im Necken schon sich in einen Kuß verwandelt und ohne Widerstand durch ihre eigne Schönheit Zeugnis gibt: »Die Liebe hat die Natur besiegt.« –

Es war mir so wehmütig gestern abend mit meinen Rosen allein, und bin ungern von ihnen geschieden, um schlafen zu gehen, und hab mich noch recht in ihr weiches, junges Grün hineingeschmiegt zum Abschied! – Und hab so wunderliche Träume gehabt in der Nacht. – Sonnenstrahlen, die scharf und rein durch dichtes Gewölk auf mich trafen, und da war alles in üppiger Blüte um mich her und atmete kaum vor Schwüle, und ich stand da allein unter diesen Blüten allen, mit offner Lippe nach einem Tropfen Labung. – Ach heißer Tag, du drückst die Blumen! – so dacht ich dort. Es tat mir so leid, daß ich nicht den Regen ihnen aus dem Gewölk niederschütteln konnte, und als ich aufwachte, war mir's noch schwermütig, und heute den ganzen Tag so fort. – Wenn nicht eins mir Freude gemacht hätte. – In der heißen Mittagsstunde kamen wirklich ein paar Bienen hereingeflogen, umsummten meine Rosen, meinen Maiblumenstrauß, meinen Basilikum, meine Ranunkel sind noch nicht offen, schmecken den Bienen auch nicht, Nelken sind auch noch nicht aufgeblüht, die sind aber wahre Lockspeise für sie, und die stehen doch schon alle da, daß sie von ihnen gesehen werden, was in der Zukunft auf sie wartet, sie werden wiederkommen und werden sich in meinem Wirtshaus betrinken, dazu mache ich ihnen Musik. Gleich als sie ankamen heut, so nahm ich die Gitarre und klirrte ihnen was drauf vor, sie summten, es war ein deliziöses Doppelkonzert und hat mir meine Munterkeit wiedergegeben, die mit einem Fuß schon ausgeglitten war und schier in den rauschenden Bach der Empfindsamkeit wäre gestürzt. – Adieu! – ich und meine Bienen, was kann ich mehr verlangen.

Bettine.

Meine liebe *Bettine.**

Da ich vermute, daß Dich ein kleiner Ärger weiter nicht ins Grab stürzen wird, so hab ich einigen Lusten, mit Dir zu schmälen. Stelle Dir vor, einiges in Deinem Brief hat mir einen unangenehmen Eindruck gemacht, zum Beispiel das mit dem *Rosenstöckelchen.* Es kam mir immer vor, als sei es recht artig, eine gewisse Rührung bei unschuldigen Dingen zu empfinden, ja zur Not könne man auch sagen, es war mir, als müsse ich es umarmen, aber es wirklich zu umarmen und noch gar dabei in wehmütigste Gedanken zu versinken, das geht etwas in die Wildnis und ist stark empfindsam, hält auch nicht Stich, stelle Dir vor, an welchem knappen Fädenchen die Geschichte hängt; fällt sie, so fällt sie mit der schönsten Empfindung ins Lächerliche, denn eine gelbe Rübe, eine Kartoffel sind doch ebenso unschuldig als ein Rosenstrauch, und dennoch wäre Deine ganze Umarmung verunglückt, wenn das Rosenstöckelchen sich in eine solche Rübe verwandelt hätte. Auch hast Du bei näherer Beleuchtung wohl nur einen erdnen Topf umarmt. Wenn ich der Rosenstock gewesen wär, so hätt ich gesagt: Oho, schönstes Kind! und dann hättest Du wahrscheinlich gelacht. Ich hoffe, Du gewöhnst Dir täglich mehr solche Explosionen ab. Du weißt, wie oft ich Dir über ähnliche Anfälle gepredigt habe. Auch das lange Herumtragen und Betrachten der Träume ist kindisch, und während man auf eine Menge schöne Empfindungen, die man bei Gelegenheit solcher Träume hat, bei hellem Tag auf eine geträumte Weise stolz wird, vergißt man eine Menge zu tun, was wirklich, wahr und Pflicht ist. – Wieviel gescheuter wär's gewesen, wärst Du auf dem Ball recht vergnügt gewesen und hättest mir das meiste, ja alles erzählt, das hätte mir weit mehr, ja unendlich viel Spaß und Freude gemacht. – Sehr artig wär's, wenn Du doch einmal Deine Träume gern näher überlegst, die Nacht drauf in einem neuen Traum den vorigen zu bedenken, bei Tag aber recht lustig und vergnügt und fleißig zu sein, denn sonst läufst Du Gefahr, einem gewissen Mann ähnlich zu werden, der sehr bewandert in der Sternkunde war und alle Augenblicke in einen Graben fiel, ja endlich elendiglich in einem Brunnen ersoffen ist, weil er immer gen Himmel guckte; Du läufst Gefahr, daß die Leute sagen, sie ist sehr klug im Traum, aber nicht recht gescheut im Wachen. Ich bitte Dich um des Kaisers seinen Bart willen, werde nicht empfindsam und lasse Dich nicht von dem Lied der Katzen sogar rühren, gehe spazieren, gebe Dich mit der *Toni*, mit der *Lotte* ab und freue Dich ihrer vernünftigen Kälte. Ich bitte Dich um alles in der Welt, werde mir keine *Seraphine Hohenacker, die Geisterseherin!* – Wahrhaftig, dann mußt Du am End verzweiflen, denn ich werd alle Tag gescheuter und unempfindsamer; es ist was Miserables um einen empfindsamen Menschen in der Welt; und zwar grade, weil die Welt nichts weniger als empfindsam ist und einem kein Baum aus dem Wege geht oder beweint, wenn man sich ein Loch an ihm in den Kopf stößt. Wenn Du überdem wüßtest, wie man durch Kränklichkeit zu all diesen zärtlichen Empfindungen kommen kann und daß die Besessenen und Hexen in den vorigen Jahrhunderten nicht anders als solche hypochondrische

Personen waren, so würdest Du Dich noch mehr hüten, in eine solche Empfindsamkeit zu fallen. Dagegen hilft oft viel Bewegung, Springen, Singen und Tanzen, Beschäftigung, der *Agnes* helfen in der Küche, wenn sie allenfalls einen guten Kuchen backt, den auswälchern, kneten und in die Backschüssel hineinrunden, oder auch einen ordentlichen Aufsatz machen, selbst über die französische Revolution wär mir lieber, und ich bin jetzt sehr bestraft dafür, daß ich dies Interesse bei Dir untergraben hab. Ich bitte Dich, wenn es noch Zeit ist, ergreif es wieder, hol Deine alten Tagebücher hervor, in denen wirst Du Anknüpfungspunkte genug finden, es war manches so Schöne, so wahrhaft Große darin; ja, ich kann Dir sagen, daß ich manches draus erfaßt habe als ganz neu gedacht und als gut gedacht, es hilft einem auch zur Vermeidung aller Liebesgedanken, das Große, das Wesentliche der Welt zu seinem Hauptthema zu machen. Dort bist Du ja auch auf dem Boden, der Deinem Geist die wahre Elastizität gibt. – Der Empfindsame bringt auch nie etwas hervor, weil er sich keines Dinges bemächtigen kann, sondern nur von allem überwältigt wird. Ich habe überhaupt einen entsetzlichen Widerwillen gegen die Empfindsamkeit, denn sie wird über nichts empfindlicher, als wenn man sie für eine Kränklichkeit erklärt, da sie eine Feinheit der Seele sein will. Was ich aber unter Empfindsamkeit verstehe, wirst Du wohl wissen. –

Nichts vor ungut, Du weißt, daß ich Dich vernünftig liebe und es gut meine.

Es würde mich freuen, wenn Du etwas Geschichte läsest und außerdem meistens *Goethe*, und immer *Goethe*, und vor allem den siebenten Band der neuen Schriften, seine Gedichte sind ein Antitodum der Empfindsamkeit. Aber als Geschichte rate ich Dir *Müllers* Schweizergeschichte, es ist etwas Himmlisches, ich glaube *Leonhardi* hat sie. Es sind zwar einige dicke Bände, aber desto länger dauert die Freude, setze Dir täglich ein paar bestimmte Stunden, wo

Du drinnen liesest. – Wenn Du Dich meines heftigen Unwillens erinnerst, den ich in Offenbach hatte, sooft ich alberne Bücher bei Dir fand, so wirst Du mir das Recht zugestehen, mich sehr zu beklagen, daß Du jetzt vermutlich alles lesen magst, was Dir vorkommt. Überhaupt ist es mir sehr verdrüßlich, daß Du mir nichts von Deiner innern Bildung schreibst, mich nicht fragst, was Du lesen sollst u. dgl. Was soll alles Phantasieren über dies und jenes, was nun einmal so ist, wie es ist. Besser wäre es, wenn Du Dein Vertrauen zu mir so benütztest, daß Du mir Einfluß in Deine Bildung gönntest. – Daß Du mich über alle Lektüre um Rat fragtest – und dergleichen. –

Um eins bitte ich Dich noch in Deinen Briefen, nämlich gebe mir immer Nachricht, sobald irgend etwas Bedeutendes bei Euch vorfällt, von jeder Reise, sobald Du davon erfährst. – Meine Briefe an Dich zeige niemand; mit solchen, die betrübt sind, wie immer ohne Ursache, habe Mitleid mit ihnen, suche aber nicht etwa sie zu trösten, indem Du, beim Lichte besehen, in dieselbe erbärmliche Stimmung Dich herabsinken läßt und auch betrübt wirst. Der Umgang mit solchen Leuten ist deprimierend und zerstört alle Kraft in uns. Daß Du übrigens dieses nicht so wörtlich nimmst wie Eulenspiegel, hoffe ich. – Du könntest mir einen großen Gefallen tun, wenn Du, doch ohne Übereilung oder Faulheit, mir ein halb Dutzend leinene Stiefelstrümpfe stricktest, aber nichts weniger als fein, sondern nur stark und derb. *Toni* wird so gütig sein, Dir das Garn nach Offenbach zu besorgen. Auch höre ich gar nichts mehr von *Lulu* und *Meline*, es tut mir leid, daß Du von diesen Deinen treuen Gespielinnen gar nichts zu schreiben weißt. Schicke mir doch mit umgehender Post einige Lot der besten schwarzen Kreide, auch etwas weiße, auch englische ist mir lieb; es ist für einen armen Jungen hier, der ganz vortrefflich zeichnet, schicke sie aber ja gleich. Von *Savigny* hab ich keine Grüße an Dich, wenn Du etwa danach fragen solltest, ob er sich

Deiner noch erinnert. – Er hat seine Studien und seine Freunde und denkt an sie, wenn sie ihm ins Gedächtnis kommen, er schreibt öfter an *Gundel*, vermutlich, weil er ihr manchen Rat gibt. *Savigny*, der immer helfend und wohltätig ist, nützt ihr unstreitig viel. Dir kann er in dieser Weise nicht nützlich sein, deswegen schreibt er an Dich nicht, ich finde das ganz natürlich, da er in Sachen des Umgangs ganz anders denkt als ich, so würden wir uns oft stören. Du verlangst ja wohl auch nichts weiter, als daß ich Dir alles, was ich weiß und für Dich gut finde, Dir von Herzen mitteile, und ich verlange, daß Du mir traust. – Sei kein Allmein, schicke die Kreide, stelle Dich nicht so heilig, nehme das Leben leicht und Deine Pflichten ernst, lerne mit vernünftigen Leuten lustig und fröhlich umgehen und habe mich in vernünftigem Andenken.

Dein ehrlicher Bruder *Clemens*.

Noch etwas! – verphantasiere Dich nicht mit dem Gärtner! – er ist ein guter, vernünftiger Bursche an seinem Platz, nämlich unter Kraut und Rüben. Es ist sein romantisch Leben ganz gut mit den Blumen, das aber doch gewiß halb aus Deinem Magen kommt. – Aber einen tüchtigen Kohl muß er mir doch auch ziehen und muß seinen ordentlichen Respekt davor haben. –

Lieber *Clemens*.

Liebe *Günderode*! denn, lieber *Clemens*, ich muß doch gewiß einen haben, bei dem ich Dich verklage, Dir ins Gesicht kann ich's nicht alles sagen, was ich Schlimmes von Dir weiß und aus Deinem Brief heraus sogleich entdeckt habe. Ach ich möchte gar zu gerne nicht pfiffig sein und lieber gar nichts merken, aber wenn ich's nun einmal gemerkt hab, wie soll ich's machen, es übergehen würde doppelt listig sein. – Also schreib ich's hier ans *Günderödchen*, da kannst Du gleich erfahren, wie zwei Mädchen sich über einen listigen Jüngling lustig machen. Also denk nur, *Günderödchen*, der *Clemens* ist eifersüchtig über den Gärtner. – Lies nur diesen Brief von ihm, wo er gleich von vorneherein mir meine Sentimentalität mit den Blumen vorwirft und wirklich die Vergleiche bei den Haaren herbeizieht, Kartoffel, Gelerüb, Rose! – und dann, ich wär sentimental, und dann mir Heilmittel eingibt, ein halb Dutzend Paar leinerne Stiefelstrümpf, an denen ich ein halb Dutzend Jahre knottlen soll, um mich zu kurieren, und denk doch, *Günderode*, so geht das drei, vier Seiten fort, aber von dem, was ihn eigentlich ärgert, davon weiß er nichts zu sagen, da ist er ganz unschuldig. Mit der gesunden *Lotte* soll ich umgehen, um von meiner Empfindsamkeit mich zu heilen, schwarze Kreide soll ich ihm schicken und weiße Kreide, und von meinen Geschwistern soll ich ihm schreiben, von denen wisse ich nichts zu sagen, wirft er mir vor – und ich hatte mir doch vorgenommen, ihm zu schreiben, daß *Lulu* ein kaffee- und milchfarbnes seidnes Kleid anhatte, was ihr so sehr schön stand. Vom Ball soll ich ihm erzählen, schreibt er, wie kann ich das? – Wollt ich mein Liebesabenteuer von jener schönen Ballnacht ihm mitteilen, das wär ihm wohl gar nicht angenehm. *Günderode*, davon lasse Dir ja nichts herauslocken, von meiner triumphierenden Heimfahrt erzähle ihm nichts und wen ich beim Aufgehen der Alba am Wege stehen sah, der mich grüßte und dem ich meinen Kranz aus dem Wagen zuwarf, das schreib ihm nicht, *das bleibt unter uns Mäderchen*! – Und die Revolutionsgeschichte mit allen ihren Rebellern hier in Offenbach und mit meinen tausendfach facettierten Reflexionen darüber, die, meint er, soll ich wieder hervorholen. – Ja wenn er wüßte, was wir zwei beide, ich und Du, alles schon drüber miteinander gedacht und verhandelt hatten und was wir niedergeschrieben, und auch so manches Blatt schon zerrissen haben. O *Günderode*, damals hatte er auch keine Ruh und predigte Dir so lange, Du solltest mich davon abbringen, so hatten wir denn beschlossen, im stillen darüber uns allein Rechenschaft zu geben, weil doch diese Weltangelegenheit eine ganz andre, lebendige, ins tiefste Denken eingreifende Gewalt ist, weil sie doch ein Richteramt führt über alle heiligen Rechte der Menschheit, weil sie doch in sich selber eine ganz von allen Urgründen der Lebens- und Bildungsstufen aufstrebende Geistesbahn ist. Geschichte studieren! *Müllers* Schweizergeschichte! *bon!* Aber sie ist vorbei, gedürrte Quetschen, schmackhaft zwar, aber was soll ich mit Backobst! – Was soll ich mit euch – ihr krüppeliches Winterausdauerungsprodukt, bin ich ein Hamster, der beide Backentaschen voll in seine Vorratskammer aufspeichert? – Nein, ich bin eine frank und freie, lustige, helle Bergquelle, vom Zufall oft durch Wüsten und Paradiese hinrauschend mit gleicher Lebendigkeit; geht's über Klippen, dann ist er gleich noch einmal so aufgeregt, da stampft er, da gischt er, da dampft und braust gleich seine Lebenskraft heller aus dem lichten Schaum hervor. Nein, ich bin nichts. Aber wenn einer das sagt, dann bin ich gleich etwas. – Auch fürchtet der *Clemens*, ich lese alles durcheinander – und macht mir Vorwürfe, er denkt, Romane können mir die seltsamen Gedanken einprägen, und wenn er wüßte, daß keine Romane mir je gefallen können als nur meine eignen! – Gibt es etwas Ärgerlicheres, als Liebschaften sich vorerzählen lassen, wo man sich gleich wundert wie die Schafe, welche auf diesem Romanen-Teppich weiden, nur zu diesem Schwindel kamen, und *der* meint, dazu käme ich. – Noch eine ganz närrische Seite tritt oft wie ein mir unverständliches hebräisches Wort auf den Lehrstuhl, und zwar mit den feierlichsten Gebärden, so daß ich im Anfang ganz ängstlich wurde und mir vergeblich den Kopf zerbrach, was das sein möge. – Von nun an beseitige ich meine Skrupel, weil ich erst jetzt deutlich sehe, daß der liebe liebste *Clemens* auch von allerlei ihm selbst nicht recht deutlichen Beweggründen angespornt wird, manches zu wollen, zu fordern, zu beteuern. Das Wort ist *Pflicht.* »Tue Deine Pflicht mit Ernst – das Leben nehme leicht.« – Seh ich mich um nach meiner Pflicht, so freut mich's recht sehr, daß sie sich aus dem Staub macht vor mir, denn erwischte ich sie, ich würde ihr den Hals herumdrehen! So erpicht bin ich gegen sie. – Nun, ich hoffe, daß ich und meine Pflicht nie zusammenkommen, falls eine sollte auch auf *mein* Los gekommen sein – ich würde sie mit meinem ernsten Blick schon in Schranken halten, daß sie mir nicht über den Hals käme, ich verstehe keinen Spaß darüber, meine ganze Natur kommt in Aufregung, und Kräfte machen sich in mir auf die Beine, die alles in Grund und Boden trampeln, was sich mir aufsässig machen will. Also Pflicht, halte dich im Hintergrund, wenn du nicht abgedroschen sein willst. – Meinetwegen geh zum Herrgott und klag, daß du nichts bei mir ausrichten kannst; wenn ich ihm's vorstell, wird er schon Räson annehmen. Heilige Harmonie der Natur, dich wollen sie aus dem Geleis bringen der einzig göttlichen Sphäre, der Freiheit nämlich, und wollen zur zinspflichtigen Pflicht machen alles, bis auf den Adel der Seele sogar, aus dem alles Große entspringt. – Entspringen heißt ja aber schon, dem Strang der Pflicht ausweichen, ich aber entspringe ihr nicht, ich wende mich grade um gegen sie, seh ihr scharf ins feige Angesicht und sage ihr: Weiche zurück vor meinem reinen Instinkt des reinen großen Mächtigen, von dem du dir nichts träumen lässest. – Und denk, *Günderode,* auch meine Träume greift mir der liebe *Clemens* an mit seiner Satire, und wenn er doch in unserm Traumbuch läse, wo wir so seltsame wunderliche Sachen und Gedanken schon aufgeschrieben, aus denen Du schon Stoff zu manchem schönen Gedicht gefunden hast. – Wenn er Deinen Franken in Ägypten läse, ein geträumtes Abenteuer gab dazu den Stoff – aber jetzt werd ich gleich einmal meine Pflicht überschreiten und werde ein bißchen zum Gärtner gehen, da es die Abendstunde ist, wo er begießt, da hab ich ihm versprochen zu kommen, und zwar nicht aus Pflichtgefühl, sondern aus Lust am lieblichen Geschäft, aus Lust an alle dem frischen Leben, was sich in dem schönen Schmelz der Farben regt, am Wachstum der Knospen und an allem in allem! und auch zum Kohlbeet werd ich gehen, was der *Clemens* für des Gärtners Pflichtniederlassung hält. – Ich werde mich da mit meinem Pflichtstrickstrumpf hinsetzen und etliche Pflichtmaschen stricken, ich werde aus Pflicht gegen meine Bildung in der alten Schweizergeschichte lesen, daß der Teutone keine Stiefelstrümpfe trug, als er noch ein freier Mann war, ich werde also aus Pflichtgefühl am Altar der Freia mein Strickzeug niederlegen und das Gelöbnis ihr tun, nie wieder Stiefelstrümpfe zu stricken, die dem freien deutschen Charakter Fesseln anlegen! –

Soweit meine Mitteilungen an die *Günderode*, lieber *Clemens*, über Deinen Brief; ich hab ihr zwar nicht wörtlich so geschrieben, denn es braucht zwischen uns der Worte nicht so umständlich, und diesmal war sie selbst hier, und wir gingen zusammen spazieren im Boskett, und wir lachten am allervergnüglichsten über Deine Besorgnis um meine Melancholie, hinter der sich doch nur immer die Langeweile verbirgt, da ich die aber gar nicht herberge, da ich wie ein kleiner Spritzteufel oder sogenannter Laubfrosch (Rakete) feurig herumhüpfe, morgens aus dem Bett in den Garten barfuß, denn ich hatte ja wahrhaftig gestern meine Studienbücher liegenlassen. – Dann wieder hinauf, angezogen, dann zur Großmama frühstücken, dann Klavier exerzieren, Generalbaß – *Hoffmann* kommt, entwickelt kabbalistische Mysterien der Musik, die ungeheure Kabale und Schikane ihrer Torsperre; der geniale *Hoffmann*, der Mann des Ruhmes und der Begeistrung hebt diese Gesetze mir zulieb auf, namentlich die der Metrik, die so engherzig sind, daß jedem Volksredner in dieser engen Taille der Atem ausgeht. – Jetzt macht mir's Freude zu komponieren. – Hymnen der Diane,

Päane an Dionysos, von *Stolberg* übersetzt. – Ja das macht mir Freude, ich klettere als abends aufs Dach von der Wäschküche, dort erfind ich die wunderlichsten Wendungen. Der Himmel rötet sich davon vor tiefem Mitgefühl, und die Sterne drängen sich herbei und lauschen, und *Hoffmann* lauscht auch, er ist unser nächster Nachbar. Meine Stimme ist durchdringend, wär mein Geist es auch! – *Hoffmann* kommt am Morgen in die Stunde, kann meine Melodie halb auswendig; was ich mit Bleistift notiert habe, kann er meist besser als ich – übers Metrum streiten wir zwar nicht, denn er will durchaus, es soll sein, wie ich's ursprünglich singe, Takt und Auftakt kommen in Subordination und dürfen nicht ihre herkömmliche Observanz mehr geltend machen, er sagt, wenn ich mich hineinstudiere, so wird's der Musik eine neue Bahn brechen. Närrischer Kerl! willst mir schmeicheln, mir Mut machen zum Lernen; weiß ich doch, daß er's mir weismacht, so trägt's doch meine Begeisterung unendlich hoch! zu Unerhörtem, noch Ungehörtem. *Hoffmann* machte als ein kraus Gesicht. – Aber denk doch – bald gewöhnte er sich – nein, er verliebte sich hinein – und letzt, als er in einem Konzert phantasierte auf dem Klavier, hat er alles ineinandergeflochten; es war schön, ja so begeisternd schön, ich wußte nicht, was ich hörte, ich konnte meinen Ohren nicht trauen! Es kam mir so deutlich vor, als habe ich das gesungen. Als er am andern Tag in die Stunde kam und fragte, wie sein Spiel mir gefallen habe, sagte ich ihm mein Entzücken, aber doch sei es mir so bekannt vorgekommen, ich hätte beinah jede Wendung vorausgeahnt, so fremdartig sie auch geklungen habe. »Ja freilich, es sind Ihre eignen Wendungen.« – Gott, ich war ganz beschämt, daß ich so schön gefunden, was ich selber erfunden hatte, er tröstete mich aber! – er sagte, er habe die Mauer zu übersteigen oft Lust gehabt, allein über einem gelehrten Musiker fallen die andern alten Generalbaß-Tyrannen wie die Krähen her, rupfen und hacken ihn, aber eine unschuldige

Liebhaberkomposition berücksichtigten nicht diese alten Hintersassen des Hochmuts und der Pedanterie. Andre, mit gesundem Gefühl Begabte werden diese Lieder schon ihrer Eigentümlichkeit halber gern hören und gern nachsingen. Denn aus fremden Landen komme manches in der gestatteten Harmonieenfolge Unerhörtes, und doch errege es selbst das verbildete Ohr zum Genuß, glaubt, es wird am End dergleichen keinen Widerspruch mehr erleiden, die unschuldige Weisheit muß sich einschwärzen.

Genug vom Generalbaß. Du siehst, lieber *Clemens*, daß er seinen Platz in meinen verschiednen Interessen behauptet. – In meinen Heften, die ich vor vierzehn Tagen, also zum 1. Mai, geheftet habe und die den ganzen Monat ausdauern sollten, hab ich schon jetzt kaum Platz, Randglossen zu machen, so hat's Ideen geregnet mit dem Mairegen. – Ich hatte nämlich aus Pedanterie mir meine Hefte numeriert und eingeteilt auf jeden Tag soviel Seiten, heute in der Geschichte, morgen Musik, übermorgen Ph., ich sag's nicht, was, aber Philosophie ist's nicht, die mich übel anriecht auf hochdeutsch. – Aber es ist das schönste, weisheitsvollste Wissen für mich, in dem ich unendliche Aufschlüsse finde von Sonne und Mond und allem, was war und noch sein wird, und hab ich wollen eine Einrichtung der Ordnung machen und einmal Pflichtgefühl spielen, und alles war in schönster Ordnung und Gelöbnisse, sie nicht zu überschreiten. Aber *Mirabeau* hat recht behalten, mein Genie hat diese Ketten gesprengt wie ein Pulverturm, der in die Luft flog und alles untereinanderwarf, es ist kurios mit anzusehen. Aus den vier Heften ist keins zu unterscheiden, was es behandlen soll, schon auf der dritten, vierten Seite ist's wie unterirdisch Feuer, das sich aus dem Schoß des Wissenschaftlichen hervorwühlt und wie eine Lava alles verschüttet. Das Erdreich, über das solche Lava sich ergießt, soll am fruchtbarsten werden.

Ich hab schon sehr genug geschrieben! – Doch kann ich's

nicht unterlassen, noch alles, was den ganzen Tag mich wie einen Bratapfel auf dem häuslichen Herde dem Feuer aussetzt und gar macht, hier zu notieren. – Auf die Darre bei der Großmama komme ich auch jeden Tag ein paar Stunden, des Unendlichen unendlich viel, was da vorkömmt. – Vorzüglich eine Reise zweier Erdwürmer ihr vorzulesen, welche die Erdschichten untersuchen. Die Großmama schluckt Kohlen, Kalk, Kreide, Kies, Kranitlager hintereinander (fünf K von ungefähr), ich bin immer froh, wenn die guten Herren ins Wirtshaus einkehren, wenn sie die Schnapsflasche herausholen und die Wurst, wenn sie die Nachtmütze überziehen und aufs Ohr sich legen, aber ich kann ja nicht mit ausruhen, ich muß gleich weiter – das ist meine peinlichste Zeit, ich seh auch die Großmama oft so stupid an, daß sich die Verwunderung darüber auf ihrem Gesicht malt. – Jetzt denk Dir die Emigrantenangelegenheiten noch alle unter meiner Obhut, alle Wege, wozu einer zu faul ist die Beine aufzuheben, fliege ich im gewaltigen Sturmflug hinab, hinan. Die frühen Morgentauwege, wo ich allemal mit nassem Schuhwerk heimkehre und bringe einen Strauß mit. – Und das ist doch noch nicht alles: Hühner und Hunde der ganzen Nachbarschaft wollen auch sich mit mir abgeben, und Deine Stiefelstrümpfe stellen sich nun gleich einer Heiduckenwache vor die Tür *des Gartens des Lebens*, »wo die wirbelnden Blüten im Winde sich drehen.« – Lied, komponiert von *Sterkel*. Adieu! –

Liebe Bettine! –

Ich gebe Dir in wenig Worten eine recht erfreuliche Antwort auf Deinen lieben, tollen, wunderlichen Brief, der wie alle Deine Briefe nicht zu beantworten ist. Denke Dir – in vierzehn Tagen seh ich Dich wieder! – Den 1. Juni bin ich in Frankfurt, und den 1. Juni ist mein lieber Freund *Achim von Arnim** in Frankfurt! *Ritters* großer Nebenmann in der

Physik. – Die eigentliche große Freude, die mich hinzieht, ist, daß Du meinen lieben göttlichen *Arnim* kennenlernen wirst und ein freundliches Bild mehr in Dein Leben tritt. Es wäre schön, wenn Du um die Zeit in Frankfurt sein könntest, wo nicht! – wo nicht, so bringe ich ihn nach Offenbach! Gott gebe dann besser Wetter als nun, damit Dein Kabinett, der Garten, brauchbar ist, uns drei miteinander zu erfreuen. Versteht sich, daß Du niemand vom Inhalt dieses Briefes erzählst.

Ich schreibe Dir hier einige Lieder der Minnesänger aus dem Altschwäbischen her, die ich, soviel es der Reim erlaubt, übersetzt habe. Es gibt wohl kein Gedicht mit soviel Klang als das erste, es ist vom Herrn *Ulrich von Liechtenstein* an seine Geliebte, und nun an Dich von mir, an die alles von mir ist.

Wohl mir der Sinne,
Die je mir gegeben die Lehre,
Daß ich sie minne
Von Herzen je länger je mehre,
Daß ich ihr Ehre
Recht als ein Wunder so sunder, so sehre
Minne und meine sie reine, sie selig, sie hehre.

Selig ich wäre,
Ja ganz ich in Freuden erglühte,
Wollte mein Schwere
Bedenken ihr hohes Gemüte.
Nimmer doch müde
Werd ich zu ringen mit Singen im Liede,
Wie ich mir hüte ihr Güte, sie Blume, sie Blüte.

Mit Händen umfalte
Ich flehentlich auch ihre Füße,
Daß wie Isalde

Tristanten sie mich trösten müsse.
Und mich so grüße,
Daß ihr Gebäre mein Schwere versüße,
Daß sie mich scheide von Leide, sie Liebe, sie Süße.

All mein Gedanken
Dabei meine Sinn allgemeine,
Gar ohne Wanken,
Besorgen besonders das eine,
Wie ich ihr bescheine,
Daß ich nun lange mit Sange sie meine
In stetem Mute sie Gute, sie Reine.

Sehnlich ich ringe,
Daß einstens bei grauendem Haare
Freudig ich singe,
Wie ich ihr Herz noch bewahre.
Traurige Jahre
Wird sie mit Blicken erquicken für wahre,
Dann wird mein Singen verjüngen die Holde, die Klare.

Es hat mich einige Mühe gekostet, es Dir zu übersetzen, und ich habe es daher, doch fast zu seinem Gewinst, etwas verändern müssen.

Es stund eine Frau alleine
Und harrte über die Heide
Und harrte wohl ihres Lieben,
Ein' Falken sah sie da fliegen.

O wohl dir, Falke, frei du bist,
Fliegst hin, wo dir's am liebsten ist,
Erwählest dir im Walde
Einen Baum, der dir gefalle.

Und also hab auch ich getan,
Ich wählt' mir selber einen Mann,
Den suchten mir meine Augen,
Den halten mir schöne Frauen.

O weh, wann lassen sie mein Lieb,
Hielt ich doch ihre Trauten nie!

Dies und das folgende ist von Herrn *Dietmar von A[i]st*, dem Minnesänger.

Auf der Linden obene,
Da sang ein kleines Vögelein,
Vor dem Walde ward es laut,
Da hob sich neu das Herze mein.
An einem Ort, da es eh schon war,
Da sah ich Rosenblumen blühn,
Die mahnten mich der Gedanken viel,
Die mich zu einer Frauen ziehn.
Es dünket mich wohl tausend Jahr,
Daß ich in Liebesarmen lag,
Und ohne mein Verschulden gar
Miß ich das nun schon manchen Tag.
Ach seit ich keine Blumen sah
Und hörte kleiner Vöglein Sang,
Seit war all meine Freude kurz
Und auch der Jammer allzu lang.

Was Du noch über mein Buch sagst, ist ihm zu viel Ehre angetan; wenn ich Dir nichts davon gesagt habe, wenn ich Dir es nicht in Händen gab, so ist's, weil ich fühle, daß was Besseres in Dir ist, als alle meine Bücher und Gedanken Dir geben können. –

Den Brief, den *Ritter* mir über Dein Geschenk geschrieben, lege ich Dir hier bei, finde Du den Dank selbst heraus, aber bewahre ja mir den Brief mit den übrigen, die ich Dir letzt schickte, denn seine Handschrift ist mir heilig. Wenn Du doch auch ein Käppchen für den *Arnim* machen könntest, damit wir ihm gleich etwas schenken können, da er wohl schnell abreist, so wär das wohl hübsch. Du weißt nicht, wie ich mich freue, daß Du ihn und er Dich sehen soll, er ist gar zu lieb und lustig wie wenige Menschen auf Erden. Adieu lieb Kind, schreib doch dem *Savigny* ein oder zwei Worte, wie du sonst auch immer von Zeit zu Zeit ein Blättchen ihm oft schicktest. –

BRIEFE AUF SEINER RHEINREISE MIT ARNIM, DIE SIE ZUSAMMEN MACHTEN, NACHDEM SIE ACHT TAGE IN FRANKFURT UND OFFENBACH ZUGEBRACHT HATTEN.

Liebe *Bettine*.

Der Frühling war so schön, der Rhein trug mich so gastfrei. *Arnim* hat mich so lieb. Da trat ich hierher in meine Jugend, die mich rings umfing. – Ach und ich bin so unglücklich geworden, ich liebe so heftig, so heftig die Geliebte meines einzigen Freundes hier, Gott gebe mir Kraft, daß ich entsagen kann, das Mädchen ist *Benediktchen K.* – –*, schreib mir gleich, schreibe auch an sie ein paar Zeilen dazu, wenn sie Dich kennte, sie liebte mich vielleicht.

Koblenz!

Brentano.

Bei Bürger *Scheidel*, Firmungstraße.

Schreibe dem *Savigny*, was ich Dir schrieb, ich kann nicht mehr. –

An *Clemens.*

»Schreib mir gleich«, das kann geschehen, *da* bin ich mit der Feder in der Hand. – »Schreibe auch an *sie* ein paar Zeilen dazu!« – Ei *Clemens,* Du bist nicht recht gescheut! – »Wenn sie Dich kennte, sie liebte mich vielleicht.« Gewiß nicht. Wenn sie mich kennte, so würd ich ihr sagen, sei ganz ruhig, *Benediktchen,* der *Clemens* wird allemal ein Narr, wenn er an den Rhein kommt, im vorigen Jahr war's so mit der *Walpurgis,* da brausten Reime wie Schäume! – *Clemens,* versuch's doch zu dichten, das erleichtert vielleicht Dir die Brust. – Dort, wo Deiner Kindheit goldne Tage in fröhlichem Spiel dahinflogen, auf nimmermehr wiederkehren, wo Du mit Nachbarskindern im Sand spieltest, wo *Benediktchen* schon seinen blonden Lockenkopf an Deine Schulter versteckte, wenn die Sonne zu heiß brennte, wo Du ihm das Stumpfnäschen putztest und schon damals ihm drohtest, daß wenn es nicht Deine Braut sein wolle, so werdest Du Dich erschießen. Gäb das nicht eine Idylle, einen zärtlichen Roman? Woher weiß ich das alles? – Eben kam der Kanonikus *Linz* zur Großmama direkt von Koblenz, erzählt, daß Du dort im *Korbach*ischen Hause Schiffbruch gelitten, daß Dein Freund, ein schöner, munterer, vollblühender preußischer Jüngling, weitergereist sei, wahrscheinlich um Deiner Liebe keinen Eintrag zu tun, da er dem *Benediktchen,* das auch rote Wangen habe und blond sei und voll wie eine Rose und ein Ringelhaar habe bis auf die Erde, diesem habe Dein preußischer Freund besser gefallen; so sei er fort nach Düsseldorf, wo er Dich erwarte, wenn Du würdest Deine Liebeskapriolen fertiggeschnitten haben (Ausdruck des Kanonikus *Linz,* Du kannst's ihm nicht übelnehmen, er ist geistlicher Herr und muß aus Solidität schon dergleichen Liebeshändel verachten). *Clemente,* Du bist närrisch! – ich kann es deutlich erkennen an der Nachschrift Deines Briefes: »*Schreibe dem Savigny alles, was ich Dir schrieb.*« Was ist denn das *alles*, was ich schreiben soll? – Ich habe das Blättchen auf die andere Seite gedreht, es befand sich ganz weiß, und ich bin in höchster Unwissenheit! – Was soll ich dem *Savigny* schreiben? daß Du glücklich in Wochen gekommen bist mit einer neuen Liebschaft? – am Rhein, wo's allemal so geht? – ja in Wochen! – denn so lang wird's kaum dauern, denn Du wirst Dich gewiß schon früher wieder herausmachen und wirst gelaufen kommen und Deinen Kirchgang tun bei mir und von mir Dich aussegnen lassen wieder, denn das muß ich allemal. Das erstemal *Walpurgis*, das zweitemal die *Gachet*, und nun *Benediktchen*, hinter all dem steckt nun noch *Mienchen*, da steckt die *Günderode*, da steck ich auch, dahinter steckt auch die Eitelkeit. – Die Braut Deines einzigen Freundes. Der Freund ist vielleicht ein dicker ungeschliffner, gar nicht reizender Bräutigam. Du siehst im Spiegel ein edles Antlitz mit sanftem Reiz der Unterlippe, mit unendlich anmutig witzgem Feuer der Oberlippe widersprochen. Du siehst eine blendende Stirn, auf der das Genie nicht zu verschleiern ist, und ein Paar schwarze Augen und einen ganzen Kerl, der gewohnt ist zu siegen! – Du kommst, und die Braut ist schon mit Kuchenbacken beschäftigt; sie hat keine Zeit mehr zum Scherzen, die Wirklichkeit geht an, das Spiel der Lieblichkeit kann nicht auf dessen Kosten getrieben werden. O *Clemente*, Deine blaue Halsbinde, Deine wunderschön lederne Beinkleider! Deine rote Freiheitsmütze! – Die ganze Armatur wurde vor mir bestellt und dem Schneider, mit einer witzigen Bemerkung nach der andern, das Bequeme, aber notwendig Elegante eingeschärft. – Ich war bei der *Günderode*, als ich von Eurer Begleitung nach dem Mainzer Schiff zurückkam, ich lachte und sie lächelte (sie lächelt immer nur über Dich, sie lacht nie), wie ich ihr aber die Beschreibung machte von Euch zwei, wie *Arnim* so schlampig in seinem weiten Überrock, die Naht im Ärmel aufgetrennt, mit dem Ziegenhainer, die Mütze mit halb abgerißnem Futter, das neben heraussah,

Du so fein und elegant, mit rotem Mützchen über Deinen tausend schwarzen Locken, mit dem dünnsten Röhrchen, einen lockenden Tabaksbeutel aus der Tasche, und wie *Arnim* unterwegs die Bemerkung machte, die Mädchen am Brunnen sähen Dir mit Wohlgefallen nach, daß Du da unterwegs getan hast, als verständest Du das nicht, und nachher es dem *Arnim* zuschobst, aber doch gleich sehr viel schärfer auftratst, als wenn Dir wer weiß welcher originelle Geist so ganz durch den Leib gefahren wär, und wie Du mit Deinem zierlichen Sprung ins Mainzer Schiff mit einem so selbstbewußten Genuß hineinsprangst. – Es sei prophetisch, meinte gleich die *Günderode*! – Und wir verbrachten noch den letzten Nachmittag in ihrem Stiftskämmerchen mit Glossen über Dich. – Kaum bin ich hier, so kommt Dein Briefchen mit allem Schaden, den Deine Vorbereitung Dir angerichtet hat, denn sie hat leider wie der Blitz in Dich selber eingeschlagen. Verzweifle nicht! – Aber dem *Savigny* schreib ich's nicht, genug, daß es die *Günderode* weiß. – Da hast Du nun meinen Brief.

Und noch eins hab ich mit der *Günderode* ausgemacht, Dich zu fragen – ob Du's noch so unpassend findest, daß der Gärtner an den Blumen hängt, seiner Passion, und nicht so am Kohl, seiner Pflicht.

Deine barbarische Schwester.

An *Clemens*.

Lieber *Clemens*. Es wird mir bange, daß Du nicht schreibst, und eine Zeile kannst Du schreiben! Bist Du wieder ruhig? Mein unartiger Brief wird doch kein Mißverständnis zwischen uns gemacht haben. Ich hab Nachricht von der *Gachet* bekommen, sie ist auf ihrem Gut in Laubenheim und freut sich über ihre gedeihenden Felder. Bei untergehender Sonne geht sie ihrem Pflug entgegen und reitet dann auf dem Ackerpferd nach Haus, ich hab sie recht lieb jetzt so mitten in ihrer Haus- und Feldwirtschaft, sie hat so weit mehr Anzügliches für mich, als wenn sie geistreiche Sachen erzählt, sie hat mich grüßen lassen, auch ließ sie sich erkundigen, ob ich Dich immer noch so liebhabe, wie das närrisch gefragt ist? – Du gehst doch wohl zu ihr auf Deiner Heimreise. Ach ich möchte Dich zerstreuen, ich hab an allerlei gedacht, was Dir Freude machen kann! – Diesen Herbst wirst Du gewiß am End doch am Rhein zubringen, der Kanonikus *Linz* meinte, es sei die Rede davon gewesen, nach Düsseldorf zu gehen; hast Du keine Nachricht von Deinem Freund *Arnim?* – Bei dem würde es gewiß am besten sein für Dich, der heitere Jugendmutige wird Dich vom Schwindel befreien. Vielleicht daß Du recht verzweifelte Stunden haben magst. Was weiß ich von der Liebe! – Ich hätte Dir nicht so leichtsinnig, so unbarmherzig schreiben sollen. – Verzeih mir's! – Ich werde die Messe ruhig hier in Offenbach bleiben! – damit es mir nicht zu leid tut, wenn ich Dich nicht sehe. Ach ich wollte, könnt ich Dir eine Freude machen! – Die Lebensgeschichte, die Lebensgeschichte, die fliegt da oben am Himmel wie eine Schwalbe, sie hat sich eben so hochgeschwungen, daß ich sie mit bloßen Augen gar nicht mehr sehe; wenn Du nicht willst, daß ich sie ganz aus dem Gesicht verliere, so schicke mir ein Fernglas. Schreib, ich soll Dir zulieb es tun, gib mir ein Lebenszeichen! –

An *Bettine*.

Wer diesen Brief von mir erhält, weiß ich nicht! Welchem von meinen Freunden schreibe ich, und wer ist mein Freund? Ich bin schon acht Tage in der französischen Republik, bin auch verliebt, habe Ruinen gesehen, Spitzbuben und Weiber, die, bloß der Einfachheit der Forderungen an sie wegen, immer die Besten sein mögen, die wir haben, in der schlechtesten Welt, die wir haben. Wenn Du ein Mensch bist, der sich gerne mit der Idee abgibt, wie dies oder jenes besser sein könne, der sich in der Zeitlichkeit damit beschäftigt, die Stube zu möblieren, so wäre hier unendlicher Stoff für Deine Ideen, für Schlosser und Schreiner. Alles Gegenwärtige ist mir nur der Stiel, an dem ich Vorzeit und Zukunft anfasse. Die unendlich tiefen, vollen und unsichtbaren Gefäße. Die meisten haben nur den Stiel in Händen und sind mit dem Stiel zufrieden, weil sie nicht wissen dürfen, was sie tun, um etwas zu tun. Wie mir's gegangen ist, willst Du wissen, mir ist's nie gegangen. Ich bin, drum liebe ich, und lebe ohne Liebe und Leben; ich bin ein geborner Idealist. Ich bin ein Schüler der ewigen Erkenntnis! – Alles begreifen, ist mein Handlen! – Alles lieben, meine Sorgen. Und daß ich alles Deinem Herzen hinbiete, das zu reich an Gerechtigkeit und ewiger Milde ist, um zu besitzen, das ist mein kleiner Fluch, glücklich bin ich nicht, das ist Menschenwerk, unglücklich bin ich nicht, das ist auch Menschenwerk; ich bin alles, das ist Gotteswerk, und mag es niemand beweisen, das ist arme Bescheidenheit, die Kunst aber ist die Kanaille, die mich mit diesem sorgenvollen Ehrgeize behängt hat, und die Trägheit ist es, der ich es verdanke, daß ich so edel bin.

Lieb und Leid im leichten Leben,
Sich erheben, abwärts schweben,
Alles will das Herz umfangen,
Nur verlangen, nie erlangen.

In dem Spiegel all ihr Bilder
Blicket milder, blicket wilder,
Kann doch Jugend nichts versäumen,
Fortzuträumen, fortzuschäumen.

Frühling soll mit süßen Blicken
Mich entzücken und berücken,

Sommer mich mit Frucht und Myrten
Reich bewirten, froh umgürten.

Herbst, du sollst mich Haushalt lehren,
Zu entbehren, zu begehren,
Und du, Winter, lehr mich sterben,
Mich verderben, Frühling erben.

Wasser fallen, um zu springen,
Um zu klingen, um zu singen,
Schweig ich stille, wie und wo? –
Trüb und froh, nur so, so!

Arnim, Arnim, Dir ruf ich ewig nach, nur neben Dir mag ich leben und sterben, beides muß ich; seit ich Dich kenne, mag ich es auch. Du freue Dich meinen Teil, Du weine meinen Teil, ich gönne Dir beides und wäre zufrieden mit Dir, und so wenig, als einer sich selber gewährt, der kein Verlangen nach mehr hat. Neben Dir ist mir's traurig ergangen, und doch konnt ich in Dich als in den Frühlingshimmel schauen! – Dich hab ich als einen solchen gefunden und mein selbst vergessen. So bist Du mir entgegengekommen und hast mich solchermaßen geliebt! – O Jugend, o Leben, o Liebe, o Tod, o Webstuhl der Zeit! – O Teppich, o Gastmahl, o Rausch, o Kopfweh, o Nüchternheit der Gegenwart. O notwendige Ewigkeit der Gemeinheit und Ungemeinheit, o Allerheiligstes, o Allerunheiligstes.

Im Sandrat steht ein Kupfer, es stellt eine trinkende Psyche vor, auf der Stirn der Psyche fängt die einzige kreisende Linie an, die das ganze Bild herausbringt; an diesem Pünktchen sucht mich, wenn Ihr Euch nach mir sehnt, da sitze ich und hab ein Hütchen auf.

Du bist es, Du liebes Mädchen, die diesen Brief erhält. Du bist mein einziger Freund; auch bin ich bald wieder bei Dir. Meine Liebe hier ist geendigt, nein Dir geopfert, hier hast

Du noch ein Lied; schreib mir nicht hierher, ich bin früher wieder bei Dir. Mein Herz sehnt sich wieder nach Deiner reinen tiefen Seele, o Du Engel, Du bleibst mir ewig. Hier hast Du ein Lied, das ich niederschrieb, als ich *Benediktchen* gesehen hatte, ich hatte es eigentlich geschrieben, als ich an Dich dachte. Doch zuerst einige Worte über einliegende Zeilen von *Ritter*, die er mir ohne eine Zeile an mich so schickte. Ich weiß nicht, was er damit sagen will, finde sie auch sehr unverständlich, und Du sollst ihm also nichts drauf antworten und sie so lange für einen Wisch halten, bis etwas Gescheuteres oder nichts erscheint, und damit gut.

Am Rheine schweb ich her und hin
Und such den Frühling auf,
So schwer mein Herz, so leicht mein Sinn,
Wer wiegt sie beide auf.

Die Berge drängen sich heran
Und lauschen meinem Sang,
Sirenen schwimmen um den Kahn,
Mir folget Echoklang.

O halle nicht, du Widerhall,
O Berge, kehrt zurück,
Gefangen liegt so eng und bang
Im Herzen Liebesglück.

Sirenen, tauchet in die Flut,
Mich fängt nicht Lust, nicht Spiel,
Aus Wassers Kühle trink ich Glut
Und ringe heiß zum Ziel.

O wähnend Lieben, Liebeswahn,
Allmächtiger Magnet,
Verstoße nicht des Sängers Kahn,
Der stets nach Süden geht.

O Liebesziel, so nah, so fern,
Ich hole dich noch ein,
Die Frommen führt der Morgenstern
All zu der Liebe ein.

O Kind der Lieb, erlöse mich,
Gib meine Freude los.
Süß Blümlein, ich erkenne dich,
Du blühest mir mein Los.

In Frühlingsauen sah mein Traum
Dich Glockenblümlein stehn.
Vom blauen Kelch zum goldnen Saum
Hab ich zuviel gesehn.

Du blauer Liebeskelch, in dich
Sank all mein Frühling hin,
Vergifte mich, umdüfte mich,
Weil ich dein eigen bin.

Und schließest du den Kelch mir zu,
Wie Blumen abends tun,
So lasse mich die letzte Ruh
Zu deinen Füßen ruhn.

Adieu lieb Kind, auf Wiedersehn.

Clemens.

Liebe *Bettine.*

Ich habe zuviel die ganze Zeit an Dich gedacht, und mein Gemüt saß zu gleicher Zeit zu sehr wie auf einer Schaukel, als daß ich Dir hätte schreiben können, auch hab ich täglich abreisen wollen, aber es hat sich mir Abenteuer an Abenteuer gereiht, und ich bin mit allerlei künstlichen Spinnweben umflochten worden, die ich im Anfang leicht hätte zerreißen können, aber ich sah mit künstlerischer Lust den Geweben zu und habe aus kindischer Tollkühnheit mir selbst Stricke daraus geflochten. Ich habe den Geliebten *Benediktchens* so liebgewonnen, daß ich den beiden Glücklichen emsig in ihrer Intrige helfe. Beide haben sich wie Engel gegen mich betragen, *Benediktchen* ist eins der holdesten und genialsten Mädchen, die man wahrscheinlich nur einmal begegnet. Außerdem habe ich noch eine wunderliche Liebschaft, aus der ich gar nicht klug werde. Zwei Freundinnen hab ich auf einer einsamen Insel in einem engen Flußtal hier kennengelernt, der Vater des einen Mädchens hat auf der Insel einen Eisenhammer, das andre Mädchen ist von hier, eine Freundin *Benediktchens*, sie ging die Einsiedlerin besuchen, und ich begleitete sie. *Hanchen* heißt die Einsiedlerin und *Gretchen* die Freundin, sie ist klein, äußerst niedlich und fein, eines Seraphs Gestalt, aber einen ernsten Kopf mit schwarzen tiefsinnigen Augen, an ihrem Gesichte ist nichts schöner als die ewig rege Freundlichkeit, die in einem beständigen wunderlichen Kampfe mit dem Tiefsinn von Stirn und Auge begriffen ist. Wenn man sie ansieht, ist es, wenn schnelle Wolkenschatten unter dem Sonnenschein her über die Felder fliehn. Sie ist streng und freundlich und gleich einem Granatbäumlein, das in unserm Klima keine Frucht trägt. Sie ist nicht glücklich, denn kaum mag man sie zu umarmen wünschen, so wünscht man auch, sie zur Freundin zu haben, weil sie zu bescheiden ist, ihr volles Herz in sehnsüchtigen Blicken zu verraten. Sie sieht einen nur mit vertraulichen Augen an, an denen die Begierde zu einem schwermütigen Ergötzen des Zweifels wird.

Lieber *Clemens*.

Dein fliegend Blatt ist mit dem Morgenwind nicht zum Fenster herein-, sondern hinausgeflogen. Eben hatte ich meinen Sitz zum Schreiben zurechtgerückt, so macht der Wind die Tür auf, packt mein Blatt und ab mit zum Fenster hinaus, dahin, von wannen er gekommen war, was kein Mensch weiß, wo das ist; ich seh ihm nach und entdecke, daß er mit dem Blatt in den Schornstein unsers Nachbars *Johann Andree* sich retiriert, er konnte in den Suppennapf fallen und dem Herrn *Andree* aufgetischt werden; um dem zuvorzukommen, sprang ich hinunter, fand das Blatt schon unterwegs nach dem Kanal, es schwebte über dem Wasser, nur ein Wunder konnte es retten, das war eine graue Mütze, die es auffing, die dem *Arnim* gehörte, der vor mir stand, mit einem zweiten Brief in der Hand, den er mir von Dir mitbrachte. Aber warum hast Du auch auf so dünn Papier geschrieben, ätherischer wie die Luft selber, vielleicht weil er das Gewand Deiner Seele ist, der Widerschein Deiner selbst! –

Die beiden Freundinnen sind ein paar Nebenfacetten Deiner verklärten Einbildung, die hundertfältig facettiert ist, sie strahlt im eignen Glanz, was schön ist zu empfinden, zu genießen, und wer sich in Dir gespiegelt sieht, der muß Dich lieben, weil er eben nicht frei ist von Eigenliebe. Man kann vor anmutigster Schelmerei, die vom Witz zur Rührung sich durchneckt, aus der hinüberspringt zur Seiltanzkunst und da solche Sprünge macht, daß einem Hören und Sehen vergeht, gar nicht dazu kommen, daß man so weit sich mit Dir einließe, Dir ein Gnadengeschenk zu machen mit irgendeinem Pfand der Zärtlichkeit. Einen Kuß zum Beispiel, wie kann man ihn Dir geben, Du hattest Dir ihn schon genommen wie einen Apfel, den man gedankenlos vom Zaun bricht, Du spielst Ball mit, zum Zeitvertreib, Du haschst ihn wieder, Du wendest und drehest Dich damit vor dem geblendeten Auge der Geküßten, die nicht begreifen kann, wie dies Pfand der Zärtlichkeit bestimmt war, solche Luftsätze zu machen. Die andern, die zusehen, lassen sich hinreißen von diesem Spiel, sie sind außer sich vor Vergnügen über den göttlichen *Clemens*; eh sie sich's versehen, hast Du einen neuen Apfel abgerissen von den Zweigen des Wohlwollens, der Hinneigung und Begeistrung, der alte Apfel rollt in die Ecke und beschämt die, der Du ihn durch Deine Neckerei geraubt hattest. – *Clemente*, sei nicht böse über diese Charakteristik, sie ist ja nur die spanische Wand Deiner andern »*Torheiten*«, sagte die *Günderode*. Tiefe *Weisheit*, sagte ich, wahre tiefe Liebe, sagte ich, Heiligtum der reinsten edelsten Freundschaft. Und der *Clemens* kann in seiner Treue nicht verglichen werden; er faßt die Seele, er legt sich warm wie ein brütender Vogel über sie und schützt sie und streitet für sie und harret geduldig über ihr mit großer Sorge und Vorsicht, aber dann kriecht öfter auch ein Gänschen aus dem Ei, aus dem er einen Schwan auszubrüten hoffte, und das ärgert ihn dann sehr.

Soweit ich und die *Günderode* über Dich; nur noch eins wollte ich behaupten, daß sie nämlich gewiß auch einen Apfel misse an den herabsenkenden Zweigen ihrer adeligen Seelengüte! – *Clemens*, wenn Du den geraubt hättest, auch zum Spiel nur, und hättest ihn nicht bewahrt als ein Geschenk der Göttin Fortuna, so prophezei ich Dir Schlimmes. – Du weißt, wer ein solches Pfand vernachlässigt, an das diese eigensinnige Göttin oft das Heil ganzer Geschlechter knüpfte, der muß dann einen bösen Dornenpfad wandern, von dessen stacheligen Zweigen er keine süße Feigen sammlen kann. – Ich fragte die *Günderode* über dies Pfand, und ob sie glaube, daß es in Deiner Seele Gedächtnis gut und edel verwahrt sei – sie ward ein bißchen nachsinnend darüber – dann lächelte sie und zog mich auf ihren Schoß und küßte mich zärtlich! – Ich weiß, daß die *Günderode* Dir gütig gesinnt ist, sie ist die beste und edelste von uns dreien. Aber natürlich, wenn Du auf dem Tanzplatz herumgaukelst all

Deiner seltsamlich verphantasierten Scheingöttinnen, da kann die echte sich nicht herablassen, eine von Dir gewählte Rolle zu übernehmen. – Ach ich vergesse ganz, Dir noch viel zu erzählen.

Der *Arnim* kam zu uns ins Stift* und fragte, ob man bei dem herrlichen Abend nicht wolle hinaus nach der grünen Burg; so wanderten wir bei Abendschein die stillen Feldwege, ich lief immer voraus, wendete um und sah die beiden vom untergehenden Tag mit einem Nimbus umfangen, schreiten, mehr schweben – optische Wirkung des Lichtes, das seinen Sonnenharnisch abgelegt hatte! – Das Licht, wenn es nicht *thront*, ist mild, einfach, bescheiden, kindlich und wohl gar wie ein Kind zum Spielen geneigt. – So auch der Weltherrscher, im Sonnenfeuer seiner Macht, durchglüht er alles mit Geistesfeuer, ihm muß werden, was seines Willens ist; aber wenn er sich entkleidet dieser Gewalt, ist er wie ein Kind! – Der *Arnim* sieht doch königlich aus! – die *Günderode* auch; der *Arnim* ist nicht in der Welt zum zweitenmal, die *Günderode* auch nicht. Die beiden gehen da nebeneinander an diesem schönen, heitern Abend! Aber dort kommt ein Gewitter! Die Winde kehren vor uns den Weg, wir müssen eilen! Wir fangen an zu traben, wir wollen eben in Galopp uns setzen, ergießt das schwarze Gewölk sich über uns, unten blitzt es, die Donner schlagen ihre Wirbel. Wir erreichen einen dichtlaubigen Kastanienbaum, die Regenflut läuft an seinen breiten hängenden Ästen hinab, dicht am Stamm ist's trocken. Der *Arnim* breitet seinen grünen Mantel um uns, die *Günderode* hat mit dem Kragen den Kopf geschützt, ich konnte es aber nicht drunter aushalten, ich mußte sehen, was am Himmel passiert. Da zogen die Regenschichten nacheinander vorüber, es war ein Gewühl. Ganz so stell ich mir das Wetter vor unter der Erde, wenn da ein Postament von Wolken wär, auf dem sie thronte. – Kurz, es war entweder das unterste Naturgestell, was mit dem Gewand ihrer Farben und Schönheitsschmelz verdeckt ist, und sie hatte dies ein bißchen zu hoch geschürzt, oder es war die Kehrseite der Kulissen, hinter die man wirft, was nicht soll an Tag kommen. Aber Nacht und Dunkel kommt ja auch an den Tag; um so heller *der* leuchtet, um so dunkler *sie* uns droht. – Ein Weilchen gefiel mir dies böse Abenteuer. *Arnims* wunderschöne Jugendnähe elektrisierte mich, ich opponierte dem Gewitter mit allerlei vom Zaun gebrochner Philosophie, die nicht Hand und Füße hatte und nasse Flügel, die ließ sie hängen. – Wir gingen weiter, jetzt, wo der Wind die Wolken ins Gebet nahm, rissen sie aus. Die *Günderode* wurde ins Bett gesteckt, wir sollten die Nacht da bleiben. Wer war froher wie ich. Eine schöne Sommernacht unter einem Dach mit dem *Arnim*, mit *Günderödchen* durchplaudert; – doch haben wir uns gezankt. Wir stiegen die Leiter der Begeisterung hinan in unserm Nachtgespräch, eins überhüpfte das andere, oben zankten wir einander, daß wir nicht in ihn verliebt seien, dann zankten wir einander, daß wir kein Vertrauen hätten, und wollten's nicht gestehen, daß wir ihn doch liebten, dann rechtfertigten wir uns, daß wir es nicht täten, weil jede geglaubt hatte, daß die andre ihn liebe, dann versöhnten wir uns, dann wollten wir großmütig einander ihn abtreten, dann zankten wir wieder, daß jede aus Großmut so eigensinnig war, ihn nicht haben zu wollen. Es schien ernst zu werden, denn ich sprang auf und wollte mein Bett von dem ihrigen wegrücken aus lauter Zorn, daß sie den *Arnim* nicht wollte. Auf einmal hören wir husten und sich tief räuspern. Ach der *Arnim* war durch eine dünne Wand nur von uns geschieden, er konnte deutlich alles vernehmen, er mußte es gehört haben, ich sprang ins Bett und deckte mich bis über die Ohren zu. Uns klopfte das Herz wohl eine halbe Stunde, keins muckste mehr die ganze Nacht. – Am andern Morgen früh um sechs Uhr sah ich zum Fenster hinaus den *Arnim* schon unter den Linden spazierengehen. Jetzt wollten wir doch probieren, ob er uns gehört könne haben. Ich ging ins Nebenzimmer, die *Günderode* sprach ungefähr dasselbe und ebensolaut wie am Abend. Ich legte mein Ohr an die Wand und hörte teilweis, aber nicht alles, als ich aber sah, daß sein Bett grade an der Tür stand und daß das Schlüsselloch mit dem Kopfkissen auf gleicher Höhe stand und daß man da alles deutlich hören konnte; – wie zwei marode Schiffer, die eben gescheitert sind an der Sandbank, die sie so lange ängstlich umschifft hatten, guckten wir uns an. Wir mußten zum Frühstück! – Wir setzten uns mit dem Rücken gegen die Tür, um ihn nicht gleich sehen zu müssen, was half der eine Augenblick, wir mußten ihm ja doch die Sträußchen abnehmen, die er eben aus dem Feld mitbrachte, Vergißmeinnicht! – Ach nun war's gewiß, daß er's gehört hatte. Ach *Clemente*, es war recht wunderlich! – Das war gewiß so ein Gefühl, was man Verlegenheit nennt! – Ich nahm die Gitarre von *Gunda* und sang »Das schmerzt mich sehr, das kränket mich, daß ich nicht genug kann lieben Dich.« – Der *Arnim* gab mir seinen Handschuh und bat, den zerrißnen Daumen zu flicken. – Ich hab's getan, *Clemente*. Ach aller Anfang ist schwer, der Handschuh duftete so fein, so vornehm. – Ein grauer Handschuh von Gemsleder, ich habe ihn mit Hexenstichen benäht, er zog ihn gleich an, den linken Handschuh aber ließ er liegen und promenierte mit seinem Stock neben uns. Ich warf seinen vergeßnen Handschuh unter den Tisch, ich dachte, da mag er liegen, wenn er ihn zurückläßt, dann heb ich ihn zum Andenken auf, denn er geht ja morgen fort. »*Wird nicht wiederkommen, wird nicht wiederkommen, das tut mir weh*« – Ich hab ihm dieses alte Volkslied vorgesungen, es hat ihm sehr gefallen. –

Der *Arnim* ist fort! – er hat den Handschuh zurückgelassen. Gestern nahm er Abschied, und gestern leuchteten noch die Sterne uns beim Heimgehen, er suchte einen Stern aus, den wir alle drei wollten sehen, wenn wir aus der Ferne aneinander dächten. Ach Gott, ich hab den Stern vergessen, er hat's so deutlich expliziert, und nun, kaum war er fort, wußt ich's nicht mehr, ich fragte die *Günderode*, denn die ist sternkundig, aber die neckt mich und nimmt dies als einen Beweis, daß ich gewiß in ihn verliebt sei! Es ist aber doch nur, weil mir's so leid tut, daß er vielleicht treu und redlich seinen mit uns ausgemachten Stern ansieht, in der Meinung, wir guckten auch, und nun gucken wir beide wie die Hahlgänse daneben! –

Lieber *Clemens*, gestern nahm *Arnim* Abschied, und gestern schrieb ich dies nieder, und heut bin ich wieder ruhig über die Sternengeschichte, denn mein Gewissen würde mich dann ewig geplagt haben, ob ich auch zu rechter Zeit nach dem Stern sehe. Ich würde am End jeden Tag eine ganze Stunde meinen Kopf haben in die Höhe halten müssen, es wäre eine Pein gewesen, um gleich des Kuckucks zu werden. Ich wollt, Du wärst bei mir, ich hab Dich doch ganz allein lieb, und so lieb wie mich hast Du niemand anders. – Wenn Du auch noch so sehr meinst, Du müssest über Deine Liebschaften verzweiflen, weil immer keine Gegenliebe dabei herauskommt. Es ist einmal so, die Menschen machen sich nichts aus uns beiden, und wenn wir ihnen ebenso vorkommen, wie sie mir alle zusammen vorkommen, dann ist's ihnen nicht zu verdenken, denn so albern sind sie wohl, daß sie uns ebenso absurd finden, als wir gescheut sind, sie närrisch zu finden. Aber vom *Arnim* tut mir nichts leid, als daß ich so kalt Abschied von ihm genommen hab, ich fragte ihn lachend, ob es ihn dann gar nicht rühre, daß er nun weggehe, und es war mir doch gar nicht so ums Herz. Ich hätte viel lieber Abschied von ihm genommen wie von Dir, nicht wie von einem Fremden, der mich gar nichts angeht.

Jetzt freut mich's, daß ich so aufrichtig gegen Dich sein kann, und wenn Du an *Arnim* schreibst, so sage ihm, daß ich ihn noch recht liebhabe, aber nicht so deutlich sage es ihm wie hier in diesem Brief. Ich würde Dir eher geschrieben haben, aber ich bekam erst viel später Deinen Brief von

Christian, der auf der grünen Burg den ganzen Tag im Gras liegt und Flöte bläst, und die Leute sagen, die ganze Gegend wär wie verzaubert von diesen Flötenvariationen »*mich fliehen alle Freuden*«, und wenn er aufhört zu blasen, so spitzen sie die Ohren, als ob sie was hörten; das ist die schweigende Stille, die sie hören, das ist ihnen ein so längst entwöhnter Ton, eben weil die Flöte weder bei Tag noch Nacht von seinen Lippen kommt.

Clemens, komm bald, komm ja recht bald, an *Benediktchen* einen Gruß, und sie soll Dich gehn lassen. – Komm, ich hab Dir viel zu sagen.

Bettine.

Liebe *Bettine!* –

Während ich Deinen Brief las, donnerte und blitzte es rings im Tale, nun ist es ruhig, aber ich kann Dir nicht heute ruhig antworten, es ist keine Zeit, wahrlich Dein Brief selbst läßt mir keine Zeit; ich gehe jetzt in den Garten, da will ich an Dich denken und Deinen Brief dem Sonnenschein, der durch die Gewitterwolken bricht, vorlesen, der wird Dich in Offenbach freundlich dafür ansehen und Dir danken, daß Du an ihn geschrieben hast. Drum, er konnte auch nicht umhin, er muß Dir gleich recht warm glühende Antwort geben. Ein freundlicher Kerkermeister, dem es jammert, daß er den Gefangnen im Kerker muß schmachten lassen, wie vergnügt bringt er die Botschaft der Befreiung, und wie eilig und wie sanft löst er die Fesseln; so war's mit Deinem Brief, er kam mit dem Schlüssel in Händen, ich fühlte vom erleichterten Herzen die Fesseln niederfallen eine nach der andern, und die Sonne schien mir ins Herz, da war's auf einmal anders; ich dachte, wie bin ich doch betrunknen Sinnen hingegeben gewesen. – Ja es ist alles schön, was ich erlebte, und die Liebe und Güte dieser Menschen gegen mich ist wirklich lieb und edel, aber schöner ist doch nichts als frei sein und ungefesselt lieben, wie ich meine Schwester liebe, und dann fühlte ich, daß nichts mich so beglücken kann als die spielende Heiterkeit in Dir, die doch aus innigster, warmer Lebensquelle strömt, lieb Kind! – Tanz ist doch edel! – ja gewiß mit die reinste, die erhabenste der Künste! – Denn jede Kunst hat im Geist ihre Apotheose, und Deine heitere Lebensansicht, Deine Gefühle sind tanzende Wendungen nach der lieblichsten Melodie. – Diesmal im Brief spielen Deine Gefühle auf der Schalmei, und begleitet der Witz mit dem Triangel dazu. –

Meine Gitarre wünsche ich mehr als je hierher, ich möchte sie mit nach Düsseldorf nehmen, wenn Du sie könntest lassen in eine Decke einpacken, wäre gut. Hast Du dem *Ritter* geschrieben? – Schreib ihm doch, er ist einer, der besser ist wie die Albernen, die uns für absurd halten, schreib ihm, lieb Kind! – wie Du ans Weltall schreiben würdest, wenn Du auf einem vertrauten Fuß mit ihm wärst. Denn er ist im Begriff, die Schöpfung auszusprechen. So wie der Urgeist sie im Moment der Erfindung aussprach, was eins und dasselbe ist dem Erfinden, so geht sie in geläuterten, gehöheten geistigen Begriffen durch ihn durch, als ob sie bloß geschaffen, um auch einem so erhabnen Streben des Geistes durch ihren Begriff zu lohnen. – Lies doch wieder in den guten Büchern, die Du hast, lieber Engel – und werde immer ruhiger, und bemühe Dich einzelne, Dir merkwürdige Lebenspunkte aufzusetzen und schenke mir dann und wann so was! – Dem *Arnim* will ich schreiben, daß Du ihn liebhast, er erwartet sich's aber auch nicht anders, denn er hat Dich gewiß ebenso lieb; – und vom *Günderödchen* war's ebenso recht, daß es ihm nicht den Vorzug gab. Denn es will gewiß gleich teilen zwischen mir und ihm, und wir vier gehören ja alle einander an.

An *Bettine*.

Düsseldorf.

Warum schreiben wir uns nicht? – Ich gehe in jeder Stunde mit Dir um, Dein Bild steht immer hinter meinem Tintenfaß, und ich sehe Dich immer an. Wenn ich Dein Bild aufgestellt habe, so bin ich honett, gut, einfach und stolz. – Ich gehe hier mit vielen Leuten um, die schlechter sind als ich und Du, man muß auch das lernen. Was mich hier fesselt, ist die Galerie und das artige Theater, dann der geschickte Musikdirektor, dem ich eine Oper* dichten will und der mir dafür Unterricht in der Komposition geben wird. Eine kleine Oper habe ich schon fertig für Neujahr, wo sie aufgeführt werden soll in Mannheim, er arbeitet noch daran. Hast Du *Savigny* in Frankfurt gesehen? wie war er? – Wie lebst Du, was machst Du? – Ich hab heut an *Christian* geschrieben, ich bitte, schreib ihm auch. Bald ist mein Namenstag, schick mir dann einen recht langen Brief, er ist mir das liebste, aber ungezwungen, ungeniert, so wenn Dir's einfällt und was Dir einfällt, ich werd mir's schon zurechtlegen. Kommt *Minchen Günderode* nicht auch zuweilen mit ihrer Schwester zu Dir? – Ich bin ihr einen Brief schuldig. Küsse sie von mir, sage ihr, daß ich sie liebe wie ich jetzt kein anderes Wesen lieben kann! – Denn in meine Oper denk ich die Hauptrolle mir grade wie sie! und den ersten Liebhaber wie mich. – Ich muß ihr zu Füßen fallen, ich muß sie küssen, sie mag wollen oder nicht. – Und sie muß auch am End einer langen Arie mir in die Arme fallen und mich beglücken, stelle ihr das doch recht beweglich vor; und daß es ja nicht anders sein könne, weil sie einmal meine Opernheldin ist, sie soll sich bewegen lassen, darauf einzugehen. Das wird recht schön sein, wenn ich mir denke, es sei alles wahr, dann werde ich mir die lieblichsten, hinreißendsten Szenen zum Küssen malen!

Hast Du was gedichtet, geschrieben, schicke mir es in meine Einsamkeit. – Wenn Du ein Kinderkleidchen für ein liebes, rundes Mädchen von drei Jahren hättest, aber recht hübsch und bald, so würdest Du mir große Freude machen. Wo nur *Arnim* stecken mag, ich hörte seit meinem Brief nichts mehr von dem Jungen. Du bist wohl recht ruhig. – Ich bin es auch. Ich schicke Dir vielleicht bald mein Porträt. Schreibe mir einen langen historischen Brief. Deine Empfindung, meine Empfindung kennen wir ja! – –

Ich werde noch eine Weile hierbleiben, denn zu sehen, zu hören, ja mitzufühlen, wie alles Denken und Erdenken plötzlich fließend wird in musikalischen Gesetzen, die der Poesie den Kopf zurechtrücken, das macht mich ganz hingerissen. – Leb wohl! schreib!

Clemens.

Lieber *Clemens.*

Ich will gleich anfangen mit dem, was mich zuletzt frappiert in Deinem Brief! – Ich hab Angst, die Musik wird schlecht zu Deiner Oper. – Warum? – weil Du eine so enorme Freude daran hast! – Ich kenne Dich ja! – Du läßt Dich gar zu leicht begeistern. Einem Kapellmeister gegenüber, wenn er seine Musik vorträgt, ist nicht zu spaßen mit fünf Sinnen, sie gehen in die Brüche! Er betrachtet Dich als einen guten Kerl, den er mit Herablassung Straßen führt, welche Dir unbekannt sind, Du kannst da gar keine Autorität haben, Du mußt Dich führen lassen! Die Effekte, die Du nur in Gedanken hörst und Dir natürlich ganz übernatürlich vorstellst bei vollem Orchester, machen Dich in Dankbarkeit hinschmelzen vor dem Kapellmeister, der, überrascht von dem Eindruck, den er Dir macht, eine ganz neue Bekanntschaft mit seinem Talent zu machen glaubt, er komponiert drauflos, weil er eine Quelle der Erfindung in sich entdeckt, auf die er früher nicht sich verlassen konnte! – Nun findet er, daß Du trotz Deinen Dichterlaunen ein sehr verständiger, urteilsfähiger junger Mensch bist, Du wirst gelobt als höchst liebenswürdig, die Sängerinnen werden begeistert, sie strengen sich an, wetteifern! Fräulein Petersilie soll die Hauptrolle haben, sie verleugnet den Peter zu Haus und kommt bloß als Silie. Der Name Silie bewegt Dein Dichtergenie zu Explosionen von Begeistrung. – Kurz, es wird ein Wonnemonat, wie noch kein schönerer war, wo Dichtkunst und Tonkunst sich vermählen! –

Hoffmann hat hier ein Duett gemacht, wozu Du mir den Text schon früher gabst: »*Hör, es klagt die Flöte wieder, und die kühlen Brunnen rauschen.*«* – Ja, wenn Dein Komponist so arbeitete wie er! – Dazu muß man aber in eine Einsiedelei verborgen, Blumen und Gras umher, im Schlaf versunken, nach der Ferne lauschen, wo die rauschende Welt endlich auch betäubt ruht. – So ist aber der gute *Hoffmann*, sein kränklicher gebrechlicher Körper sondert ihn ab von den Schwelgereien der Musiker, von ihren Weltverhältnissen und Liebeleien! – Durch den *Hoffmann* hab ich manches begreifen lernen. Erst war ich als immer verwundert, wie doch ein Mensch so ein traurig Los tragen müsse, der seinen Leib doch nicht verlassen könne, der ihm Schmerzen macht; jetzt weiß ich's aber anders. Der Geist überwindet alles. Und wenn der Geist kämpft, so muß er doch stark dadurch werden. Der Geist kann nicht Wunden erliegen. *Invulnerable*, sagt *Mirabeau*. Es kann nur vielleicht ihm versagt sein, sich geltend zu machen! – Aber vielleicht ist der Leib die verschloßne Werkstätte, in der der Geist zur höchsten Stufe der Bildung gelangt; und wenn er erst durchgeläutert und geglüht als vollendetes Kunstwerk seiner selbst, zugleich mit dem Lebenskeim zu einer höheren, gewaltigeren Bildung versehen, neue Welten durchdringt – was ist's da, daß in dieser Welt die Krankheit wie ein böser Traum ihn anflog. – Guter *Hoffmann*! – Ich höre sein Klavier bei offnen Fenstern in die Mondnacht rauschen! Er denkt gewiß, ich lieg im Bett und hör ihm zu! –

Gute Nacht, morgen schreib ich weiter, weil Du einen so langen historischen Brief verlangst. –

Den wollt ich Dir wohl schreiben, den schönen langen historischen Brief, wenn nur was vorgehen wollte! – Ich hab zwar gar keine Neigung, daß etwas vorgehen soll, aber doch wie letzt in der Blaufärberei am Kanal Feuer ausbrach, machte mir das ein unendliches Vergnügen; damit stimmte das Volk mit seinem Schauspielertalent überein. – Eine Verzweiflungs- und Jammergeschrei-Komödie, gewürzt mit den ausgelassensten Scherzen; das ganze war unwiderstehlich, ich bedauerte, daß es nicht schicklich war mitzuspielen, sondern nur zuzuhören. – Gegenüber vom Feuerbrunsttheater, im freien Feld, steht das große Haus, worin *Bernards* blasende Instrumentisten alle wohnen, die manchmal sich das Pläsier machen, aus allen Fenstern heraus nach den vier Weltgegenden hin ihre Passagen zu exerzieren, diese waren durch die ausschlagenden Flammen in Begeistrung versetzt – sie bliesen Tusch, wenn ein Stück Dach einfiel oder Mauer! – Was einem doch gleich Lebensübermut durchströmt, wenn die Menschheit nicht so ängstlich am Besitztum klebt! – Wenn man hört Mitleidsquellen rieslen, über das einzige bißchen Habe, was den Armen nun verloren ist. – Das macht so malade, es steht einem der Verstand still, da doch gewiß jeder genug hätte, wenn jeder wüßte, was er mit dem seinen anfangen soll. – Der Blaufärber hatte die großmütigste Gleichgültigkeit bei diesem Veraschen seiner Einbläuung, und es kamen die närrischsten Witze vor bei der Judenspritze, bei welcher der Blaufärber selber stand und sie fortwährend dirigierte gegen die zwei uralte Linden in seinem Hof, die sein Ururgroßvater, der auch Blaufärber war, gepflanzt hatte, unter denen der Färber seine Hochzeit gehalten. – »Wenn ihr mir die erhaltet«, sagte er zu den Juden, »so schenk ich euch zwanzig Taler.« – Nun wurden die Juden so feurig, lauter arme Lumpen! – Es gab ein Gezänk mit der Polizei, sie wollte auf die unnützen Linden kein Wasser verwendet haben, die Juden schrieen mörderlich, als man ihnen den Schlauch entriß, nach dem Blaufärber; der kam herbei und mußte ihn wieder erobern. »*Was solle die alte Bääm*«, sagte der Herr Bolezei! – »Wie, Herr Polizei! – Sie schmähen die alten Linden, das Wahrzeichen von Offenbach?« –»Ei do könnt ganz Offebach abbrenne und die Wahrzeiche bliebe alleen stehe. Die könnten doch das Maul nicht uftun und erzähle, daß Offebach da gestane hat.« –

Die Linden wurden übrigens gerettet, denn die Juden ließen sich nicht zu nah kommen! – Die Hornisten, Hautboisten, Klarinettisten und Fagottisten schmetterten ihre Passagen dazwischen, wie freie Göttersöhne in des Mondes blauem Licht, der über ihrer Wohnung thronte und nichts von seinem Glanz verlor durch die gegenüber aufqualmende Feuersäule, die sich oft vom Rauch nieder mußte drücken lassen! – Der Mond hat Charakter, die Gestirne haben Charakter, der Himmel, der sie trägt, wie ein Baum die Äpfel, der ist der Charakterbaum. – Die Menschenseele ist ein kleiner fliegender Samenstaub, der einen guten Boden sucht, um auch Charakter zu werden. Das Werden! – das große Werden – *»ist und soll sein der einzige Genuß«*, sagt die *Günderode, »der wird aber nicht, der nicht göttlich wird«*, sagt die Günderode auch noch. – Für heut hab ich genug geschrieben; nun wünsch ich, daß morgen wieder was vorfallen möge, einzig um meinen historischen Brief fortsetzen zu können. –

Heut ist aber doch nichts vorgefallen, sosehr ich auch getrieben habe und dem Fenster hinausgeguckt, ob nichts kommen wollte. – Vom Feuer war viel die Rede, man besuchte die Großmama, um ihr zu gratulieren, daß ihr der Schreck nichts geschadet habe; sie wurde am End ärgerlich, wie einer nach dem andern kam, die Fürstin von Ysenburg war zuerst bei ihr gewesen, da war es gleich Mode geworden. – Es ist schlimm, daß die Großmama sich nicht gut verleugnen kann, weil sie nie aus Garten und Haus kommt! – Diese Häuslichkeit hat einen eignen poetischen Schimmer, alles in der höchsten Reinlichkeit und Heimlichkeit erhalten – zu jeder Stunde, zu jeder Jahreszeit ist nichts vernachlässigt, selbst das aufgeschichtete Brennholz am Gartenspalier ist unter ihrer Aufsicht der Schönheitslehre. – Wenn es im Winter muß verbraucht werden, so läßt sie es immer so abnehmen, daß die Schneedecke so weit wie möglich unverletzt bleibt, bis Tauwetter einfällt, wo sie's abkehren läßt. Im Herbst hat sie ihre Freude dran, wie die roten Blätter der wilden Rebe es mit Purpur zudecken. – Im Frühling regnen die hohen Akazien ihre Blütenblättchen drauf herab, und die Großmutter freut sich sehr daran! – Ach was willst Du? – Es gibt doch keine edlere Frau wie die Großmutter! – Wer den wunderschönen Blitz ihres Auges verkennt, wenn sie manchmal sinnend mitten im Garten steht und späht nach allen Seiten, und geht dann plötzlich hin, um einem Zweig mehr Freiheit zu geben, um eine Ranke zu stützen! – und dann so befriedigt in der Dämmerung den Garten verläßt, als habe sie mit der Überzeugung alles gesegnet, daß es fruchten werde. –

Nein, heute ist nichts weiter vorgefallen, was ich historisch nennen könnte, der Tag ist total vorbei! – und nichts, was nur den Hund hätte zum Bellen gebracht. – Nur eine kleine elegische Szene. Die Großmama hat manchmal einen Verdruß an so einem Federvieh; wenn es in ihre Hausordnung sich nicht fügt, so muß es geschlachtet werden, diesmal traf das traurige Los der Hinrichtung ein impertinentes Huhn, was immer mit großer Geschwindigkeit die Weizenkörner, welche sie für alle streut als Dessert zum Haber, für sich allein erschnappte. Dies Huhn war von *Meline* in Affektion genommen, gleich als es auskroch, heißt Männewei, von Mannweibchen, weil es lang unentschieden blieb, ob das Tier ein Hahn oder Huhn sei, da es einen so roten stolzen doppelten Kamm und einen schönen roten Bart hat, kurz, ich komme grade an der Küche vorbei, wie die taube *Agnes* auf dem Schemel sitzt, das Huhn zwischen den Knien, das Messer wetzt. – Ich springe hinzu, ziehe den Schemel unter ihr weg, sie fällt auf die Nase, das Huhn unter dem Messer weg flattert mit großem Geschrei durchs Küchenfenster; es war die Zeit, wo die andern Hühner schon alle im Hühnerstall mit ihrem Hahn der goldnen Ruhe genießen, kaum hörten sie aber das Notgeschrei der Henne, als alle loslegten mit Gackern! Ich war voll Schreck über meine Kühnheit, die Hinrichtung zu verhindern. Ich jagte das Huhn durch den Garten, ganz am End der Pappelwand fing ich's erst ein, wo sollte ich mit hin, brachte ich's zurück, so wurde es dennoch abgetan, aber mir schauderte, eine Suppe von diesem Huhn zu essen. – Ich marschierte zum Gärtner im Boskett. – Der nimmt es unter seine Obhut, bis bessere Zeiten kommen. – Wie kann man auch Tiere, die täglich unter uns herumlaufen, uns trauen, einem nicht aus dem Weg gehen, plötzlich, was sie gar nicht gewärtig sind, über sie herfallen und fressen. Die taube *Agnes* ist sehr erschrocken, daß der Poltergeist die Schawell unter ihr weggezogen hat, sie erzählt noch mehrere Fälle von diesem Spukeding; – einmal war es mit ihrer Haube ausgerissen – sie war aber am Fensteriegel hängengeblieben. – Diesmal mit der Henne, keiner glaubt ihr das, aber jeder wundert sich, daß es verschwunden ist und nicht wieder erscheint. – Und endlich, meint die *Agnes*, werden wir's doch einsehen, daß es spukt. Die alte *Kordel* setzte sich mit dem Rädchen herbei, die *Agnes* erzählte lauter Geschichten von Küchenteufel, eine ganz aparte Klasse; wollt ich auch jetzt sagen, daß ich das Huhn weggeschleppt habe, keiner würde es glauben. – Abends beim Sternenschimmer, wo ich den Kopf weit aus unserm Mansardfenster streckte, um recht viele Sterne zu Zeugen meines feierlichen Schwures aufzurufen, tat ich das Gelübde, alles dranzuwagen, wenn ich einen Menschen in Gefahr sehe und wenn auch selbst das Messer schon über seinem Haupte schwebt. – Ein rascher Entschluß vermag viel, aber Zagen ist das Verderben aller Großtaten! Hätt ich nur einen Augenblick mich besonnen, so lebte jetzt kein Männewei mehr! – Und mit so einem Tier ist's eine besondere Sache, man weiß nicht, ob es ein Jenseits hat, doch lebt es gern, doch hat es mehr mit der Natur zu schaffen wie wir, doch gehört ihm die Welt, jeden Augenblick es drauf verweilt, ja es ist der Mühe wert, ein Leben zu retten, sei es, welches es wolle. Ach die Schwäne fallen mir hier ein, die ihr schneeweiß Gefieder im eignen Blute mußten baden, die Helden der Gironde! –

Schon wieder ist der Abend angerückt, lieber *Clemens*! – Heute sind keine Ereignisse vorgefallen, nur Nachrichten eingelaufen, die aber vielversprechend sind. – *Savigny* ist auf dem Trages* und erwartet uns zum Diner den Sonntag, wir werden also morgen in die Stadt gehen; diese Nachricht brachte Doktor *Ebel* als Auftrag von *Leonhardi*, der uns einen Platz in seinem Wagen anbot. – *Ebel* ist ein naturforschender Mistfinke, aber die Großmama geht ganz darüber hinweg, daß er immer ein schmutziges Hemd anhat und schwarze Nägel, und tat folgenden merkwürdigen Ausspruch: »Mein Kind! – die Reinlichkeit ist zwar die edelste Tugend und ist verschwistert mit der sittlichen Reinheit. Selbst ein lasterhafter Mensch erhebt sich aus seinem Sündenpfuhl, wenn er sich wäscht und ein reines Hemd anlegt, die Würde des Menschen fühlt sich dadurch neu belebt. – Aber – –« sagte sie und hielt ein, denn der Mistfinke, der einen Augenblick abwesend gewesen war, trat herein und brachte der Großmama allerlei Abfall von der Natur, den sie sollte in ihr Naturalienkabinett aufnehmen. Unter andern ein Stück Leinwand von Asbest, was unverbrennlich sei. – Moose, welche auf der höchsten Spitze der Spitzberge wachsen – purpurrot! – *St. Pierre* und *Buffon* wurde geholt, um über Schnecken und Muschelsamen, wovon *Ebel* eine ganze Bonbontüte voll mitgebracht hatte, zu befragen, sie blieben die Antwort schuldig! – *Ebel* erzählte also, daß dieser aus dem Grund des Schwarzen Meeres ihm von einem Freund zur Untersuchung mit vielen Mühen und Unkosten gesendeter Muschelsame die wunderbarsten Erscheinungen enthalte, mit einem Vergrößerungsglas betrachtet werde man die ausgebildetste Formen drinnen finden, die so klein seien, daß man sie für Sandkörnchen halte. – Die Großmama war begeistert für diese Merkwürdigkeitstreckelchen, aus denen die Welt zusammengebacken ist und die *Ebel* mit Lebensgefahr unter einer Taucherglocke von einem kühnen Taucher wollte erhalten haben, ein Paketchen draus gemacht und mit Noten versehen in ein Kästchen gepackt, worin noch andre Seltenheiten der Art liegen. – Das war nun, was er in der rechten Rocktasche mitgebracht hatte. Nun griff er in die linke Rocktasche. Das erste Päckchen enthielt ein Stück Spinnweb von der Riesenspinne – er konnte es ordentlich auseinanderfalten, ohne es zu zerreißen, es fiel dabei sehr viel Staub heraus; die Großmama hätte dies Chemisett der Arachne gewiß gern unter ihren tausend Wundern der Welt besessen, allein *Ebel* wickelte es sorgfältig wieder ein und steckte es in die Westentasche! – Ich glaub, er hat's irgend im Winkel auf dem Boden entdeckt und hat ihm die Reise aus Indien erspart! – Dafür entschädigte er sie mit einem Stück Brot von der Brotbaumfrucht in Otaiti. – Dies war eine große Galanterie, denn bekanntlich ist ihr Liebling unter allen ihren Werken dieser Roman, der auf Otaiti vorgeht; sie war also durch dies Brot so entzückt, daß ihr die Tränen herabrannen! – »O Kinder«, sagte sie, »wieviel Schönes harret noch eurer, wenn ihr euer Interesse an der Natur ausbildet, glaubt mir, nicht allein das, wozu die Natur etwas geschaffen zu haben scheint, hängt mit diesem *Etwas* zusammen und ist darauf angewiesen; nein, es führt alles eine Sprache mit dem Geist. Dieser aber ist wie ein Kind, die große Rednerin Natur spricht nur liebkosende Worte zu ihm, ja sie ahmt sein

Lallen nach, nur um ihm sich verständlich zu machen; aber es muß einstens dahin kommen, daß sie die höchste Begeisterung zu ihm ausspreche und daß er ihr Antwort darauf geben könne.« »Ja«, sagt ich, »liebe Großmama. Wenn die Natur erst mit dem Menschen spricht wie *Mirabeau* zu der Nation, dann werden lauter Freiheitshelden geboren werden!« – *Ebel*! – kreuzigt sich immer vor mir, er ist mehr noch als Hase! – Jede Idee, die ich ausspreche, deucht ihm ein Pistolenschuß, das Geringste, was ich sage, hält er für eine Erbse, die ich ihm mit einem Blaserohr in die Perücke ziele; – es kommt ihm immer vor, als erschüttre ich das Weltall mit meinen Behauptungen. – Er lauscht manchmal, ob er's nicht krachen hört. – Er guckt nach dem Wetter und behauptet, die Wolken, die da herankommen, seien gewitterhaft von meiner elektrischen Natur zusammengezogen, und er mag durchaus nicht in meiner Nähe verweilen bei schwüler Luft, er fürchtet für sein geschätztes Dasein, das Gewitter könne in ihn einschlagen und seine Seele ungewaschen und ungekämmt vor den Richterstuhl Gottes bringen! – Der Herzog von Gotha war dabei, als er dies einmal sagte, und hatte seine Verwundrung über den gelehrten Naturforscher, er fragte ihn, ob er denn an ein letztes Gericht glaube, ob er an die Hölle glaube? – Da kam es heraus, daß er an noch mehr glaubt; nämlich an einen großen Aktenschrank, worin alle Lebensprozesse aller Menschen drinnen in höchster Ordnung aufgestapelt sind. Dieser Aktenschrank ist sehr leicht beweglich, auf einen Wink fliegt er auf und präsentiert grade die Akten, die zum Prozeß des Lebensverfloßnen die nötigen überweisenden sind, denn kein Mensch wird verurteilt, er werde denn von der Gerechtigkeit des Richterspruchs überzeugt – damit er sich die Höllenpein nicht durch den Trost erleichtere, er sei ungerecht verdammt –, denn Gott kann nicht ungerecht sein, setzt *Ebel* hinzu! O Hirngespinst, o Scheusal, o Gespenst, o Empusa, sagte der Herzog, und seitdem trägt *Ebel* den Namen Empusa! Er wird auch nicht mehr maskuliniert, sondern muß weiblich passieren, was ihn ärgert, mich aber auch.

Genug von der Empusa; als sie geflohen war, so wollte die Großmama das Wort für ihn nehmen! und meinte, es sei doch gut von ihm, diese Freude ihr zu machen. Ich holte Licht und bat die Großmama so sehr, sie möge doch die Asbestleinwand ins Licht halten. Aber ach, sie brannte ab. – Adieu Leinwand! – Adieu *Ebel,* Du bist kein charmanter *Ebel* mehr! –

Fortsetzung des historischen Briefes.

Am Samstag sind wir um neun Uhr nach Frankfurt gefahren! Der erste, der am Kornfeld von Sachsenhausen uns begegnet, war die Empusa; sie hatte sich nicht mehr am Abend in die Stadt getraut, es war Mehltau gefallen, und so blieb sie auf der Gerbermühle, damit nicht auf ihm der Mehltau sich hafte, der sehr oft die Auszehrung veranlasse. Ich rief dem Kutscher Halt, sprang aus dem Wagen, brach mehrere Ähren ab, nahm sie in den Mund und ließ sie blühen; – dann persuadierte ich die Empusa, doch diese Roggenblüte durch den Mund zu streifen und zu essen, als ein ganz sicheres Mittel gegen die Auszehrung. – Dies hab ich im Kloster gelernt. Empusa fraß die Roggenblüte, fühlte sich nun, gesichert gegen den Mehltau, ganz munter. – In unserm Haus* war alles voll Sonnenschein und erinnerte mich sehr an unsere Kindheit, wo wir uns als in die Galerie versteckten, um dort das kleine Seeschiff zu betrachten und die unzähligen kleinen Wachspüppchen von allen Ordensgeistlichen, vom Papst an bis zu den Bettelmönchen und Nönnchen. – Die Galerie stand offen, ich verweilte dort bei manchem aufgehobenen Kinderspiel aus unserer frühsten Zeit; auch fand ich dort in einem Schrank den schönen Kastorhut der Mutter mit einem blitzenden Band von Stahl und Goldperlen, auf den der Papa als die

Johanniswürmchen setzte, wenn er mit uns am Abend im hohen Sommer spazierenfuhr. – Der Kastorhut war mir gar zu lockend; ich setzte ihn auf, er stand mir schön, ich glich der Mama, denn ihr Bild wurde mir wieder ganz deutlich – und der Papa hatte mich auch lieb vor allen Kindern, ich glaub wohl, daß ich ohne Sünde den Hut kann behalten. – Ich frage bei Dir an, ob's ein Diebstahl ist – unterdessen hab ich ihn zum *Günderödchen* gebracht, daß sie mir ihn versteckt, bis Du mir schreibst, ob Du erlaubst, daß ich den Hut behalte! – ich behalt ihn aber doch! – Abends war bei der *Gunda* der Tee; da waren allerlei Menschen, die ich noch nicht gesehen hatte, aber auch *Link* war da, Dein Freund! – sie erwarteten *Heinse*, aber der kam nicht, den ich doch so gern gesehen hätte. Ich saß auf einer Schawell an der Türe des Kabinettes, das ganz voll war! – an *Günderödchens* Seite, so lehnte ich mich an sie und während ein Doktor *Kästner* sang: »nicè bella nicè amata«, schlief ich ein; kein Mensch hat's gemerkt. –

Gestern am Sonntag fuhren wir nach dem Trages; – schon um sieben Uhr waren die Wagen vorgefahren, alles, was mitfuhr, hatte sich im Saal versammelt, alles war eingestiegen, und als alles eingestiegen war, da war kein Platz mehr für mich! – Da hieß es, der *Leonhardi* kommt gleich vorgefahren mit Fr. *von Barkhausen*, mit denen fährt die *Bettine*. – Der *Leonhardi* kam erst gegen zehn Uhr! – keine Frau *von Barkhausen* mit; man war unsicher, ob ich allein mit ihm über Feld fahren könne, unterdessen stieg ich ein und sagte, fahr zu, Kutscher, und bald war ich mit meinem *Leonhardi* in die sommerlichen Felder entflohen. – Jetzt laß Dir erzählen und glaub es nicht, das kann mich nur überzeugen, daß es Dir zu toll vorkommt; er klappte einen Tisch auf, darauf legte er einen Folianten, den er mitgenommen hatte, einen Krug Geilsheimer Wasser, den er mit einer Schlinge ans Fenster befestigte, placierte er auch darauf – und nun legte er sich mit beiden Ellbogen auf seinen Tisch und fing an, in der Chronik zu studieren und Exzerpte zu machen. – Nachdem ich eine Weile eine große Warze und eine kleine Warze auf seinem Backen betrachtet hatte, so fing ich an zu pfeifen. – Das war ihm verdrießlich; er bat mich, stille zu sein, denn er habe da was sehr Ernstes vor sich und sich es zum Gesetz gemacht, nie Zeit zu verlieren! – Ich schwieg recht gern, aber ich sang in Gedanken und vergaß das Schweigen und sang wieder laut. – Das störte ihn sehr; er machte mir Vorwürfe, daß ich keinen Augenblick Ruhe haben könne! – Als wir an einer Schenke hielten, um die Pferde zu futtern, setzte ich mich auf den Bock und ließ den *Leonhardi* mit seiner alten Chronik im Wagen! – nur einmal ließ ich halten, weil eine wunderschöne Blume am Weg stand, die wollt ich pflücken; da machte der *Leonhardi* einen fürchterlichen Lärm, ich hatte aber meine Blume. O blühte sie doch ewig! – Es ist mir lieb, daß bis jetzt mir noch niemand gesagt hat, wer sie ist, denn dann setzt man gewöhnlich auch hinzu, sie ist ganz gewöhnlich und wächst da und da sehr häufig! – Nun laß Dir nur erzählen, wie schrecklich bös ich den *Leonhardi* gemacht hab; ich wollte nämlich ein bißchen fahren! und ich kann es auch recht gut. Da hat mir der Kutscher die Zügel gegeben; der *Leonhardi*, der alle Augenblick aus seiner Chronik herausguckt, sieht das, ruft, ich soll's seinlassen, die Pferde scheuen leicht. Der Kutscher sagt, ich könnte getrost fahren; – ich schnalze mit der Zunge und werfe den Pferden die Zügel ein bißchen auf den Hals, sie werden charmant mutig, und es geht noch einmal so rasch! – Der *Leonhardi* kriegt Angst schrecklich, die Pferde seien ausgerissen, steckt eilig den Kopf durchs offne Fenster, wirft den Krug, der Propfen geht heraus, und das Geilsheimer Wasser fließt über die Chronik. –

Es mußte gewischt und geduppt werden den ganzen Weg! – Aber jetzt kommt was sehr Lächerliches; er holte einen ganzen Pack alter Zeitungen aus der Tasche, ohne die er nie reist, sagte er – und nun wurden die nassen Stellen bepflastert; das ging so fort, bis wir in den Wald kamen, wo der Weg zu schlecht ist, um zu lesen oder zu pflastern. – Wir kamen an, wie eben die Krebse auf den Tisch getragen wurden – ungeheuer große Kerle aus dem Goldweiher. Der *Leonhardi* zankte noch nachträglich auf mich, daß ich allein am späten Kommen schuld sei – ich hätte alle Augenblick eine Blume abbrechen wollen, ich hätte das Geschirr an den Pferden in Unordnung gebracht, ich hätte die Pferde wild gemacht. – Es waren mehrere Hakennasen aus *Savignys* Familie da; – es war ein ziemlich heißer Nachmittag, mit verbrannten Nasen kamen wir vom Hahnenkamm zurück; *Savigny* war über die Maßen freundlich und schloß alle Schleusen seines Paradieses auf und schien dennoch so einsam unter uns allen, als wären wir wie eine Horde Räuber bei ihm eingefallen. Die Zeit kam zum Aufbruch; auf der Heimfahrt war ich nicht in *Leonhardis* Kutschenverlies eingesperrt, er hatte dagegen appelliert. – Ich schlief im Wagen bis in Hanau, wo die Pferde futterten; da sahen wir *Minchen*, und da teilte ich ihr Deinen Brief mit, sie freut sich recht, die Heldin Deiner Oper zu sein. Dort kam der *Georg* gefahren und nahm mich in sein Gik*, wo ich durch die kühle Nachtluft sehr erquickt ward. – Heute nachmittag sind wir wieder in Offenbach angekommen; ich wollt, ich wär gar nicht fortgewesen, so müde bin ich von dieser Reise. – Ich endige meinen historischen Brief, weil es mir grade so ist, als werde nichts heut vorgehen, woraus ich geschichtlichen Honig saugen könnte. – *Günderode, Minchen* und *Marianne** grüßen. – Du kommst wohl diese Messe nicht nach Frankfurt? –

Bettine.

Liebe *Bettine.* Düsseldorf.

Dein letzter Brief hat mich mehr als je ein vorhergehender erfreut, er ist recht fröhlich ohne alle Melancholie, und

Du hast eine große Darstellungsgabe; immer mehr werde ich überzeugt, daß Du eigentlich zum poetischen Auffassen aller Ereignisse, auch der kleinsten, das größte Talent hast, und ich kann Dir nicht genug empfehlen, daran festzuhalten. Alles, was Du mir erzählt hast, ist gut und lieb und wahr. – Wie weh sollte mir es tun, wenn Du aus Deiner natürlichen Richtung herauskämest. – Wie schön wird unsere Freundschaft werden, wenn nichts Unklares und Trübes mehr in ihr herrscht und unsre Empfindungen sich klar und tief aussprechen, und wir uns recht vernünftig aneinander freuen können. Daß Du ruhig und heiter bist und dahin strebst, fühle ich mit Freuden, und daß ich auch dahin strebe, darfst Du mit Recht von mir begehren. Du glaubst, ich werde diese Messe nicht nach Frankfurt kommen, ich komme doch, und vielleicht bleibe ich den ganzen Winter über in Frankfurt. *Savigny* ist dann freilich allein in Marburg, doch im Sinne des Worts genommen ist er das wohl immer, was Du wohl auch an ihm bemerkt hast. Am deutlichsten erscheint seine Einsamkeit darin, daß er einen nie vermißt; mich schmerzt das oft. Da ich aber an die Vollendung eines Menschen kaum stärker glauben darf als an die seinige, so wäre es töricht von mir, näher zu untersuchen, ob er ganz recht hat, mich nur grade so zu lieben und nicht mehr; er hat sicher recht und damit holla! – Eines fehlt uns, liebe *Bettine*, und mir mehr als Dir; es ist die Kunst, mit sich selbst genug zu haben, die müssen wir erlernen. Es ist das einzige Mittel, zum Überflusse zu kommen, denn dann haben wir die Hülle und Fülle, in dem unsre Liebe zueinander, die nun Gott sei Dank das beste und edelste Geschenk des Geschickes ist, ein Übermaß ist, über das, was als unsere innere Lebensgenüge noch obendrein uns geworden ist. – Gott wird Dir vielleicht und hoffentlich zu einem lieben Mann helfen und mir zu einem lieben Weibe, mit diesen Verhältnissen und dem gehörigen Glück und Unglück wird es sich so angenehm leben, als es zum Leben notwendig ist. Das nach der Meinung vieler Narren und Weisen höchst eitel und nicht sehr zu schätzen sein soll. – Doch noch eins, mein Kind! – Es ist zwar leicht, sich über vielen Verdruß, über viele Kleinlichkeiten hinauszusetzen, noch leichter aber ist's, sich alles das zu ersparen. Sich ein wenig einzuschränken, um keinen Verdruß zu haben, lohnt wohl der Mühe; Verdruß kränkt uns doch und nimmt uns das Vertrauen zu den Menschen; hieraus wäre wohl zu empfinden, daß er dem freien Lebensorgan unseres Herzens in den Weg tritt, und wenn wir ihn nicht mehr empfinden, so ist das doch eine Abstufung unserer Seele. Wie schön ist es nun, die Menschen um sich her so zu berühren, daß sie einem keinen Verdruß mehr machen können, und doch die Freiheit und das ganze Leben seines Herzens zu behalten. Daß Du nun von so vielen Menschen verkannt wirst, wie zum Beispiel von *Ebel*, der trotz seiner schwachen Seiten ein sehr gelehrter Mann ist, und von *Leonhardi*, der offenbar einen Widerwillen gegen Dich hat, wundert mich nicht, da mir selbst in einzelnen Minuten Deine Erscheinung nicht ganz gefällt und mich drückt. Wenn ich das empfinde, der ich Dich so gut kenne, wie sollen das alle die Leute nicht empfinden, die keinen Menschen kennen? – Nun zweifle ich aber gar nicht, daß es Dir einleuchten werde, wie es nicht zu verschmähen sei, allgemein liebenswürdig und geliebt zu werden, denn nur dann kann man behaupten, zur wahren Schönheit des Gemüts gelangt zu sein, wenn kein guter Mensch unbefriedigt von uns geht. – Ich weiß nicht, *Bettine*, warum es mich so unendlich unmutig macht, wenn ich Trätschereien über Dich höre, aber ich glaube, es ist deswegen, weil es eine wirkliche Nachlässigkeit von Dir ist, sie zu veranlassen. – So habe ich jetzt zum Beispiel wieder gehört, daß Du dem Mädchen, was Dich Sticken lehrt, Briefe von mir und Dir vorliest, und was hindert dies Mädchen, sie mag ein gutes Geschöpf sein oder nicht, das, was sie gehört, herumzutragen? – Was Du selbst nicht verbirgst, wird sie auch nicht verschweigen und hat es wohl nicht verschwiegen, sonst wüßte ich's nicht. So wie Du zu ihr mit Deiner Vertraulichkeit hinabsteigst, steigt sie wieder hinab, und sofort ist der Weg sehr kurz, daß unser ganzer Umgang ein Gassenhauer wird. Das ist nun eine sehr verdrießliche Sache, das macht Dich und mich den Leuten lächerlich und mit Recht, und uns beiden macht es die Leute beschwerlich, denen Du es sowenig wie ich verdenken darfst, über das zu lachen und zu spotten, was mit solchen Prätensionen im Kote gefunden wird. Sehr ungeschickt und ebenso töricht aber wär es, wenn Du dem Mädchen das verweisen wollest oder nur ein Wort darüber verlörst, denn das Mädchen hat gar nichts verbrochen, sondern bloß Dir selber sollst Du es verweisen und das recht tüchtig. Diese ganze Geschichte kann zwar sehr zufällig und nicht so bedeutend sein, als sie hier auf dem Papier Dir wiedergegeben ist, auch hast Du vielleicht Dein Vertrauen seitdem beschränkt, von deren Mitteilung zu der niedrigsten Klasse kein großer Schritt ist, sie selbst mag sein, wie sie will, sie darum zu verwerfen wäre unmenschlich, aber überhaupt in eine vertraute Freundschaft mit ihr zu geraten, ist sehr töricht. Du siehst nun, ob die Brüder und Anverwandte keine Ursache haben, mit Dir und mir unzufrieden zu sein, wenn sie solche Dinge von uns erfahren sollten; ich glaube, sie haben keine Ursache, unsern Umgang zu ehren, wenn Offenbacher Juden sich über ihn unterhalten. Werde nicht traurig über die Geschichte, sondern nehme Dich in acht mit Deinem Vertrauen. Es kommt am Ende der Verdruß auf mich und mit Recht, warum habe ich Dich nichts Besseres gelehrt. Ich habe unlängst den *Franz* gebeten, Dich nach Frankfurt zu nehmen; er täte es gern, nur macht er mancherlei Einwendungen, er begehrt, daß Du der *Toni* gehorchen, reinlich, fleißig und häuslich sein sollst; das ist nun freilich in etwas gegen Deinen Freiheitssinn, der in Dir von der Großmutter ordentlich erzogen wurde, aber das wirst Du ihm doch nicht verdenken, bei der großen Ausbreitung des Familienzirkels im Hause kann er nur wünschen, daß ein so junges Mädchen wie Du sich an ihn und *Toni* anschließe, dies ist eine notwendige Folge seines treuen Gemüts. – Du wünschest nicht in Frankfurt zu sein, so wie Du jetzt bist, ist es Dir viel angenehmer, weil Wald und Flur Dir vor der Tür entgegenlachen, weil Musik und alles und die Einsamkeit Dir dort teilweise geraubt werden und auch der Umgang der Großmutter Dir dort fehlen wird. Aber wär es vielleicht nicht besser und zuträglicher für Deine ganze Zukunft, wenn Du Dich mit Geist und Seele in einen ganz andern Zirkel stelltest? – Du würdest eine schöne Mühe anwenden, Dich dem *Franz* gefällig zu machen, Du wirst selbst nach und nach Dich mehr der Gesellschaft anderer Menschen, der das Weib nie entgehen soll und darf, anpassen, und mit viel größerer Freude und Ruhe wirst Du Dich selbst und die innere Bildung Deiner Seele fortsetzen, wenn Du siehst, daß die Menschen Dich lieben. Es wäre selbst das schönste Unternehmen, mit Mühe daran zu arbeiten (ohne doch deswegen es merken zu lassen), die Geselligkeit und Freundlichkeit unseres Hauses unter Deinem heimlichen Schutzrecht gedeihen zu machen, und ich zweifle nicht daran, daß es Dir möglich wäre, wenn Du recht wolltest. –

Sieh, das sind alles fromme Wünsche, und ich weiß kaum, ob die Momente, an die sie sich knüpfen, wirklich eintreten werden, und ob es möglich sein wird, je auf einem solchen Parterre des Witzes und des Extraordinären einen freundlich häuslichen Garten anzulegen, wo jeder gern sein möchte. Ich habe nie Gemüter angetroffen, die so warm lieben und zugleich sich schämen, diese Liebe zu äußern. So trifft der Spott immer die Innigkeit, und ist keiner da, der sie auslacht, so lacht sie sich selber aus. – Übrigens weiß ich bei allem dem nicht, ob man damit übereingekommen ist, Dich nach Frankfurt zu nehmen; mein Wunsch wäre es beinah, daß Du mehr in den gewöhnlichen Frankfurter Schlendrian kämst, damit Du das Auffallende in Deinem Betragen etwas unterdrücktest, denn durch dies Auffallende kannst Du leicht einstens noch viel Verdruß haben, nicht als wäre es deswegen schlecht an sich, nein, es ist nur hinderlich und steht oft und bei dem Weibe fast immer im Wege, Gutes zu wirken.

Die Sitte kann keinem Menschen erlassen werden; sie ist eine Art Allerweltsprache, ohne die man nie verstanden wird; doch soll der Mensch in sie ebensowenig von Jugend auf hineingeleimt werden, als er ganz unfähig für sie werden darf. Aber schön ist, wenn sie der Mensch mit freiem Willen ergreift, sie durch die schöne Eigentümlichkeit seines Daseins veredelt und so allen andern in dieser allgemeinen Sprache sich selbst liebenswürdig und verständlich macht. Jede gänzliche Verschließung des Menschen ist verderblich und hat etwas Fürchterliches und Unnatürliches, um so mehr, wenn sie nicht ganz freiwillig, sondern durch eine äußere schmerzliche Berührung mit der Welt hervorgebracht ist, die aus Unfähigkeit und Unbildung entstand; denn in dem Zusammenhang besteht die ganze Größe der Welt, und an ihr können wir uns allein stärken und bilden. Wer sich diesem Zusammenhang entzieht, muß ein großes reiches Leben zurückgelegt haben, das er nun ausbilden und verarbeiten will, oder er muß sich von seinen Wunden heilen wollen, so kann er zu entschuldigen sein, wenn er zurücktritt. Aber jener, der durch Ungewohnheit und Ungeschicklichkeit im Umgang mit Schmerz und Sehnsucht nach eben der Welt, der er sich nicht anpassen kann, sich zurückzieht und auf sich selbst reduziert, der verdient bei allen übrigen Verdiensten doch von dieser Seite für einen unvollkommnen, ungeschickten Menschen gehalten zu werden und wird mit Recht ausgelacht, wenn er seiner Unbeholfenheit den Namen der Zurückgezogenheit oder der Betrachtung geben will. So lange, liebe *Bettine*, als die

Einsamkeit Dir noch anklebt als Widerwillen gegen die Gesellschaft, mußt Du Dich nach den Menschen umsehen und alle Mittel anwenden, Dich von allen Menschen geliebt zu machen.

Das Leben des Weibes ist fester und unbeweglicher als das Leben des Mannes, das Weib berührt die Menschen näher und muß Segen über ihre Umgebung verbreiten. Was frommt es Dir, wenn dann und wann ein geflügelter Denker an Dir vorübereilt, der Dich grüßt und weitereilt und Dir die Sehnsucht unbefriedigter Liebe zurückläßt! Ich weiß nicht, welches Bild schöner ist, ein Marienbild von einem trefflichen Meister, das in einer kleinen Dorfkirche vergessen hängt, aber vor dem fromme und unschuldige Menschen beten, oder eine herrliche Statue in den Händen von Barbaren, die dann und wann von einem durchreisenden Kunstkenner oder von einem reisenden Engländer bewundert wird. Jenes wird nie verkannt und immer gewürdigt, dieses wird selten erkannt, und jeder Dünkel brüstet sich mit ihm. Ich wünsche es daher herzlich, liebe *Bettine*, daß Du auch verkehrtere Menschen und gewöhnliche durch deinen Umgang, durch eine einfache, durchaus sittliche Erscheinung, die ohne aufzufallen alle die Rechte der Liebenswürdigkeit und Güte geltend macht, erfreuen mögest. Du rettest dadurch mich von Vorwürfen und machst, daß Deine Liebe zum Schönen nie als eine Zuflucht erscheint, sondern ein freies, schönes Erheben, das wie die Andacht und Religion neben dem stillen häuslichen Leben steht. –

Arnim hat mir neulich viel geschrieben, er ist bis Mailand herumgeirrt und hat viel gedichtet; sein ganzer erster Brief ist über Dich, doch ohne Verliebtheit, mit freundlicher Achtung und Annäherung erfüllt. Wenn ich nach Frankfurt komme, lese ich ihn Dir vor; er ist jetzt in Genf und grüßt Dich herzlich. – Sollte Dir übrigens der Vorschlag gemacht werden, nach Frankfurt zu kommen, so mache keine Einwendung als höchstens, daß Du gern Dein eignes Kämmerlein haben möchtest, denn die vielen anderweitigen Berührungen, denen du ausgesetzt bist, wenn Du die Wohnung teilst mit *Gundel*, die ganz andere Gewohnheiten und Verkehr hat, als ein so junges Mädchen wie Du sie haben kannst, würde auf Deine fernere Bildung sehr verderblich wirken. – Adieu liebstes Schwesterchen, sei vergnügt und fleißig und fein. Dein *Clemens*.

An *Bettine*.

Düsseldorf.

Bettine, Du schreibst nicht! Das macht mich ängstlich um Dich. Du bist seit vierzehn Tagen in Frankfurt; ich muß mir das von andern schreiben lassen, es ist zum erstenmal, daß ein Brief so lang ohne Antwort blieb; ich hatte Dir geschrieben aus ernsten Gründen und Dir ans Herz gelegt, was Dir so notwendig, mir so wichtig und heilig ist. Was kann Dich abhalten, mir zu antworten? – Ich bin seit gestern hier aus Jena, wo ich mit meinem *Ritter* war, der auch Dir so gut ist, dem Du nichts geantwortet hast auf seine liebevollen Zeilen. Was ist das, daß Du verachtest, wenn ein so großes Gemüt Dich freundlich begrüßt, daß Du diesen Gruß verschmähest! Ist es nicht, als wenn Du dem Sonnenschein, der sich über die Dächer zu Dir herniederstiehlt, um Deine Wohnung durch seinen Besuch Dir freundlich zu machen, die Fenster verhängtest. Ich schreib Dir heute nicht mehr, aber ich bitte Dich, vernachlässige nicht Deinen treuen Bruder! Ich bitte Dich, schreib, Du glaubst nicht, wie es mich manchmal packt, als könne diese reine Freude an Dir mir verdorben werden. –

Lieber *Clemens*.

Ich sitze hier schon eine halbe Stunde und besinne mich – nicht, was ich Dir schreiben soll, denn ich hab genug zu sagen, aber wo ich anfangen soll! Das geschieht mir nun schon so oft, als ich auf Beantwortung Deines letzten längeren Briefs denke. – Und sonst war das nicht so! – Nie hab ich mich bedacht, es floß mir aus der Feder! – Deine Verweise kränkten mich nicht, wenn sie auch manchmal aus der Luft gegriffen waren – und jetzt weiche ich dem aus, Dir zu schreiben, alles dient mir zum Vorwand; ich geh zur *Günderode* ins Stift, ich bleibe länger bei ihr mit dem heimlichen Willen, daß es zu spät sein möge, Dir heute zu schreiben, und so vergeht ein Tag nach dem andern; an jedem wache ich auf mit dem Gefühl einer Tagespflicht, die ich gern hinter mir haben wollte und zu untüchtig bin, sie zu leisten. Also Du siehst wohl, daß es nicht Leichtsinn war; hätte ich den nur dabei gehabt, so wär mein Brief schon längst bei Dir angelangt. – Ich hab der *Günderode* davon gesagt und hab ihr (es mag Dir vielleicht nicht recht sein) Deinen Brief ganz vorgelesen. – Sie sagte, der *Clemens* spielt in einer fremden Tonart, in der Du nicht bewandert bist, in die Du auch nie hineinkommen wirst, es ist daher nur zweierlei zu tun, entweder Du antwortest ihm Punkt für Punkt, wie wenn Du vor Gericht ständest, wo man ja auch aus dem innern Lebenskreis herausgeworfen wie ein Hund parieren muß. Oder Du überspringst alles, was er rügt, was er frägt und empfiehlt, denn er wird doch wohl nicht mehr von der Stimmung dieses Briefs durchdrungen sein. Ich fand auch diesen letzten Rat vorzuziehen, allein wo ich hier am Schreibtisch sitze mit mir allein (denn Dein Brief hat mich isoliert, und ich weiß nichts in diesem Augenblick vom Spielplatz geschwisterlicher Liebe), also mit mir allein hier, in den Spiegel sehend über meinem Schreibplatz. – Da regt sich ein ungeheures Selbstgefühl! – *Clemens*! Ich glaub wohl, es gibt Menschen, die sich lenken lassen von dem Geiste anderer, ich auch, sobald dieser Geist in dem meinen widerhallte, sobald also er den meinen zur Übereinstimmung weckt. – Diesmal tut er das nicht, ich könnte diesem Brief wie der Inquisition gegenüberstehen, die nie den Sinn von einem freisinnigen Menschen erfassen kann als nur zu seinem Verderben! – Und – noch eine Frage: Soll ich Dich beschämen durch meine Antwort? – Das wär schlimm, denn es bewiese Dir, daß es mit der Hingebung in Freundschaft und Liebe nichts ist, daß alles Rufen und Berufen immer dem inneren Selbst weichen müsse, daß alles, was diesem inneren Selbst widerspricht, von ihm mit Füßen getreten wird, und ich muß Dir sagen, lieber *Clemens*, daß ich ganz nach diesem göttlichen Ebenbild des Selbstseins geschaffen bin. –

Nun lasse uns immer diese bittere Frucht anbeißen, denn ich seh, es geht doch nicht anders; und eher wird mir das Herz nicht leicht Dir gegenüber.

Also erst der Eingang Deines Briefes, der mir ein Streben nach Klarheit und Ruhe unterlegt! – Nein *Clemens*, ich habe kein mir bewußtes Streben der Art, das muß von selbst aus dem Lebensquell hervorspringen. Eines Strebens bin ich mir bewußt, weil sich alle meine Kräfte darin bewegen. Das ist innere *Unantastbarkeit*. Du nennst das »die Kunst, mit sich selbst genug zu haben« – mir ist das keine Kunst, warum? – weil ich alles mein nenne, weil alles mein ist, was ich anrede, was mich erregt. – Sehnsucht hab ich nie gehabt, von Kindheit an nicht, ich könnte Dir aus dem Kloster darüber erzählen. Das Schöne hab ich liebgewonnen, ich nahm es an, wenn man mir es schenkte, um gleich es wieder zu verschenken. Nur in der Freiheit, in dem Fürsichbestehen gefällt mir das Leben; und ich werde nie etwas an mich reißen. Ich werde mich hinneigen, aber ich werde mich nicht gefangengeben.

Du denkst Dir also unsre Liebe zueinander als den »Überfluß und die Fülle des künftigen Lebens? die uns zu der Genüge desselben noch obendrein gegeben ist«. – Du sprichst aus: »Gott werde mir hoffentlich zu einem lieben Manne und Dir zu einer lieben Frau helfen.« Das sind Deine Worte an mich! und das ist die Tonart, in die ich durchaus nicht übersetzen kann. Und – ich kann mich dabei auch gar nicht aufhalten, die liebe Frau, der liebe Mann mögen sich zusammenfinden, wo es ihnen deucht, ich will sie nicht genieren! mehr läßt sich von mir nicht herausbringen. – Jetzt gehst Du weiter in Deinen Vermahnungen, als ob die Philister Dich trunken gemacht hätten, und sprichst vom Verdruß und von Abstumpfung gegen die Berührung mit Menschen. Ach, das mag ich gar nicht noch einmal lesen, mir ist, als müsse ich mit einem Mückenplätscher diese närrische Mücken von Dir alle totschlagen. – Nun sagst Du, daß Dir, der mich doch so gut kenne, meine Erscheinung in einzelnen Minuten auch nicht gefalle.

Ach wär es möglich, daß eine fremde Sprache eine andre fremde Sprache mit ihren Klängen und Wortarten so ganz decke, daß einer einen Roman in der einen schrieb, der andre in der Meinung, es sei die andre Sprache, in ihr diesen in der ersten geschriebnen Roman läse? – und kriegte da eine Geschichte heraus, von der keine Spur je geahnt oder gemeint war. So ist's mit Dir, und ich muß Deine Hoffnungen alle niederschmettern, daß ich mich bemühen würde, »*allgemein liebenswürdig und geliebt zu werden*«. Du hast mich nicht in meiner Sprache gelesen; Du hast eine andre Natur herausgekriegt, die Dir nur *dann und wann* nicht gefällt, meistens aber doch. Wenn Du aber in der meinigen Sprache mich gefaßt hättest, so würde ich keinen Augenblick Dir gefallen, nein, davon nicht, von andern Dingen wär die Rede. Ein Gewimmel von Mißverständnissen.

Nun lasse uns noch durch den Morast der *Trätscherei* waten, da ich hochgeschürzt bin und daher nicht fürchte, mich zu beschmutzen. – Und doch kommt es mir sehr hart an, daß ich hier haltmachen muß. Was Deine Briefe anbelangt, so liegen sie alle mit Nummern bezeichnet in einem kleinen Schränkchen, das ich zur Not bei einer Feuersbrunst oder Überschwemmung unter den Arm nehmen könnte und damit das Weite suchen; ich geh an diesen

Behälter nie, nur wenn ich einen neuen Ankömmling hineinsperre wie im Kloster, heraus kommt mit meinem Wissen keiner! – Ja ich selbst lese sie nicht leicht wieder, wie ich sonst wohl tat, denn eine zu große Masse von Gedanken durchströmt mich und führt mich wie ein gelichtetes Schiff auf die hohe See, die Heimat hab ich im Herzen, aber ich kehr zu ihr nicht zurück, ich lande unter fremden Himmelsstrichen. – So geht's mit Deinen Briefen, sie sind meine Heimat, in ihnen bin ich geboren, aber die Heimat hab ich verlassen. Sowenig ich die Türe meiner Hütte öffnen kann hier im fernen Weltteil, sowenig öffne ich diese Briefe, die mir geliebt aber fern liegen. – Versteh mich! das heißt, liebe mich darum!

Nun will ich Dir noch vom *Veilchen* erzählen, Du sagst von ihr »sie mag ein gutes Geschöpf sein, zu der *ich* hinabsteige mit meiner Vertraulichkeit!« – Wer bin ich denn, daß ich mich herablasse, wenn ich mich zu einem *guten Geschöpf* vertraulich wende? – Bin ich ein Engel? nun, die fliegen ja den guten Menschen nach und bewachen sie auf Schritt und Tritt, aber ich glaube nicht, daß ich ein Engel bin, ich glaub vielmehr, daß ich zu ihr hinansteige statt herab! – Sie ist diesen ganzen Sommer in Wiesbaden mit ihrem Großvater, sie weiß, der alte Mann muß sterben mit seiner Krankheit, er ist schon zwischen siebzig und achtzig Jahr, aber sie hat ihn hingeführt, seine Enkel hat sie ausgetan bei befreundeten Juden für ein Kostgeld, so hoch sie es zu erschwingen vermag. Die Hoffnung, daß die Bäder ihm nutzen, macht den alten Mann geduldig in seinen Schmerzen; so denkt sie ihn leise den Lebenspfad fortzugeleiten, so pflegt sie ihn! Er ist mein Großvater, sagt sie, mein Vater war sein Liebling, er hat gar sehr viel an ihm getan! – und so wischte sie sich den Schlaf aus den Augen am Abend, denn sie war früh aufgestanden; – also da las ich ihr als vor aus den Büchern, die ich von Dir hatte, manches schöne Lied vom *Goethe* hat sie auswendig gelernt während dem Sticken, und ich fädelte ihr die Nadeln ein. Es waren die liebsten Zeiten mir. Als sie wegging, hab ihr versprochen, nach den Kindern zu sehen; und ich bin deswegen mit ihr im Briefwechsel, so lasse ich ihr Stickmuster bei dem Goldarbeiter *Fink* machen, wenn sie neue Aufträge hat – ich schicke ihr die Seide und das Gold und geb ihr meine Ansicht; es ist mir immer das größte Pläsier, wenn ein Auftrag bei ihr einläuft, wobei meine Erfindung von ihr in Anspruch genommen wird, mein liebstes ist Stahlflitter und Perlen, und letzt haben wir eine grüne Sammetrobe in solchen Stahlgirlanden angeordnet mit einem Netz von goldnen Raupen darüber, und das soll so wunderschön gewesen sein, schreibt sie, daß man nicht glaubt, in Paris könne es besser gemacht sein. – Meinst Du, sowas hätte keinen Reiz für mich? Wohl freue ich mich über einen solchen Brief. Und wie manche Stunde in der Nacht habe ich in Erfindungen geschwelgt. Du siehst, lieber *Clemens*, die Gegend ist anders, als Du sie gedacht hast, da ist kein Steg, der hinab in die Gemeinheit führt. Wir befinden uns innerhalb der Grenzen des einfachsten Verkehres, und Deine Furcht, daß Dein Umgang mit mir ein Gassenhauer werde und daß man ihn belache und sich darüber ärgere, im Kote zu finden, was mit so hohen Prätensionen auftrete, ist dem inneren Wesen nach ungegründet. – Du schreibst »in eine vertraute Freundschaft mit ihr zu geraten ist töricht«. – *Clemens*, was wär es, wenn ich auch dadurch mich abhalten ließ, der *Veilchen* die kleinen Gefälligkeiten zu erzeigen, weil Offenbacher Juden von mir sprechen? –

Mein Aufenthalt hier in Frankfurt dauert nun schon vierzehn Tage, morgens früh wecke ich den *Franz* und laufe mit ihm in die Gemüsgärten vor der Stadt. Das ist meine beste Zeit. Da ich mit der *Gundel* in einem Zimmer wohne, so ist das Eckelchen, worin ich mich bewege, sehr klein, dafür hab ich einen größeren Raum bei der *Günderode* im Stift, wo ich Landkarten male von Alt-Griechenland. – Doch dort kommt der alte Domherr *von Hohenfeld* hin und sieht auf mich herab und gibt mir Anweisung, das ist mir unangenehm. – Ich hab früher mit dem Sonnenschein gern verkehrt, jetzt ist mir lieber die Nacht, wo ich auf den langen dunklen Gängen spazierengehe und erwarte, daß ein Geist kommt, mit mir zu reden; mit dem *Dominikus* unterhalte ich mich über die Republik der Herbstspinnen auf der Altan. Wohin ich gehe, ist der wie von einem allgemeinen Landregen aufgeweichte Pfad der Langenweile, in dem man leicht mit dem Schuh steckenbleibt und nicht weiterkann! – Doch sollte ich mich nicht fassen können und meinen Geist auf die Weide treiben (Du nennst es Bildung meiner Seele, ist mir ganz unverständlich!), »ich soll mein auffallend Betragen unterdrücken«, weiß nicht, in was es besteht – soll die »Sitte als eine Allerweltsprache aus freier Anmut führen lernen«, wo ist das Theater, wo man diese Rolle spielt? –

Du hast es also gewünscht, ich möchte Offenbach verlassen, um in einen höheren Kreis und Verkehr mit der Welt zu treten. – Lieber *Clemente*, in dem Offenbacher Kreis war die Katz zu Haus, in diesem hier tanzen die Mäuse auf dem Tisch! – Die Katze konnte ich verstehen und Lehre von ihr annehmen, obschon ich oft dabei gähnen mußte. Das Letzte, was ich ihr vorlas, sind die »Lettres de Madame de Sevigné«, es hat ihr sehr leid getan, daß sie meiner *Seelenbildung* nicht konnte diese letzte Hand anlegen. Hier verstehe ich wohl, was sie meint. Diese an eine Tochter geschriebne Briefe sind ein eleganter Tanz der Seele auf dem Tanzplatz der höheren Welt, wo alles ihrer Grazie bei jeder Wendung Beifall klatscht. – Ich werde nie in die Verlegenheit kommen, solche Briefe schreiben zu müssen. –

Adieu *Clemens*. Ich werde auch unter den Mäusen keine Gelegenheit haben, mich geltend zu machen; es ist ein apart Geschlecht, ich gehöre nicht dazu.

Ich hab einen recht garstigen Singlehrer, einen alten *Distelbart*! pfui! wie mir der zuwider ist; wenn er fort ist, mach ich Fenster und Türen auf, damit die Atmosphäre seines Dagewesenseins nicht im Zimmer eingeklemmt bleibe. – Wenn Dir nächstens geschrieben wird, daß ich über Schmerzen auf der Brust klage, so bedaure mich nicht, ich muß lügen um des *Distelbarts* willen.

Adieu, ich gehe jetzt zur *Günderode* und lese ihr diesen Brief vor und konsultiere, ob ich diesen widerbellerischen Brief Dir schicken soll.

Clemens! – die *Günderode* hat gesagt, der Brief wär sehr gut und ich soll Dir ihn schicken.

Bettine.

Liebe *Bettine*. Düsseldorf.

Du wirst *Arnims* Brief für Dich und *Gundel* erhalten haben, heute erhielt ich Dein liebes Schreiben und danke Dir herzlich. Ich hoffe von Dir einen Brief in Marburg zu finden, wohin ich in wenig Tagen abreise, und begehre denn auch sehnlich nach einem ordentlichen schriftlichen Verkehr mit Dir. Dein heutiger Brief hat mir einen ganz eignen Eindruck gemacht. Ich weiß nicht, inwiefern sich Dein Gemüt verändert hat durch Deinen Aufenthalt in Frankfurt, daß Du so ruhig in eine verneinende Position Dein ganzes Wesen übertragen hast. Ich kann mich nicht ohne Deine Treue im Leben denken, und so habe ich leicht Furcht, ich könne durch ein unwillkürliches Verletzen Dich verscheuchen wie ein Reh, dem einer nachging, und es liebt doch mehr den Wald als alle Liebe, die man ihm bietet. – Und was ist es denn, was ich in meinem letzten Brief Dir aussprach? – Alles, was ich von Deiner Liebe erwarte; ich erwarte in ihr die Liebe eines unverschrobenen, reinen, einfachen Gemütes. Wenn Du aller Verschrobenheit entgegenarbeitest, ich glaube zum andern, was ich *Bildung der Seele* nenne, brauchst Du keine Mühe. Um eines bitte ich Dich, lasse Dich nicht in die Basereien und Flüstereien ein, die dort in der Luft wehen, die als ewig langweiliger Schweif schiefer Liebeleien das Interesse für unmittelbaren Geist durchkreuzen! Bleibe um Gottes willen, wie Du warst. Sei jedermann höflich, aber *nie, nie* mit einem Menschen vertraulich, den Du nicht achtest. Ich weiß, wie leicht man durch das langweilige, unordentliche Leben in der Gesellschaft zu niedrigen Gattungen der Unterhaltung seine Zuflucht nimmt, da nichts Großes, nichts Edles in ihr unsre Fähigkeiten anregt, sondern Klatscherei, Kokettieren, dummes Witzlen etc., worüber der Mensch nach und nach schlecht wird. Und solltest Du mir's verdenken, daß ich zärtlich um Dich besorgt bin und daß ich in dieser Besorgnis jeden Schatten verfolge, der sich in Deine Nähe wagt, von dem ich nicht weiß, ob nicht ein falsches Licht diesen Schatten wirft, da seit einem langen Monat Du nicht geschrieben hattest. Du müßtest mir immer etwas zu sagen haben, *aber* Du vergißt mich gewiß einmal ganz. Andre mögen mir wohl gut sein, aber herzlich geliebt, scheint mir, war ich nur von Dir, bei der ich keine Nebenbuhler hatte, deren Lehren Dir mehr galten als die meinen. Menschen, die nie wünschen können, was ich wünsche, die waren nie Deine Freunde, und Du hast mich bisher nicht in meinem Glauben geschwächt und mich mit meinem Vertrauen noch nicht entzweit, wie mir schon manche schmerzliche Erfahrung geworden. Liebe *Bettine*, tue Dein möglichstes, mir getreu zu bleiben, hebe das Dunkle, Schwankende in Deinem Vertrauen zu mir auf, lasse es klar und fest werden, daß nie etwas zwischen uns treten könne, selbst Deine Nachlässigkeit nicht. Außerdem bitt ich Dich noch um eines: Ohne Dich öffentlich allzu hoch zu halten, so halte Dich doch innerlich über jeden Preis. Der Edelstein, der seinen Preis bestimmen kann, ist der Taxe immer noch unterworfen. Sich so betragen, daß man den verdient, den man nicht lieben kann, und den glücklich machen kann, den man liebt: das ist die Würde und die Höhe, auf die sich die Bildung der Seele schwingen soll, und das ist das ganze Geheimnis, was Du vorgibst oder auch meinst nicht verstehen zu dürfen. – O weiche mir nicht aus; – die Idee, daß ich Dich jemals weniger schätzen dürfte, als ich bis jetzt zu meinem Trost und meiner Lebensfreude immer noch getan, macht mich sehr betrübt. O ich bitte Dich, liebe *Bettine*, bringe es dahin, daß die Menschen und Du selbst Dich ehren. Wenn auch jene Dich nicht verstehen und Du selber Dich nicht begreiflich machen kannst. – Den zweiten oder dritten Jänner bin ich wieder in Marburg. Wenn es Dir und *Gundel* Freude macht, an *Arnim* zu schreiben, so erwarte ich Euern Brief in Marburg zum Einschluß. – Hast Du nicht wieder das ungezogne *Hannchen* oder *Hänschen* gesehen, *Minchen* vergiß um alles in der Welt willen nicht zu grüßen und zu küssen, ich kann sie manchmal tagelang nicht vor den Augen wegbringen, sie ist meine Opernheldin, nur noch viel lieber und zärter, sie hat mich einmal dazu verführt, daß ich diese Oper schrieb, täglich läßt mir der Kapellmeister *Ritter* ihre Grazie in den schönsten Melodien erklingen, und oft muß ich's selbst ihr sagen in Tönen; noch am Abend spät erfind ich mir Melodien zu meinen Versen, die *Ritter* mit freundlicher Anerkenntnis in die Oper aufnimmt, für mich klingt das alles schön, ja hinreißend. Aber kann mich's nicht auch bestechen, die Lust, sie doppelt zu besingen, mit der Melodie und den Worten. –

Deine Verhältnisse mit dem Stickermädchen berühr ich nicht ferner. – Es ist einmal traurig, daß oft das Einfachste, wenn es ungewöhnlich ist, eine Laufbahn der Gefahr wird, aber ich kenne auch Deinen Eigensinn oder Heroismus – um Dich nicht zu beleidigen –, dem Trotz zu bieten, wenn Du etwas für Recht hältst, kenne ich.

Ich freue mich doch sehr auf den *Savigny*, da ich nun wieder Proviant auf die langen Winterabende habe, ihm zu erzählen. Wenn er auch wenig oder gar nichts antwortet, so hört er doch mit einem Interesse zu, das entschädigt für die

Antwort, die er einem schuldig bleibt. – Du glaubst nicht, wie wenige man findet in der Welt, die ganz frei sind vom Schlechten und Gemeinen, und wie ein Mann gleich *Savigny* ein wahres Wunderwerk ist.

Ich will Dir noch eine Ballade hierher schreiben, die ich gestern gemacht habe, nur um dem *Arnim* ein Gedicht schicken zu können; die Geschichte von *Gottschalk Overstoulz* und der Maus und Bischof *Engelbrecht* habe ich in der Köllnischen Chronik gelesen, es geschah im dreizehnten Jahrhundert, das andre ist hinzugedichtet, viel Gutes mag vielleicht nicht dran sein, aber es reimt sich doch, hat Anfang und Ende und gefällt Dir vielleicht.

Von Köllen war ein Edelknecht
Um Botschaft ausgegangen,
Den Vater hielt ihm *Engelbrecht*,
Der Bischof, hart gefangen.

Er ging gen Arle manchen Tag,
Er ging in schweren Sorgen,
Sein Liebchen ihm im Sinne lag,
Der hätt' er es verborgen.

Gar traurig er am Brunnen lag,
In Busch und grünen Hecken,
Da hört er schallen Hufesschlag
Und tät sich schnell verstecken.

Zum Brunnen ritt ein froher Mann,
Sein Hütlein tät er schwenken,
Ein andrer ging betrübt heran,
Die Lanze tät er senken.

Und sprach zum frohen – Froher Mann,
Was mag Dich so erfreuen –
Laß ab zu trauren, hub der an,
Gott will uns Trost verleihen.

Denn *Gottschalk*, der getreue Mann,
Geht frei aus seinen Banden,
Durch Gottes Wunder er entrann
Mit allen den Verbannten.

Er hatte eine kleine Maus
Sich also zahm erzogen,
Die lief da freundlich ein und aus
Und war dem Herrn gewogen.

Doch einst der kleine Freund entlief
Und wollte nicht mehr kehren.
Und wie Herr *Gottschalk* pfiff und rief,
Das Mäuslein wollt nicht hören.

Da sprach betrübt der treue Mann,
Ich muß Dich wieder haben,
Und mit den Freunden er begann,
Dem Mäuslein nachzugraben.

Und in der Erde eingescharrt
Fand Meißel er und Feilen,
Womit er ihre Bande hart
Gar leichtlich konnte teilen.

Der andre sprach, mein Schwesterlein,
Das liegt gar hart gefangen.
So hart, daß selbst das Mäuslein klein
Nicht könnt zu ihr gelangen.

Des Schlosses Dach ist himmelblau,
Die Mauern grüne Wellen,
Die Graben rings sind Flur und Au,
Die Fenster Fluß und Quellen.

Der süße Knecht, die Liebe, brach
In ihres Herzens Kammer,
Ihm folgten die Gesellen nach,
Der Schmerz und böse Jammer.

Die Hoffnung blies ihr Lämpchen aus,
Die Schmerzen sie bezwangen,
Und legte sie ins dunkle Haus
Wohl auf den Tod gefangen.

Am Fels, wo wild der Rhein zerschellt,
Wo bös die Schiffe stranden,
Dort ewig sie gefangen hält
Der Schlund in kühlen Banden.

Ein Freund des Bischofs sie belog,
Herr *Hermann* sei erschlagen,
Der insgeheim gen Arle zog,
Den Vater zu erfragen.

Dann zäumten sie die Rosse auf,
Um von dem Quell zu scheiden,
Und gaben sich die Hand darauf,
Den Bischof zu bestreiten.

Und wie sie aus dem Walde schon,
Trat wieder an die Quelle
Hermann, des treuen *Gottschalks* Sohn,
Der traurige Geselle.

Er eilte an das Wasserschloß,
Wo bös die Schiffe stranden,
Und schrie, wer macht mich fessellos,
Wer sprenget mir die Banden.

Leb wohl, leb wohl, o Vater mein,
Leb wohl in großen Ehren,
Ich hab verloren das Mäuslein klein,
Es kann nicht wiederkehren.

Leb wohl, leb wohl, o Kerker mein,
Das Mäuslein ist verloren,
Das Schwert muß meine Feile sein,
Da tät er sich durchbohren.

Und stürzt hinab ins kühle Haus,
Wo Liebchen liegt gefangen,
O Liebchen, breit die Arme aus,
Ihn herzlich zu empfangen.

Ach läg gefangen im kühlen Haus,
Die mich so hart betrogen,
Sie hätte, eh dies Lied noch aus,
Mich auch hinabgezogen.

Grüße die *Gundel* und alles, wem es Spaß macht, dem lese mein Liedlein. *Clemens.*

An *Bettine.*

Marburg, am Mittwoch.

Den Montag bin ich von Münster wieder zurückgekehrt. *Savigny* ist mir dort begegnet und war freundlich; daß ich keinen Brief von Dir hier gefunden habe, macht mich traurig, oder läßt mich einsam in meiner Trauer. – Deinen Brief, worin die Reise auf den Trages beschrieben, hab ich ihm lesen lassen; er hat aber keine Silbe gesprochen und die Zeitung nachher gleich weitergelesen. Überhaupt spricht er nie von Dir und hört ungern von Dir reden. Das ist vielleicht in seiner Art und muß Dich nicht verdrießen. Du hast die richtigste Ansicht von ihm, und wenn Du nichts mehr von ihm begehrst, werde ich nichts mehr an ihm vermissen, der keinen Menschen vermißt.

Adieu, in höchstens vier Wochen bin ich bei Dir.

Clemens.

Lieber *Clemens.*

Es ist wohl wahr, daß ich Dir lange nicht geschrieben habe, denn mein letzter Brief, in dem ich wie ein ungebärdig Kind mich allem widerstemme, was Du mir vorhältst, der gilt nichts. Aber diesmal, noch ehe ich Deinen langen Brief eröffnet hatte, nahm ich mir vor, auf der Stelle zu antworten; so hielt ich denn an mich, ließ mir erst eine Feder schneiden, mit der ich gleich recht kulant schreiben wollte; und wie ich schreibefertig war, erbrach ich erst Deinen Brief, in dem ich las und noch einmal las und wieder las, daß Du in meinen letzten Brief Dich nicht zurechtgefunden hast und nicht mehr weißt, ob meine Briefe ruhig und zufrieden oder kalt und erschlafft sind; ob ich Dich noch ebenso liebe wie sonst oder Dich ziemlich vergessen habe, da stockten meine Gedanken. –

Ich habe zwar lange stillgeschwiegen gegen Dich, der Grund aber war kein andrer, als weil die Antwort mir nicht gleich einfallen wollte; ich bin nicht geübt, mich zusammenzunehmen und zu suchen in meinem Herzen nach Antworten. Auf Vorwürfe, die Irrtum sind, auf Sorgen, die mich nicht grämen, auf Fragen, von denen ich nichts weiß. Da denk ich und will noch einmal denken, weil ich ja suchen muß nach Antwort und weil es ja nicht ist wie in Offenbach, wo ein frischer Wind durch die Pappeln rauschte, alle Blätter zum Flüstern und Plaudern brachte, auch meine Gedanken auf die Flügel nahm und zu Dir hinflog! – Sieh, das ist schuld, daß ich weniger schrieb; der Offenbacher Luftzug, ach, der erhielt mich so frisch! – Ach, die Straßen waren mein! die so sauber morgens in der Frühsonne dalagen, und die roten, dunkelroten Granithäuser mit Spiegelfenstern und grünen Gittern. Ach, jetzt erst vermiß ich alles! Wenn die liebe Domstraße noch in gemächlichen Morgenträumen sich dehnte und ich mit den reinlichen Täubchen allein drin auf und ab spazierte; sie waren mich so gewohnt, sie flogen nicht auf, wenn ich kam! – und dann waren noch mehr kleine Hauptpläsier und Schelmstreiche, die auf den ganzen Tag mich glücklich machten. Das war zum Beispiel, wenn ich ging auf Raub nach Rötel für meine Zeichnungen. In dem roten Granit, von dem dort die Häuser gebaut sind, steckt solcher Rötel von verschiedenen Nuancen bis zum stärksten Scharlachrot! den hab ich in der frühsten Frühe, wo kein Mensch merkte, daß ich die Häuser demolierte, mir beim Herrn Nachbar herausgebohrt und habe dann meiner Flora einen Kranz von Rosen aufgesetzt mit diesem gestohlnen Gut! – Vier Knaben in Rotstift mit Perücken in schwarzer Kreide spielen mit einem Bock in weißer venezianischer Kreide auf hellblauem Papier. – Die Gassenbuben, denen ich sie manchmal aus dem Fenster heraushielt, freute es unvergleichlich, und einer holte den andern herbei; manchmal waren ihrer fünf bis sechs, die baten, ich soll ihnen den Bock zeigen, sie haben mich bewundert. – Hier hat Fräulein *Leonardi* einen Homer gezeichnet! – er wird sehr geschätzt; ich werd's nie dahin bringen, einen Kopf zu zeichnen, der soviel Lob verdient und sowenig Neid, da er grade aussieht wie ein alter Schulmeister, der die Auszehrung hat und deswegen sehr ärgerlich gestimmt ist. Die Gassenbuben würden vor ihm ausreißen, aber nicht ihn bewundern wie meinen Bock! – Ach die schmutzigen Straßen hier! Wenn in Offenbach ein Platzregen kam, sahen da die Pflastersteine aus wie frisch gewaschne Gesichter – hier muß man ein paar Tage durch die Pfützen patschen! – aber was schadet das, wenn die Sonne, die dort sie schnell auftrocknete, nur hier Gelegenheit fänd, irgend zu einem zu schleichen; solang ich hier bin, hat sie noch nicht einmal mir das Fenster auf die Dielen gemalt! – um solche Dinge muß ich Sehnsucht haben, als müsse ich aus der Haut fahren. – Ich gehe in die Karmeliterkirche, setze mich da in die Bank, wo das Kirchenfenster mit seinem Weinlaub sich auf den Boden malt; der Schatten des Laubes spielt mir auf dem Kleid, der Wind weht das Blatt herunter, so fällt Schatten mir vom Schoß, das amüsiert mich so träumerisch. – Die Zeit, die ich dort verliere – nicht wahr, ich könnte sie nützlicher anwenden? Alles ist hölzern, was ich hier Ernsthaftes beginne! Ich hab nur Interesse an Dummheiten. – Ein innerer Drang, heraus aus der Frankfurter Eierschale, die ich durchpicken möchte. – In die Kirche gehe ich ins Hochamt gern. Der *Franz* sagt: Du bist ja recht fromm, Mädchen! – Was zieht mich in die Kirche? – Der Weihrauch, es ist doch ein bißchen ein stolzer Geruch! – In den Straßen riecht es nach Schacher; sonntags sind die Läden geschlossen! Was steckt denn hinter diesen eisernen Stäben und Gittern? – Schacher, Geld! – Was machen die Leute mit dem Geld? – Ach! sie geben Diners, sie putzen sich und fahren mit zwei Bedienten hintenauf. – Gestern erzählt der *Dominikus*, daß in Wien immer ein Bedienter von Heu ausgestopft ist, das riechen des Fiakers hungrige Pferde; sie schieben dicht an den Staatswagen heran, der Fiaker schlummert, jeder Gaul packt ein Bein der Galahosen und rupft das Heu heraus. Die Schenkel werden dünner, bis nur die Hälfte des Heumannes noch am Wagen hängt; der Herr steigt ein, der andere Diener springt hinten auf neben den Halbmann, dessen Eingeweide der Wind plündert. – Aller Reichtum ist ein ausgestopfter Kerl, mit dem man Parade macht, und die Lungerer sind die Hungerpferde, es ist ihnen einerlei, ob der seine Eingeweide verliert, an dem sie sich sattfressen. –

Du merkst, *Clemens*, daß ich wieder mit allerlei der Beantwortung Deines Briefes ausweiche! – Mich hat zwar dies lange Stillschweigen nicht irregemacht, ich glaub noch fest, daß ich Dir am nächsten bin. Dein Käfig voll Turteltauben, die Du am Rhein Dir eingefangen hast, die Dir im Kopf girren und gurren und (Bemerkung der *Günderode*) dazu noch andere herbeilockst. Deiner Bruderliebe zapfst Du ein Schöppchen Moral für mich ab. Ich lasse es stehen, denn ich kann keinen Appetit mir dazu anschaffen, aber ich nehme es für genossen an. – Und da muß ich Dir doch wohl beweisen, wie ich das Kleinod Deiner Liebe heilighalte über alle Moral hinaus.

Und sage Du nicht, *aber Du vergißt mich gewiß einmal ganz*! Dich vergesse ich nie, aber ich vergesse manches über Dich. – Deiner Sorgen, die mich ermüden würden, wollt ich nicht augenblicklich sie vergessen; Deiner Moral vergeß ich, die meiner Liebe Eintrag tun würde. –

Das alltägliche Leben ist hier sehr zudringlich, wo »nicè bella nicè ingrata« mich verfolgt durch die ganze Wüste, in welchem die Gemeinde der Gesellschaft sich versammelt; da war's in Offenbach doch anders, wo ich jeden Tag im Erbrausen der Symphonieen mich konnte verlieren. Die Abendstunden waren lieblich bei der Großmama, wo wir über alten Büchern studierten, dort sind mir oft über Nacht die tiefsten Gedanken eingefallen. Ich hab die höchsten Rollen durchgespielt, mich tief ins Leben hineingedacht, nicht bloß so obenhin, und hab mehr in denen gewaltet und geschaffen in meinem innern Sinn als in allem Äußern. Ich dachte oft: Auf was freust du dich denn so sehr? – Es war, den Traum der Einbildung von voriger Nacht fortzusetzen, wenn ich schlafen gehen werde. Meine großen Menschheitsprojekte führte ich da auf die Höhe des Weltmeeres. – In der

Dunkelheit der Nacht so allein, da wird das Tiefste, was man will, recht deutlich! – Wenn man durchführte, was man in der Nacht bei Mondschein halbschlummernd sich ausdenkt! – Was würde dann noch als Traum können verworfen werden? – Ich tue meine große Taten alle im Traum, das Morgenrot scheint mir oft noch hinein, so nah drängt sich ihm das Tagsleben, und ich springe auf meine Füße ganz voll Willenskraft, aber wo soll ich doch das Leben anfassen? – Für einen zu sorgen oder zwei, die mir grade in den Weg kommen, deucht Euch allen Extravaganz! – Ihr verbietet mir mit einem armen Judenmädchen Umgang zu haben; und ich will Umgang haben mit allem, was zugleich mit mir auf dieser Welt lebt. Oder sind dies etwa keine gerechten Ansprüche: daß ich bin; und der Hülfe bedarf, die Du geben kannst. – Aber Sittlichkeit und Anstand, das sind zwei dumme Wächter, die dem menschlichen Sein und Willen den Weg verwehren. Fordere nun nicht mehr, ich soll Dir treu bleiben; ich bleibe Dir in allem treu, was meine Natur nicht verleugnet, aber Deine närrische Angst, ich soll *nie, nie* mit einem Menschen vertraulich werden, den ich nicht achte, während ich mit allen Menschen vertraulich bin! und gar keinen Unterschied zu machen weiß, als der sich von selbst macht! – Manchmal bist Du doch gar zu blind über mich. – Ich kann die Menschen gar nicht voneinander unterscheiden und soll doch mich nur an die halten, die ich achte! – Ich könnte zu dieser Achtung sehr leicht die unrechten herausgreifen, was soll ich sie erst lange hin und her wenden, zu dem bißchen Umgang, das doch nichts mehr gilt als eine Prise, welche die schnupfenden Leute sich bieten. Die *Günderode* und ich gehören einstweilen zusammen, bei ihr ist der Ablagerungsplatz unserer Bemerkungen und Witzeleien; das macht sich von selber. – Ich bitte Dich um Gottes willen, gebe doch auch Deine Stoßseufzer auf um einen lieben Mann, den Du mir herbeiwünschest und an den Du nur denkst, wenn Du präokkupiert bist von einer andern Liebe als der brüderlichen, wo dann, wie natürlich, keine Zeit zu dieser bleibt. Es ist Vorsorge, geliebter *Clemens*, aber glaube, daß ich keiner Stütze im Leben bedarf und daß ich nicht das Opfer werden mag von solchen närrischen Vorurteilen. Ich weiß, was ich bedarf! – ich bedarf, daß ich meine Freiheit behalte. Zu was? – dazu, daß ich das ausrichte und vollende, was eine innere Stimme mir aufgibt zu tun. – Die Liebe, mein *Clemente,* die werde ich einfangen wie den Duft einer Blume, alles wird dem Geist zuströmen, der nicht mehr sorgen wird, wie er sich soll zu verstehen geben; denn im Allerinnersten ist es Tag bei mir, dagegen mir die Welt sehr dunkel vorkommt, in der ihr glaubt, Licht zu haben, und dies Licht ist aber nur das, welches die Philister scheinen lassen; ein garstiges, schmutziges Talglicht zum Nutzen und Besten der Bärenhäuter, zu deren Nutzen immer das ganze Leben berechnet ist. – So gehöre ich denn in einen andern Kreis der Allgemeinheit, wo sich fassen möchten: Kinder, Helden, Greise, Frühlingsgestalten, Liebende, Geister. – Warum wähl ich mir diesen? – weil die mich fragen nach dem Irdischen, sie gehören zu mir! – Da glänzen die Wolken schon im Abendrot. – Späte Rosen glühen schon in der Halbdämmerung! Nacht, gib doch Kraft zur Unsterblichkeit.

Bettine.

Einen Gruß von *Gundel.*

An *Bettine.*

Ich habe einmal eine Geschichte gelesen von zwei Liebenden, die mutterselig allein in einem Walde saßen, aus dem sie nicht mehr herauskonnten. Diese Leute wandten alle Mittel auf, um der Langenweile zu entgehen, sie setzten sich einander gegenüber auf Bäume und pfiffen und schimpften und machten sich Vorwürfe, hatten Ängste etc.; sollten in unsern letzten Briefen sich nicht einige Ähnlichkeiten mit diesen Verliebten finden lassen? – Ich zweifle kaum daran, und es hat also vermutlich nichts auf sich. – Zu meiner letzten ängstlichen Ermahnung an Dich hat mir eine gewisse Undeutlichkeit eines Briefes über Dich Anlaß gegeben, die aber nur eine Undeutlichkeit ist. Laß Dir daher meine Besorgtheit als einen Beweis meiner Liebe und nicht als einen Argwohn oder Beschuldigung gelten. Daß ich seit einer Zeit nicht mehr im Ton früherer Tage schreibe, fühl ich selbst deutlich, aber ich bereue es nicht. Alles Wesen hat auf Erden seinen Frühling, Sommer usw.; wir spielen ganz natürlich mit den Kindern und werden ernster mit den Erwachsneren, denn wir fühlen, daß sie selbst zu leben beginnen, und wir haben nun kein Recht mehr, sie zu zerstreuen. Wenn einer ein Erzieher wäre, so tät er dies absichtlich; ist er ein bloßer Liebender, so tut er es, ohne davon zu wissen, und so ist es bei mir der Fall; unser Verhältnis ist nun ernster zueinander und weniger auf die bunte Phantasie gegründet, weil unser Verhältnis zum Leben ernster ist. Man wird zu leicht verführt, die andern Menschen zu vergessen, sobald man sich einem einzigen mit Bequemlichkeit ergeben kann, und man nennt es nur zu leicht ein liebendes Gemüt haben, wenn man ein einseitiges Gemüt hat; und wir sollen uns ja durchaus bilden und alle unsere Flächen der Seele mit der Welt in unschuldige, wohltätige Berührung bringen. Je einzelner und ausgezeichneter aber der einzelne Mensch ist, dem wir uns allein hingeben, je mehr beschränken wir uns, je mehr bestehlen wir die andern Menschen um das Wohltätige, was unsere Liebe für sie haben könnte, und wenn wir es beim Lichte betrachten, sind die Menschen nicht so verschieden, als sie aussehen. Wir dürfen nur das Wesentliche vom Zufälligen in ihnen trennen und nur jenes lieben, so wird unsre Selbstliebe zur natürlichen schönen Liebe für die ganze Gattung; und richten wir dann über uns einzelnen, wie wir über die ganze Gattung so gern richten, so gehen wir der schönsten Bildung entgegen; wir erheben uns zu Repräsentanten der reinen Menschheit, wir werden, was wir für das Höchste, Schönste in der Produktion des Universums erkennen, wir werden Bilder der reinen Menschheit, Ebenbilder Gottes. –

Je begehrender, je wünschevoller aber unser Herz ist, je größere Pflicht liegt uns ob, uns zu bilden, je rührender uns die Liebe anderer zu empfinden und anzuschauen ist, je mehr müssen wir das in uns für sie ausbilden, was uns mit ihnen verbinden kann; denn der ist kein guter Mann, der gerne wohltut und nichts zu erwerben sucht. Wir beide lieben einander herzlich um unserer selbst willen, das hat die Natur durch die Ähnlichkeit unserer Gemüter so wohltätig in uns vorbereitet – es bliebe also bloß uns noch übrig, uns einander zu lieben um aller andern halben! – Das ist schwerer, denn hier setzen wir allgemein anzuerkennende Vortrefflichkeit in uns voraus; – laß uns bescheiden sein, und wir müssen eingestehen, daß wir sehr weit von der Vortrefflichkeit entfernt sind, und hier trennen sich unsere Wege, nicht unsere Herzen; denn wir müssen uns auf einige Zeit aus dem Gesichte verlieren, da Du ein Weib bist und ich ein Mann, und ein vortreffliches Weib etwas ganz anderes ist als ein braver Mann. –

Doch lasse das alles ungeschrieben sein, es gefällt mir nicht, glaube mir, Deinem Herzen und Deiner Liebe. Damit Du mein Vertrauen und meine Liebe erkennst, damit Du die Menschen begreifst, die um Dich sind, damit Du etwas freudig fühlst, was auch mich innig erfreut hat, so sende ich Dir einen Brief, der mir über Dich geschrieben ward und der für Dich und mich den Beweis enthält, daß ein vortreffliches, geistvolles Wesen den innigsten Anteil an uns nimmt, Dich und mich liebt – so schicke ich Dir die beiden Briefe, wovon der erste meine Warnung an Dich veranlaßte. – Auf diesen ersten Brief antwortete ich und beschwerte mich über die Undeutlichkeit seines Inhalts in Hinsicht Deiner und erhielt hierauf die heutige schöne Antwort, die ganz Dein Herz und Geist einnehmen muß. Ich bitte Dich aber, davon, daß ich Dir die Briefe mitteile, Dir nichts merken zu lassen, da diese Leute Dir nicht vertrauen, wie ich es tue. – Nochmals bitte ich Dich herzlich, ja sogar ernstlich, um Vermeidung aller männlichen Gesellschaft, außer in Gegenwart von *Franz* und *Toni*. Auch bitte ich um Fleiß, lieb Kind; sei wahr und treu, ich liebe Dich unendlich.

Clemens.

Beiliegenden Brief besorge an *Minchen.*

Ich finde den ersten der beiden Briefe nicht gleich; ich schicke also nur den zweiten, aber schweige und schicke ihn zurück.

Clemens.

Sehr viel Ärger wird Dir alles machen, was ich eben im Begriff bin Dir zu schreiben. Ich spür schon, daß ich sehr alles das sein werde, was Du im Ganzen ein ungezognes oder ungebärdiges Ding nennen kannst, wenn Du willst; – erstens, da der zweite mir gesendete Brief, den Du wunderschön edel nennst, nichts als Lüge über mich und von mir ist, so behalte nur Deinen ersten ganz und gar für Dich – denn es ist mir gar nichts daran gelegen, dergleichen durchzustudieren! – Und ich wollte doch lieber etwas anders tun, als dergleichen Geschwätz nur zu berücksichtigen an Deiner Stelle, ob dies oder jenes ist oder war. Ich sage Dir feierlichst, warte, bis ich irgendeine Explosion gemacht habe; dann schreie: *hätte ich mir das gedacht!* – obschon auch dies nach geschehener Tat nichts helfen kann! – aber dann hat doch Dein Nachseufzer einen Grundton, und kann daher schon eine Melodie aus sich entwickeln. – Du hast mich nach Frankfurt promoviert – jetzt, wo ich da bin, läufst Du wie eine Glucke am Ufer, wo das Entchen schwimmt, und glucksest Dich ganz müde vor Angst. Aber ich schwimme gar auf keinem gefährlichen Element, es ist lauter Einbildung von Dir!

Deine Illusionen hüpfen wie die Heuschrecken in Deinem Brief herum; ich weiß nicht, welche ich zuerst erwischen soll. – Die allerledernste Heuschrecke ist mir die, wo Du mich mit Gewalt willst auf den großen Unterschied hinweisen zwischen einem *vortrefflichen Weib* und einem braven Manne. Mögen sich diese zwei beiden zusammenfinden auf irgendeinem glücklichen Stern, nur das einzige bitte ich mir aus, daß Du es mir nicht zu wissen tust; und ein für allemal will ich von diesem Heiligtum gänzlich ausgeschlossen sein! – Und zweitens – Deine Warnung vor aller männlichen Gesellschaft! Die *Günderode* sagt zu mir, sie *kenne keine männliche Gesellschaft außer die meine*. Ich, lieber *Clemens*, kenne auch keinen männlichen Umgang als den mit den Hopfenstecken, die mir die Milchfrau besorgt hat für den kommenden Frühling, sie sind die derbsten unter meinen Bekannten, auch gehe ich zwar mit ihnen um, aber nicht zart; ich schneidle dran zurecht kleine Rinnen, an denen die Bindfäden hin und her sich flechten. – Manchmal hab ich die ganze Stube voll Hobelspäne und Schwielen in der Hand. Die »nicè ingrata«, obschon sie Dein Universitätsfreund ist und, nachdem Du ihr den Doktorschmaus bezahlt hattest, mit Deinen besten Kleidern durchging, hat zwar einen Bart und möchte vielleicht auch für einen Mann gehalten sein; aber sie sieht in den Spiegel und singt »nicè bella«, und wer zweifelt, daß sie eine »Nicè« ist. Gerne fliehe ich sie, soweit der Schall ihrer Stimme trägt. *Clemens*, vor Ärger kann ich das Schöne in Deinen Briefen nicht würdigen, ich will im ursprünglichen Geist mit Dir eins sein, aber mich faßt eine Ungeduld, Deine Belehrungen zu überspringen; – es ist ein wahrer Schiffbruch mit der Moral, sie ist wie ein Uhrwerk, an dem die Kette gesprengt ist, sie rasselt sich aus, und auf einmal steht die Uhr still, und so tot sind mir diese Werke der Belehrung! Ich laufe zur *Günderode*, sie liest mit mir Deinen Brief; wir sind beide drüber hinaus, wir zanken einander, wir lachen einander aus, wir kommen auf keinen grünen Zweig! – Gestern gingen wir bei schönem Frost um die Tore, *Günderödchen* und ich – es war schon dämmerig und die Allee ganz leer; ich war aufs Glacis gesprungen und wollte das Kunststück machen, von einem Tor zum andern zu kommen, ohne herabzufallen, da trat der Mond hervor, und ein leiser Wind machte ihm durch die Wolken Bahn, da sprang ich wieder herab und zog es vor, mit der *Günderode* einen sanften philosophischen Schritt zu halten.

Adieu! – Noch einmal! Dein mitgeteilter Brief ist voll Unkraut der Lüge.

Bettine.

*St. Clair** ist hier – erste *männliche* Unterhaltung in der Ecke des Fensters –, ich könne eine Jeanne d'Arc sein, in mir läge Stoff zur Heldennatur, die Auriflamme zu ergreifen, für die Erhaltung der Freiheit und Menschheitsrechte. Diese Unterhaltung hat mir geschmeichelt – ich liebe Kriegestaten! – Kühn! Entschieden! – das sind Eigenschaften, die ich in meiner Seele ausbilden möchte – aber der Sklavenmarkt der Gesellschaft ist dazu nicht. – Wohin fliehen! – überall triffst Du auf einen Boden, der der Saat der Drachenzähne nicht günstig ist.

An *Bettine.*

Meine liebe Schwester, Dein letzter Brief hat mir einen recht traurigen Tag gemacht, weil ich so etwas nicht erwartete. Der Brief, den ich Dir anvertraute, ist einer der liebevollsten Briefe, deren ich mich erfreute, Du erklärst ihn für eine offenbare Lüge! *Wer so lügen kann*, liebe *Bettine*, der ist sehr geistvoll und sehr liebenswürdig, ich hab diesen Brief nochmals gelesen und mich trotz Deiner Beschuldigung wieder von ihm hingerissen gefühlt, – und wenn Du seinen Inhalt ebenso verstehst, wenn ich ihn nicht unrecht erkläre, so sind unsre Meinungen verschieden. Übrigens will ich Dir nicht unrecht geben, da Du wissen mußt, was Du schreibst; nur mußt Du mir erlauben, mich für Dein Recht *hierin* nicht zu interessieren. Ich sage nur soviel noch von jenem Brief, was ihn mir durch und durch unschuldig macht: erstens fängt er damit an, sich selbst zu beschuldigen, dann erzählt er eine Abfahrt zum Ball, die wohl nicht wahr sein muß, weil Du mir von ihr gar nichts geschrieben hast. Ein Ball, *wo Dich die Leute alle ansahen und Du allen auffällst*, ist ja auch nichts Merkwürdiges in Deinem Leben. – Sonst enthält er nichts als innige Rührung über Deine Liebe zu *Franz* und zu den Kindern, ja er tadelt sogar *Franzens* Neckerei und erkennt, wie Du Dich schön dabei beträgst. Was von Deinem Gemüt darin gesagt ist, das ist, nach meiner Kenntnis Deiner, nicht nur wahr, sondern sogar geistvoll dargestellt. Über den ganzen Brief ist Innigkeit, Begierde nach der Liebe eines würdigen Wesens und nach schöner Eintracht verbreitet.

Jetzt will ich aus dem Briefe das ausziehen, was allein gelogen sein kann, weil es allein Tatsache ist, weil der übrige Teil nur die Empfindung des Schreibers darstellt. – Erstens: *Bettine war schön!* das ist nun freilich gelogen und muß Dich ärgern; *sie sprach viel auch wohl in den Tag hinein!* das halte ich nicht ganz für gelogen, da ich es sehr oft bei ähnlichen Gelegenheiten mit einer unangenehmen Empfindung an Dir bemerkt habe. Ich weiß, wie leicht Du in unendliche Lebhaftigkeit übergehst, und um so auffallender aus einer traurigen Stummheit hervor. – Das Unschuldige darin kenne ich auch, aber das kennen nicht alle Menschen, nicht dieser oder jener, der gegenwärtig ist und dem Du dadurch frei oder töricht oder kokett vorkömmst. –

Ob und wann ihr vor oder nach der Ankunft von Leuten retiriertet, ein Umstand, dem Du mit Unrecht einige Widerlegung widmest, ist ganz uninteressant. Genug, daß Ihr Euch zurückzieht, da Ihr wißt, daß *Franz*, dem wir nur seine Vortrefflichkeit danken können, Euch gern sieht, er, der mehr wert ist als wir alle, hat die paar Freistunden, nicht die Freude der Geselligkeit, er liebt uns so innig, und wir danken's ihm nicht. Ihr, die bei ihm wohnt, solltet ihm noch treuer anhängen, und er klagt so bescheiden über das, was er Dir befehlen könnte, daß Du nicht herunterzubringen bist. – Du mußt viel von *Gundel* zu lernen, mit ihr auszutauschen haben, da Du selbst die paar Minuten dem *Franz* nicht gönnen kannst. – Ich habe immer gefunden, daß mit mir zusammen Du nicht viel zu erzählen hattest, da wir keine große Abenteuer haben, warum mußt Du nun der Familie die Abendstunden rauben, um sie wieder da zu verbringen, wo man auch Dich nicht wünscht und wo Du beschwerlich fällst, was Du aus folgendem Brief ersehen kannst, in dem dargelegt ist, daß *Gundel* ihren ganzen Tag opfert, Dich anzuregen, daß Du Deine Schuldigkeit tust (ich hoffte, Du würdest sie von selbst tun). Ich finde es daher sehr indiskret von Dir, ihr diese Stunden, in denen sie allein sein möchte, auch noch zu stehlen.

Wenn ich in Frankfurt bin, so lese ich oft abends vor; alle hören mir gern zu und sind zufrieden mit diesen Stunden, warum kannst Du das nicht auch? – Ich verlange nicht von Dir, daß Du dem einen in der Familie mehr anhängst wie dem andern; man soll keinem Menschen anhängen, insofern er Partei macht! In Deinem Wesen sollte sich vielmehr jede zufällige Trennung vereinigen, jedes Mißverständnis lösen. Im Wesentlichen hat nach meiner Ansicht einer sowenig mit Dir gemein als der andre; und Du sollst Dir selbst vertrauen und dem, was Dein Herz am liebsten beschäftigt. – Erinnere Dich, daß man Dir sagte, Du würdest Dich an mir betrogen finden, und daß man Dir Dein Vertrauen zu mir vorwarf. – Du äußerst oft Ausdrücke von Charakterstärke; diese sind zum wenigsten, wenn Du sie auch noch nicht erprobt hast, doch ein Beweis, daß Du auf diese Eigenschaften den höchsten Wert legst; ich hoffe daher, daß Du nichts zwischen unsere Liebe kommen läßt, was sie erkälten könnte. Wie der Hunger der beste Koch ist, so ist auch die Langeweile der beste Kuppler. – Ich bin nicht vortrefflich, es sind daher nicht meine Verdienste, die mich Dir interessant erhalten können, oder das neue Überraschende in mir, es ist Deine Treue, wenn die nicht zur Lüge in Dir soll werden, wodurch alles in Dir zur Lüge werden müßte, was wir in diesen Jahren miteinander erlebt haben an guten und bösen Stunden, so kann der nächste Wind dies Band, das dann nur ein Strohband ist, zerpflücken und es als Spreu in die Lüfte zerstreuen. –

Wenn Du, wie ich hoffte, jene Erkenntnisse, die ich Dir immer gepriesen, wirklich liebtest, wenn Du Dich dem eigentlichen Wesen der Kunst und Poesie hingeben wolltest, so würdest Du Ruhe, Friede und Glück genießen, ohne Dich den andern zu entziehen; Du würdest als wahr empfinden, was ich Dich immer gelehrt habe, *daß nur der Mensch kann geliebt werden, insofern er ein wahrer und reiner Spiegel des Ewigen und Göttlichen wird.* – Und Du würdest selbst Deiner Liebe zu mir ihren Wert und ihr Gesetz geben können, insofern ich jener Voraussetzung entspreche. Ich habe Dir nie das Einzelne geraten. Ich habe Dir immer das Ganze zu zeichnen gesucht, wie ich es begriff; – um Deiner Persönlichkeit keine Gewalt anzutun. Ehre Deine Persönlichkeit und bilde sie zum Schönen für alle, dann wirst Du glücklich sein; werde nicht zur Törin wie die andern, bilde Dir nichts ein! *Arnim* läßt Euch grüßen; er schrieb mir von Genua, Nizza und Paris. – Mein Lustspiel* wird jetzt zugleich mit einem Buch von *Arnim* in Göttingen bei *Diedrich* gedruckt.

Schreibe Deinem *Clemens*.

Grüße die *Günderode*, sage, daß ich schreiben würde, aber ihre Antworten sind nicht auffordernd, nicht erschließend, sondern vielmehr abschließend. Weiß Gott, warum wir alle aus dem Paradies des Vertrauens herausgeworfen sind und keiner findet irgendeinen Schleichweg dahin zurück. –

An *Clemens*.

Die Weck- und Schreckposaune! ist aber nichtsdestoweniger das Kämpfende. Achtes Kapitel sechster Vers: *Jakob* hatte lange mit dem ihm unbekannten Manne gerungen; alle seine Kräfte angewandt und noch nicht genug, ob ihm gleich das Gelenk seiner Hüfte verrenkt war; daher sagte jener: »Laß mich gehen, denn die Röte des Morgens bricht an.« Aber *Jakob* antwortete: »Ich laß dich nicht; es sei denn, Du segnest mich.«

Er will den Segen, der den Segen in Armen hat! – Er hält den, der ihn und alles hält.

Dein Brief ist so voll sorgender Liebe zu mir und doch so ohne Zutrauen, daß ich eigentlich nicht weiß, ob ich mich freuen soll oder nicht. Wie kannst Du glauben, daß ich witzig und kokett werde, um Deine Liebe zu verspielen; ich werde alles tun, um sie unberührt zu behalten; ich will einfach bleiben und gut. – Ich will auch auf den vergangenen Streit nicht zurückkommen und nichts entscheiden über Recht oder Unrecht. Nur allgemeine Bemerkungen lasse mich hier oben ansetzen; nämlich:

Erstens: Empfindung ist grade gelogen und Tatsache wahr.

Zweitens: Wer klagt, ist nicht unschuldig!

Drittens: Einen Ball, wo die Leute mich ansehen wie die Kuh das neue Scheuertor, ist mir gar nicht wichtig von ihm zu erzählen.

Viertens: Man kann mich loben, aber auch lügen.

Fünftens: Die unendliche Lebhaftigkeit, aus der ich oft plötzlich aus einer traurigen Stummheit übergehe und die Dir oft unangenehm aufgefallen ist, hat sich auf jenem Ball nicht ergossen! –

Soll ich Dir sagen, wie es mir ergangen ist an jenem Abend? – Als wir eintraten in den Saal, da stand ein ganzer Trupp langer, dünner, kurzer, dicker, breiter, alle schwarz gekleideter Tanzherrn in der Mitte, die so viel Raum zum Tanz ließen zwischen sich und den Wänden, an denen die jungen Mädchen zwischen Mamas aufgereiht waren wie allerlei Marktfrüchte, worunter Schoten, Rüben und Zwiebeln nicht die wenigsten waren, hier und da ein angenehmer Blumenkohl, nur selten ein Borsdorfer Apfel, worunter ich zu zählen; jetzt holten die Herrn diese Rübchen, Zwiebelchen und Schoten-Bukettchen zum Tanz. Alle hatten Uhrketten mit allerlei Berlocken*, manche zwei aus der Tasche hängen; diese Berlocken machten ein Glockenspiel wie eine Herde. Ich saß da dicht am Musikantenbalkon und vertrieb mir die Zeit, mit beiden Händen meine Ohren zuzuhalten, um nichts von der Musik zu hören; dabei sah ich mir die Menschen an, die da herumhüpften, und hatte die Empfindung, als ob sie alle toll seien, und endlich mußte ich lachen, ich ließ die Hände los, da brauste mir der Walzer seinen vollen Strom ins Gehör! – Dann machte ich ein zweites Experiment; ich klappte die Ohren auf und dann wieder zu, so kam ich stückweis zu einer ganz aparten Musik, die ich mir aneinanderflickte wie eine Harlekinjacke! – So vertrieb ich mir die Zeit. Endlich kam *Grunelius*, der Lange, und tanzte einen Walzer mit mir, ich aber nicht mit ihm, denn er hielt mich schwebend, und ich kam nicht dazu, eine Fußspitze auf die Erde zu setzen. Zu diesem Kunststück, mit mir wie mit einer Porzellanurne herumzutanzen, brauchte er alle Kneifgewalt seiner langen Finger, die er wie Krallen in mich einschlug; denn wär ich heruntergefallen, so konnte ich den Hals brechen; da hätte man ihm vielleicht Vorwürfe machen können. Wer war froher als ich, da ich wieder an meinem Platz war; nun schob ich mich ganz unter den Balkon, hinter einen Haufen Schals und Flöre; ich lehnte mich in ein Eckchen und hatte ein heimatliches Gefühl, noch ein Weilchen konnte ich mit Mühe mich wach erhalten, aber wie es kam, daß ich dem Drang zu schlafen nachgab, weiß ich nicht zu sagen, genug, der Kampf war kurz, der Schlaf siegte, aber als edler Feind, denn nie hab ich süßer geschlafen; die Musik war wie Goldfrüchte, die ein duftender Wind von den Zweigen löste, da oben auf dem Berg, und mir alle in den Schoß rollte; alle die Lichter waren Sterne am Himmel. Auf einmal erwache ich zu meinem Erstaunen, da zu sein, wo ich bin; statt dem Berg, mit Orangenbäume besetzt, lauter närrische Gesichter, die im Schweiß ihres Angesichts Baßgeige und Fiedel streichen oder mit aufgeblasenen Backen trompeten! – statt dem klaren Nachthimmel mit Sternen Staubwolken, die sich mit der Erleuchtung um den ersten Platz streiten. – Eine Pause tritt ein, toute la masse des mâchoires en mouvement*, mehrere Erfrischungen zu verkauen. Es machte diese Bewegung, die immer zwischen den Kinnladen und den Schläfen korrespondierte, einen so fatalen Eindruck auf mich, daß mir schwindelte, und ich fühlte, daß ich eine Art mal au cœur* bekam! – Ach *Clemens*, kann man so physisch unglücklich werden, wie ich in diesem Augenblick war? – Ach hätte ich doch in jenem Augenblick in Offenbach in unserm Hof können meinen Kopf unter die Pumpe halten, wo ich mir schon manchmal ähnliches Weh vertrieb, wenn mich ein Ekel überkam über irgend etwas, das mir unerträglich war. – Ach Gott! – Ach lieber Gott, Du hast so viele geflügelte Boten, schick mir doch einen, der mich hier wegträgt auf mein Kopfkissen in die Sandgasse. – Das war mein inneres Stoßgebet, ich wagte nicht den Kopf umzudrehen und nach dem Engel umzuschauen aus Furcht vor dem Schwindel. – Da steht plötzlich der *Franz Chameau* vor mir, ob ich den Kehraus wolle tanzen? – Da ich als vierjähriges Kind oft mit ihm gespielt hatte, wo wir uns oft einander den Wall heruntergestoßen hatten, so machte ich diesmal keine Komplimente mit ihm und sagte: *Ach, gehen Sie Esel und machen Sie mir nicht schwindlich mit Ihren Uhrketten*. Diese Worte können höchstens das gewesen sein, was ich *in den Tag hinein geredet soll haben*; mehr ist mir nicht bewußt den ganzen Ball hindurch gesprochen zu haben, den ich noch verwünsche! – Ich muß fort, ich muß wieder nach Offenbach, in die dunkle reine Nachtluft dort meine Seufzer verhauchen. Die weißen Wände meines Stübchens mit den gelben Streifen, die Diele von Holz, der grau angestrichene Tisch und Schrank! – ach ich sehne mich dahin! – ach ich kann die Teppiche nicht leiden! die rotseidenen Vorhänge rauschen mich noch ganz krank – und ich kann jetzt nicht fortschreiben, weil ich ganz übel bin, bloß von der Erinnerung. –

Lieber *Clemens*, seit zwei Tagen liegt der angefangene Brief da, und ich mochte nicht wieder drangehen aus Furcht vor dem Schwindel, lasse uns über die anderen Punkte jenes Briefes schweigen, aus Furcht vor diesem Schwindel! – Ich weiß Dir ja auch was Besseres zu sagen, jetzt kommt der Frühling bald, denn in Erwartung des März hab ich keinen Respekt mehr vor dem Winter, und meine Sehnsucht, die grüne Saat bald herauskommen zu sehen, stellt ihn mir auch näher; ach ja, gewiß, der Frühling ist ein Knabe aus weiter Ferne, in so reiner klarer Luft kommt er herangezogen, daß man ihn schon von sehr weit her sehen kann. Heute habe ich einen Brief von Dir wieder gelesen, den Du mir im letzten Frühling schriebst, er ist so schön; wenn ich die Zeit mir ihm so entgegeneilend denke, wie die Felder und Wiesen dann auch bei Euch grün werden, und dann fangen die Obstbäume an zu blühen, und der Himmel wird ganz blau! Vieleicht schreibst Du mir dann auch einen blühenden Brief wieder, wenn die Sonne auf Deinen Schreibtisch scheint. Ich habe dann zwar noch eine Beschäftigung mehr, denn die Altan wird ganz mit Bohnen und Hopfen bepflanzt. – Das wird ein grünendes Zelt, das ganze Haus wird lustiger aussehen. Die Stangen hab ich mit dem *Dominikus* schon geordnet; – Kasten haben wir mit guter Erde gefüllt, da sollen die Sonnenblumen zu einer erstaunlichen Höhe drin wachsen; auf die Mauer kommen erstens ein Aurikelflor, zweitens Ranunkeln – meine liebsten Blumen! – wenn diese sind abgeblüht, dann kommen die Grasblumen! Nein, diese sind mir die liebsten! – In die Mitte mache ich einen Sitz, auf beiden Seiten kommen meine zwei große weiße Rosensträuche hin, die der Gärtner in Offenbach mir überwintert, und den Granatbaum und den Feigenbaum, unter dessen Schatten man ganz gedeckt ist! – Adieu lieber *Clemens*! ich bin und bleibe, wie ich war, Du tätest mir das größte Unrecht, wenn Du nur vermuten könntest, daß ich anders werde. – Ach ich kann ja meine Seele nicht abwerfen wie ein schlechtes Gewand! –

Bettine.

Lieber *Clemens.*

Eben ist mein Brief schon fort, und da kommt *George* mit einem nachträglichen Anliegen an Dich. Am 19. März ist dem *Clausner* sein Geburtstag*; *George* will, daß wir ihm etwas vorzaubern, um sein langes Alleinsein ein bißchen mit vergnügten Augenblicken zu unterbrechen, er meint, Du würdest gewiß etwas Schönes erdenken! – wo wir alle mitwirken könnten. – Was könnten wir machen, *Clemens*, besinne Dich, in der Übereilung fällt mir gar nichts ein: vielleicht ein Schattenspiel in der Tür vom Saal angebracht, das gibt ein Familienpläsier, wenn wir am Abend alle beisammen sind und die Dekorationen malen und die Figuren dazu; und mach fort, schüttel's aus dem Ärmel! –

An *Bettine*.

Ich kann Dir nur ein paar Worte schreiben, da die Post spät ankam. Dein Brief hat mich recht gerührt, schreib mir doch ausführlicher und hüte Dich vor aller Überreizung. Du hättest eine Ohnmacht gehabt, schreibt mir die *Toni*, und an die Wand Dich gestoßen und ein tiefes Loch dicht unter dem Aug! –

Ich fühl es an meinem Aug, so sehr leid tut mir's! So sind wir denn wieder recht einig; ach Gott, ich bin doch so ängstlich! – Sei doch nur recht vergnügt, so wirst Du gewiß nicht mehr solche Anfälle haben! Ich habe Dich gekränkt zwei Wochen lang mit dummen Briefen, und dann kamst Du auf den Ball und warst im Herzen nicht freudig dazu, da war Dir die ganze Welt ein Ekel, da mußte Dir wohl wüste im Kopfe werden! – Warum muß ich denn allein nur so dumm sein, hätte ein anderer so von Dir gedacht, ich hätte ihm den Kopf zurechtgesetzt und hätte Dich geschützt gegen jeden Vorwurf! – Ach ich bitte Dich, sei glücklich. Ostern komme ich nach Frankfurt, da wollen wir uns recht ausschwätzen. Grüße die *Gundel*, sage ihr mein Mitleid mit ihrem Unwohlsein wie auch, daß ich einen großen Brief von der *Mereau** habe und daß zwischen uns ein artiger Briefwechsel, eine Art Präliminär-Friedensartikel sich zu erheben scheint. – Grüße die *Toni*, aber Dein Aug, Dein Aug! das scharfe Eisen, was so dicht daran Dich verwundete, leidet doch Dein Aug nicht; ich fühle, wie ich Dich liebe voll Angst! tut es denn noch sehr weh? – und eine Ohnmacht, gut, daß ich nicht dabei war. Ich bitte, halte Dich gut! ergib Dich keiner Betrübtheit, wenn es vielleicht eine böse Narbe wird! Wenn's doch erst besser Wetter wär, so könntest Du doch die frische Luft genießen, sie ist Dir sehr notwendig, sie ist Dein Element. – Du mußt alles Traurige vermeiden! – es könnte Dir schädlich sein.

Lebe wohl, lieber Engel. *Clemens*.

Liebe *Bettine*.

Ich erhalte Deinen kleinen Brief wieder zu spät, um viel zu schreiben, grad noch fünf Minuten. Kannst Du's mir genauer noch beschreiben, das Geburtsfest betreffend! Illumination? – Ölgetränkt? – wohin? – wie groß? so will ich Euch viele Ideen angeben, wenn Du mir umgehend bestimmter schreibst und Ihr noch nichts angefangen habt; – so kann ich Euch bis zum 19. noch ein kleines Lustspiel dichten für die Schattenpersonnagen. Braucht Ihr etwa auch Verse? Schreibe bestimmt darüber.

Clemens.

Liebe *Bettine*.

Euer Fest auf *Claudinens* Geburtstag liegt mir so am Herzen, daß ich wünschte, Ihr möchtet etwas recht Schönes und Edles vorstellen, das Euch Ehre machte; Du weißt, wie oft auch das Ölgetränkte, wenn es noch so gut angelegt war, verunglückt. – Ich habe daher nachgedacht und etwas ziemlich Artiges erfunden, was sich auch gut ausführen läßt und bis auf ein Härchen paßt. Das Ganze ist ein kleines Drama in einer Szene, das ich Euch schreiben will und das Ihr, wenn Ihr mir augenblicklich schreibt, ob Ihr meinen Vorschlag folgen wollt, schon den nächsten Mittwoch haben sollt. Ich will es Euch hier näher beschreiben: Einige Mädchen haben eine Freundin, die sie sehr lieben und deren Geburtstag sie feiern wollen; sie wissen aber nicht wie, denn ihre Freundin ist so vortrefflich, daß sie nicht wissen, wie sie ihr recht Ehre erweisen sollen. Da sie über ihre Anschläge sinnend in den Wald gehen, finden sie eine Matrone, der sie ihr Anliegen vorbringen; diese ist eine Zauberin und verspricht, den Jungfrauen zu helfen. Sie sagt: Ich will eurer Freundin die Taten des edlen Weibes zeigen, das an ihrer Wiege stand, sie unsichtbar wiegte, ihre Träume bildete und ihr, ohne daß sie es weiß, Vorbild und Schutzengel geworden ist, nehmt die Blumen, die hier liegen, und windet Kränze; da müßt Ihr Euch dann zusammensetzen und Kränze machen und während der Arbeit ein zweckmäßig sanftes Terzett oder Duett singen, wozu ich Euch, wenn Ihr mir irgendein Muster angebt, aus einer Oper einige Verse machen will, auch kann es Lied mit Chor- oder Wechselgesang sein, wie Ihr mir die Anzahl der Jungfrauen oder das Lied bestimmt. Wenn dann Eure Kränze fertig sind, so spricht die Zauberin: Geht und holt eure Freundin und bekränzt sie; dann geht Ihr auf *Clodine* zu, die unter den Zuschauern sitzt, hängt ihr die Kränze von weißen Rosen und Lilien um und führt sie zu der Zauberin; diese nun hebt den Vorhang von ihrem Zauberspiegel, indem die folgende Geschichte transparent gemalt und illuminiert erscheint.

»*Claudia* war eine römische Vestalin; ihr Vater ein Feldherr. Nach einem Sieg wollte er einen Triumphzug in Rom feiern, aber ein Tribun, der sein Feind war, verbot es ihm; *Claudius* triumphierte dennoch. Der Tribun, erzürnt über seine Kühnheit, näherte sich ihm von hinten und wollte ihn plötzlich vom Wagen reißen; *Claudia* bemerkte es und vergißt aus Liebe zu ihrem Vater die Ruhe und Majestät ihres geheiligten Standes; sie springt dem Tribun vor, wirft sich in des Vaters Wagen, umfaßt ihres Vaters Knie und weist den Tribun zurück. Dieser muß nun von seinem Vorhaben abstehn, denn was eine Vestalin berührt, ist heilig, und sie ist dem Tribun an Macht gleich.« Ich habe Euch die Szene mit der Feder skizziert hier beigelegt, wie sie am wenigsten Mühe zu malen kostet. Man sieht von hinten in den Wagen, der Triumphierende merkt es noch nicht, alles ist der Moment. Die Vestalin muß ganz verschleiert sein, in weiße Gewänder gehüllt; auf dem Rande des Wagens steht eine Viktoria, wie gewöhnlich bei dem Triumph, in der Ferne werden Trophäen getragen; das Ganze ist in den kleinsten Raum gedrängt. – Wie schön paßt das auf *Klodine*, ihre treue Liebe zu ihrem Vater, ihre Zucht, ihr Name *Klaudia*.

Das wäre eine Szene. Eine andre aus dem Leben dieser Vestalin ist folgende: Die Römer wollten das Bild der Göttin Cybele nach Rom auf einem Schiffe über die Tiber fahren, aber das Schiff ging nicht von der Stelle; da trat die Vestalin in einen Kahn, betete die Göttin an, band dann ihren Gürtel an das Schiff der Göttin und zog das Schiff ohne Mühe herüber als einen Beweis ihrer Tugend. Das wäre ein zweites transparentes Bild; dann könnt Ihr um sie herum tanzen und sie küssen und drücken etc. Ihr müßt mir aber bestimmt die Arien schreiben und die Anzahl der Mädchen, damit ich die Verse schreiben kann, Ihr müßt mir dazu die Worte der Arie schreiben und wie sie einfallen, damit ich meine ebenso einrichten kann. Ich meine *Lotte* die Zauberin, *Kundel*, Du, die Mädchen, oder auch die *Jung* dabei, wenn Ihr wollt, wegen dem Tanz oder wie es Euch lieb ist. Da hättet Ihr Euer ganzes Fest einfach, neu und schön; spreche doch mit dem *Georg* gleich darüber, und wenn Ihr dann wollt, so habt Ihr am Mittwoch alles; ich eile mich und bleibe ein paar Nächte auf. Die Bilder könnt Ihr ja nach der Skizze besser gezeichnet gleich von einem Maler zurechtpinseln lassen, sie müssen in der Form eines großen Spiegels gemacht werden.

In diesem Augenblick erhalte ich den äußerst geistvollen Plan zu Eurem Schattenspiel, ich will alles so gut machen, als ich kann, aber ich erschrecke fast vor dem Plan, wenn ich nur Leichtigkeit genug besitze; das Ende sei mir überlassen, sagt Ihr. So haben wir denn wirklich wie Brüder in der Ferne gearbeitet. Der *Klausner* steigt mit *Winkelmann* ein und fährt zu *Brentano*. Nun fällt der Vorhang Eures Schattenspiels, und nun laßt meine Szene angehn, die geht gleichsam bei *Brentano* vor, und das Edle, Rührende in ihr hebt das Komische wieder auf, so daß das Fest ganz den Eindruck einer freudigen Anmut bekömmt. Euer Schattenspiel ist dann ein himmlisches Vorspiel; was ich entworfen, ist überhaupt äußerst leicht auszuführen, und wie glücklich wird *Klodine* durch die Berührung ihrer kindlichen Zärtlichkeit sein. – Schreibt mir doch gleich den Samstag, ob Euch mein angehängter Plan gefällt. In *Tonis* Stube unter der Treppe kann die Höhle der Zauberin sein, Ihr dürft nur um die Ecke herum eine spanische Wand stellen, so habt Ihr ein Theater, und in der Höhle ist ja noch dazu ein Eingang auf den Gang; schöner könnte es nicht sein. Das Schattenspiel macht Ihr an der Saaltüre und seid in *Tonis* Stube. Während es hinweggenommen wird, kleiden sich die Schauspielerinnen an, die Gesellschaft tritt in *Tonis* Stube und ist nun gleichsam mit dem Postwagen in der Sandgasse angekommen, und da geht das Weitere vor. Den Gesang, den Tanz könnt Ihr ja weglassen, wenn es Euch zuviel wird. Aber mein Bild der Vestalin, meine kleine Szene mit der Zauberin, sie freut mich gar sehr, und ich weiß, es wird sehr herrlich auf das Komische wirken. Schreibt gleich umgehend, was Ihr wollt, an dem Schattenspiel fange ich heute schon an. Die Idee mit dem Postwagen und *Winkelmann** ist göttlich. Danke der *Toni* herzlich.

Clemens.

Liebe *Bettine.*

Du hast mir einen schönen Ofenschirm gestickt, er entzückt alle Leute, die ihn betrachten, und ist jetzt der größte Schatz meines Mobiliarvermögens, außer Deinem Porträt, wie Deine Liebe überhaupt mein größter Besitz ist.

Ich sende Euch hier das Schattenspiel, ich habe es in einem Tag geschrieben, das ist alles, was ich zu seiner Entschuldigung sagen kann. Die kleinen Cochonnerien, die es enthält, habe ich genau nach dem übersendeten Plan verfaßt und mir darin keine Freiheit erlaubt! – Soeben erhalte ich Euren Familienbrief, worin Ihr noch viele Umstände vorbringt von Theater und dergleichen, was ich von hier aus nicht begreife, ich habe Euch doch das Lokal bestimmt, könnt Ihr nicht fertig werden damit, so spielt das Schattenspiel und lacht womöglich, ich will versuchen, allein ohne Hülfe die *Claudine* zu erfreuen; die Posse hab ich geschrieben, das Edle will ich dichten! – Auf den Schirm hat die *Günderode* mit Bleistift von ungefähr ihren Namen gekritzelt, auch dies Zufällige hat mich sehr gerührt. Schreibe bis Mittwoch wieder, Deine Briefe sind die einzigen, die ich jetzt habe! –

Adieu *Clemens*.

An *Clemens!* –

Unser Teetisch hat sich in eine Pappfabrik verwandelt, *George* führt den englischen Phaethon aus mit Jockei und Pferden. *Franz* macht die Dekorationen, ich wollte die Schauspieler machen, es mißlang, ich wurde abgesetzt und darf nur immer noch das zweite Bein machen, den zweiten Arm, und die Zimmer darf ich möblieren! – auch soll ich alle Nähnadeln einfädeln. *Günderödchen* kommt zuweilen, weil ich nicht so oft zu ihr komme, und dann verschwinden wir ins kleine grüne Kabinettchen hinter der Treppe. Den *Christian* hatten wir erwartet, daß er uns würde helfen, er kam gestern an zu Pferde mit einem scharlachroten Mantelsack, einer Pelzmütze, einem Dompfaffen und einem zahmen Marder, den er mir schenkte; dies Tierchen plagt mich sehr! aber weil es so sehr schön ist; es will auf meinem Schoß schlafen, und wenn ich's herunternehme, dann knurrt es und fletscht mir die Zähne. Auch hat ihm der *Christian* tanzen gelehrt, es quält mich, aber es ist mir doch eine Gesellschaft! – Die Proben vom Schattenspiel werden gemacht; da ich keine Rolle dabei habe, so konnte ich gestern mit *Marianne* in die Oper gehen! – Ich hab mich an Offenbach erinnert bei der Musik. Palmyra!* – Diese Oper gibt mir die Empfindung, als läg ich auf duftendem Heu und schlief! und hörte das Ganze nur mit halbem Ohr. Heute morgen war so schöner Reif, ich bin mit *Marianne* bis auf die Gerbermühl gefahren, von dort ging ich zur Großmama! – Sie war recht erfreut; ich hab mit ihr ausgemacht, daß ich zum Frühjahr bei ihr sein will und die ganze Frühlingsarbeit im Garten machen wie im vorigen Jahr noch! – Ach das ist jetzt für mich ein Erholungsplàsier! Beim Gärtner war ich und hab nach meinen Bäumen gesehen, alles sieht kernfrisch bei ihm aus und dem Frühling entgegenstrebend. – Er glaube nicht, sagt er, daß es diesen Frühling so schön sein werde wie im vorigen Jahr! – die Witterung lasse sich nicht so gut an! – Ach Frankfurt, du liegst mir wie Blei auf dem Herzen! in meinem Schreibschrank hab ich in Offenbach gewühlt und hab da den Anfang von einer Beschreibung meines Klosterlebens herausgefunden und dann auch ein Märchen, zu dumm – die *Günderode* hat's gesagt. Aber vom Kloster soll ich weiterschreiben, wenn das Schattenspiel vorbei ist. –

Es ist hier im Haus kein einsam Winkelchen, wär die *Günderode* nicht, dann wüßt ich nicht, wo ich mich suchen sollte! – Der *Toni* ihr Kind hat die Rötlen gehabt, da hab ich als abends gesessen.

Heute abend wird eine Hauptprobe des Zauberfestes vorgenommen. Ich mußte alle Rollen abschreiben, hin und wider laufen, alles herbeiholen! Am Samstag werde ich Dir die Einrichtung und Verfassung des Ganzen berichten und den nächsten Dienstag, wie das Ganze abgelaufen ist. Lieber *Clemens*, wenn wirst Du denn kommen? schreib mir genau den Tag, rechne es aus, wenn es möglich sein kann, daß ich mich freue und jeden vorgegangenen Tag einen weniger zählen kann, bis plötzlich die Freude hereinbricht, daß du da bist, und dann gibt es schöne Tage! Ich werde die ersten Frühlingsgänge mit Dir machen, wir werden mit dem *Günderödchen* manche Stunde verbringen; ach gestern war's schön bei ihr, da hatten wir ein klein Feuerchen in ihrem Ofen angemacht, und ohne Licht waren wir da beisammen und sahen die Flammen spielen, die *Günderode* machte ein Märchen draus, sie legte alles aus, was die Flammen miteinander plauderten. –

Das schöne Wetter duftet schon, wenn man vors Tor kommt, die Hecken können die Veilchen nicht mehr verbergen, sie hauchen einem an, ganz vergnügt, daß sie gebrochen werden! Die Luft, sie kommt geströmt aus wärmeren Landen, man möchte mit sich aufschwingen, wenn sie den süßen Atem der Pflanzen davonträgt. –

Bettine.

Liebe *Bettine.*

Soeben hab ich Deinen Brief erhalten, es freut mich, daß meine schlechte Arbeit Euch genügte; die Kürze der Zeit etc. – Beiliegenden Brief gib am Morgen ihres Geburtstags der *Claudine,* er enthält ein Gedicht von mir, gedruckt für sie, Du sollst niemand im Hause davon sagen, ehe Du es ihr selbst gegeben hast; dann aber kannst Du ein Paket mit etlichen funfzig bis sechzig Exemplaren dieses Gedichtes, welches ich heut mit dem Postwagen schickte, öffnen, dem *George* fünf Exemplare zum Verteilen geben, der *Toni* ebensoviel, ebensoviel der Großmutter schicken; der *Gundel* auch soviel, auch schicke jeder *Günderode* eins, die übrigen gibst Du der *Clodine* für ihre Freunde. Ich bitte Dich aber, das Paket vom Postwagen nicht eher zu öffnen, als die *Clodine* den inliegenden Brief erhielt, denn es ist unschicklich, daß Du es eher gelesen hättest als sie, auch liegt in jenem Paket keine Zeile von mir an Dich, ermäßige daher Deine Neugierde und hebe es auf bis zur rechten Stunde, dann gehst Du auf Dein Zimmer und teilst die Exemplare ein und gibst jedem das Seine. So geschwind habe ich noch nichts gedichtet. Seit meinem letzten Brief, bis heut, gezeichnet, geschrieben, gedruckt! – Ich wünsche sehr, daß

Du mir alles schreibst, wie es gegangen, besonders ob sich *Schwab** erfreute.

Am Geburtstage einer Freundin
von Clemens Brentano,
den 19. März.

Durch grüne Auen wollt' ich mit dir schweifen,
Wärst du des süßen Maien frohes Kind,
Und wollte sinnreich nach den Blumen greifen,
Zu flechten dir ein zärtliches Gewind,
Wir Blüten werden all' in Liebe reifen,
So spräch der Kranz, weil wir dir ähnlich sind.
Doch keine Blume ist vor dir entsprungen,
Der ungeteilten Kraft bist du gelungen.

In leisem Schlummer träumend sinnt die Erde,
Wie sie die junge Zeit erfreuen soll,
Da sieht sie dich, in züchtiger Gebärde
Stehst du vor ihr so sinnend, liebevoll,
Und jungfräulich begrüßte dich ihr Werde,
Der keine Blume noch am Busen schwoll.
Doch bald die Einsamkeit dir zu versüßen,
Läßt als Gespielen sie dich Veilchen grüßen.

So fehlen Blumen, Blume, dich zu kränzen,
Die selbst des Jahres frühste Blume blüht,
Doch in des Lebens Garten ohne Grenzen,
In dem der Frühling ewig kehrt und flieht,
Seh' eine edle Blume fern ich glänzen,
Die bis zum Namen selbst dir ähnlich sieht,
Das Herrliche kehrt ewig zu dem Leben,
Und jeder Sommer muß uns Lilien geben.

Dich, Römerin, Vestale, seh' ich wieder,
Dich, *Claudia*, die treu den Vater ehrt,
Keusch hüllt ein reiner Schleier dir die Glieder,
Die aller Liebe reine Flamme nährt.
Es priesen uns noch keines Sängers Lieder
Den hohen Sinn, den uns dein Leben lehrt,
Bescheidne, zürne nicht, laß es gelingen,
Die Römerin will der Barbare singen.

Da *Claudius*, der Feldherr, siegreich kehrte,
Will er, als Sieger soll ihn Roma sehn,
Der in der eignen Tat den Römer ehrte,
Will im Triumphe auch die Tat erhöhn,
Doch ein Tribun, der tiefen Haß ihm nährte,
Will, ungepriesen soll sein Werk vergeh'n:
Es läßt der Mächtige dem Sieger sagen,
Du sollst durch Rom nicht deine Lorbeern tragen.

Doch achtet, trotzend auf des Sieges Flügel,
Der Feldherr nicht des Richters ernsten Stab,
Im Heeresprunk grüßt er die sieben Hügel
Von seines Wagens goldner Höh' herab,
Und tausendfach in heller Waffen Spiegel
Grünt ihm der Lorbeer, den der Sieg ihm gab,
Es lenket durch des Volkes laute Mitte
Der Zug zum Kapitole hin die Schritte.

Da öffnet zweien sich des Volks Gedränge,
Erzürnt tritt der Tribun zum Sieger hin,
Ihn, dem er untersagt des Siegs Gepränge,
Will er gewaltsam von dem Wagen ziehn:
Auch *Claudia* dringt durch der Bürger Menge
Zu ihrem Vater und umfasset ihn.
Besiegt muß der Tribun zum Volke kehren,
Den sie berührte, muß er zürnend ehren.

Die Jungfrau gab dem Sieger das Geleite,
Der mit dem Adler nun die Taube trug,
So stand sie schüchtern an des Vaters Seite,
Und um die Tochter er den Purpur schlug,
In schönerm Sieg trug sie aus schönerm Streite
Zum Kapitole hin der laute Zug:
So Heldenmut und Schönheit sich gesellten,
Es triumphiert die Holde mit dem Helden.

Wer auf der Erde gleich den Göttern handelt,
Dem öffnet sich der hohen Götter Kreis,
Auf Erden sind sie menschlich einst gewandelt
Und waren edel, sinnbegabt und weis',
Zu Göttern hat der Glaube sie verwandelt,
Denn Göttlichkeit ist aller Schönheit Preis,
Es wollte *Rhea* gern, da du gebeten,
In deiner Heimat Götter Mitte treten.

Zu Schiffe auf der gelben Tiber Wogen
Führt man *Cybelens* Bild von *Pessinunt*,
Schon nahet sich des Segels voller Bogen,
Der Göttin Ankunft eilt von Mund zu Mund,
Sie zu empfangen, kommt das Volk gezogen,
Doch plötzlich faßt den Kiel des Flusses Grund,
Und wie sich auch der Schiffer Arme regen,
Fest ruht das Schiff und läßt sich nicht bewegen.

Da flehet knieend *Claudia* am Strande
Der hohen Götter gute Mutter an,
Löst dann den keuschen Gürtel vom Gewande,
Und zu dem Schiffe führet sie der Kahn,
Den Gürtel knüpft sie an des Kieles Rande,
Und gütig folgt *Cybele* ihrer Bahn,
Stumm sieht das Volk sie durch die Wellen gleiten,
Von Reinen lassen Götter gern sich leiten.

So in des Vaterlandes großer Sitte
Lebt *Claudia*, die Römerin, auch groß,
Nun teilst du, *Claudia*, in unsrer Mitte,
Ein frommes, treues Kind, des Vaters Los.
Was göttlich noch auf Erden, folgt dem Schritte
Der Jungfrau gern noch in des Hauses Schoß.
Strebt Ihr zu gleichen, der wir uns verbanden,
Ich liebe Sie, die früher ich verstanden.

Liebe *Bettine*.

Diesem Brief tue nicht soviel Ehre an als allen meinen vorhergehenden, denn ich schreibe in einer wunderlichen Stimmung und scheine mir gar nicht vernünftig zu sein. Seit einigen Tagen ist es so schönes Wetter hier wie im Sommer; ich sitze nicht mehr meinem schwarzen Ofen gegenüber, alle Fenster meiner hellen Stube stehen auf; ich habe keine Rast und keine Ruhe, ich gehe dem Haus aus und ein, kleide mich alle Augenblicke anders an und empfinde eine ganz wunderbare Angst, so als harre ich am Fenster ein geliebtes schönes Mädchen vorübergehen zu sehen; oder als müsse mich jemand heimlich lieben, ich wüßte nicht wer, und wünschte dieser oder jener, kurz ich kann Dir's nicht sagen, wie mir es ist, und ich muß mich recht zusammennehmen, nicht weichherzig zu werden. Es ergreift mich alle Frühling so ein Hinausweh! – Heimweh darf ich es nicht nennen – und was mich dann betrübt, das ist, ich weiß, daß es mir draußen auch nicht wohler wird. Wenn Du es nicht wärst, die mir das Leben zu erfreuen suchte, so wüßte ich nicht, wie mich anstellen. Bin ich nicht recht undankbar gegen Dich, Du opferst mir Dein ganzes Leben auf, und ich bringe den größten Teil des Jahres fern von Dir zu; Du zählst die Minuten bis zu meiner Ankunft, und ich halte mich noch ein paar Tage in Wetzlar auf. Aber schreiben mußt Du mir nach Wetzlar, bei Herrn *von Bostell* werde ich wohnen, mit der nämlichen Post, mit der Du sonst hierher schreibst. Dienstag abend mußt Du mir schreiben, damit ich gleich aufbreche und zu Dir laufe. Den ersten und zweiten Tag wird es nun zwar sehr herrlich sein, wenn wir zusammen sind, aber die ganze Woche, wie wird es dann sein? – und den Monat? – werden wir uns nicht im Hause langweilen, während draußen im Wald jeder Sperling es besser hat? – Wir wollen recht viel spazierengehen, und morgens früh, wenn noch alles schläft, schon vor den Toren herumlaufen. Soeben erhalte ich Deinen Brief, der ebenso abgeschmackt vom schönen Wetter spricht wie der meinige; ich hoffe doch, dieser soll Dich mehr freuen als mich der Deinige! Ich fand einen fremden Ton drin, oder vielmehr ermüdet und abgespannt, was ich sonst gar nicht an Dir gewohnt bin, Deine Unruh treibt Dich auch umher, vielleicht ist das schöne Wetter dran schuld. Bis den Sonntag werde ich gewiß bei Dir sein, lebe wohl. –

Clemens.

Von *Minchen Günderode* hast Du lange nicht geschrieben; wenn die *Günderode* Dein Märchen nicht gut findet, so ist's noch nicht gesagt, daß ich's nicht erst sehen will, ehe Du es ins Feuer wirfst, wie Du es schon mit manchem gemacht hast. Wenn sie aber sagt, daß Deine Klostergeschichte gut ist, so freue ich mich unendlich darauf, sie mit Dir zu lesen. Ist sie denn schon so weit, oder hast Du vielleicht noch Platz in dem Heft, das Du dazu wirst geheftet haben? Wie schön wär's, wenn Du mir alle Tage ein einziges Blatt wolltest davon vollschreiben, bis ich komme, noch acht Tage nach Empfang meines Briefes.

Liebe *Bettine*.

Claudinens Brief war mir die schönste Belohnung, und doch ist mir ein ganz gewöhnlicher von Dir immer viel lieber als ein solcher ungewöhnlicher. Daß Du mir heute nicht geschrieben, ist mir ordentlich ganz schmerzlich gewesen; Du hast mich verwöhnt mit Deinen Briefen. Ich werde nun nicht mehr lange ausbleiben; *Bostell* ist hier, mit dem werde ich einige Tage nach Wetzlar gehen, dann komme ich nach Frankfurt, aber eher mußt Du nicht aufhören mir hierher zu schreiben, bis ich Dir sage, daß ich nach Wetzlar fort bin, bis zum Sonntag hab ich gewiß einen Brief noch von Dir. Ach es ist mir eine so große Wohltat, wenn ich Dich zufrieden weiß, daß ich am Freitag mit Begierde dem Postwagen entgegeneilte, weil mir *Christian* geschrieben hatte, er werde kommen; ich hab zum wenigsten erfahren, daß Du heiter und vergnügt bist, auch hat er mir die Relation vom Fest gebracht. *Robinson* ist mit *Christian* gekommen; ein guter Kerl, eine Art von wunderlichem *Leonhardi*. – Ich kann heute Dir nicht mehr schreiben, es genüge Dir, daß ich seit Tagen mehr als je an Dich denke, und besonders seit ich von *Arnim* aus Bern einen schrecklich langen Brief erhielt, in dem er von Dir kein Wort spricht. Nein, das ist nicht wahr; er grüßt Dich herzlich und denkt oft an Dich. –

Wie steht's um Deine Klostergeschichte? – schreib mir! es ist keine rechte Ruh mehr hier im Hause; der Pfarrer *Bang* liegt oben und schnarcht, *Christian* bläst immer lamentable Flöte, und *Winkelmann* exzerpiert die Lesebibliotheken. Nun kommt dieser Welthanswurst, der *Robinson*, und will von mir profitieren, und nun bin ich schon ganz zusammengeworfelt und finde mich zwar zusammen, aber nicht aus mir heraus.

Clemens.

Lieber Clemens.

Hier ein Brief von Md. *Mereau*, der an mich adressiert war; Du hast sie vielleicht jetzt schon gesehen und mit ihr gesprochen, sage mir, ob sie noch schön ist, oder vielmehr, ob Du sie noch liebhast. Ich war auf der Gerbermühle und hab der *Marianne* von Deinem Lied erzählt, nun mußt Du ihr es auch schicken, sie ist sehr begierig darauf wie natürlich, ich soll Dich grüßen von ihr. Ich hab gefragt, warum sie so wenig mit uns war während Deinem Hiersein; ach sie wußt es nicht warum! – Und ich weiß auch nicht, warum ich hier sitze und der Zukunft den Rücken drehe und in den Spiegel einer weit zurückgezogenen Zeit schaue und auf einen kleinen Fleck nur schaue. Das ist der Beginn unseres Briefwechsels! – Weil Du jetzt fort bist, so hab ich mich gar nicht mehr besinnen können, wie ich Dir sonst schrieb, der *Mereau*brief will doch zu Dir, ich muß ihn schicken und schreiben! – Da suche ich nun in Deinen früheren Briefen, wie es sonst mit uns war, so ganz gedächtnislos bin ich und finde ein Lauffeuer verbundener Gefühle und Gedanken, ein Morgenrot, ein Morgenlicht, ein Aufblühen, ein Mittagsglühen, ein unermüdliches idealisches Tragen und Heben, ein Lehren, in Liebe verwandelt, und endlich eine schöne reine Lebenskühle! – Ich bin ermattet, sie tut mir wohl, diese Frische! – meine Sinne wollen schlafen ein wenig, es war ein zu heißer Frühling. Knospe an Knospe blühen alle – Du gehst voran; ungeduldig, da machst Du die Tür auf vom nächsten Revier, wo die Blüten freudig herumtanzen, und wie es da weitergeht mit Befruchten und Reifen, das ergreift Dich. Das Leben will keine Zeit verlieren! Ich aber bleib noch hier, das schmale grüne Fleckchen des Unvergeßlichen! – erster Geschwisterliebe, erster Erscheinung des Lebens, der ich mich verbunden habe; das braucht ja keiner Rosenglut, keiner glühenden Früchte, das Hoffnungsgrün ist so rein, so einladend immer, auch im Nebel lebendig durchschimmernd. – Das ist mein Plätzchen. –

Es ist jetzt sehr still bei mir, weil Du nun fort bist, ich werd mich aber bald wieder dran gewöhnen. – Du wirst doch wohl nicht mit Deinem Freund *Wrangel* nach Rußland gehen! – ich rate herum! – sonst hast Du mir alles gesagt, diesmal gingst Du mit einem Geheimnis auf dem Herzen! – Ich seh Dich in Gedanken übers Meer forteilen; das gebührt Dir ja auch. – Ich ging' in andre Weltteile und machte da jede Hütte auf an Deiner Stelle. – Wie ist das dumm, daß man wie ein eingesperrter Vogel von einem Stängelchen zum andern hüpft, von Marburg nach Frankfurt, wieder nach Marburg, zur Abwechslung nach Jena oder Weimar! – für was lernt man Geographie und kann die Welt auswendig auf den Tisch malen! – und bleibt hinterm Tisch sitzen, kommt nie in sie hinein. O welche schwere Verdammnis, die angeschaffnen Flügel nicht bewegen zu können; Häuser bauen sie, wo kein Gastfreund Platz drin hat! – O Sklavenzeit, in der ich geboren bin! – Werden die Nachkommen nicht einst mitleidig mich belächlen, daß ich mir's mußte gefallen lassen, wenn wir vielleicht als Geister einstens sklavische Natur uns vorwerfen! – Wie! Ihr habt den Geist eingesperrt und einen Knebel ihm in den Mund gesteckt, und den großen Eigenschaften der Seele habt ihr die Hände auf den Rücken gebunden? – Ach *Clemens*, gehe Du doch nur immer aufs Meer, wo jede Welle in die andere fließt! wo nichts noch feste Gestalt hat, wie gewonnen, so zerronnen! besser, daß alles zerfließe, als daß Gestalt gewinne, was nicht ganz Großmut und Freiheit wäre! – Das sind so nachwehende Töne aus meinen Unterhaltungen mit der *Günderode*, die auf drei Wochen nach Hanau ist.

Gestern waren wir bei *Bethmann* zu einer Lektüre vom Hamlet, die Szene zwischen ihm und Ophelia unterbrach die Vorlesung, jeder hatte sie allein für sich gelesen, aber laut sie zu lesen, das wollte keiner. – »Ich will's vorlesen«, rief ich und glaubte, nur die Schwierigkeit dieser Szene, Charakter und Doppelklang der Ironie wiederzugeben, verhindere das Weiterlesen. »Wie, Sie wollen's lesen«, schrieen alle; ich war schon aus meiner Ecke hervor am Tisch und las mit lauter Stimme die ganze Szene trefflich, ja trefflich, denn die ganze Zeit hatte ich eine Umwälzung aller Sinne erlitten, und nun kam die Rache, und die Lenznacht meiner Empfindungen stieg aus meiner Brust empor wie eine Feuersäule, und ich las fort stehend und freute mich am Widerhall meiner Stimme, und – siehe da, alle waren fort in die andren Zimmer, ich war allein gelassen worden. – Was sie dachten, weiß ich nicht. Auf mich hatte es eine glückliche Wirkung; zum erstenmal wieder eine Nacht, wie die in Offenbach sonst waren, wo der Schlaf so leicht mich deckte, als sei es ein Erwachen in eine höhere Sphäre. – Es weissagt etwas in mir, daß eine Kraft in dieser Welt sei, die mit Leidenschaft mich liebt.

Bettine.

An *Bettine.*

Weimar, bei *Friedrich Maier*

Ich ging so hastig von Frankfurt; mein eiliges Entlaufen, mein gehemmtes Gehen und Wiederkehren, das mußte Dir, geliebtes Kind, wie das Tun eines Nachtwandlers vorkommen, und so war's auch, ich war wie ein Schlafender, der sich gern seines Traumes erledigte, wenn er nur könnte; nun hab ich bei diesem Abschied von Dir gefühlt, daß ich träume, daß ich wohl erwachen werde, wenn ich im Traumwahn von Deiner Seite weiche, daß ich dann in nichts Ersatz finden werde für die Heimat bei Dir. – Aber der Traum gibt einem andre Hoffnungen, die allergrößten vom Erdenleben! – und führt einen durch die allerunbesonnensten, feurigsten Lebensepochen; ist man erwacht, so sitzt man tief in der leeren Erdenschererei, und alle prophetischen Klänge der hohlen Baßgeige Erfahrung begrüßen einen mit dem fatalen: *hab ich dir's nicht gesagt?* Bis jetzt bin ich dahin noch nicht gekommen, meine Hoffnung im Steigen, meine Erwartung vom Zusammenleben mit viel bedeutenden, wunderlichen, liebenswürdigen Menschen hier aufs höchste gespannt! – Der Park steht in seinem edelsten Grün. Du hast solchen üppigen Rasen, so belaubte Kronen noch nicht gesehen wie hier, wo ein rascher kühler Fluß mit unendlicher Geschäftigkeit alles Leben nährt und in seinem Verband hält, er gibt der irdischen Lust allhier einen himmlischen Anstrich von Kraft, von Poesie, von Lebensfülle. Einbrüche, Wortbrüche und noch speziellere Brüche stürzen alle die Verhältnisse ein, die nicht unter des *Wonne*monatsheiligen Gerichtsbarkeit stehen. Er teilt Hirtenbriefe aus zu Schäferidyllen; Ablaßbriefe, Beichtzettel, Schmutztitel von Erbau- und Predigtbüchern, im Wonnemonat gehalten, findest Du an den heimlichen Ufern der Ilm hingestreut, alles vom Wonnemonatheiligen unterschrieben. Du findest aber auch in diesem Park die schönsten Altargeländer zum Anbeten der Heiligen! – Gerichtsschranken zum Verurteilen, Ketten und Fußblöcke zum Fesseln. Und da liegt mancher, der sich nicht kann helfen, da sind Prüfstände des *tentamen* und *examen rigorosum* des Lebens, Krieg, großer Kampf, kleine Hinrichtungen, Missetäter, die ihr Leben lang an einer Kette schleppen, Gaudiebe und Gaudiebinnen, die leicht von Hand zu Hand gehen lassen, was sie ewig zu bewahren geschworen hatten. Aber auch mitten unter diesem Gewühl findet sich der Schlüssel zu dem stilleren Garten des Eden, in dem zuerst das stille milde Erfreuen über das Sein einem anwehet – wo man zuerst es sich sagt, welch beglückend Gefühl dieses Sein ist, das die Entzückung unterbricht, um aufs neue wieder den Segnungen der Ruhe sich hinzugeben. Der Morgen geht auf; – unter dem Baumschatten auf der Haustürbank ruhig hingelagert, sich und die Welt anschauen, das deucht einem das perennierende Vergißmeinnicht des Genusses. –

Ich könnte so fortträumen, um Dir zu beweisen, daß ich

träume! – Es ist ein wahrer Tauschimmer von Lebensblüten, und alle meine Empfindungen sind ein blumiges Spielgärtchen, in der die erfrischte Welt in der Morgenröte liegt! – Und die Vergangenheit? –

Ich wohnte unter vielen, vielen Leuten
Und sah sie alle tot und stille stehn,
Sie sprachen viel von hohen Lebensfreuden
Und liebten, sich im kleinsten Kreis zu drehn;
So war mein Kommen schon ein ewig Scheiden
Und jeden hab ich einmal nur gesehn,
Denn nimmer hielt mich's, flüchtiges Geschicke
Trieb wild mich fort, sehnt ich mich gleich zurücke.

Und manchem habe ich die Hand gedrücket,
Der freundlich meinem Schritt entgegensah,
Hab in mir selbst die Kränze all gepflücket,
Denn keine Blume war, kein Frühling da,
Und hab im Flug die Unschuld mit geschmücket,
War sie verlassen meinem Wege nah;
Doch ewig, ewig trieb mich's, schnell zu eilen,
Konnt niemals nicht des Werkes Freude teilen.

Rund um mich war die Landschaft wild und öde,
Kein Morgenrot, kein goldner Abendschein,
Kein kühler Wind durch dunkle Wipfel wehte,
Es grüßte mich kein Sänger in dem Hain;
Auch aus dem Tal schallt keines Hirten Flöte,
Die Welt schien mir in sich erstarrt zu sein.
Ich hörte in des Stromes wildem Brausen
Des eignen Fluges kühne Flügel sausen.

Nur in mir selbst die Tiefe zu ergründen,
Senkt ich ins Herz mit Allgewalt den Blick;
Doch nimmer konnt es eigne Ruhe finden,

Kehrt trübe in die Außenwelt zurück,
Es sah wie Traum das Leben unten schwinden,
Las in den Sternen ewiges Geschick,
Und rings um mich ganz kalte Stimmen sprachen:
»Das Herz, es will vor Wonne schier verzagen.«

Ich sah sie nicht, die großen Süßigkeiten,
Vom Überfluß der Welt und ihrer Wahl
Mußt ich hinweg mit schnellem Fittich gleiten.
Hinabgedrückt von unerkannter Qual,
Konnt nimmer ich den wahren Punkt erbeuten
Und zählte stumm der Flügelschläge Zahl,
Von ewigen, unfühlbar mächtgen Wogen
In weite, weite Ferne hingezogen.

Eben erhalte ich Briefe von *Arnim* mit seinen Reiseplänen schon unter Segel, er geht übers Meer; unsre guten Wünsche, mögen sie ihm guter Engel der Begleitung sein; lese selbst, die Briefe schicke hierher zurück. – Deine kleine Freundin *Löwenstern* wirst Du nun bald wiedersehen, sie ist gestern abgereist, ich hab sie aus meinem Fenster bei ihrer Freundin *Fümelle* einen zärtlichen, mädchenhaften Abschied nehmen sehen; wenn Du sie siehst, so empfiehl mich ihr als Deinen treuen Bruder, den ihre Freundschaft zu ihrer Gespielin sehr gerührt hat; das Fräulein *Fümelle* wohnt mir gegenüber und wird, wie ich höre, auch bald nach Offenbach gehen; ich sehe oft mit Vergnügen, wie sie ihre kleine zierliche Figur von Fenster zu Fenster trägt und keine Ruhe in den Füßchen hat, und wie ihr Herr Papa sein Barbierbecken am Fenster stehen hat, und wie das Barbierbecken den Herrn Papa abwartet, bis er seinen Bart hineinschaben läßt von dem kunstreichen Messer eines Weimarer Barbierheros! – Alles ist nämlich hier von einer Muse des Übermutes genährt, keiner geht über die Straße ohne persönliches Gefühl des Mitwirkens in die tolle Alltäglichkeit, selbst bis auf den Friseur, der einer der wichtigsten Kavaliere ist. Das ganze Windmühlenwerk der Künste ist fortwährend im Gang, die Hand des Tonkünstlers und der Fuß des Tänzers klappen ineinander, die Kunstreihe körperlich geistiger Fertigkeiten wird durch einen Aufwand geistiger Regierung aufs höchste gesteigert. Fragen, Suchen und Finden sind drei verschiedene Ichs, die überall sich beisammen finden, sie bilden wie eine Ölschlagmühle eine Witzschlagmühle. Nun schlagen auch noch die Nachtigallen dazu. Zwischen den blühenden Büschen wandlen Deutschlands größte Geister, eingehüllt in den Nimbus ihres Namens; – es ist für einen Anekdotenjäger das beste Revier; wärst Du hier, wir würden die Zeit aufs beste genießen, und Du würdest auf dem Schmetterlingsflügel der Welt wie auf einem Teppich Dich tummeln, denn so möchte ich Weimar nennen statt deutsches Athen, mit welchem absurden Namen es sich prahlt. –

Ich bleibe auf jeden Fall einige Zeit hier, wo Du mich gern wissen sollst, denn ich bin sehr gern und glücklich hier und streife meinen Mißmut ab wie eine alte Schlangenhaut. Das einzige ist, das Salbadern mit *Herders* Tod langweilt mich; aber auch hierüber ist ein Scherz nicht unwillkommen:

Herder ist von uns gegangen,
Goethe sieht ihm traurig nach;
Wieland trocknet seine Wangen
Und *Amaliens* Herze brach. –

Diese empfindsame Gesellschaft hab ich, wie sie im Vers beschrieben ist, mit schwarzer Kohle an die weiße Gartenwand vor *Goethes* Garten, der in den Park führt, abgemalt*; alles ist hingegangen, es zu betrachten. Der abgehende *Herder* und der weinende *Wieland* sind unwiderstehlich gelungen! –

Lebe wohl! schreibe mir, schreibe doch der *Mereau* ein

paar Worte und liebe sie, wie ich es um Dich verdiene, daß Du die liebst, die mich versteht. – Von allem diesen haben wir *unter uns* gesprochen, und Du wirst mit andern nicht davon reden.

Du kannst mir einen Gefallen tun, wenn Du mir sechs kleine Chemisettchen gestickt und mit Kragen von feiner Leinwand machen läßt; ich wünsche sie aber sehr bald, deswegen laß sie recht artig, aber nicht zeitspielig machen. Ich konnte diesen kleinen Toilettenbetrug sonst nicht leiden, aber ich will hier ein bißchen unter die Leute gehen und weiß ja noch nicht, ob sie verdienen, mich in meinem wahren Hemde zu sehen; die Dinger müsssen nur ein Herzfleckchen und bißchen Hals sein. Herz und Hals wage ich nur in der Liebe.

Dein *Clemens*.
bei *Friedrich Maier*.

Ich habe nicht Zeit, das Lied an *Marianne* abzuschreiben, schreibe Du es ab. –

Es stehet im Abendglanze
Ein hochgeweihtes Haus,
Da sehen mit schimmernden Augen
Viel Knaben und Jungfraun heraus.

Sie wechslen mit Weinen und Lachen,
Sie wechslen mit Dunkel und Hell,
Mit schimmernden Augen und Wangen
Sie wechslen ihr Röcklein gar schnell! –

Dort hab ich mein Liebchen gesehen,
Ein freundliches zierliches Kind;
Sie konnte wohl schweben und drehen
Wie fallende Blüten im Wind.

Und die in dem Hause dort wohnen,
Sind heilig und wissen es nicht,
Sie spielen mit Kränzen und Kronen
Alltäglich ein neues Gedicht.

Sie sind gleich den Göttern und handlen
Alltäglich in andrer Gestalt,
Mein Liebchen wird auch sich verwandlen,
Das tut meinem Herzen Gewalt.

O Liebchen, wo bist du geblieben?
Ich steh vor dem schimmernden Haus
Und will dich bescheiden nur lieben,
O Liebchen, o sehe heraus!

Ich will dein pflegen und warten
Im Herzen so treu, als ich kann,
Da seh ich sie sitzen im Garten,
Wohl bei einem reichen Mann.

So kauf ich mir Harke und Spaten,
Bind mir ein grün Schürzelein vor.
Ich stell mich, als wär ich der Gärtner,
Und klopf bei dem Reichen ans Tor.

Tu auf, o Reicher, den Garten,
Ich will dir so gern ohne Sold
Die Blumen all pflegen und warten,
Sie sind ja mein Silber und Gold.

So sei mir, o Gärtner, willkommen,
Zieh höher die Rosenwand mir.
Verflecht sie zu Netzen und Schlingen,
Ich habe ein Vögelchen hier.

Zieh höher und dicht mir die Laube,
Zieh mir ein gitternes Haus,
Daß keiner das Vögelchen raube,
Daß es nicht fliege heraus.

Da klinget so herzlich und süße
Im Garten ein inniges Lied,
Die Bäume, sie senden ihr Grüße,
Die Blume lauschend ihr blüht.

Da seh ich mein Liebchen so weinen,
Sie sieht zu mir heimlich herauf.
Die Sonne will nicht mehr scheinen,
Die Blumen, sie gehen nicht auf.

So hast du dann es verlassen
Das schimmernde Götterhaus,
Deiner Locken Gold wird blassen,
Deiner Augen Licht gehet aus.

O Liebchen, o sei nicht so munter,
Du hast vergeudet dein Los;
Dein Sternlein, es gehet ja unter
Tief in des Meeres Schoß.

Ans Meer will ich und stehen
Still in dem Abendschein,
Da muß in den Wellen ich sehen
Versinken dein Sternelein.

Im Niedersehen da rollen
Die Tränen still hinab,
Die sich vereinen wollen
Mit deines Sternes Grab.

Dies Lied hab ich ersonnen
Wohl vor jenem Zauberhaus,
Das glänzt in der Abendsonne,
Wo du nicht mehr siehst heraus.

Als Jugend um Liebe brennte
In irrem Liebeswahn,
Da wolltest du ihn nicht erkennen,
Die hell mich blickte an.

Lieber *Clemens*.

Dein Brief hat einen Eindruck auf mich gemacht, wie ungefähr das Licht wirken muß auf einen, der lange blind gewesen oder im Dunkeln herumtappte. – Du gingst von hier und warst so unzusammenhängend, daß selbst die Trennung von Dir übersprungen war; Du liefst, Du liefst, hätte ich nicht dem Buben vor der Haustür mein Schnupftuch in die Hand gedrückt und ihm gesagt, er solle Dir nachlaufen, denn Du habest es vergessen, so wußte ich nicht, wie ich Dich im letzten Augenblick noch an mich erinnern sollte. – Der Knabe kam zurück und sagte, Du habest es in den Busen gesteckt und aufgetragen, mich tausendmal zu grüßen! – tausendmal! – Einmal wär genug gewesen! – wenn Du nur vorher Dich besonnen hättest, daß Deine Schwester Dir gegenüberstand und wartete, daß Du sie ans Herz drücken solltest. – Der Knabe sagte mir auch, der Postwagen war noch nicht fertig angespannt, Du seiest voran dem Tor zugegangen! – Ach Deine Ungeduld fortzukommen, sie war Dir eingeimpft durch jenen letzten Brief, den Du aus Weimar erhieltst; das Fieber ergriff Dich gleich, Du stürmtest fort! – Du hast mich immer geplagt, daß ich nie einen Versuch gemacht habe, Deine Bitte zu erfüllen, irgend etwas niederzuschreiben. Ich hab ein Märchen geschrieben, seit Du weg bist.

Ein schwermütiger Jüngling, von Träumen aufgeregt, erwacht in der Nacht, die heiß und glühend die Welt umfängt, wie gestern, wo es die ganze Nacht wetterleuchtete; er stürzt hinaus ins Freie mit seinen getreuen Hunden und kommt in einsame fürchterliche Gegenden, wo schreckliche Wasserfluten von den Felsen niederstürzen und die Bäume auf den Höhen über ihm zusammenkrachen, wo es feucht ist und giftige Kräuter am Gestein sich hinaufranken und betäubend duften. Hier hört er auf einmal ein helles fröhliches Lied singen, mit lustiger Stimme, er geht dem Tone nach und entdeckt einen mutwilligen Knaben, der über einen schrecklichen Abgrund sich schaukelt, über den brausenden Wassern, die in stürmender Eile dahinrollen. Er sieht's, erschrickt, wird tief bewegt von der Lebenskeckheit, viele Empfindungen machen sein Herz ganz wild und glühend, er glaubt das Kind zu kennen, er will es warnen, er will es retten, doch nein, es ist ihm noch fremd; nun entspringt heiße Liebe zu dem heiteren Wesen in Todesgefahr, die Hunde klettern ihm nach, wie er sich versteigt, dem Kinde nachzukommen, sie suchen ihm Bahn, doch mit Angst, und möchten ihn abmahnen; er gelangt endlich hinauf, jetzt ist die Frage, was er mit dem Kinde anfängt. –

Er stößt ihm einen Dolch in die Brust, ohne es zu wissen, sagt die *Günderode*. Ich bin aber nicht so grausam und will das nicht, ich sage nein, es begegnen ihm mit dem Knaben noch wunderbare Dinge, der sich ganz mit seinem Schicksal verknüpft, das führt ihn durch Glaub, Hoffnung und Lieb, und das Märchen endet auf eine eigne Art. – Wenn es so enden soll, sagt die *Günderode* wieder, dann ist der *Clemens* der Jüngling, seine neue Geliebte ist der Knabe, und wir zwei sind die zwei getreuen Hunde, die zwar ihn warnen, aber nichts vermögen; hätt es aber nach meiner Art geendet, so warst du, *Bettine*, der Knabe. –

Ja wir beiden treuen Hunde von Dir, lieber *Clemens*, ahnen ein schwer Gewitter über Deinem Haupt. – Wir möchten Dich wieder nach Hause persuadieren und Dich beschwören, den Block zu fliehen, wenn Du auch ein Weilchen die Ketten mit Dir noch herumschleppen mußt. –

Ach *Clemens*, ich bin müde und bin wie krank, aber es wird schon besser werden, könnt ich nur zur Großmama nach Offenbach; die Luft ist mir dort zugetan, sie brachte mir immer gute Botschaft von Dir, besonders im Frühling, da war die Luft ganz würzig von aller herzlichen Begeistrung der Bruderliebe. Die *Günderode* sagt auch zu mir, geh nach Offenbach, aber nun hat mir gestern der Gärtner meinen Orangenbaum geschickt und meinen Feigenbaum und den Granatbaum voll Knospen, wer wird sie pflegen, bis ich wiederkomme? – Ich häng an diesen Bäumen, die nun schon zum zweitenmal mir blühen, ich bin ihr Spiegel, sie sehen sich in mir, sonst sagt ihnen keiner, daß sie schön sind – so will ich hierbleiben. – Aber die Schwalbe dort, die alle Jahr am Dachfenster baut und der zulieb ich nachts es offen ließ und die hereinkam morgens, mich zu grüßen, wenn ich noch schlief, die wird nach mir suchen, und der Lavendel, der jetzt blüht, wer wird ihn abschneiden! es wird alles verkehrt gehen dort, ich will hin auf acht Tage nur. Ich hab mit Bäumen und Sträuchern zu reden, hören sie meine Rede zu ihnen nicht mehr, so werden all sie meine Sprache wieder vergessen. – Oft am Fenster früh, wenn der kühle Wind von Osten her den Tag ankündigte, sah ich den Mond noch am Himmel mit dem Morgenstern sich unterhalten. Alles ist Mitteilung in der Natur, alles hat Flammenzungen, selbst der kalte Quell, in dem Du Dein Antlitz badest! denn: ist Kälte nicht auch Feuer? – Ob der Schnee nicht die glühende Asche ist, die vom Himmel herabfällt, Du kannst's nicht wissen! – Gleich drauf, als er die Asche abgelagert hat, entzündet sich die blühende Erde, die düftereiche – alles wird Flamme, der Vogel, der im Busch hüpft, ist ein spielend Flämmchen, und so alles Leben ist Flamme des erschaffenden Geistes! – Wer ist aber dieser? – Ich bin, die es zu denken vermag und im Gedanken den Glauben verbirgt wie den Keim im Busen der Erde. Der Glaube ist die Kunst, die Macht und die Kraft des Schöpfungswerkes! – sie wird stillestehen, die Welterzeugung, die Schöpfung – wenn wir sagen, weiter gibt es nichts, als was wir durch die bedingende Grenze unsers Wissens erlauben, daß es sei. – Ja wohl auch – weiter gibt's nichts! Ich erlaub aber alles, was ich zu denken vermag, daß es gleich sein darf. Wie soll ich das Schöpfungswort: *Es werde,* mir anders auslegen? – Ich glaub daran, daß wir einander begreifen sollen, wir geschaffne Wesen – daß im Begreifen das Erschaffne liege, daß im Erschaffen die Unsterblichkeit ihren unendlichen Keim heraufträgt zum Licht! – Licht! – Licht! – was ist das? – ist's das, was wir mit dem dunklen Blick unseres Auges auffangen? – was uns den Vorhang wegzieht der Nacht und Flur und Wälder zeigt im Schmuck der Farben? – ja, das ist's, aber wo ist sein Ende? – Es erleuchtet die Unendlichkeit in die Ewigkeit hinein. O was ist in der Ewigkeit möglich? – Die offne Pforte, aus der die Schöpfungskraft niederwallt, ein voller, unversiegbarer Strom! – Das Lichtelement – der alles umfangende Schoß dessen, was der Geist begreift. – Dies Begreifen ist ein Lichtschöpfen; das ist der Gedanke. Denken ist einen Leib annehmen, das ist Wirklichwerden! – Wer aber dies *Wirklichwerden* erzeugt, der ist eine erschaffende Kraft! diese Kraft ist die Unsterblichkeit im Menschen, wer sie übt, der kann nicht vergehen, was aber nicht in ihr liegt, das ist Asche, die niederfällt, wie der Schnee niederfällt von der Himmelsfeste. Diese Geistesasche liegt schützend über dem nachkommenden Weltenfrühling, er wird durchdringen mit seinen tausend und aber unzählbaren Flammengeschlechtern, die alle zur Unsterblichkeit sich aufschwingen, die alle Tatkraft werden der Erschaffung! Ja, das ist die Werkstätte des Gottes, sie heißt Weltengeist, in ihr wirkt die Menschheit das Unendliche, nur um selbst unendlich zu sein! – Und ich bedenke dies und frage mich, was für ein Werk in der Schöpfung soll ich doch vornehmen? – damit ich meine Unsterblichkeit feste und sie durch die Ewigkeit strahle, denn alles Tun ist nur Selbsterhaltung, und was ich nicht belebe mit meinem Geist, in dem bin ich gestorben, aber den Tod soll ich bezwingen, das ist die Aufgabe der Unsterblichkeit.

Wie tief fühle ich's, daß es so ist und sein muß! – und ich getraue mir in meinem Geiste diese Schöpfung fortzuführen in dem, was mir am nächsten liegt, was mich anspricht um Erlösung! – Es sind die Blumen, die wollen von mir begriffen sein, allerdings um ihrer selbst willen! – sie sind verstanden in allen Winken, die sie uns geben, so sind sie in eine neue Sphäre geboren, und auch *sie* sind unsterblich durch den Begriff, der sie immer weitererzeugt! – so ist's gewiß, daß sie eine Sprache führen, die ganz mit unsern Empfindungen verwandt ist, sie reden also mit uns! – nun? – haben wir denn keine Antwort? – keine Mitteilung ihnen zu machen? – Ach nein! eine Blume ist ja nur ein Fragzeichen der Natur; – die ganze Natur ist Sprache, die Blume ist ein Wort, ein Ausdruck, ein Seufzer ihrer vollen Brust! – ja die Blume spricht auch für sich zu Dir, aber die ganze Natur bedarf ihrer, um sich selbst auszusprechen, und alles Sein ist ihre Sprache, so redet die Natur mit dem Geist! und diese liebende Unterhaltung ist die Nahrung des Geistes, daraus schöpft er seine Unsterblichkeit, daß er sie begreifen lernt und durch den Begriff sie eben forterzeugt. Also ein Erzeugender kann nicht sterben, denn in ihm würde die Unsterblichkeit untergehen! –

O lache mich nicht aus mit meinen Reden, es ist nichts, es ist Kopfweh, unendliche Müdigkeit; schlafen verlangt's in mir! An die *Mereau* soll ich schreiben? – was denn? – ich kenne sie nicht, sage mir, was sie ist, so will ich einen Stein in den Brunnen werfen, ob sie versteht, was der ankündigt.

Am Morgen nach einer wohldurchschlafenen Nacht muß ich doch dem Brief von gestern noch einen menschlichen

Schluß geben, Du könntest sonst glauben, ich habe mich verstiegen (übergeschnappt). *Clemens,* was hab ich Dir vorgeplaudert? – ich will's nicht wiederlesen, sonst würde ich's vielleicht zerreißen, und einen zweiten schreiben kann ich nicht. Gestern war ein Kopfwehtag, heute bin ich wohl, aber matt und sehr aufgelegt zum Schlummer, und es ist mir doch so bequem, daß ich mir selber angehöre, und nichts will ich von allem behalten, was mir auf ewig sollte bleiben. Übertrage meine Liebe zu Dir auf die gute *Sophie*! Ich werde dann kommen und naschen wie ein Kätzchen von dem, was ehmals mein war! – Adieu doch! ich bin schon ganz froh, daß ich nichts mehr zu hüten habe mit sauerem Schweiß. Lieber ein Bettelmann sein als ein Hüter von etwas, was einem doch nicht gehört!

Bettine.

Liebe Bettine!

Ich bin sehr betrübt, daß Du mir gar nicht schreibst, ich bin immer in Ängsten, Du mögest krank oder unwillig auf mich sein, auch *Sophie* ist betrübt darüber, denn sie liebt Dich gar sehr; ich habe mir alle Deine Briefe von Marburg schicken lassen und sie ihr vorgelesen, Du glaubst nicht, Liebe, wie sie das rührt, und täglich, wenn ich vertraulich mit ihr zusammensitze und uns recht wohl wird, spricht sie: Ach wenn doch Bettine bei uns wäre! Sie wird durch Deine Freundschaft recht glücklich werden, bis jetzt hat sie auf Erden noch keine Seele gehabt, die sie so recht lieben konnte, sie ist ihr ganzes Leben durch wohl grausamer getäuscht und mißhandelt worden als irgendein anderes gütiges und schuldloses Wesen, und allen hat sie vergeben, alles hat sie vergessen, ist nicht menschenfeindlich gesinnt, ist immer freundlich, mild und unendlich anmutig; ich habe eine ruhige herzliche Empfindung für sie, die ich vorher nie gehabt, und auch sie liebt mich täglich mehr und inniger, und wir vertrauen unserm Geschick, das uns voneinandergerissen, um uns einander besser wiederzugeben. Liebe *Bettine*, ich habe Dich so unendlich lieb, so lieb, als ich Dich je liebte, ich fühle immer mehr, daß Du mein Herz genährt und erhalten hast, Du hast mich zu dem Menschen erzogen, den meine Geliebte achten und lieben muß, ohne Dich wäre ich verzweifelt am Leben und an dem Heil. Ich wollte, Du könntest mich verstehen, ich wollte, Du könntest recht deutlich fühlen, wie Dir nichts durch meine Liebe zu *Sophien* entzogen wird, nein ich fühle tief im Herzen, wie ich mich durch sie in Deiner Liebe verherrlichen kann, ich werde, durch sie zur Ruhe gebracht, alle die Kräfte meines Geistes und meines Herzens im Tüchtigen glücklicher entwicklen, ich werde ohne Sehnsucht, ohne Begierde die Augen auf mein Tagewerk wenden können und es zur Ehre meines Lebens vollenden, Du bleibst ewig meine Richterin, Du bleibst das Maß meiner Empfindung und mein vertrauter Gott auf Erden. Wie Du liebst, *Bettine*, solcher Liebe wird auf Erden nicht genug getan, und wen Du an Dein Herz schließest, der betet, Deine Arme aber überreichen ihn, sie reichen in den Himmel und holen den Segen herab, für den Frommen, den Du liebst. – Liebes Kind, wir werden noch einstens sehr glücklich sein auf Erden, denke Dir, wenn Du die Gattin eines einfachen, vortrefflichen Mannes wärst, der mich liebt, und ich und *Sophie*, wir alle viere leben in inniger Verbindung und teilen alles und ehren uns gegenseitig und lernen uns einander das Vortreffliche ab. Ich habe das feste Vorgefühl, daß es uns bald so werden wird, und ich bete darum zum Himmel; Du kannst meinem Himmel nur recht vertrauen, denn er liebt Dich, und gewährt er Dir meine Bitte nicht um meinetwillen, so ist es doch um eines gewissen lieben Kindes willen, um die geliebteste *Bettine*. Ich bin jetzt täglich bei dem vortrefflichen Bildhauer *Tieck**, der mich sehr liebhat, es ist etwas Entzückendes, ihn arbeiten zu sehen, wie er Götter und Menschen mit einem kleinen hölzernen Spatel aus Ton herauszaubert. Ich wünschte Dich oft zu mir her, daß Du das auch sehen könntest. Ich hoffe, Dir bald etwas von seiner Arbeit schenken zu können, um es auf Deinen Tisch zu stellen, er hat mir es versprochen. – Ich bitte Dich nochmals herzlich, mir ja gleich und viel zu schreiben, und wenn Du *Sophien* auch schreiben wolltest, so recht wie es Dir ums Herz ist, ich glaube, es würde sie sehr freuen. – Ich bat Dich in einem Briefe um eine Puppe für der *Mereau* ihr Kind, ich bitte Dich nochmals herzlich darum, die Kleine plagt mich alle Tag, und hier kann man keine leidliche haben. Schreibe mir doch ja, so glücklich bin ich doch nicht auf Erden, daß einige Worte von Dir mich nicht unendlich glücklicher machen könnten; sei mir tausendmal geküßt; grüße *Gundel* von Herzen.

Dein *Clemens*.
bei Doktor Fr. *Maier*.

Liebe Seele!

Schon viele Tage war ich sehr betrübt, gar keinen Brief von Dir zu haben, ich war oft recht ängstlich, Du mögest mich nicht mehr recht lieben, und ich wäre doch so recht unglücklich ohne Dich. Heute wollte ich Dir nun mein Leid über Dich recht kläglich beschreiben, und da erhielt ich denn Deinen einzig lieben Brief, der mich wieder ein bißchen traurig macht auf eine andere Weise. Daß Du *Sophien* nicht recht leiden magst oder vielmehr Dich gegen sie verschließt, betrübt mich, wie sehr! – Deine Liebe ihr übertragen? – O mein Kind, das ist auch wunderbar – wem auf Erden könnten wir unsre Liebe zueinander übertragen? – Ich schwöre Dir, liebe *Bettine*, ich würde nie ein Weib nehmen können, bei dem ich Dich entbehren könnte. Ich werde glücklich sein mit ihr, wenn Du mit glücklich sein willst; sie wird mit mir in meine Einsamkeit nach Marburg ziehen –

den Winter schon wird sie mein Weib sein, st – st – kein Wort davon geredet. – Wir wagen keine Freiheit, wir sind beide gut und vernünftig, unsre bürgerliche Verhältnisse werden sich nicht verwickeln und uns strangulieren! – wir sind vergnügt und leicht. Das ganze Blatt hat sich überhaupt gewendet, sie liebt mich jetzt leidenschaftlich, wie ich sie sonst liebte, und ich bin ruhig. Ich werde nicht an ihr handeln, wie sie einst an mir, sie würde sterben – sie ist sehr gut und resigniert auf alles um meinetwillen. Doch lerne sie kennen, und dann liebe sie, dann hasse sie, Du wirst überhaupt entscheiden über uns. Schreibe mir noch immer hierher, aber um Gottes und des Himmels willen schreibe mehr das Unmittelbare, was mich und *Sophie* angeht; wenn Du es nicht tust, das kränkt mich unendlich. Nochmals aber bitte ich Dich, der *Mereau* selbst zu schreiben!

O Kind, Du willst mit Blumen und Kräutern Dich einlassen, und glaubst schon sie zu verstehen. Warum willst Du den Kreis des Vertrauens nicht auch *ihr* aufschließen? – Sie auch wirst Du erlösen aus einem bezauberten Kreis der peinlichsten Gefühle! – Mich liebt sie mehr wie ihr eigenes Leben, und Du, die ich so liebe, Du stehst starr und stumm vor ihr, als gehöre sie nicht zu Deiner Welt. – Du stoßest sie aus? – was hat sie Dir getan? schreib es ihr, sie wird sich dann verteidigen, denn sie liebt Dich innig und liest immer in Deinen Briefen und lernt lieben daraus! – Sonst kenne ich mehrere vortreffliche Familien, so was ich und Du vortrefflich achten, Leute, die mich leiden mögen! – Und besonders lege ich mit meiner Gitarre und Deinen Kompositionen viel Ehre ein.

Alle Abend sitze ich mit irgendeiner Gesellschaft bis spät in die Nacht und singe und spiele, daß mich alles liebhat und hinterdrein doch wieder auf mich schimpft, das gehört sich aber so auf dem Weimarer Plundermarkt. Ich bleibe wohl noch ein paar Wochen hier, drum schreibe immer hierher; sehr erfreuen könntest Du mich, wenn Du mir, was

Hoffmann komponierte, wenn auch bloß mit Klavierbegleitung, abschreiben ließest, aber bald, und es mir schicktest.

Vor einigen Tagen war ich in Lauchstädt, sechs Meilen von hier; ein Badeort, wo während der Kurzeit die hiesigen Schauspieler spielen, dort sah ich das neue Stück von *Goethe*, die »Eugenie«*; es wurde schlecht gegeben, aber es ist, nu, es ist halt von *Goethe*. – Als ich in die Promenade dort trat, wer kam mir zuerst unter die Augen? – *Minna R-bach**, das Mädchen von Altenburg, das ich einst liebte, *Perigot*, der Pariser (läßt Dich grüßen) führte sie. *Perigot* begrüßte mich, sie erblaßte; sie hat einen dummen reichen Mann geheiratet, sie ist sehr unglücklich. Bei Tisch saßen wir öfters nebeneinander, sie war sehr verlegen, ich redete kein Wort mit ihr; am Abend vor ihrer Abreise machte ich durch *Perigot* die Bekanntschaft ihres miserablen Mannes, den ich bat, mich seiner Frau zu präsentieren, er tat es; ich setzte mich neben sie und sagte ihr leise: »Nicht wahr, *Minchen*, ich hatte recht, es geht dir recht schlecht, wie ich dir gesagt habe.« – Da weinte sie beinah und mußte tanzen gehen; ich aber entfernte mich und setzte mich allein in die Allee, wo ich recht vergnügt an Dich gedachte, wie doch die andern Weiber alle nichts gegen Dich sind! – Du sollst bald eine große Freude haben; ein Geschenk erhältst Du in einigen Wochen von mir, so köstlich, so lieb, so hast Du in Deinem Leben nichts gehabt; ich möchte es gar zu gern sagen, was es ist, aber ich denke durch mein Stillschweigen Dir einige Briefe abzujagen. Übermorgen wird es angefangen, nun, Du wirst ein freudig Wunder daran erleben, aber höre, sei mir auch gut und halte auch mehr auf *Sophien*. Lebe wohl, für Puppe, Chemisettchen und Rock danke ich.

Dein *Clemens*.

Ich schreibe Dir morgen einige Gedichte ab, die ich gemacht.

Lieber *Clemens*.

Eins habe ich ganz vergessen Dir zu sagen, daß *Marianne* ihr Gedicht von mir empfangen hat! Ich war so sehr betäubt, als ich Dir das letztemal schrieb, wie es immer geht, wenn ein tiefer Traum durch nichts sich abwälzen läßt, wenn alles, was das äußere Leben hinzubringt, von ihm ergriffen wird, um sich tiefer hineinzuträumen, wenn jedes zufällige Ereignis neue Traumverflechtungen bildet. – So war mir's, und so ist mir's noch hier in dem alten Stadtleben! Diese Empfindungen, diese Erinnerungen meines Traumlebens müssen erst ganz abgestorben sein, ehe ich offen und frei mit Euch sprechen kann über das Wie und Warum. Denk Dir eine Schäferhütte mit einer Wiese umher mit duftendem Grün, ein Muster einfachen Glückes, die Lämmer hatten da ihre poetische Trift – die niederregnenden Blüten versprachen Früchte! – Und nein! Du hast geirrt, es war da keine Wiese, es war nur ein Traum hinter einem grünen Bettvorhang! – ich reib die Augen, ich frag, ist's möglich? – es war doch alles so wahr in jener Heimat, daß ich mich in dies Erwachen nicht finden kann, und nun weiß ich nicht, ob ich nicht jetzt eben erst in die Traumpforte trete und entschieden ist, ob ich jetzt träume oder früher geträumt hab, bis dahin werd ich an Deine *Sophie* nicht schreiben. – Ach *Clemens*! das deucht Dich wunderlich, eigensinnig vielleicht und widersprechend Deiner Bitte, Deiner Sehnsucht! – Aber Dein letzter Brief führt ja da schon wieder ein *Mienchen R-bach* auf, die Du *einst* liebtest, von der ich nichts weiß! – Und war das kein Traum von Dir? – Und nun führst Du den Traum fort, sowie Du sie kommen siehst, gehest Du wieder auf Deinen Traum ein; Du gehst an ihr vorbei, tust im Traum, als ob Du sie nicht kennst, schleichst Dich dann an sie heran, um ihr Vorwürfe ins Herz zu schleudern, die sie verdient, wie Du meinst, und zuletzt wachst Du auf mit der Satisfaktion, Deiner früheren Geliebten eine Röte und dann eine Totenblässe abgejagt zu haben. Du erzählst mir Deinen Traum, wie Du eben im Begriff stehst, mich in einen neuen Traum mit heineinzureißen; – was soll ich mich willkürlich brauchen lassen, da ich wirklich bin, in Geschichten, die unwirklich sind? – Wollte ich mich da gleich bereitfinden lassen, Du könntest nach geraumer Zeit, aus diesem Traumleben erwachend, mir Vorwürfe machen, Illusionen in Dir genährt zu haben, die dann zu nichts zerfallen! – Du sagst jetzt schon, Du liebtest sie nicht mehr wie sonst! – Du sagst, daß sie selbst Dich einmal verworfen habe. Ach, was kann mich denn abhalten, Dir zu dienen, als die Gefahr, die Du dabei läufst! war ich nicht manchmal schon die kleine Rettungsinsel, wenn alles rund um Dich her überschwemmt war? – soll ich mich nun auch überschwemmen lassen? daß Du nicht weißt, wohin Du den Fuß setzen sollst, wenn die Flut über dich gestürzt kommt. Wenn Ihr beide Euch wirklich wach glaubt, so entschuldigt mich, daß ich so traumversunken bin und mich nicht zu Euch hinüberträumen kann! – und entschuldigt es, daß dies alles eine Sorge ist um Dich, die mich im Traum gepackt hat.

Weiter weiß ich Dir nichts zu sagen, als daß ich müde und schläfrig bin. Gestern waren wir auf der Gerbermühle, die *Günderode* mit mir, welch himmlischer Aufenthalt; warum kann man's versäumen, wenn man die Sonne so untergehen sah, daß man sich wieder auf dem Platz einfindet, um sie am Morgen wieder zu empfangen! – Adieu doch! –

Bettine.

An *Bettine.*

Du hast nun wohl meinen letzten Brief, der mit dem Deinigen sich gekreuzt hat, und ich hoffe, er hat Dir einen ruhigen, ja glücklichen Eindruck gemacht, damit die Verwirrungen der Sprachen wie in Babylon nicht den Fortbau unseres Glückes hindern.

Was hat Dein Brief mir und der armen *Sophie* für eine Angst gemacht, ich begreife Dich nicht! – Hab ich Dir nicht mehrmals gesagt, daß von Dir meine Zukunft abhänge, daß es Dein Wille ist, ja Deine Neigung, die mich bewegt zu allem, die mich lenkt! – Und ich sage Dir nun, daß ich *Sophien* nie heiraten werde, wenn Du sie nicht liebhaben kannst, das ist auch ihre feste Entschließung, und sie opfert mehr dabei auf als ich, denn sie liebt mich mehr als ich sie liebe, sie hat keine *Bettine*, ich habe eine, die ich ewig mehr lieben werde als alle Menschen! Es ist mir ewig leid, daß ich darüber an andre geschrieben habe. Man scheint alle Glocken bei einer Sache angezogen zu haben, die gar nicht der Mühe wert ist; was hat man Dir über uns gesagt? – sag es aufrichtig. Dabei sitzt Du in Frankfurt zwischen trostlosen Wänden und weißt Dir keinen Rat! hast Du denn gar kein Vertrauen mehr zu mir? – O liebes Herz, sei ruhig! glaube an mich und verirre Dich nicht! auch der Traum hat seine Ansprüche an die unverkümmerte Wahrheit; das zu schöne Leben ist ja Traum, und wenn Du erst mit uns beiden vereint bist, dann ist mein Leben zu schön, und dann träumen wir alle drei uns glücklich, und Du wirst's doch nicht scheuen, im Traum Deinen Bruder glücklich zu fühlen, glücklich zu machen! –

Jetzt erst merke ich, wie ich von den Leuten verschieden bin, denn meine Idee, mich mit *Sophie* zu vereinigen, ist mir eine der einfachsten meines ganzen Lebens; ich kann Dich versichern, zu Dir aus meiner Stube in die Deine zu gehen war mir immer wichtiger und mit mehr Sorge verknüpft; Deine Angst aber ist nicht in der Ordnung. Du solltest mich so lieben, daß alles, was ich mit Gleichmut und Ruhe tue, das heißt: daß alles, was ich eigentlich tue, Dir gar keine Sorge machen könnte. Schau mir in die Augen, mein Kind, mein treues, gutes Kind, und störe Dich nicht, was an meiner Seite vor sich geht; es geht uns beide nichts an, wir müssen unser Sein, unser Denken miteinander, nicht mit der Welt vermengen, sonst gibt es Schmerzen. So wie Du allerlei Übles ahnest, so ahne ich Gutes oder doch vielmehr ganz ordentliche ruhige Begebenheiten und erschrecke nur darüber, wie Dich etwas so ganz Gewöhnliches in Sorgen setzen kann! – Ich sage Dir daher nur noch einmal, *Sophie* wird nicht mein Weib, wenn Du sie nicht lieben kannst, aber Du wirst sie lieben, das ist gar nicht anders möglich, sie wird Deinetwegen expreß nach Trages kommen, sie hat eine Begierde nach Dir wie noch nie nach einem Menschen. Sooft ich ihr einen solchen Sorgenbrief wie den letzten Deinigen bringe, wird sie immer sehr gerührt und betrübt, aber wenige Minuten drauf wird sie wieder froh und viel mutiger als vorher, sie fühlt sich so viel, viel besser, als man von ihr denkt, und freut sich inniglich darauf, Eure Liebe zu gewinnen. Ich versichere Dich, ich werde so glücklich mit ihr sein, als man es dans ces pays bas* auf dieser Erde sein kann, und das Schönste bei dem allen ist, daß wir uns gar nicht störend sein werden, daß das Schwere, Plumpe der gewöhnlichen Ehe uns nicht berühren soll; wir werden leben, wie es Schneeflocken zusammenschneit, und wie die zerrinnen, wenn ein neuer Frühling kommen sollte, so werden auch wir zerrinnen, wenn wir nicht beisammen bleiben sollten etc.

Mache mich nicht unglücklich, liebes Kind, sei nicht traurig um mich, ich schwöre Dir, so wahr als Gott und unsere Liebe lebt, es ist da nichts, was Dich mit Recht betrüben kann! Vertraue mir ganz, aber verstelle Dich nicht, als seist Du ruhig, wenn Du es nicht bist. Ach aber, welcher göttlicher Beweis von Deiner großen Liebe zu mir wäre es, wenn Du mit aller Innigkeit so recht aus ganzer Seele mir vertrautest! wenn Du wirklich ruhig würdest und zu Dir sprächst: der *Clemens* kann nichts tun, was mich betrübt, er wird mein Glück nur vermehren, nur befestigen können; in diesem Vertrauen will ich auf die Zukunft mich freuen. Liebes Kind, blicke um Dich auf die Herrlichkeit

Gottes in der Natur und in der Kunst und in unserer Liebe, liebes Kind, lasse Dich keine Sorge einnehmen. Ein tüchtiger Mensch kann nicht unglücklich werden, ich fühle, ich kann es nicht, denn ich bemerke mich nicht mehr, so klein bin ich gegen Natur, Kunst und die Liebe, und so auch tue Du.

Es wäre sehr betrübt, wenn Dich dieser Brief gar nicht ein bißchen trösten sollte, er geht mir so recht von Herzen! – *Gunda* schreibt mir aus Frankfurt, Du seist sehr krank gewesen aus Liebe und Sorge zu mir, deswegen hättest Du mir nicht geschrieben, Du seist so krank gewesen, daß die ganze Familie um Dich besorgt gewesen sei! Mein Kind, ist das wahr? – und Du hättest es mir verschwiegen? – Das kränkt mich, das ist gewiß ein Schreckenberger von der *Gundel*! Liebes Kind, nehme Dich zusammen, sei lustig und vergnügt, ich schwöre Dir, es ist auch nicht für zwei Pfennige Elend auf der Erde, und ich hab gar nicht nötig, besorgter oder vergnügter als sonst zu sein; denn es wird ewig beim Alten bleiben; die Natur strengt sich nicht an, natürlicher zu sein, Gott hat bis dato noch keine Ursache gefunden, göttlicher zu werden, der Mensch ist so menschlich als genug, und der *Clemens* ist und bleibt halt der *Clemens*, und wenn ich sechstausend Weiber nehme, so werde ich immer nach wie vor der *Clemens* sein. Ich würde auf die letzten Nachrichten von Euch gleich zu Dir gekommen sein, wenn mich nicht folgendes abhielt: Erstens kann *Sophie* nicht eher nach Trages reisen als in ungefähr vierzehn Tagen, und ich kann sie doch nicht allein hinreisen lassen; zweitens will ich meine Büste von *Tieck* für Dich modellieren lassen, und der konnte noch nicht anfangen, weil ein großer Bacchus, den er macht, umgefallen und zerbrochen ist, so daß er ihn erst von neuem machen mußte. Diese Büste ist das überraschende Geschenk, was ich Dir versprochen habe, es wird Dir große Freude machen; er gießt einem nicht ab, wie *Franz* und *Toni* abgegossen wurden, er modelliert einem aus freier Hand! – Ich will nun doch nicht eher von hier gehen, bis ich Dir mein Wort gehalten habe! –

Savigny schrieb mir heut, er habe einen Brief von *Arnim* an mich, ich aber habe den Brief noch nicht, auf den ich unendlich ungeduldig bin; er hat ihn *Christian* gegeben, ihn mir zu schicken, und der ist ein *Kommst du heut nicht, so kommst du morgen!* –

Eben erhalte ich zu meinem haarzubergerichtenden Erstaunen beiliegenden verwirrten Brief der Großmutter!* Ich weiß nicht, was er bedeuten soll. Es muß ihr von hier aus, wo vom Schuster bis zum Herzog alles von mir und der *Mereau* spricht, manches Unwahre erzählt worden sein; – sie spricht mir auch von Dir! – O sei um Gottes willen nicht betrübt über mich, wolltest Du denn, daß ich nie heiraten sollte? – Liebe *Bettine*, wenn Du es verlangst, so will ich das einzige Weib, was mich als Gattin glücklich machen kann, verlassen und will ein Einsiedler werden! Sei doch ruhig und setze mich nicht in Angst. Ich weiß mir nicht zu raten und zu helfen, wenn Dir es nicht wohl wird. –

Heut hab ich ein Liedchen an *Arnim* gemacht und eine schöne Melodie dazu, ich weiß noch nicht, wo er jetzt wohnt, drum schicke ich es Dir allein, da er noch wohl in Deinem Herzen wohnt. Mädchen! wenn Du meine Freunde so lieben kannst, warum wehrst Du Dich so gegen meine Freundin? –

Wunderlich ist's, daß alle Leute, welche die *Mereau* kennen, sich ebenso wunderlich gegen unsere Verbindung wehren; wie Ihr auf sie zürnt, so zürnen sie auf mich. Ja zieht und zerrt nur, wir lieben uns, und Ihr müßt Euch einst noch freuen daran!

Dies Liedchen ist das Beste, was ich gemacht habe, mir ist es recht wie dem Jäger!

*Der Jäger an den Hirten!**

Durch den Wald mit raschen Schritten
Trage ich die Laute hin,
Freude singt, was Leid gelitten,
Schweres Herz hat leichten Sinn!

Durch die Büsche muß ich dringen
Nieder zu dem Felsenborn,
Und es schlingen sich mit Klingen
In die Saiten Ros' und Dorn.

In der Wildnis wild Gewässer
Breche ich mir kühne Bahn,
Klimm ich aufwärts in die Schlösser,
Schaun sie mich befreundet an.

Weil ich alles Leben ehre,
Scheuen mich die Geister nicht,
Und ich spring durch ihre Chöre
Wie ein irrend Zauberlicht.

Haus' ich nächtlich in Kapellen,
Stört sich kein Gespenst an mir,
Weil sich Wandrer gern gesellen,
Denn auch ich bin nicht von hier.

Geister reichen mir den Becher,
Reichen mir die kalte Hand,
Denn ich bin ein guter Zecher,
Scheue nicht den glühen Rand.

Die Sirene in den Wogen,
Hätt' sie mich im Wasserschloß,
Gäbe, den sie hingezogen,
Gern den Fischer wieder los.

Aber ich muß fort nach Thule,
Suchen auf des Meeres Grund
Einen Becher, meine Buhle
Trinkt sich nur aus ihm gesund.

Wo die Schätze sind begraben,
Weiß ich längst, Geduld! Geduld!
Alle Schätze werd' ich haben,
Zu bezahlen meine Schuld.

Während ich dies Lied gesungen,
Nahet sich des Waldes Rand,
Aus des Laubes Dämmerungen
Trete ich ins offne Land.

Aus den Eichen zu den Myrten,
Aus der Laube in das Zelt
Hat der Jäger sich dem Hirten,
Flöte sich dem Horn gesellt.

Daß du leicht die Lämmer hütest,
Zähme ich des Wolfes Wut,
Weil du fromm die Hände bietest,
Werd ich deines Herdes Glut.

Und willst du die Arme schlingen
Um ein Liebchen zwei und zwei,
Will ich dir den Baum bald zwingen,
Daß er eine Laube sei.

Du kannst Kränze schlingen, singen,
Schnitzen, spitzen Pfeile süß,
Ich kann ringen, klingen, schwingen
Schlank und blank den Jägerspieß.

Gib die Pfeile, nimm den Bogen,
Ich bin Ernst und Du bist Scherz,
Hab die Sehne ich gezogen,
Du gezielt – so triffst ins Herz.

Schreib, mein Kind, sei ruhig, Heiopopeio, in drei Wochen küssen wir uns.

Clemens.

Liebe *Bettine!* Weimar 23. Juli 1803

Gestern abend war ich bei *Sophien*, sie war ungewöhnlich schwermütig, auch ich war nicht vergnügt, der Gedanke an Deine zärtliche Angst um mich versetzt uns beide oft in solche Trauer; wenn ich ihr dann erzähle, wie ich Dich über alles liebe, wie ich Dich so vortrefflich halte, so wächst ihre Sehnsucht nach Dir unendlich, und mit dieser ihr Mut. In dieser Idee, Deiner Liebe gewiß würdig zu sein, Dir nah zu sein, Deine geliebte Freundin zu werden, von Dir vieles zu erlangen, was sie bis jetzt umsonst auf Erden gesucht hat, ergriff sie eine innerliche, himmlische Heiterkeit, sie ward ruhig, und ihr Anblick gab mir eine eigne Seligkeit. Heute morgen schickte sie mir beiliegenden Brief an Dich, den sie noch spät in der Nacht in jener hoffnungsvollen liebenden Begeisterung geschrieben hat; ich zweifle nicht, Du vortreffliches geliebtes Herz, daß Du die Seele dieses Briefes ehren wirst, daß Du ihr aufrichtig, ohne *Delikatesse*, ohne alle *Resignation* antworten wirst; Wahrheit sage auch ihr, sage alles, was Du empfindest, sie kann alles ertragen um meinetwillen, und sei recht ruhig und zufrieden; wenn Du sie kennen wirst und sie keineswegs lieben kannst, so wird sie nie mein Weib. Ich muß noch an *Savigny* schreiben; drum lebe wohl; ich bitte Dich herzlich, schreibe mir öfter, aber um Himmels willen lauter Wahrheit! – mein, Dein, *Sophiens* Glück hängt davon ab. Heute hat *Tieck* meine Büste für Dich angefangen.

Clemens.

An *Clemens.*

Was uns nah ist, lieben wir innig im Leben, was uns näher ist, können wir nicht genug lieben! Wer liebend auf seinem Weg weitergeht bis ans Ende, der hat die Wallfahrt nach seiner Heimat recht als ein Kind mit aller Andacht vollendet und kommt auch als Kind an das End seines Lebens! – Wie weise, wie ernst müssen diese Kinder nicht sein! wie groß, wie herrlich, und doch sieht ihnen ihre Größe niemand an. Sie treten lächelnd in den Kreis, und wenn sie scheiden, treten sie lächelnd wieder ab, dies ist Sonnenschein im Leben, ihr aber seid gerührt über die lächelnde Einfalt und schauert über das geheime Geistige darin; das sind kühle Wolken, erquickender Regenschauer im Leben. – Der lächelnde Mund kömmt näher, er küßt euch die Tränen von den Wangen, dies ist Regen und Sonnenschein zugleich, eine Art Aprilwetter, das man Laune nennt und auf welches gemeinlich der herrliche Regenbogen erfolgt, der Friedensbote von Gott gesandt, der die Weltanschauung in ein freudiges Licht stellt und Milde nach dem Sturm verkündet. So geht es auch mir. Oft hängt die Träne auf der lächelnden Lippe, und der Friede sieht aus den Augen, von denen die Träne eben hinabrollte. Wenn nun aber der lächelnde Mund nicht gleich bereit ist, die Träne zu empfangen, das heißt, wenn der Regenbogen nicht gleich erscheinen will, so entsteht daraus die Trauer, die Dich ängstigt und die Du mir für diesmal vergeben mußt, weil ich Dir mit Wahrheit den Beweis geben kann von meiner Liebe zu Dir, daß mir nichts mehr weh tun wird, was Du auch unternimmst, daß ich alles um Deinetwillen lieben werde, was Du Dir aus voller, warmer Seele aneignest; ich weiß ja, daß Du meinen Anteil an Deinem Glück nicht verschmähest, mehr begehre ich nicht. Sieh, ich denke oft, ehe man eine Hand umwendet, ist es anders mit des Menschen Gedanken und Träumen und Entschlüssen. Also mag auch noch vieles geschehen, wovon jetzt unser Herz nichts ahnt und was es traurig machen würde, wenn es das jetzt schon wüßte; denn wenn wir nur bemerken wollen, wie oft kein Pulsschlag, kein Wink mehr von Dingen da sind, von denen wir uns nie zu trennen glaubten. Es ist eigentlich entsetzlich! – man darf nicht viel dran denken, denn sonst erscheint einem das Leben wie ein alter Mann, der eine kindische Neuigkeit mit wichtiger Miene uns hinterbringt, um uns etwas weiszumachen, und dem wir auf die Spur gekommen sind und nun nichts mehr glauben wollen, und wenn wir denn immerfort denken und grüblen wollen, so werden wir am Ende wie spukende Geister und spazieren ewig unter unsern alten Ruinen herum, indessen die übrigen sich schon neue Gebäude aufgeführt haben. Freilich, wenn freundliche Jäger sich gerne in solche Schlösser verlieren, sich nicht vor dem geistigen Druck der geistigen Hand fürchten, unerschrocken den glühenden Becher kredenzen, mitwandlen in stiller Mondnacht über Flur, Berg und Tal und Strom, leise durch die Flut rauschen. – O blieb es ihm immer so kühl bis ans Herz wie dem Fischer! O könnte er doch immer aus Thulens Becher trinken, trinken bis zum Hinsinken, wo er begraben liegt.

Clemens, Dein Lied hat mich erfreut – es gibt eine Zeit im Jahr, wo die Bäume so festlich rauschen, geschmückt mit ihrem Laub, als ob sie den Bräutigam erwarten, und wenn wir wissen wollen, was denn die eigentliche Macht ihrer Schönheit ist, so ist's immer ihre eigne Gestalt! So ist's mit

Deinem Lied, vielleicht auch mit Deinem Charakter, mit allem, was aus Dir hervorgehen wird noch! – es ist, als ob es die Vorbereitung einer festlichen Zeit sei, und wenn wir uns näher ihm vertrauen, so ist es immer wieder es selbst! Du bist es selbst, das Glück, auf das Du Dich so festlich vorbereitest, das Glück, dem Du Dich anvertraust.

Soeben habe ich *Sophiens* Brief erhalten, er ist zu freundlich gegen mich. Wirklich, ich verdiene es nicht. Sie sollte mich schelten, daß ich die ganze Zeit so mürrisch gegen sie war, und nun unterwirft sie sich meinem Urteil! – was soll ich darauf sagen? – *Clemens,* was ist dies Verehren, was sich auf nichts reimen will in mir? – Ihr kommt mir vor wie einer, der den Heiligen Geist erwartet, und weil da grade eine Taube sich zu Euerm Fenster gewöhnt, so empfangt Ihr sie mit großer Begeistrung! Und doch, Deine Begeistrung hat mehr heiligen Geist in sich als die Taube, die nur ein paar Futterkörnchen sucht. In wenig Tagen schreib ich an *Sophie*; daß die Post mir auf dem Nacken sitzt, merkst Du am kurzen Atem meines Briefs. Wir gehen in wenig Tagen nach Schlangenbad; verzögre Deine Reise, bis wir zurückkommen, denn hierbleiben kann ich nicht, schon der Gedanke an andre Luft sagt mir, ich soll gehen.

Apropos von der Großmama, die schon mit Deinem Vorhaben uns benachrichtigte, noch ehe die Propheten und Vorläufer Deinen neuen Glauben verkündet hatten, die also aus dem Urborn geschöpft haben muß, nämlich aus Handbrieflein von Weimar. – Daß ich krank gewesen, ist auch wahr, ich habe Dir nichts davon gesagt, weil ich Dir erst schrieb, als ich schon wieder besser war, und Dir keinen unnützen Schrecken einjagen wollte. Ich möchte Dir gern noch viel Liebes sagen und meiner Treue Dich versichern sowie auch *Sophie*, aber wirklich, die Zeit will nicht warten. Adieu, ich umarme Euch tausendmal.

Bettine.

Liebe *Bettine!*

Deinen unendlich liebevollen, seelenvollen Brief habe ich heute morgen im Bette erhalten, er hat mich aufgeweckt, und ich habe ihn gebetet. Sei zufrieden, mein Kind, es hat sich alles so gewendet, wie Du es wünschtest, *Sophie* wird mein Weib nicht, aber meine liebe, sehr liebe Freundin. Sie selbst hat freiwillig nach reifer Überlegung dieser Verbindung entsagt, aber sie kann nicht leben ohne mich, und sie ist entschlossen, nach Marburg zu ziehen, um meiner und *Savignys* Gesellschaft zu genießen. Ich habe ihr heute morgen sogleich Deinen Brief geschickt, und die beiliegenden Zeilen schickte sie mir mit zurück, Du glaubst nicht, wie sie Dich und mich liebt und wie wir auf Erden ihr Alles sein werden. Liebe kann ich nicht für sie empfinden, aber ein Vertrauen, eine Neigung, die nahe an Liebe grenzt. – Der Dichter *Tieck* war vor kurzem hier, er hat mich so liebgewonnen, daß wir Tag und Nacht beisammen waren; ach er ist ein recht vortrefflicher Mann, er hat mir seinen Dornenstock, den ihm *Hardenberg (Novalis)* geschnitten, geschenkt, und ich gab ihm dafür die kleine Vorstecknadel von Dir, ich habe ihm viel von Dir erzählt, er liebt Dich herzlich, und ich habe ihm versprochen, Dich um ein Kleidchen für sein vierjähriges Kind zu bitten, der Gedanke machte ihm unsägliche Freude. Sein ganzes Wesen hat eine große Gewalt über alle Menschen, wie auch *Arnims* Wesen eine solche Macht übt. Die beiden lieben sich wechselseitig von Herzen. Du glaubst nicht, wie mich die Liebe dieses Mannes gestärkt und aufrichtig gemacht hat. – Meine Büste wird in wenigen Tagen fertig, und dann reise ich ohngefähr von heut in zehn Tagen nach Marburg und von da nach Schlangenbad zu Dir, um Dir vieles zu erzählen; daß ich nach Schlangenbad komme, ja von allem rede kein Wort. Freust Du Dich dann nicht auf die Büste? – Überlege es recht, welches Opfer *Sophie* gebracht hat für Dich, für mich, ach ihre Güte ist unbeschreiblich groß, ich schwöre Dir, sie wird Dir eine teuerste Freundin werden. Lebe wohl, sei gesund, pudle Dich hübsch, bald bin ich bei Dir. Aber um Gottes willen schreibe noch einmal hierher, gleich von Schlangenbad. Schicke den Brief an die *Mereau*.

Clemens.

Freitag, den 4. August.

Lieber Clemens.

Nur ein Wort, ich bin in Schlangenbad und habe soeben Deinen Brief bekommen, ich kann Dir nur erzählen, daß ich morgen ausführlich schreiben will, wenn der Genuß, auf die Höhen zu steigen und in die Ferne zu spähen, mich dazu kommen läßt.

Sophie ist wunderbar, daß sie mich so gern sehen will, ich weiß nicht, was ich von mir denken soll, daß ich bis jetzt noch gar nicht daran gedacht hab.

Bettine.

Grüße sie von Herzen und sag ihr, ich hoffe mein möglichstes von unserer Zusammenkunft, aber so bald wird's nicht sein können, da wir sechs Wochen hierbleiben! –

Clemens, Du bist artig! und *Sophie* ist fein, Ihr wollt Euren Brautkranz von *mir* geflochten haben, darum ist es, daß Ihr ihn wieder aufbündelt und mir alle aufgelösten Blumen in den Schoß schüttet! – Geschwind Wasser her, daß sie mir frisch bleiben, und dort auf der Wiese breche ich noch viele dazu, und alle ihr kleinen Geschlechter, die ihr die Augen noch nicht dem Licht öffnet, seid zum Reigen im Hochzeitskranz gebeten. Ihr sollt an euern feinen Stielen nicken auf der Braut ihrem Köpfchen und Ja sagen, wenn allenfalls die Braut zagt, denn! – es ist wahr – ich würde ja auch gar sehr zagen – wenn ein wonneträumender Trunkener vor mir stände und wollt mich fragen: Willst du mich glücklich machen? – Und: Nein! würde ich da sagen viel eher, aber nicht: Ja, und der Pfarrer würde sich wundern; und weiter würd ich sagen: Seh, wie du fertig wirst, wenn du durchaus und mit Gewalt dein Glück dir willst bequem einrichten, damit es sich bei dir niederlasse! – Euch sag ich, meine teuren Freunde, denn die seid Ihr mir jetzt, was ich nicht verdeutschen kann, was aber tief in meiner Seele liegt. Grad vor meinem Fenster steht ein Rosenstrauch mit unzähligen Rosenfamilien, heut morgen vom Tau ganz schwer, lagerten die langen schwanken Äste beinah am Boden, ich nahm einen Zweig ins Aug, auf den grad die Sonne blitzte, und dachte, das soll die *Sophie* sein, und wie ich hinunterkam, war's eine freudige Rosenmutter mit drei Knöspchen dicht ihr am Busen! – ich hab sie nicht abgebrochen, ich will sehen, wie sie emporkommen. Ach! ein Knöspchen ist grad wie ein Wickelkindchen! – ach auch sie verlangen, daß man die Lippe zusammenziehe und ein Schnütchen mache und sie küsse! – sie wollen tändlen, sie lächlen und wollen angelacht sein, und die Lust, wie ein Vögelchen, hüpft in ihren Zweigen! –

Ich war ja auf der Reise hierher sehr vergnügt! – auf dem Bock saß ich, und die Neugierde, was es denn alles gäb in der Welt, ließ mich die ganze Nacht nicht schlafen! – Was hab ich gesehen? – ganz stille Landstraßen mit Bäumen besetzt, die wie besessen an uns vorbeirennten! – durch Dörfer. Die kleinen Häuser sind ja auch Knospen, sie umhüllen in seinen Windeln ein Geschlecht, es könnte edel blühen; aber ihm fehlt die Luft, die reine, balsamische des Geistes. Ach wann wird der herabträuflen und von welchem Himmel? – er ist höher als der Nachthimmel voll unzähliger Sterne, der über meinem Haupte schwankte! – Die Sterne strahlen gegen Morgen viel heller und freudiger, und doch sahen sie ihrem Untergang entgegen! Alles wird schöner, wenn es sich bald verändert; und wird das wohl im Tode auch so sein? Die Wolken erröteten endlich ganz freudig – und die Sterne? – wo waren die geblieben? – Ist das Vexierspiel im Himmel ein schönes Spiel; ei dann nehm ich mir's heraus, und meint der liebe Himmel, er hat mich, eh er sich's versieht, bin ich ihm entwischt. – Und eine Philosophie schaffe ich mir gegen ihn an, die es ihm wettmache!

Ich bin krank gewesen bloß von der Gottphilosophie, die mir *Günderödchen* wollte eintrichtern, das regte mir die Galle auf und machte mir so fürchterlich Schwindel, dagegen ist nun nichts gut, als ein Kräutchen am Weg gebrochen! – oder am nächsten Bach oder auf der Wiese, wo alle Tag die Herde weidet; pflück ich's nicht, so frißt's der nächste Hammel ab! – und damit dreh ich dem Gott den Rücken und freß mein Futterkraut, ich kann so nicht in die närrische Art mich finden vom Gastmahl im Evangelium, wo der eine, der kein hochzeitlich Kleid anhatte, zur Tür hinauspromoviert wurde! Und doch, weil einmal ein paar gute Schelmen etwas Besseres zu tun hatten als bei Tische zu sitzen und zu schlemmen, wird der Herr des Gastmahls aufsässig und ladet die Krüppel und Bettler ein, die kommen zu Scharen herangehinkt und gehockt und getrampelt. Sie hatten die besten Seiten ihrer Lumpen nach außen gehängt, der Herr des Gastmahls war damit zufrieden. Sie räuspern sich, sie husten, sie niesen in die Suppe, wie solcher Leute Brauch; der Herr des Gastmahls läßt es sich gefallen! – Sie genießen sie, knöpfen sich den Bauch auf, sie schwemmen mit köstlichen Weinen die Bissen hinab! – der Herr hat seinen Wohlgefallen dran. Der Weinstrom begräbt unter seiner Woge den gastlichen Anstand. Der Herr des Gastmahls streicht sich den Bart und geht so ganz fidel mit diesen Fleetzen um, aus Trotz gegen die, welche sein Gastmahl nicht wollten annehmen; der eine hatte einen Acker, der andere einen neuen Backtrog, der dritte eine Frau im Handel.

In meinen Lernbüchern aus dem Kloster, wo wir alle Sonntag mußten eine Betrachtung über das Evangelium aufschreiben, was vorgelesen worden war, steht folgende

Bemerkung: »Ich bin recht froh, daß die armen Schlucker sind bei dem Herrn zu Tisch gewesen, aber warum konnte er doch so böse sein gegen die, welche lieber ein anderes Geschäft taten, als bei ihm zu Gaste essen; vielleicht weil sie sahen, daß er den zur Tür hinauswarf, der ihm nicht gefiel, wollten sie nichts mehr mit ihm zu schaffen haben! ich hätte mich auch gefürchtet, bei einem so strengen Gastgeber zu essen.« –

Unsre Reisenacht hat mich ganz glücklich gemacht, obschon sie die Gegend mit ihrem Mantel zudeckte. Außer ein paar Strohhütten, die vor Weinlaub nicht aus den Augen sehen konnten, war nichts am Wege; ein plaudernder Bach, dessen Mundart ich noch nicht verstehe, war unser Begleiter im engen Tal bis ins Schlangenbad hinein, von wo auch ich Dich grüße, in der Hoffnung auf vier bis sechs himmlische Wochen! – in denen die Muse des Vielschreibens mich umtanzt. – Du hattest mir Gedichte wollen abschreiben, Deine Liebesliedchen! – Schicke sie mir, damit ich sie entziffern kann.

Bettine.

Liebe *Bettine.*

Du bist ein närrisches Mädchen, nun bist Du in Deinem letzten Brief wieder lustig, und wir waren grade sehr traurig wegen Dir. *Sophie* weint oft tagelang, sie glaubt, sie werde mich durch Dich verlieren. Nun waren wir schon entschlossen, in ein paar Tagen nach Trages zu reisen, damit Du sie dort sehen könnest, und nun gehst Du auf einmal ins Schlangenbad. *Sophie* ist sehr traurig darüber, sie weiß nun gar nicht, wie sie zu Dir gelangen soll, ich bitte Dich, schreibe bald, ob es vielleicht gar nicht möglich ist, dann gehe ich grade nach Marburg, doch ohne *Sophie*, die auch dahin zieht; wann, wissen wir noch nicht. Ich bitte Dich herzlich, werde nicht wieder ängstlich, beim Lichte besehen war die Langeweile in Frankfurt viel dran schuld. *Arnim* ist jetzt in England, wohin ich ihm nicht schreiben kann. Meine Büste erhältst Du in einigen Wochen; Du wirst sie finden, wenn Du von Schlangenbad zurückkehrst, vielleicht besuche ich Dich dort von Marburg aus. Um alles in der Welt willen verliebe Dich in niemand, den ich nicht kenne. Die Männer sind außer mir, *Arnim* und *Wrangel* nichts wert, und *Savigny*, der aber einen starken Naturfehler hat, daß er Dich nicht versteht, kann auch noch hinzugezählt werden, der ist aber mehr *vortrefflich*, als daß er mir's wert wäre, folgert sich daraus. Schreibe der lieben *Sophie*, antworte auf ihren lieben Brief! –

Dein *Clemens!* –

Du fragst nach meinen Liebesliedern, närrisch Kind, nicht alle Seufzer lassen sich in Worten aussprechen, und daß Du sie mitseufzen solltest – ach nein! das macht mich zu wehmütig, viel lieber lasse Dich mit ihnen anhauchen, an die der Schmelz der Poesie in reinen Kristallen sich anlegt.

Von den Mauern Widerklang –
Ach! – im Herzen frägt es bang:
Ist es ihre Stimme?
Und vergebens sucht mein Blick,
Kehret mir ein Ton zurück? –
Ist's nur meine Stimme? –

Auf der Mauern höherm Rand
Sind die Blicke hingebannt,
Doch ich seh nur Sterne;
Und in hoher Himmelssee
Ich die Sterne küssen seh,
Wären's unsre Sterne.

Nacht ist voller Lug und Trug,
Nimmer sehen wir genug
In den schwarzen Augen;
Heiß ist Liebe, Nacht ist kühl,
Ach ich seh ihr viel zuviel
In die schwarzen Augen.

Sonne wollt nicht untergehn,
Blieb am Berg neugierig stehn;
Kam die Nacht gegangen,
Stille Nacht, in deinem Schoß
Liegt der Menschen höchstes Los
Mütterlich umfangen.

Willst du mir Trost verleihen,
Laß mich aus deinen Augen,
Der Liebe Schwärmereien,
Minutenwahrheit saugen.

Laß um des Lichtes Quelle
Die trunkne Fliege schwirren,
Laß, wird es ihr zu helle,
Sie in die Flamme irren.

Du sahst im Nektarkelche
Die heitre Psyche sterben,
Wenn ich noch länger schwelge,
Läßt du mich auch verderben?

Aus deines Herzens Raume
Möcht ich nur einmal trinken
Und dann zum kühnsten Traume
Im Götterrausche sinken.

Du bist die Zaubervase,
Die meinen Geist umhüllet,
Und im Champagnerglase
Ist schon mein Los erfüllet. –

Dies letzte kleine Gedicht, liebe *Bettine*, entstand, weil *unsre Sophie* (denn so muß ich sie nennen, die auf Deine Gunst meines Glückes Los gesetzt hat) einen kleinen Schmetterling retten wollte, der, nachdem er seine Flügel am Licht verbrannt hatte, in ihrem Champagnerglas versank. – Ach Kind! diese Gedichte sind wie die kleinen Johanniswürmchen, die leuchtend hin und wider fahren.

Nun sing ich Dir hier noch ein Liedchen, was aus den Saiten meiner Gitarre entschlüpfte, als ich gestern abend im Mondenschein mit *Sophie* am Fenster lag, nachdem ich Deinen lieben Brief ihr vorgelesen hatte und sie recht tief bewegt war von dem Glück, was Du ihr im Rosenbusch unter Deinem Fenster prophezeist. –

Sieh dort auf dem Wiesengrunde
Tanzen jetzt ein Elfchen munter
Unterm Rosenbusch hinunter,
Der die Blätter niederstreut.

Elfchen spielen Lotto heut,
Schreiben auf die Blätter Nummern,
Ja du darfst nur kühnlich schlummern,
Denn dein Glück kommt dir im Schlummer.

Du gewinnst die beste Nummer:
Eine Braut wirst du im Schlummer,
Drum erwachst du ohne Kummer,
Hochzeit, Hochzeit, hohe Zeit. –

Sieh, wie scheint der Mond so weit,
Und die Frösche und die Unken
Singen bei Johannisfunken
Ihre Metten ganz betrunken.

Brünstig glühn Johannisfunken,
Sternlein kühl am Himmel prunken,
Und das Irrlicht hüpft betrunken,
Wo du gingst, ein Jungfräulein.

Auf dem Acker glüht ein Schein.
Wo beim Drachen eingetruhet
Kaltes Gold, das rot erglutet,
Fiel dein Kränzlein unvermutet

In des Drachen Gruft hinunter,
Und der Drache ist gebunden,
Und der Schatz ist dir gefunden:
Gold und Silber, Edelstein,
Und drei Rosen, die sind dein.

Diese kleinen Gedichte oder poetische Mücken, die einem umschwirren in heiteren Stunden, summen einem im Geist, bis man sie mit dem Reim totschlägt und in dem Busen eines Freundes einsargt, damit sie doch da anständig begraben sein mögen! – Deiner Treue von jeher hab ich diese Spur heiterer und beglückender Stunden nun ganz unbefangen hingegeben; keinem andern Menschen könnt ich das. O wie sehr fühl ich in diesem Augenblick, was Du mir bist! – Ach lasse darum diese Gedichte einen Wert für Dich haben, weil Du der Lebensbaum bist, der in seine frische Rinde sie von der Bruderhand sich eingraben läßt; lasse es mit Dir verwachsen, das Gefühl, daß glückliche Zeiten auch mich begrüßten, und wenn böse Zeiten kommen, so lasse mich in Deines Herzens Schrein die Schätze der Erinnerung finden.

In dieser Empfindung einer stillen Nacht, wo ich die Schätze der Freundschaft und Treue, die nur in geliebten Menschen aufbewahrt sind, überzählte, hab ich auch nachfolgendes Gedicht an Dich gemacht.

Laß Dich, mein Kind, den Tadel nicht verführen,
Vertrau, wenn Du ihn hast, dem guten Sinn,
Und sprich: Nur weil ich nicht unsterblich bin,
Will die Versöhnung liebend mir gebühren.

Denn Gottes Hand, sie kann uns plötzlich rühren,
Und stürb der Freund mir unversöhnet hin,
So würde scharfer Tadel den Gewinn,
Daß Liebe ich gegeben, mir entführen.

Bis dahin suche Trost in dem Sprüchworte,
Daß Rom nicht ist in einem Tag gebauet,
Daß alle alles auch zugleich nicht können,

Daß vor dem Morgen erst der Himmel grauet,
Daß trunken bunt Aurora pflegt zu brennen,
Bevor der Gott tritt aus der Sonnenpforte.

Schreib, befriedige uns, beglücke und pflege unser Glück, ersehnt, verlangt von Deinem treuen Bruder

Clemens.

Schmerzlich ist's mir immer, wenn Du Deiner Klostertage erwähnst und nie Dich bemühen magst, sie ein bißchen zu ordnen, da Du selbst noch Material dazu hast! – Wär's denn nicht höchst intressant, einen kleinen Katechismus Deiner religiösen Begriffe zu geben!

An *Clemens*.

Endlich komme ich dazu, laut zu sagen, was ich heimlich oft dachte. Du siehst im Zauberspiegel die *Bettine*, wie sie sein könnte, aber nicht ist! –

Ich staune an, was Du von mir glaubst und erwartest, ich wundre mich und begreife nicht, vor was und wem Du mich warnst! – Die *Günderode* schreibt, Du habest Dir die Aufgabe gemacht, mich durch eine Wiedergeburt Deines Geistes als Ideal zu bilden. – Ach ich bin recht erschrocken davor! – und möchte mich vor Dir verbergen, daß Du ja nicht dazu kommest! – Du bittest mich, mich nicht zu verlieben; ach *Clemens*, wenn Du mich nicht idealisieren willst, dann will ich Dir das gern versprechen! mein Herz ist nicht leicht bestechlich, und verliebe ich mich einmal wirklich, so werd ich Dich nicht zum Vertrauten machen, aus Furcht, daß es Dir mißfallen könnte. Hier im Schlangenbad hab ich mit dem Herzog von Gotha viel zu kämpfen, der mir alle Tage von *Sophie* spricht, er nennt sie seine Erate und gibt mir beiliegenden Streckvers für sie. Ihr werdet es in der Überfülle Eures Glückes nicht achten! – warum hat er's auch gereimt und geleimt. Was man in der Prosa zu sagen sich gedrungen fühlt, geht tiefer. –

Ich schwelge hier, es gefällt mir alles; am liebsten ist mir der Morgen, wo man nur Bauern begegnet, und der Abend, wo die Lichter in den Hüttchen brennen, man sieht da das ganze Familienleben hell erleuchtet. – Da geh ich oft abends spät noch mit dem Vogt hinab den Talweg, und da durch ein kleines Fensterchen sehe ich die armen Leute sitzen und emsig spinnen und wirken, so fern von allem Bedürfnis im Reichtum des Fleißes, der Andacht und des Vertrauens! Eine so kleine Stube deucht mir so voll von dem Gefühl ihres innern Wertes dieser Menschen, die ihr schwer errungenes Abendbrot gerne teilen mit dem ärmeren Gast. – Wenn ich mir nun denke, daß Ihr beide ein solches Haus bewohntet und daß Euch da die Einsamkeit nicht drücken sollte, und Ihr backtet da Euer Ambrosiabrot, um es andern mitzuteilen, so habe ich Euer Glück begriffen und schreibe davon der *Günderode*. Die *Günderode* mit der sanften Würde ihres dichterischen Standpunktes unter den Menschen schreibt wieder wie folgt: »Wer liebt den *Clemens* nicht? so wie er einem entgegentritt, wer durchschaut alle Menschen, wer geht so tief in dem Auffinden ihrer Innerlichkeit, und was könnte man ihm sagen, was er nicht schärfer und wahrer aufgefaßt hätte! Alle Menschen berührt kaum sein Hauch, und sie atmen, als wenn sie aufblühen wollten in edlere Begriffe und schönere Handlungen.« – So schreibt die *Günderode*; das lautet ganz schön zum Ansatz eines Posaunenstückes Deines Ruhmes, der aus dem Nebel der Zeit golden aufsteigen und einen schönen Tag verbreiten werde. »*Aber*«, fährt die *Günderode* fort: »so scharf dieser *Clemens* und so nahe er fremden Menschen in ihrem eignen Bewußtsein tritt, so sehr heben ihn seine Launen aus dem Sattel über sich selbst, die ihm den Begriff seines Amtsgeschäftes ganz verdüstern, und er kann es gar nicht leiden, wenn er davon so klein und unbürgerlich denkt. – Wie dieser Dekrete ausfertigt und jener auf den Rednerstuhl tritt, so ist der *Clemens* dazu bestimmt, durch sein Leben, das sich in die Begeisterung des Witzes, der Philosophie, des Eifers und der Experimentenlust verzweigt, die Menschen zu wecken und in der dunklen Kammer eine Kerze anzuzünden, manches Neue alt und manches Alte neu zu machen, und daß er nicht wie die meisten gebildeten Menschen gegen das Leben, gegen Geschäfte, Künste, ja gegen Vergnügungen nur mit einer Art von Selbstverteidigung zu Werke geht und lebt, wie man einen Pack Zeitungen liest, nur damit man sie los werde – das macht ihm viel Ehre. Nur bisweilen überfällt ihn eine seltsame Blödsinnigkeit, daß ihm die Tage unnütz vorkommen, und meint, es wäre nichts und käme zu nichts, weil das, was durch ihn entstanden, nicht wie ein beschriebener Bogen Papier vor ihm liegt.« – Ach *Clemens*, es ist gut, daß sie über Dich und nicht an Dich schreibt, denn Dir selber hättest Du das alles nicht sagen lassen, und Dein Verwerfen ihres Mißbegriffs von Dir will ich gar nicht hören müssen. Das fügte sie noch hinzu, daß der Lebensbalsam, den Du für andre hast, einem feinen geistigen Öl in einem verschloßnen Gefäß gleich ist. Nur mäßig verbreitet, erquickt und belebt es, ganz geöffnet, betäubt, tötet es und verzehrt sich selbst, oft habe Dein Witz einen in die Ecke geworfen, wo er das Aufstehen vergessen! – Von *Jung Stilling*, dessen Bekanntschaft die *Günderode* in Heidelberg machte, schreibt sie: »Der Mann hat meine ganze Aufmerksamkeit gefesselt, er hat etwas Liebes, man sieht, daß sein Leben aus einem Guß ist, daß sich von seiner Jugend bis ins Alter eine grade Linie zieht und *er* mehr die Umstände bestimmt hat, als sich von ihnen bestimmen lassen; selbst seine breite Eitelkeit, mit der er unaufhörlich Fürsten und Prinzen bei den Haaren herbeizieht, indem er sich ihre Namen von seiner Frau soufflieren läßt, hat etwas Treuherziges und beleidigt nicht« –

Liebster *Clemente*, ein wahrhafter Zug nur aus meiner Seele gebe Dir Licht über mein Zurückhalten gegen Deine Verbindung mit *Sophie*! – Du schwebst also immer noch im Irrtum, als könne es mich unglücklich machen? – Hab ich Dir das gesagt? – Nein! – Meine Krankheit, ein Gallenfieber – hat wahrhaftig keine Beziehung zu Dir! – Die *Günderode* hatte mich geplagt mit Philosophie; ich mußte ihr *Schelling* vorlesen – das hat mich krank gemacht. Ach ich war so brennend verlangend nach frischer Luft, daß die ganze Welt um mich vor Begierde zitterte wie die Gegenstände in der Nähe des Feuers; so kam Bewußtlosigkeit, und als ich wieder zu mir kam, da war das erste, daß sie ein Gelübde tat, mich nie wieder Philosophie studieren zu lassen – ich hatte im Fieber fortwährend davon phantasiert. Was willst Du nun? – Wär es Deine Verbindung gewesen, die mir zwar auch Sorge machte, aber doch nicht soviel wie die verdammte Philosophie, so würde ich von der phantasiert haben, das war aber gar nicht. – Und sei jetzt ruhig über beides, denn keines kümmert mich mehr! – Und sag nicht, Du willst um meinetwillen jetzt nicht heiraten und willst lieber mit Deiner *Sophie* zusammen unglücklich sein! – Ich würde Dir gleich hierher schreiben: *»Du sollst sie heiraten!«* wenn ich nicht fürchten müßte, Du glaubtest am Ende gar, Du habest sie nur um meinetwillen geheiratet. Nein, sowas muß man tun aus sich, für sich und wegen sich, aber keinen andern zu Gefallen weder lassen noch tun. – Ich begreif kein Philistergesetz, aber daß ein Baum wurzle im geeigneten Boden seiner Nahrung, das begreife ich, und mögen seine Äste recht schlank in die Weite sich strecken, daß die Sonne ihn früh vergolde und der Wind mit ihm plaudere und daß kein häßlicher Irrtum Dich um die Wahrheit Deines Glückes betrüge.

Es ist heut so trüb, so trüb wie nirgend in der Welt, man möchte sich vor lauter Trübsinn verlieben. Die Nebel nehmen hier die seltsamsten Gestalten an, und der Regen fällt zuweilen auf kleine Stellen, nicht tropfenweis, sondern aus einem Guß herab. Diese Trübheit macht mir Deutlichkeit und Klarheit so lieb, so reizend sonst auch öfters Dunkelheit, Verworrenheit und Undeutlichkeit erscheinen mag; – drum hab ich's auch gewagt, durch meine Deutlichkeit diesmal die Verworrenheit in Dir aus dem Dunkel ins Klare zu bringen.

Ich küsse Dich, lieber *Clemens*, und drücke Dich an mein Herz; sei gut und gegen mich besonders und traue mir mehr wie Dir, das heißt in gewissen Dingen. – Du mußt wissen, daß ich schon eine Weile im Mondschein schreibe, weil mein Licht ausging. Der Mond schwimmt zwischen dem Gewölk, und die grauen Berge drüben sonnen sich in seinem Schein, ich wollte sagen: *monden* sich, und begleiten sich gegenseitig mit Schatten, und die kleinen Quellen ruschlen so leise wie Gespenster. –

Leonhardi ist hier, er stählt sich mit Stahlbädern! Was wird dann erst werden, wenn diese Kur gelingt! –

Bettine.

Liebe *Bettine.* Marburg.

Ich bin seit wenigen Tagen wieder hier. Meinen Brief, in dem ich Dir sage, daß ich *Sophien* nicht heirate, hast Du wohl erhalten? – Ich hoffe auf Antwort; – unterdessen muß ich Dich um alles in der Welt bitten, Dich nicht phantastischer Schwermut zu übergeben, der alles Schöne und Wahre endlich in uns erliegt. Ich habe Dich so oft gebeten, Du solltest Deine Empfindungen und Phantasien mehr von Dir trennen und sie allein für sich in irgendeiner Form niederschreiben, sie zur Poesie erheben, wie die Kirche von dem Dorf, der Wald vom Felde stets getrennt sein muß, wenn etwas gedeihen soll. Dann fordere ich weiter auch, nie wieder an meiner Liebe zu zweiflen, noch zu glauben, daß ich je ohne Deine Liebe leben möchte. – Wenn Du Dich nicht zu *Sophien* neigen kannst, so ist dies nur, weil Du sie ganz verkennst; es ist nicht jene *Sophie* mehr, die mich nicht verstand, es ist ein unschuldiges, liebes, treues göttliches Weib.

Liebes Kind, sei glücklich! Es tut mir leid, daß Du mir nie schreibst, es freue Dich, meine Büste zu erhalten; in ungefähr drei Wochen wird sie Dir *Tieck* zusenden, es ist die beste Büste, die er gemacht, ein wahres Kunstwerk! – Sie ist Dir zulieb gearbeitet, halte sie lieb und schone sie! Ich werde wohl in einiger Zeit zu Dir kommen, wenn Du mir schreibst, wann Du wieder in Frankfurt sein willst.

Da ich von Weimar wegging, ist *Sophie* auf einige Zeit nach Dresden gegangen, um sich zu zerstreuen. Ein Brief des Herzogs *von Gotha* an *Sophie*, worin er über Theater schwindelt und nur davon spricht, *Sophiens* und mein Dichtertalent der Bühne zu widmen, bewog mich folgendes zu schreiben, wozu mein Aufenthalt in Lauchstädt mir Gelegenheit gab; ich habe mit dem trefflichen *Tieck* dort viel über Theater verkehrt. – Diese Truppe, von *Goethe* auf eine Stufe gebracht, wo sie jedem gefällt und eigentlich imponiert, war der Gegenstand der galanten Konversation an table d'hôte*, und da alle Laufgräben der Fadheit, Unwahrheit und Gemeinheit mit Wetter- und Theatergesprächen eröffnet werden, so ist es doch noch wunderbarer, wenn man in öffentlichen Blättern verkündigt, wie dieser oder jener mit Beifall aufgetreten und bis auf ein gewisses Schnarren mit hinreichendem Gebrülle das schwer zu befriedigende, sehr gebildete Publikum zu München, Mannheim, Stuttgart usw. ganz entzückt hat; alles dergleichen kommt mir viel erstaunlicher als Zeitungsartikel vor, als irgend die einsamen Wetterbeobachtungen eines neben seinem Barometer studierenden Landpredigers im Reichsanzeiger oder sonst in einem Provinzialblatt.

Es kann sein, man will dadurch einer Geschichte der Kunst vorarbeiten, gleich einer Weltgeschichte aus Armenbulletins, doch dergleichen soll mit vieler Teilnahme und großem Nutzen gelesen werden. – Mir auch scheint es eine äußerst wichtige Sache ums Theater zu sein, mit der man es über die Maßen gern recht ernsthaft meinen möchte. Ich selbst gedenke meiner frommen Wünsche, die sich bei meinem schweren Leiden im Parterre, wo ich doch wohl, seit der Vetter von Lissabon Hering in den Kaffee getaucht, fünfundzwanzigmal gesessen haben mag, entwickelt haben, ich würde diese Wünsche veröffentlichen, wenn nicht alles dieses wie Spreu in der Luft verflöge vor *Ludwig Tieck*, der allein beauftragt ist, der Mimik ein Licht aufzustecken, da er das größte mimische Talent ist, was jemals die Bühne *nicht* betreten. Dieser Dichter, der als darstellender Künstler die Bühne zu einer Ehre gebracht haben würde, deren sich wenige diesseit oder jenseit der Lampen träumen, ist kein Schauspieler geworden, worüber Thalia und Melpomene mit inniger Beschämung trauern sollten, denn er hat den innersten Beruf und ein Talent zur Bühne, wie es sich alle Jahrhunderte einmal hinaufverirrt. – Seine einzelne Äußerungen müssen einem zum Nachdenken erwecken, sie sind im Zusammenhang mit vielen trefflichen andern Kunst- und Lebensansichten und haben mich so erhoben und begeistert zur Bühne, der ich gern darum mein Talent widmen werde, wenn ich welches habe; – ich glaube aber auch, daß man so wenig in der Kunst und der Geschichte als in der Natur plötzlich wirken könne. Der Bedingungen zu einer Vollendetheit auf irgendeinem Punkte des Daseins sind unendliche; es kann wohl ein Mensch vortrefflich sein, er kann gelungen sein, daß ihm aber alles gelinge, besonders in einer Sache, die wie die dramatische Kunst nur mit allgemeiner Weltkrankheit erkrankt und mit allgemeiner Weltgenesung genesen kann, wäre eine beinah rasende Zumutung. Selbst einem so außerordentlich von dem Schöpfer geliebten Menschen, als *Goethe* ist, konnte das nicht gelingen – denn es wäre eine ebenso gesegnete Vereinigung aller geistiger, physischer und historischer Weltkräfte nötig, um mittelbar durch einen Menschen der Bühne aufzuhelfen, als sie nötig war, um einen so großen, reinstrebenden Menschen, als *Goethe* war, aufzustellen! – In keiner Kunstgattung sind aber die Bedingungen ihrer Vollendung so unendlich als in der dramatischen. Nur auf dem äußersten Gipfel ihrer historischen, moralischen und künstlerischen Größe kann eine Nation ein vortreffliches Theater haben, dies ist zu beweisen! – aber von dem Bedürfnis desselben ist man entfernt in einer Zeit, wo man mit peinigenden Mängeln überzufrieden stolziert und das Theater ohne alle Kunstheiligung in den Kreis der menus plaisirs* hinabgesunken ist.

Als in der menschlichen Gesellschaft die Unschuld verlorenging, trat die Sitte als Vermittlerin auf; als Zucht und

Treue entwichen, ließen sie die Höflichkeit und Savoir faire* als Geschäftsträger zurück. Als die Würde sich von dem Verdienst trennte, ließ es sich mit der Etikette ein, da die Völker nur große Haufen eigennütziger Bürger wurden, entstanden die stehenden Heere, und die Ehe als zwingendes Gesetz zeigt, daß die Liebe sich nicht immer sehr ehrbar betragen haben mag! – Alle diese vermittelnden Selbstvertreter aber sind ehrwürdig, wenngleich nicht unmittelbar göttlich und heilig, denn sie sind Fußstapfen, Träger, Telegraphen, Hieroglyphen entflohener Götter von der Erde, und an sie knüpft sich die Hoffnung, die Erweckung besserer Zukunft und alles Strebens. Sie stehen zwar stumm, starr und tot wie Memnonssäulen in den Wüsten der Geschichte, aber jede Morgenröte legt ihren Strahl erinnernd an ihre Stirne und läßt sie mahnend tönen. Für die Kunst aber ist immer nach ihrem Untergang ein solcher wohltätiger, wenngleich armer, doch allein würdiger Träger jene ihre ernste, strenge, rechte, oft pedantische Periode gewesen, die wir Schule nennen. Wenn die freie genialische Produktion das sterbliche Kind der Unsterblichkeit, seinen schönen blühenden Leib, dem Scheiterhaufen des ewigen Geschickes hingegeben, dann sammlen fromme und gerechte Menschen das bloß Rechte, Notwendige und Gesetzliche, ich möchte sagen Mathematische aus ihrem Andenken und stellen uns das Gerippe des Untergegangnen in seiner gesetzlichen Schönheit vor Augen, das mit Verstand drapiert oft lange noch herrlicher und bewundrungswürdiger, ja würdiger ist, als wir es sind, die es nicht verstehen. Manche Völker haben nur der Schule zu verdanken, daß sie noch eine Ahnung der Künste besitzen, und ich halte es für eine Weisheit, Bescheidenheit und Mäßigung *Goethes*, auf seiner Stelle für das Theater die Schule in Deutschland aufgestellt zu haben, die seinen Bemühungen dauerndern Wert geben wird, als wenn er alle Genialität auf dieser Bühne zu einer Zeit losgelassen hätte, wo nichts als eine

Tierhetze daraus werden konnte. Es ist nicht not, in der Kunst das Vortreffliche anzuschaffen, es ist not, das Schlechte, Falsche, Verkehrte abzuschaffen, denn alles Vortreffliche erblühet aus dem Rechten und Wahren. – *Die Freiheit ist die Blüte des Gesetzes,* der Tod aller darstellenden Kunst aber ist die Eitelkeit und Selbstgefälligkeit, und ich werde mir es niemals nehmen lassen, daß einst die strenge, grausam scheinende bürgerliche Verachtung der Schauspieler ein Hausmittel der Geschichte war, vortreffliche Künstler zu haben. Um auf die Bühne berufen zu sein, dazu gehört ein Schatz von Talent und Unschuld, der die ganze Welt mit ihrer Ehre gewissermaßen wie ein Schiff in den Grund bohrt, um über den Lampen auf der Zauberinsel der Fata morgana zu landen. Jetzt aber gleicht das Theater einem Strande, dessen Bewohner aus gestrandeten Schiffern bestehn, die sich ganz wohl befinden; ist hie und da ein Robinson drunter, den wir gern ansehen, so spielen seine Gehülfen doch die Affen zu schlecht, indem sie aus Eitelkeit sich ihre Menschlichkeit immer merken lassen, als daß man nicht lieber den *Kampe*schen Robinson läse als ihm zusähe. –

Die große Trauer und Angst aber, die mich bisher immer im Parterre, besonders wenn die Helden und Biedermänner, die ersten Liebhaber männlichen und weiblichen Geschlechts in ihrem durch ganz Deutschland hergebrachten ekelmütigen, edelhaften, eitlen, heuchlerischen, mit Empfindung eingesalbten Ton, die Tränen und Seufzer des unschuldigen Publikums erwürgen und erjammern, geht mehr aus einem allgemeinen Entsetzen über dies Geschick der Kunst als aus Unwill über die Schauspieler hervor, die sich unendlich quälen und allen möglichen Lohn und Dank verdienen; denn wie sollten sie es besser machen, als man es *machen kann*? Die Leute wollen es nicht besser, und ein Schelm gibt mehr, als er kann*.

* Sollten vielleicht nicht manche wirkliche Schelme sein? – denn viele können gar nichts. –

Dies Bruchstück aus meinem Glaubensbekenntnis über das Theater hab ich Dir hier hergeschrieben, um daß, wenn bei Euren Soirées dort im Schlangenbad vielleicht die Rede zwischen dem Herzog *August* und Dir auf mich oder *Sophie* kommt, Du ihm allenfalls das Nötige sagen kannst. Es ist mir wichtig, daß Männer wie dieser, der immer *Sophiens* warmer Freund war, doch zugleich auch gewahr werden, daß es keine engherzige Natur ist, keine Liebeständelei, die mich und *Sophie* zusammenführte, sondern mannigfache Übereinstimmung und Ergänzungen der Gemüter, der Ansichten, der Begriffe und der Ausführungen unserer Lebenspläne. – Lebe wohl, laß bald von Dir hören und behalte lieb Deinen

Clemens.

Eben erhalte ich Deinen Brief mit den Mitteilungen der *Günderode,* schicke mir den ganzen Brief und sage ihr, daß ich ihr herzlich danke für alles, was sie über mich denkt und beschließt, und ihr werde ich antworten. –

An *Clemens!* –

Clemente, gestern erhielt ich Deinen Brief in Schlangenbad! Ich hätte sehr gern ihn dem Herzog von Gotha vorgelesen oder lesen lassen, allein er war schon am Morgen abgereist; es war schade, er hatte gern etwas mit mir zu verhandeln; da er so oft auf dem Spaziergang neben mir herlief, zog er seine Schreibtafel heraus, stellte sich vor mich, daß ich nicht weitergehen solle, es war recht lächerlich. Von der *Günderode* erzählte ich ihm, von Deiner *Sophie* hat er mir viel erzählt, unendlich Schönes. Sie hat mir eingeleuchtet wie ein Stern, ich mußte darüber entzückt sein, und verwundere mich, daß ich ihn begegnen mußte hier, der die *Sophie* so verehrt, mir eine ganze Brieftasche voll Gedichte an sie vorlas, alle Tage unendlich Vortreffliches mir erzählte. Dafür hab ich ihm auf meiner Gitarre mehrere Präludien zu seinen Liedern komponiert. Es war eine Not mit seinen französischen Gedichten, zu so was konnte ich keine musikalische Anwendung machen. Unter mir wohnt die Kurprinzessin von Hessen, der hab ich alle Nacht aus dem Fenster vorgespielt, das machte ihr viel Freude, sie hat mich in Affektion genommen und ist oft mit mir allein spazierengegangen; ich sollte ihr erzählen, da war viel von Dir die Rede! Von wem soll ich sonst reden. Aber von meinem Aufenthalt bei der Großmama und von manchen ernsten Geschichten und Gesichten der französischen Revolution war die Rede; da wunderte sie sich, daß ich so ernste Dinge berühre schon in der Jugend.

Ich weiß, was Jugend ist: Inniges, unzerstreutes Empfinden des eignen Selbst. – Die Einsamkeit aber ist eine Quelle, sich selbst zu trinken. Dieser Gedanke gefiel der Kurprinzeß, ich mußte ihn ihr in ein Denkbüchlein schreiben; und ich setzte noch hinzu: »Denken ist, die Wege Gottes beschreiten – durch Denken gelangt man zu Gott!« Und dies gefiel der Kurprinzeß so, daß sie mich dafür auf die Stirne küßte. – Sie redet nun oft mit mir und nennt das seltsame Gedanken, was ich so herausplaudere ohne viel Nachdenken; so hatte ich letzt gesagt, der Gedanke sei ein geflügelt Roß, und wer es regieren könne, der schwinge sich mit ihm auf in die Unsterblichkeit. – Das alles will sie behalten und aufschreiben; – immer möchte sie mehr aus mir herauslocken, als ich grade sagen kann oder mag, denn zu geistiger Offenbarung gehört der Wille, den Geist zu entfalten. – Der Geist ist zwar immer wandelnd, nämlich in ihm selber wandelt sich alles, was er berührt, und davon wächst und blüht er und reift zur Frucht selber. – Unser höchstes Wirken ist Denken; gibt es vielleicht Geister, die noch ein höheres Wirken haben als Denken? und was mag das sein? – Nein! Denken ist das große Lebensmeer der Gottheit, aus dem entspringt alles Wirken! – So sag ich, und die Kurprinzeß freut sich an diesen Reden und will wissen, wo ich das alles herhabe; ich sage, das sind Hobelspäne von Gesprächen mit der *Günderode*, und daß ich mich da oft durch die Gedankenfülle durchdränge wie durch eine Volksmenge, die mich umwimmelt, und daß ich den ersten besten beim Ohr kriege, und viele andere witschen mir durch. – Da freut sich die Kurprinzeß und will mehr wissen, und ich muß als in einem fort aus dem Ärmel schütteln. – Und der Glaube ruft den Geist herbei, der sagt seine Geheimnisse, die Natur haucht sie aus. – So ist jeder, der belehrt sein will, ahnungsvoll wie die Knospe, die dem Licht aufbricht, aus ihrem Kelch duftet die Begeistrung fürs Licht. – Und das Licht kann dieser Begeistrung nicht widerstehen, sowenig der Geist der Liebe widerstehen kann! –

Ich bin heute so munter, ich möchte noch mehr schwätzen! Meine Augen sehen im Dämmerlicht sehr hell, ich schreib gern bei Mondschein, da kann ich so vergnügt im Zimmer auf und ab gehen. Am Himmel tragen die Wolken ihre Begebenheiten mir vor, sie ballen sich zusammen und türmen sich und schreiten auseinander und steigen und kreuzen sich und lassen sich nieder, kurz, es ist ein Staatsleben unter ihnen. – Am meisten seh ich Revolutionsereignisse drin! – Wollt ich prophetisch sein, ich würde mich an die Wolken halten! – Nicht daß sie wirklich Geschicke ausmalen könnten. Aber der Geist kann sich selber ahnen, selber erkennen und sich selber hinübererzeugen in das, was er sich vorstellen kann. Gewiß kommt einst eine Zeit der Erlösung, wo nicht mehr einer die Wahrheit prophetisch oder ahnungsweise vorträgt, sondern wo die ganze Welt zugleich weiß und empfindet, was ihr Lebensnahrung gibt und wo sie drin wuchert, wie im üppigen Boden die Pflanzen und Früchte wuchern! – Gedeihen des Geistes ist eine über alle Vorsichtsmaßregeln und Begriffe und Bedeutungen hinausstrebende Kraft. – Alle Philosophie erstickt, umstrickt, und zwar mit groben Stricken, den ungebundenen Geist. Ach ich hab da letzt noch mit *Sinclair* disputiert. – Ich kann aber nicht disputieren, ich muß mich nur totärgern, bis der Kerl fertig ist, wo ich gleich bei der ersten hölzernen Redensart als schon außer mir komme; ich kann auf nichts achtgeben, sie sagen, ich wär eingebildet; die andern sind eingebildet mit ihrer Repulsion und Attraktion und Potenz und Notstall der Philosophie und Kunstreligion.

Es gibt Menschen, die sind wie die Raupen, sie zehren nur vom Pflanzenstoff des Geistes; wenn die sterben, so werden sie zu Schmetterlinge, die gauklen in ihrer Seligkeit so über den Blumen. Das, womit sie ihren Geist nährten, gab ihnen keine andere Offenbarung der Seligkeit als nur diese. –

Was der Geist in sich entwickelt, das wird seine Offenbarung, sein höheres Leben! – Der Maler hat ein ganz besonders Himmelreich (Verewigung), in das er sich durch seine Kunst hinüberübt und -lernt! – Aber! aber! – die Maler malen ja alle daneben und nicht das, was ihnen wieder Geist gibt. Der Künstler muß ja etwas hervorbringen, was ihn wiedererzeugt, sonst ist's aus mit der Ewigkeit. Der Musiker komponiert ja falsch, und wenn er noch so sehr den Generalbaß reitet, grade deswegen; er spielt ja Menschensatzung und nicht Überirdisches! – Der Sänger singt ja falsch, und wenn er noch so rein trifft, er trifft ja die Seele, das Gefühl, dessen nicht der Geist hat und auf höhere Berührung wartet. – Der nur erzeugt die wahre Kunst, der das hervorbringt, was die Zeit zu dem erhöht, wozu sie reif ist, um sie weiterzureifen. – Der singt falsch, der durch seinen Gesang nicht das göttliche Licht der Freiheit in dem Hörer entzündet, denn er erfüllt nicht den Zweck der Kunst und gibt dem Geist Ärgernis, denn er zieht ihn herab.

Mit diesem letzten will ich in Deine Saiten eingreifen, von dem, was Du über Schauspielkunst sagst. – Mir hat der Mond diktiert.

Ich möchte der lieben *Sophie* auch noch was sagen, aber ich hänge vom Mond ab, daß er mir doch einen Augenblick dazu Licht gebe! – eben kommt er! – Licht und Feuer in den zerstreuten Hütten funkelt durch das Grün der Bäume. – So weit ich seh, versinkt die Welt in Ruh!

Clemens, die Sterne funkeln zu Tausenden am Himmel, unter meinem Fenster steht meine alte Invaliden-Schildwache und paßt auf ein Ständchen meiner Gitarre; er ist gewohnt, mich abends noch singen zu hören, ich werd ihm ein alt Klosterlied an die Jungfrau Maria singen, denn es ist morgen Maria Himmelfahrt.

Deine Freundschaft mit *Tieck* entzückt mich – oft, wenn ich in seinen Schriften las, hatte ich eine große Begierde, ihn kennenzulernen. Ich werde ein Kleidchen machen für sein Töchterchen, so schön als möglich, das schenk dem Liebchen von mir. – Du kommst also, *Clemente*! ich freue mich. – Wir sind jetzt ganz allein hier! – wir machen Promenaden ins Wilde! – Die *Toni* hat aber als den Mut verloren, wenn wir den Weg verloren hatten! ich dachte, es wäre recht närrisch, wenn wir uns nicht wieder in die Heimat fänden und gingen so fort und kämen in fremde Lande.

Bettine.

Lieber Clemens.

In wenig Tagen gehn wir von hier ab. Ich weiß nicht, ob wir uns in Wiesbaden aufhalten. Du mußt meinen letzten Brief nicht erhalten haben, weil ich nichts von Dir weiß. So sehr ich mich freu, Dich wiederzusehen, tut's mir doch leid, die Gegend zu verlassen; hier hab ich zum erstenmal die Natur beklettert, mitten in ihrem Schoß konnte der Mutwille nicht Ruhe halten; wohin mein Auge blickte, dahin wollte ich, oft meint ich mit Händen die Berge zu greifen, und wenn ich eine Strecke gelaufen war, dann war's, als sei ich viel weiter entfernt vom Berg. Erreichen muß man nicht wollen; goldne Wünsche, grünende Hoffnungen, wartet nicht, daß ich euch nachlaufe, wenn ich auch euch nachseufze ein Weilchen! – Es ist vor ein paar Tagen ein Mann hier durchgekommen mit einer Flugmaschine, er wollte sich damit sehen lassen, aber *Leonhardi*, der noch zwei Stahlbäder zu nehmen hat, wovon er ganz stahlblau wird, wollte durchaus nicht, daß der Mann fliegen solle; der Mann wollte uns auf der Terrasse ein Flugstückchen machen, für einen Taler wollt er's tun. *Leonhardi* sagte, der Mensch fällt gewiß und bricht Hals und Bein, dann haben wir die Heilkosten, den Doktor, den Apotheker, den Chirurg, den Aufwärter, das Essen, die Nachtwache, die Wartfrau und zuletzt vielleicht gar die Begräbniskosten samt Pfarrer und Küster auf dem Hals, zu so wenig Badegästen, als wir noch sind, kann sich das sehr hoch belaufen. Alles war von *Leonhardis* Weltweisheit eingenommen, der noch vorbrachte, er säh es dem Kerl an, der sei expreß gekommen, ein Unglück anzurichten. Vom Manne hatte ich erfahren, daß er keine drei Batzen habe, denn er hatte auch schon gestern keine mehr gehabt und sich durchbetteln müssen. *Leonhardi* behauptete, des Mannes Augen seien auf seine Taschen gerichtet gewesen, er sei ein Dieb. – Ich brachte die Nachricht, der Mann wolle mit Gewalt fliegen; da seht ihr, sagte *Leonhardi*, er will uns einen Streich spielen. Ich wurde also wieder zu dem Mann geschickt, ob er nicht gutwillig gehen werde, wenn man ihm einen Douceur* gebe. Ich brachte die Nachricht: der Mann wolle absolut fliegen und lade die Gesellschaft bei Mondschein auf die Terrasse. Ach, sagte *Leonhardi*, in dem Menschen sitzt die Verzweiflung; das ist eine dumme Geschichte in der einsamen Gegend, wo keine ordentliche Polizei ist – dem Mann verbieten zu fliegen habe er keinen Befehl, meint der Polizeimann, sagt der Badepeter, erzählte ich. – Der gute invalide Polizeisoldat mußte kommen, der sagte: Lassen Sie ihn, der wird nicht weit fliegen, er ist auch Invalide, es kann nicht jeder Nachtwächter in Schlangenbad sein, um sein Brot zu verdienen. – Da haben wir's! – ein zerschoßner Kerl will da noch ungeheure Kunststücke machen! – Alles war aufgeregt, jeder lachte darüber, aber man wollte ihn los sein. – Mit zehn Gulden geht er ab, rief ich. Die zehn Gulden waren gleich beisammen und noch mehr, jeder steuerte ungezählt bei. – Ich lief mit dem Geld zum Mann, der gar nichts davon wußte, auch so viel Geld seit lange nicht gesehen hatte. Ich konnte ihm schwer begreiflich machen, daß es sein gehöre, wenn er nicht fliegen wolle; dies letzte begriff er vollends gar nicht, denn er ließ sich durchaus nicht vom Fliegen abhalten, was er vorher eigentlich nicht im Sinne hatte, es mußte jetzt geschehen! Ich lief auf die Terrasse und rief: der Mann kommt, er will doch mit aller Gewalt fliegen! – Ein großer Spektakel war da los, der Mann zog aus einem Pappkasten zwei Schläuche, blies Luft hinein, es wurden zwei Pferdchen draus, ein weißes und ein schwarzes, so groß wie Windhunde, angespannt an einen Luftballon, in dem der Amor saß, das ging in die Höhe an einem langen Bindfaden und schwebte zehn Fuß über uns, er hielt dabei eine Rede über das schwarze und weiße Pferd am Liebeswagen. *Voigt* sagt, diese Rede sei aus dem Plato. Als der Phaethon vom Abendwind eine Weile herumgetrieben war, wickelte der Mann den Bindfaden wieder auf, entließ die Luft aus den Gaulen und nahm mit tausend Danksagungen Abschied. – Wir alle waren sehr lustig über die Geschichte und gönnten es dem guten Mann, der durch seine Gutmütigkeit den besten Eindruck gemacht hatte.

Wir sind jetzt ganz allein hier, wir machen von morgens bis abends die herrlichsten Spaziergänge, ich glaube, es wird traurig werden, wieder in mein finsteres Zimmer eingesperrt zu sein. Aber es wird doch ein angenehmer Winter sein; die Heiraten der Geschwister werden nicht wenig zur häuslichen Glückseligkeit beitragen. Ich wundre mich, daß Du so wenig Anteil dran nimmst.

Grüße *Sophie* von mir, und wenn Du schon in Marburg bist, so schreib ihr, daß ich alle Tag an sie denke.

Bettine.

Liebe Schwester!

Deinen letzten Brief von Schlangenbad, in dem Du Deine baldige Abreise angezeigt, nebst der Fluggeschichte, erhielt ich eine Minute später, als mein Brief an Dich abgegangen war. Ich erwarte von diesem für Dich so gütig gewesenen Sommer nun auch gute Wirkung für Deine Gesundheit, Deinen Mut und Fleiß. Was mich betrifft, so bleibe ewig beruhigt und vertraue mir ganz, daß ich in unserm engen Bund nie ein Wesen aufnehmen werde, als nur wenn es sehr vortrefflich ist. Ich liebe und ehre *Sophien* zu sehr, um mehr von ihr zu sprechen; wenn Du sie kennen wirst, liebe *Bettine,* so wirst Du für sie empfinden, was auch ich für sie fühle. Sie macht alles gesund und blühend, sie ist die ewige Jugend und immer ein Kind, sie ist, wie ihr letzter Brief sagt, eine sehr arme Frau, aber ein unendlich reiches Kind. Wenn ich nach Frankfurt komme, will ich Dich über alles belehren und Deine Besorgnisse so aufklären, daß Du Dich über das Ganze so freuen sollst, wie ich es tue. Nur bitte ich Dich nochmals, in allen Dingen, die mich betreffen, keine Vertraute zu haben.

Mit *Savigny* stehe ich auf einem ganz ordentlichen Fuß, wir achten uns, ohne doch daß unsere Herzen innige Mitteilungen hätten. Seine Verschlossenheit, sein Verkehr mit *Gunda* und *Winkelmann*, ohne daß ich weiß, was sie miteinander wollen, und vor allem sein Geständnis, »daß er mit Dir platterdings gar nicht existieren und keine Berührung mit Dir erträglich sei«. Dieser deutliche Widerwille gegen das, was ich auf Erden am meisten liebe, gegen Dich, dies alles hat mir mein Verhältnis mit ihm bestimmt. Ich achte ihn aber mehr als irgendeinen Menschen in der Welt; daß er das

Talent nicht hat, vertraulich zu werden, lasse ich ihn weiter nicht entgelten. Übrigens teile ich ihm nichts mehr mit, weil er stumm wie ein Ölgötze gegen mich ist, und so wäre das gut. Manchmal muß ich tief in Gedanken über ihn sitzen, denn ich habe manche kontroverse Erfahrungen an ihm gemacht, die ich zu reimen nicht imstande bin; doch – alles ist gut und bedeutsam in der Welt, und wer weiß, wie sich dies noch einmal zurechtrücken wird! Über was kann ich denn klagen, als daß ich ihn in dieser Abgeschlossenheit nicht verstehe; das ist am End auch meine Schuld und nicht die seine. Und mir selber kann ich dies auch nicht verdenken, da ich's bei allem guten Willen noch nicht weiter gebracht habe, als mich zu verwundern und mir jede Mißbilligung zu verbieten, bis ich eines Bessern belehrt werde, was ohne Zweifel einst sein wird, da mir noch so viel zu lernen und zu begreifen bevorsteht. Nun siehst Du, mit meinem guten Weib werde ich gerechter werden, da sie mild ist und doch unendlich lebensfrisch; da sie die Weltverhältnisse besser versteht als ich und die große Lebensklugheit besitzt, an die menschliche Gesellschaft keine Ansprüche zu machen, obschon sie allen Beziehungen in ihr genügen kann und mit ihrem Wohlwollen immer gibt, wo sie verlangen könnte; und ihre Liebe niemals aufdringt, in der Einsamkeit selbst ihren Reichtum an Geist niedergelegt hat, in dem sie schwelgen kann und reicher ist als andre, die sich im Besitz der Wohlhabenheit fühlen. Es wird kommen und muß kommen, daß sie das Eis schmelze, denn sie ist der Frühling und hat den Geist des Belebens! – und das gewinnt die Herzen! Drum ist fürs erste mein Aufenthalt in Marburg mir wichtig grade um *Savignys* willen, wenn das so kommen dürfte, daß er allem dem entspräche, was in ihm sein muß, was ich aber nie zutag fördern konnte, wenn ich wirklich durch meine Hast, durch meine Unbefähigung, bessern Menschen gerecht zu sein, allein die Schuld trüge dieser oft qualvollen ungewürdigten Stunden und Tage unseres Zusammenseins! – und *Sophie*, die ganze menschliche Freundin meiner Seele, baute zwischen uns die Brücke eines edlen Verkehrs, wo nicht mehr eine grausame Ironie mich mit ihren Pfeilen träfe. Liebes Kind, dann müssen wir's ihm auch hingehen lassen, daß er Dich nicht mag! – Es wird kommen, es wird kommen die gewünschte Frühlingszeit! – Nun sei froh und glücklich und grüße mir die neu verheiratete Schwägerin.

Eben erhalte ich Deinen früheren Brief aus Schlangenbad, der über Weimar gegangen war. Ich bitte Dich herzlich, schreibe mir oft so, schreibe mir oft und viel, Deine Gedanken ziehen so im Flug, als wären sie Vögel aus fremden, heißeren Ländern. – Wie soll man ihrer habhaft werden, wenn nicht ein treuer Freund sie auffängt. Spreche mir auch von *Günderödchen*, von *Mariannen*, die ich ewig lieben werde. – Und noch eins: – Alles, was durch andre Leute von *Sophie* Dir gesagt wird, glaube nicht, denn Du weißt ja, wie andre Leute von mir sprechen, wie auch die, welche für die besten, die edelsten gelten, nur Böses von mir zu sagen wußten oder ahnten, und doch hast Du das nie in mir gefunden! – Nicht wahr, liebstes Kind, das hast Du nie? – Das ist auch der Segen, der auf Dir ruht, daß keine Ungerechtigkeit noch aus Deiner Seele geflossen ist, daß keine Äußerlichkeit, kein Egoismus mit Deinem Gefühl wuchert oder prachert. – Aus der Ambition entspringt manches Übel der Seele, und dies hat so böse Folgen oft, daß ich manchmal meine, alle Lähmungen des Geistes entspringen vielmehr aus dem Ehrgeiz, als daß dieser ihn fördert. – Großmut ist die Quelle alles Reichtums, und jeder, der sich abzuschließen wähnt, um sein inneres Eigentum für sich allein zu bewahren und es wie einen künstlichen Springbrunnen in die Höhe zu treiben, der wird auch einen solchen Springstrahl hervorbringen, lustig und ergötzlich anzuschauen, und die Menschen werden sich wundern, und es wird die Rede sein von dem fameusen springenden Wasser im ganzen Land, wie von der Fontäne auf Wilhelmshöhe! –

Aber was ist es nun, wenn die Röhren, durch welche das Wasser läuft, einmal aus ihrer Lage kommen und der Strahl versiegt oder wenn die unterirdischen Wasser durch Zufall und Naturereignisse eine andere Wendung nehmen, dann steht die Fontäne mit ihren Prätensionen, bewundert zu werden, ganz verlassen; höchstens geht die Rede durchs Land: *die Fontäne springt nicht mehr!* schade um die alte Fontäne, sagen dann die Leute, wir haben unsern spiegelklaren Bergstrom, der sich wohltätig durch unsere Fluren verbreitet! sehet den schiffbaren Fluß, in dem unsre munteren Bäche und Flüsse zusammenkommen, dem gemeinsamen Leben zu Nutz und Frommen! – Da unterscheidet man sie nicht mehr voneinander, ob dieser oder jener seine Wellen dazu hergibt, den Verkehr des Menschen untereinander zu fördern. – So muß es sein, liebes Kind! so und nicht anders kann das Vollkommne, das Genügende im Geist sich erweitern und verteilen und beleben alle, die von ihm sich zu nähren berufen sind! – Und so will es sich gestalten, seit ich meine *Sophie* habe! – Und mögen die Fontänen für sich springen, solang es geht zur Bewundrung der gelangweilten Menge; trägt der schiffbare Fluß erst die Weltbegebenheiten und die Entwicklung des Weltgeistes auf die Höhe des Weltmeeres, in den er einströmt, dann mag die Fontäne in verödeter Natur springen oder nicht, Schiffe könnte sie doch nimmer tragen. Schreibe bald Deinem *Clemens*, der von Dir lebt, sich von Dir getragen fühlt zum Bessern, zur Lust, das Leben zu genießen und zu beherrschen.

Soeben kommt die Frankfurter Post. Ich habe keine Zeile von Dir und von niemand. *Savigny* erhält die Briefe bündelweise; meine Einsamkeit erhöht sich so immer mehr, ich bitte Dich herzlich, schreibe, ich bin traurig, wenn ich so meinen Herrn Baron seine Briefe verschlingen sehe, ohne mir etwas mitzuteilen, und ich habe gar nichts. Du hast ja auf der Welt nichts zu tun, schreibe mir doch, oder ich glaube, daß Du mich nicht mehr liebst. *Clemens**.

Bericht über Zensurverfolgung, Beschlagnahme und Polizeischikane des Buches »Clemens Brentanos Frühlingskranz«*

Bei meiner Absicht, das Buch dem Prinzen Waldemar zuzueignen, war mir daran gelegen, es dem Prinzen rein wie eine Lilie darzubringen. Damit es also von ungeeigneter Berührung der Polizei frei bleibe, hab ich es gleich anfangs der Zensur unterworfen; ich glaubte, das dem bescheidnen Charakter des Prinzen, dem jede spätere polizeiliche Einwendung verletzend sein mußte, schuldig zu sein. Als der Druck schon über die Hälfte zensiert war, erhielt Graf Flemming vom Zensor die Nachricht, daß Graf Arnim seine Absetzung befohlen habe; er kam ihr zuvor, indem er augenblicklich seinen Abschied begehrte, der ihm noch an demselben Tag zukam.

Da man um einen einstweiligen Zensor verlegen war, weil der neuernannte erst in drei Tagen von einer Reise zurückerwartet wurde, so erbat Graf Flemming sich, die wenigen Tage die Zensur noch zu behalten. Präsident Meding wies das Anerbieten ab, weil der Minister befohlen habe, ihn so schnell als möglich außer Funktion zu setzen. Graf Flemming fragte verwundert nach dem Grund dieses Mißtrauens; ihm wurde angegeben, er habe im August vorigen Jahres ein Witzliedchen auf die Feier des tausendjährigen Reichs passieren lassen, welches konfisziert wurde – »aber am andern Tag wieder freigegeben«, berichtigte Graf Flemming.

Die Zensurbogen meines Buchs wurden nun auf ein paar Tage interimistisch einem dritten übergeben und zugleich die schon zensierten Bogen von der Druckerei zurückgefordert, um sie noch einmal zu zensieren. Aus sittlichem Takt für den Prinzen, damit es nicht heiße, man habe es erst durch die Zensur so zurechtstutzen lassen, und um nicht in dem Kloak der Gemeinheit dies Buch auslauchen zu lassen, entzog ich es jetzt der Zensur! Aber wer kann der Inkonsequenz solcher Behörden entgehen, welche die aus dem Sumpf ihrer Trugschlüsse entflatternden Irrlichter für Fixsterne halten, die sie gerade in den Morast hineinstiefeln machen, aus dem sie nicht wieder heraus können stiefeln.

Nun geht es über von der Zensurbedrängnis zur Beschlagnahmsverkehrtheit: am dreiundzwanzigsten Mai ward es der Polizei zuerst vorgelegt, am vierundzwanzigsten mit Beschlag belegt *wegen respektwidrigem Inhalt* der *Zueignung*. Sollte man nicht glauben, der Samen zu so narrischen Staatsvorwänden sei aus China verschrieben? Und sollte man nicht ein preußisches Ministerium für einen Lohkasten* halten, in welchem dergleichen lächerliches Zeug emporschießt, aber gar keine oder nur krüppelhafte Früchte trägt wegen dem fremden Klima, in das es versetzt ist? – Der Buchhändler bemerkte dem Assessor Ballhorn, der diese Polizeiangelegenheit besorgt, der Grund der Beschlagnahme sei um so auffallender, da der Prinz die Zueignung angenommen habe. – Wie? – schon angenommen? – Warum haben Sie mich nicht gleich davon instruiert? – Der Buchhändler entschuldigte, er habe nicht geglaubt, daß er ihn zu instruieren habe. – Am 25. erhielt er vom Polizeiamt die Nachricht, daß die Beschlagnahme im Sinne der Zueignung wieder aufgehoben sei, daß aber ein *trifftigerer* Grund ermittelt sei, auf welchen sie es zum zweitenmal in Beschlag genommen und nicht eher freigegeben werde, bis es die Zensur passiert habe, weil nämlich der Name auf dem Titel fehle. Der Buchhändler wendet das Blatt um und zeigt ihm den Namen unter der Zueignung vollständig ausgesprochen; der Polizeiassesor nahm diese Gründe nicht an. –

Am 30. Mai erhielt der Buchhändler beiliegendes Schreiben des Polizeipräsidiums vom 28., datiert in Antwort auf sein Einkommen, in welchem er zugunsten des Buches das neuste Gesetz erwähnt, welches erst sechs Wochen alt ist und nach welchem Bücher über zwanzig Bogen durchaus nicht mehr zensiert werden *dürfen**.

Der Schikane solcher Zensurhanswursten sich preisgeben, das passiert die Geisteszensur nicht, gegen den Unsinn der Polizeihanswursten ankämpfen, das wäre albern; ich habe daher meinen Namen mit einem Stempel an die Exemplare drucken lassen.

Sonntag, am 2. Juni!

Soeben meldet der Buchhändler, man wolle das auf der Polizei liegende Exemplar, welches ich zurückfordern ließ, um es auch mit dem neuen Titel zu versehen, durchaus nicht hergeben und habe zum Vorwand genommen, es müsse mit dem neu einzureichenden Exemplar verglichen werden. –

Der Beweis dieser albernen Willkür ist durch die Nachgiebigkeit von mir, einen neuen Titel drucken zu lassen, nicht zu teuer erkauft, wenn es recht deutlich ins Licht stellt, wieviel verderblicher für den Staat es ist, das Zensurgesetz als Privatvorrecht der Tücke sich anzumaßen als je eine Zensurfreiheit sein könnte. – Auch hab ich die Schlangenhaut, an der die Zensurbehörde und Polizei jetzt zerren, schon abgeworfen, und bin in etwas anderm begriffen, was mir mehr am Herzen liegt. Es ist die Beantwortung der Preisfragen, die von der Potsdamer Regierung Anno 1842 gestellt über das Zunehmen der Armut, und wie ihr zu steuern sei. – Der Preis ist gewonnen, allein dem Übel ist nicht gesteuert. Ich habe mir die bescheidne Aufgabe gemacht, alles mir darüber Mitgeteilte zu ordnen und meine Ideen dem anzureihen. Eine so wichtige Zeitfrage kann nur durch allgemeine Ermittlung ausgefördert werden. Der Schwanenorden hat mich zu dieser Unternehmung angeregt, und manche Ideen, die durch ihn ausführbar sein würden, haben mich angefeuert. – Sollte es diesem Buche* ebenso gehen wie dem andern, so würde ich vorziehen, es an einem andern Orte drucken zu lassen; ich habe den Ertrag den Armen bestimmt; ich muß dafür sorgen, daß es nicht eine Beute des Unverstandes werde. Man hat dies Buch schon verleumdet, obschon sein Inhalt nicht bekannt ist. Sie kennen das Sprichwort: Auf viele kleine Streiche fällt auch die größte Eiche. – Der König war einmal sehr gnädig für mich gesinnt. Ich hab mich nie vor ihm sehen lassen, um Kollisionen zu vermeiden, die ihm nur Unmut erregen könnten, und mich der demütigenden Lage aussetzen würde, mich rechtfertigen zu müssen.

Was hat man zum Beispiel für Lügen in Zeitungen über mich vorgebracht, in Hoffnung, mich dadurch bei dem König zu verleumden. – Bei Gelegenheit der ganz unwürdigen Behandlung des Hoffmann von Fallersleben, den ich nur durch *Grimms** kenne, die sich in früheren Zeiten seiner tätigen Freundschaft rühmten, die werfen ihn nun, in der Zeitung gedruckt, zur Tür hinaus. Als ich ihre Erklärung erfuhr und ihren bösen, ganz ungegründeten Argwohn, als habe er mit geheimen Machinationen sich das Lebehoch der Studenten erobert, da beschwor ich sie, sich nicht an ihrer höheren Pflicht gegen einen alten Freund zu vergehen! – Sie meinten, ich solle ihn nicht verteidigen, er habe auf der Polizei gegen mich ausgesagt, als habe ich dies alles veranlaßt. – Er hat ja nichts verbrochen, was eines Vorwandes bedürfte, warum sollte er eine Verleumdung auf mich ausbringen, die ihn selbst verdächtigte. Dem König wird man viel weisgemacht haben über ihn! – Aber er liebt den König, wahrlich, das hat er vor mir einfach und treuherzig ausgesprochen. Der Artikel der Grimm hat die öffentliche Stimme gegen sich, und die Großmut des Königs, der sie unter seinen Schutz nahm, kommt dadurch in Verruf, als habe die Demonstration des Volkes, das der sieben Göttinger sich angenommen, sollen dadurch unterdrückt werden. Hätten die Grimm sich vielmehr des armen, bedrängten

Hoffmann angenommen, so hätten sie des Königs edle Denkweise dadurch ins Licht gestellt, und der König, nach einem erhabneren Gewissen handelnd, würde vielleicht bewiesen haben, daß seine größte Macht aus seiner Großmut entspringe. Und Hoffmann würde dann vielleicht nicht wie ein gescheuchter Habicht von einem Gastfreund zum andern flüchten müssen, und ihm würde überall Willkomm zugerufen werden. Denn der wird mit Freuden gesehen, an dem die Gerechtigkeit und Gnade des Herrschers sich erweist. – Denn es gibt kein beglückenderes Gefühl, als den Herrscher an sittlicher Größe weit erhaben über sich zu sehen.

O kurzsichtige Staatsklugheit, die solcher Männer Gesinnung untergräbt, welche vor der Menge als Wahrzeichen galten, des Adels und der Großmut ihres Fürsten: diese Staatsklugheit kommt niemals ins Gleichgewicht mit der gesunden Vernunft. –

Auch mich wollte man bewegen, gegen die falschen Zeitungsnachrichten zu protestieren. Könnte ein boshaft Geschwätz, das mit Absicht Umstände erfindet, den blanken Stahl meiner Ehre vor dem König trüben, so erheb ich lieber die Lüge ins Prophetentum als die Lügner einer Rechtfertigung zu würdigen. – Sie sind des Königs Freund, der ihm die Wahrheit aus der Lüge schält. – Gegen den armen Hoffmann erschallte hundertfältige Verleumdung, sogar ein Loch in seinem Beinkleid, mit dem er in Gesellschaft erschien, ohne es zu merken, wurde ihm zum Verbrechen gestempelt, eben so unschuldig sind seine politischen Vergehen. – Aber der Widerspruch gegen seine Verfolgung und Verfolger erschallte tausendfach im Volk, das die moralische Verderbtheit und politische Inkonsequenz darin wohl erkennt, aber nicht die Umwege, durch die man dergleichen Handlungsweisen vor dem König beschönigt. Wie schön könnte der König nun das Volk belehren, durch eine einfach menschliche Handlung, deren nur große Seelen fähig sind, so einfach und naturgemäß auch eine solche Handlung sein möchte, wie zum Beispiel, wenn des verfolgten Hoffmann Geschick durch den König selbst erleichtert würde. – Damit würde er auch der Ministerhecke ihre tauben und faulen Eier zerschlagen, und so ihr das Brüten ersparen.

Ich mißbrauche Ihre Geduld, ich komme vom Hundertsten ins Tausendste. Meinen konfiszierten Feldblumenkranz hab ich verschmerzt. Mag es dabei bleiben. Der König muß keinen Anteil daran nehmen, man muß sich scheuen, diesen Mann von so edler stolzer Denkart in Berührung mit der Gemeinheit zu bringen. –

Wissen Sie, womit man den königlichen afrikanischen Löwen in die Flucht schlägt? – Wissen Sie es nicht, so fragen Sie Varnhagen; ihm soll es Frau von Helfer mitgeteilt haben, deren Mägde mußten sich einmal so vor einem großen Löwen in Sicherheit setzen; nämlich indem sie sich ihm von der schlechtesten Seite zeigten. – Und so wär's kein Wunder, wenn der König vor der Polizei sich zurückzöge, die diesmal ihre schlechte Seite nicht *bemänteln* kann, die sie ja von allen Seiten hat.

Am dritten Juni. –

Nachdem ich nun den Umdruck des Titels bestellt und der Polizei davon durch den Buchhändler habe Anzeige machen lassen, und somit versagt habe, das Buch zensieren zu lassen, wozu ich berechtigt bin, da es hierdurch sogar gesetzmäßig nicht mehr zensurfähig ist – so wird eben heute am 3. Juni dem Buchhändler insinuiert, es werde auch gegen meinen Willen und trotz dem Umdruck des Titels zensiert werden. – Ich habe noch einmal, und zwar schriftlich, dagegen protestiert. – Sollte die Polizei diese Willkür gegen mich durchsetzen, nun so gehe ich aus dem Land, in ein andres Land, wo die Polizei sich nicht so unverschämt horribel zeigt, daß der königliche Löwe vor ihr ausreißt. –

Man sagt, ich wär ein Teufel; man wünscht Sie zum Teufel, es ist auf ein Rendez-vous angelegt. – Wo ich auch das Glück haben werde, Sie [lies: Ihnen] zu begegnen, es wird mich immer freudig begeistern, und ich bin Ihnen von Herzen ergeben, wie Sie es um mich tausendmal verdienen. Die Einlage der beiden Aktenstücke bitte ich zurück. –

Am 3. Juni 1844 Bettine.

Ich sitze hier wie in einer Festung; die Polizei wirft eine Kartusche nach der andern herein. Wenn der Gott nicht noch Großes mit mir vorhat, so weiß ich nicht, warum er so spät noch mich eine kriegerische Karriere durchlaufen läßt und eine politische Minierkunst mich ausüben läßt.

Sonderbares Welttheater. – Der Hintergrund Humboldt mit zeitweiliger Apparition des Königs, vor dem der Vordergrund die Polizei und dahintersteckenden Ministerien Savigny, Eichhorn, Arnim* sich eklipsiert, die Tatzen ausstreckt gegen den Mittelgrund, eine Tugend, welche ihm dafür die Zunge herausstreckt. –

Verwendete Abkürzungen

AM Die Andacht zum Menschenbild. Unbekannte Briefe von Bettine Brentano, hrsg. v. W. Schellberg und F. Fuchs, Jena 1942

Amelung-Edition
Clemens Brentanos Frühlingskranz . . . 2. Aufl., eingeleitet von Paul Ernst, mit Anmerkungen und Register von Heinz Amelung, Insel-Verlag, Leipzig 1909

UL Das unsterbliche Leben. Unbekannte Briefe von Clemens Brentano, hrsg. v. W. Schellberg und F. Fuchs, Jena 1939

Varnhagen-Tagebuch
Aus dem Nachlaß Varnhagen's von Ense. Tagebücher von K. A. Varnhagen von Ense, Band I und II, Leipzig 1861

Anmerkungen und Register wurden unter Verwendung der kommentierten Frühlingskranz-Edition von 1909 (herausgegeben von Heinz Amelung, Insel-Verlag Leipzig) formuliert. Auf die Versuche Amelungs, die einzelnen Briefe – die alle zwischen 1800 und 1803 entstanden – genau zu datieren und zusammengesetzte Briefe wieder zu zerlegen, soll hier nicht im einzelnen eingegangen werden: Der Frühlingskranz ist nicht als Briefedition im modernen Sinne gedacht, sondern steht einem Briefroman näher. Zur Demonstration von Bettines Bearbeitungsverfahren soll der Text von einem der wenigen erhaltenen Briefe hier abgedruckt werden (nach der Amelung-Edition, I, S. 229-235; verglichen mit der zugrundeliegenden Handschrift im Varnhagen-Nachlaß). Die von Bettine veränderte Fassung findet sich im Frühlingskranz-Text S. 158-162. Clemens schrieb:

Meine liebe Bettine!
Da ich vermuthe, daß Dich ein kleiner Aerger weiter nicht ins Grab stürzen wird, so habe ich einigen Lusten mit Dir zu schmählen. Stelle Dir vor Einiges in Deinem Brief hat mir einen unangenehmen Eindruck gemacht, zum Beispiel das mit dem Rosenstöckelchen, es kam mir immer vor, als sei es recht artig, eine gewiße Rührung bei unschuldigen Dingen zu empfinden, ja zur Noth könne man auch sagen, es war mir, als müste ich es umarmen, aber es wircklich zu umarmen, und noch gar dabei zu beten und zu weinen, das geht etwas in die Wildniß, und ist stark Empfindsam, hält auch nicht Stich, stelle Dir vor an welchem knappen Fädenchen die Geschichte hängt, fällt sie, so fällt sie mit der schönsten Empfindung ins Lächerliche, denn eine Gelbe Rübe eine Kartofel sind doch eben so unschuldig als ein Rosenstöckelchen, und dennoch wäre Dein[e] ganze Umarmung verunglückt, wenn das Rosenstöckelchen sich in eine solche Rübe verwandelt hätte, auch hast Du bei näherer Beleuchtung wohl nur eine[n] Erdenen Topf umarmt, wenn ich der Rosenstock gewesen wäre, so hätte ich gesagt, oho Mamsell, und dann hättest Du Wahrscheinlich gelacht. Ich hoffe Du gewöhnst Dir täglich mehr solche *Explosionen* ab, Du

weist wie oft ich Dir über ähnliche Anfälle gepredigt habe. Auch das lange Herumtragen, und betrachten der Träume ist kindisch, und während man auf eine Menge schöne Empfindungen, die man bei Gelegenheit solcher Träume hat, bei hellem Tag auf eine geträumte Art Stolz wird, vergißt man eine Menge Dinge zu thun, die wirklich, wahr und Pflichten sind. Wie vihl gescheider wäre es gewesen, wenn Du auf dem Ball recht vergnügt gewesen wärst, das hätte mir auch mehr Spaß, und Dir und andern mehr Vergnügen gemacht. Sehr artig wäre es, wenn Du doch einmahl Deine Träume gern näher überlegst, die Nacht drauf in einem neuen Traum den vorigen zu überlegen, bei Tag aber recht lustig und vergnügt, und fleisig zu sein. Denn sonst läufst Du Gefahr, einem gewißen Mann ähnlich zu werden, der sehr bewandert in der Sternkunde war, und alle Augenblicke in einen Graben fiel, ja endlich elendiglich in einem Brunnen ersoffen ist, weil er immer gegen Himmel gukte, Du läufst Gefahr, daß die Leute sagen, sie ist sehr klug im Traum aber nicht recht gescheid im Wachen. Daß Dir der Rosenkranz gefällt ist mir lieb, aber daß ich mich etwas schenirt finden würde, Dich auf der Altan zwischen alten Dächern und Bedienten Stuben an einem Bohnenkasten mit ihm um den Hals zu finden, ist auch wahr. Ich bitte Dich um des Kaisers seinen Bart willen, werde nicht empfindsam und laße Dich nicht von dem Liede der Kazzen sogar rühren. Gehe spazieren, gebe Dich mit der Toni, mit der Lotte ab, und freue Dich ihrer vernünftigen Kälte, ich fürchte immer die klagende, kränkliche Gesellschaft der Gundel macht Dich täglich zimperlicher, ich bitte Dich um alles in der Welt, werde mir keine Serapfine Hohenacker die Geisterseherinn, wahrhaftig dann must Du am Ende verzweiflen, denn ich werde alle Tage gescheuder, und unempfindsamer, es ist ein miserables Leben um einen empfindsamen Menschen in der Welt, und zwar grade, weil die Welt nichts weniger als empfindsam ist, und einem kein Baum aus der Weg geht, oder beweint, wenn man sich ein Loch an ihm in den Kopf stößt. Wenn Du überdem wüßtest, wie man durch Verstopfungen im Unterleib zu all diesen wunderlich zärtlichen Empfindungen kommen kann, und daß die Beseßnen, und die Hexen in den vorigen Jahrhunderten nicht anders als solche verstopfte Personen waren, so würdest Du Dich noch mehr hüten, in eine solche Empfindsamkeit zu fallen, dagegen hilft oft, viel Körperliche Bewegung, Beschäftigung, Vermeidung aller Liebesgedanken und dergleichen. Der empfindsame bringt auch nie etwas hervor, weil er sich keines Dinges bemächtigen kann, sondern nur von allem überwältigt wird. Ich habe überhaupt einen entsezlichen Wiederwillen gegen die Empfindsamkeit, denn sie wird über nichts empfindsamer, als wenn man sie für eine Kränklichkeit erklärt, da sie doch eine Feinheit der Seele sein will. Waß ich aber unter Empfindsamkeit verstehe, wirßt Du wohl wißen, und eben deswegen ist Dir es vielleicht recht nüzlich mit Toni oft zu sein.

Nichts vor ungut, Du weißt, das ich Dich vernünftig liebe, und es gut meine. Es würde mich freuen wenn Du etwas Geschichte läsest und außerdem meistens Göthe und immer Göthe, und vor allem den 7. Band der neuen Schriften, seine Gedichte sind ein recht *Antidotum* der Empfindsamkeit. Aber als Geschichte rathe ich Dir vor allem Müllers Schweizergeschichte, es ist etwas himmlisches, ich glaube *Leonardi* hat sie, es sind zwar einige dikke Bände, aber desto länger dauert die Freude, sezze Dir täglich ein paar bestimmte Stunden an, in denen Du drinnen ließt. Wenn Du Dich meines heftigen Unwills erinnerst, den ich in Offenbach hatte so oft ich schlechte Bücher bei Dir fand, so wirst Du mit Recht Dich verwundern, daß Du jezt vermutlich alles ließt was Dir vorkömmt, überhaubt ist es mir sehr verdrüßlich, daß Du mir nichts von Deiner innern Bildung schreibst, mich nicht fragst, waß Du lesen sollst u. d. g., waß will und soll Deine ängstliche Liebe mit mir, wenn sie nur ewig wiederholt, waß nun einmahl da ist, nehmlich daß wir uns gern haben, und dies ist recht wie es bei Geschwistern sein soll; aber beßer wäre es, wenn Du Dein Vertrauen zu mir, so benuzztest, daß Du mir Einfluß in Deine Bildung gönntest, daß Du mich über alle Lektüre um Rath fragtest und dergleichen. Um noch eins bitte ich Dich in Deinen Briefen, nehmlich gebe mir immer davon Nachricht, sobald irgend etwas bedeutendes im Hause vorfällt, von jeder Reiße, sobald Du etwas davon erfährst. Meine Briefe an Dich zeige Niemand, wenn die Gundel betrübt ist, wie immer ohne Ursache, so habe mitleid mit ihr, suche sie aber nicht etwa zu trösten, indem Du Dich zu ihr gesellst, und beim Lichte besehen endlich eben so erbärmlich betrübt wirst, der Umgang mit solchen Leute[n] ist *deprimirend* und zerstört alle Kraft in uns. Das Du übrigens dieses nicht so wörtlich nimmst wie Eulenspiegel, hoffe ich. *Auf den Ofenschirm freue ich mich sehr.* Du könntest mir einen großen Gefallen thun, wenn Du doch ohne Übereilung oder Faulheit, ein halb Duzzend leinene Stiefelstrümpfe stricktest, aber nichts weniger, als fein, sondern nur stark und derb, die Toni wird so gütig sein, Dir das Garn zu besorgen. Auch höre ich gar nichts mehr vom Lulu oder Meline, es thut mir leid, daß Du diese Deine getreuen Gespielinnen beinahe ganz vergessen zu haben scheinst. Daß Sanna Hut nicht in Frankfurt bleibt ist sehr böß, aber schreiben mußt Du ihr. Schicke mir doch mit umgehender Post, einige Loth der besten Schwarzen kreide die zu haben ist auch etwas weiße, in Düßeldorff hatte man pariser schwarze, die war rund und glänzte von aussen, auch englische ist mir lieb, wenn Du sie nicht bei Reinsheimer kriegst so ist sie vielleicht sonst zu haben, es ist für einen armen jungen hier, der ganz vortreflich zeichnet, schicke sie aber ja gleich. Du kannst sie mit dem Ofenschirm schicken, wenn er noch nicht abgegangen ist. Du fragst ob dich *Savigny* vergessen habe, das ist auch so eine Frage, es wäre sehr gegen die Natur wenn er Dich vergessen hätte und eben so lächerlich, wenn er immer an Dich dächte, er hat seine Studien, und seine Freunde, und denkt an sie, wenn sie ihm ins Gedächtniß kommen. Daß er der Gundel viel schreibt, das muß Dich nicht wundern, die Gundel hat ihn sehr nöthig, und begehrt vermuthlich oft einen Trost, oder Rath von ihm, auch ist er ein genauer Freund Winkelmans, den sie wahrscheinlich noch sehr liebt, und *Savigny*, der immer wohltätig und helfend ist, nüzzt ihr unstreitig viel. Ich lese nie eine Zeile von ihm an sie, oder von ihr an ihn, wenn gleich Savigny alle meine Briefe ließt die ich bekomme und schreibe, doch nun das leztere nicht mehr, und das erstere seltner. Savigny kann sich nie entschließen die zweit[e] Person in einem Verhältniße zu sein, und deswegen schreibt er Dir vermuthlich weniger, ich finde das auch natürlich, da er in Sachen des Umgangs ganz anders denkt, als ich, so würden wir uns oft stören, und Du hast ja ohne dem genug an mir, sei kein Allmein. Schike mir die Kreide, stelle Dich nicht so entsezlich heilig, nehme das Leben leicht und Deine Pflicht ernst, lerne mit vernünftigen Leuten, und der Toni lustig und fröhlich umgehen und habe mich in vernünftigem Angedenken Dein ehrlicher

Clemens.

Wenn Du viel darüber klagen solltest, daß Dir Savigny selten schreibt, so ist dies eben so Verkehrt, als wenn die Gundel mir klagt, ich schreibe ihr nicht genug, sind denn die Leute nur auf der Welt, einige Frauenzimmer mit häufigen Briefen zu unterhalten, so etwas ist unbescheiden zu begehren und der Beweiß von Faulheit und Langeweile. Sage der Toni, sie solle mir verzeihen, daß ich ihr noch nicht geschrieben, ich würde ihr nächsten Posttag die Wahrheit sagen, wie ich über alles denke, worüber ich ihr zu schreiben versprochen habe, über Sie, über Dich, über die Gundel und über die Möglichkeit eures Umgangs. –

12 Bettine lebte seit 1797 bei ihrer Großmutter, der verwitweten Schriftstellerin Sophie von La Roche (1731-1807) in Offenbach bei Frankfurt am Main. Dort besuchte sie Clemens zunächst von Halle aus (1797). Der erste Brief könnte auf einen Abschied der Geschwister nach einem Besuch im August 1800 Bezug nehmen; Brentano war inzwischen in Jena immatrikuliert. Die Großmutter zeigte sich aus Anlaß dieses Besuchs besorgt darüber, daß Clemens sich mit Bettine abkapselte und das junge Mädchen von den Ideen des Bruders völlig eingenommen war (vgl. UL, S. 151). Amelung datiert den Brief jedoch auf Ende April 1802. Damals war Clemens von Marburg aus nach Frankfurt gekommen.

16 Schar der Bedienten.

19, Z. 3 Die Tante, die später von Clemens treffend als »Festung der Konvenienz« beschrieben wird (S. 33), war Luise Möhn (1759-1832); bei ihr hatte Clemens in Koblenz einige Jahre der Kindheit (1784-1787) verlebt. Seine Erinnerungen daran schildert er im Antwortbrief (S. 32 f.). Nach dem Tode ihres Gatten lebte die Tante der Kinder und Tochter von Sophie La Roche in Frankfurt und Offenbach.

19, Z. 10 Sie haben keine Spur von Schamgefühl, keine Spur von menschlicher Scheu, man findet Sie Hand in Hand mit einer Jüdin die Straße fegen!

19, Z. 14 Verstecken Sie sich vor der Welt, damit man nicht die schändlichen Zeichen Ihrer Frechheit von Ihrer Stirn ablesen kann.

36 Den Titel müßte man auf deutsch etwa formulieren: Über Wunsch und Wille Frankreichs.

38, Z. 4 Das bei E. T. A. Hoffmann später mannigfach beschriebene »Magnetisieren« war damals in Mode gekommen. Die Wirkungen, die unter Zuhilfenahme von magnetisiertem Wasser und magnetisierten Gegenständen erreicht wurden, nannte man »tierischen Magnetismus« und glaubte, eine zentrale Kraft entdeckt zu haben, die organische und anorganische Welt verband. Heute würde man die Erfolge, die ernsthafte Therapeuten und Scharlatane seinerzeit vorführten, als ein Ergebnis von Hypnose deuten.

38, Z. 14 Das Wort *als* wird im »Frühlingskranz« häufig nach Frankfurter Mundart im Sinne von *immer* verwendet.

38, Z. 32 Der Ausflug führte zu einem Palais im Bereich des heutigen Grüneburgparks in Frankfurt. Die heute nicht mehr erhaltene »Burg« war damals im Besitz der Bankiersfamilie von Bethmann, mit denen die Brentanos befreundet waren.

39 Brentanos Erzählung »Der Sänger« erschien anonym 1801 in der von Sophie Mereau herausgegebenen Zeitschrift »Kalathiskos«.

41 Die hier beschriebene Begegnung der Geschwister fand vermutlich im Oktober 1797 statt.

44 Zur Chronologie der berühmten Rheinreise: Im Frühsommer 1802 brechen Clemens und Achim von Arnim von Frankfurt zu ihrer Rheinreise auf. Über Bingen und Rüdesheim führt der (zum Teil im Schiff zurückgelegte) Weg nach Koblenz, wo sie etwa 5 Wochen bleiben. Arnim fährt von dort aus nach Düsseldorf, kehrt jedoch noch einmal nach Koblenz zurück, wo die Freunde »auf der fliegenden Brücke« (einer Ponton-Brücke) Abschied nehmen und Arnim zu seiner »Kavalierstour« aufbricht, die ihn unter anderem in die Schweiz und nach England führt. Zu den Einzelheiten vgl. Brentano-Chronik. Daten zu Leben und Werk, zusammengest. v. K. Feilchenfeldt, München 1978, S. 35 f.

46 Friedrich Karl von Savigny (1779-1861) lernte Brentano durch Vermittlung seiner Großmutter 1799 kennen. Anfang Oktober empfahl er seinem Freund dringend, die geliebte Bettine kennenzulernen: »Sie werden Sie lieben, Sie sind ihrer allein wert und sie Ihrer. Savigny, schlagen Sie Ihr Glück nicht aus den Augen, ich bitte Sie« (UL, S. 153). Tatsächlich kommt es später zu einem intensiven Briefwechsel (vgl. AM, passim). Savigny

heiratet 1804 Bettines Schwester Kunigunde (genannt Gunda oder Kunda; 1780-1863). Das Verhältnis von Bettine und Clemens zu dem zielstrebigen, ruhigen Mann war gelegentlich distanziert (Bettine nennt ihn »Habihnnie« oder »Alter«); starke Spannungen zwischen Bettine und dem zum preußischen Minister aufgestiegenen Juristen entwickelten sich jedoch erst, als Bettine ihrem Schwager Opportunismus im Falle der Brüder Grimm vorwarf (1839).

49 Im Jahr nach dem Tode der Mutter (1793) wurde Bettine gemeinsam mit der Schwester Lulu (geb. 1787) in das Pensionat der Ursulinen in Fritzlar gebracht. Erst als die Stadt von den Franzosen besetzt wurde (1797), kamen die Schwestern nach Offenbach. Brentano versuchte Bettine dazu zu bewegen, ihre Arbeiten aus dieser Zeit aufzubewahren und die Erinnerungen an das Leben im Pensionat niederzuschreiben.

52 Druckfehler oder Erinnerungslücke der Bettine: Es kann sich nur um 1803 handeln.

53 Dominikus (geb. 1769) und Anton (geb. 1763) Brentano waren ältere Stiefbrüder von Bettine, die in Frankfurt lebten.

56 Über die Heldin der Vendée (einer westfranzösischen Landschaft) wird später ausführlich berichtet. Es handelt sich um die Emigrantin Louise de Gachet.

59 Der dem romantischen Kreis in Jena nahestehende Johann Wilhelm Ritter (1776-1810) war ein allgemein anerkannter Physiker, der an der Entwicklung der galvanischen Batterie wesentlichen Anteil hatte. Das hohe Lob Goethes zitiert Clemens später noch einmal (S. 125).

63, Z. 7 »Das ist ein junger Kavalier, mein Herr, mit zwei Begleitern.« *Antwort:* »Im Gegenteil, das ist eine Frau.«

63, Z. 24 »Sie sind die meist-geachtete (und gefürchtete) Feindin Frankreichs.« Sie nannte die Nationalversammlung einen Hort der Hoffnung für ein ganzes Volk. »Das Volk ist den Intrigen des Hofes und dem Wankelmut der Minister nicht länger ausgeliefert.«

63, Z. 31 Kriegsschiffe.

71 Leichter zweirädriger Wagen.

79, Z. 25 Mit versteckter Pointe.

79, Z. 35 Täschchen.

81 »Voyage du jeune Anarchasis en Grèce« (Reise des jungen Anarchasis in Griechenland), dreibändiges Werk des französischen Altertumsforschers Barthélemy, veröffentlicht 1788.

89 Bettine beginnt ihre Auflistung der Geschwister mit dem ältesten (Halb-)Bruder Franz (geb. 1765), der die Geschicke der Frankfurter Firma im »Haus zum Goldenen Kopf« leitete und Vormund von Bettine und Clemens war. Es folgen der promovierte Jurist Dominikus (geb. 1769), Georg(e) (geb. 1775), der ebenfalls in der Firma mitwirkte und einen großen Besitz in Rödelheim erwarb (beim heutigen Brentano-Park), der nur ein Jahr jüngere Christian (geb. 1784) und der schwachsinnige Anton (geb. 1763). Peter (geb. 1768) war bereits 1788 gestorben.

90 Sie sind ein Kind, fühlen Sie doch, wie sehr sich Ihre Seele und Ihre Phantasie beim Reisen entwickeln, und außerdem wären Sie mit mir zusammen, ich liebte Sie, ich verstünde Sie, das Leben, die Welt, die Natur und alles andre.

91 Mit der Schwester Lulu (Ludovica, geb. 1787), die gemeinsam mit ihr in Wetzlar und Offenbach erzogen wurde, setzt Bettine die Auflistung der insgesamt 20 Brentanogeschwister fort. Auch Meline (geb. 1788) war nach Fritzlar geschickt worden. Peter (1768-1788), Therese (1767-1770) und Maria (1782-1785) sind jung gestorbene Geschwister.

95 Die Zirkassier waren ein Volksstamm, der ursprünglich in der Nähe des Schwarzen Meeres siedelte.

99, Z. 1 Welchen Effekt das macht.

99, Z. 14 Durcheinander, Katzenmusik.

111 Das indische Drama »Sakontala« des Kalidasa (5. Jh. n. Chr.), von Johann Georg Forster 1791 ins Deutsche übersetzt, hatte schon die Bewunderung von Goethe gefunden. Er widmete ihm die Verse:

Willst du die Blüthen des frühen, die Früchte des späteren Jahres,
Willst du, was reizt und entzückt, willst du was sättigt und nährt,
Willst du den Himmel, die Erde mit Einem Namen begreifen –
Nenn' ich Sakontala dich, und so ist alles gesagt.

(Weimarer Ausgabe I, 4, 122)

126 Das Buch, das Bettine las, war die gegen den Erzfeind der

Romantiker, August von Kotzebue, gerichtete Satire mit dem Titel »Satiren und poetische Spiele von Maria. Erstes Bändchen. Gustav Wasa.«, das 1800 erschien. Brentano (der neben dem Namen Clemens auch den Namen Maria trug) nimmt damit die Tradition der Literatursatiren Tiecks auf und setzt sich in seinem Stück auch mit den frühromantischen Theorien auseinander.

131 Gemeint ist Oberrad (bei Offenbach), heute Frankfurter Stadtteil.

132, Z. 12 Aus der Formel »Haut und Haar« macht Bettine hier »Hot und Haar«, um auf die Beschäftigung mit dem Pferd anzuspielen, dem man »Hott« zuruft.

132, Z. 14 Die zwischen Frankfurt und Offenbach gelegene Gerbermühle war im Besitz der befreundeten Willemer-Familie (vgl. Anm. zu 204, Z. 28).

133 Dieser Gedanke leitet mich, und er wird mich durch alle Welten und Himmel führen.

134, Z. 6 Toni wurde die Ehefrau von Franz Brentano, Antonia geb. Birkenstock (1780-1869), genannt.

134, Z. 11 Philipp Carl Hoffmann (1769-1842) war Musiklehrer Bettines.

135 Gemeint ist der mit Clemens befreundete Friedrich Heinrich Christian Schwarz (1766-1837), der seit 1798 Pfarrer in Münster bei Butzbach war.

137 Vorrichtung zum Abschießen bei der Armbrust.

153 Bezeichnung für eine Gehölzgruppe.

158 Vgl. den Abdruck des zugrunde liegenden Briefes S. 329-332.

169 Achim von Arnim (1781-1831), mit dem Brentano seit 1801 befreundet war, nennt Clemens mit Recht »Ritters großen Nebenmann«, denn auch Arnim hatte sich zunächst mit physikalischen Phänomenen befaßt; sein erstes Werk hieß »Versuch einer Theorie der elektrischen Erscheinungen« (1799). Erst in der Freundschaft mit Clemens entschloß er sich, der Beschäftigung mit der Dichtung den Vorzug zu geben. – Bettine beschreibt bereits im »Frühlingskranz«, wie »die wunderschöne Jugendnähe« Arnims sie »elektrisierte«. Aus der Freundschaft entwickelte sich jedoch erst viel später eine intensive Liebesbeziehung; 1811 war die Trauung.

173 Benedikta Korbach (geb. 1785) in Koblenz.

185 Die befreundete Karoline von Günderrode (Bettine schreibt stets »Günderode«) lebte seit 1797 in Frankfurt (unweit des Roßmarkts) in einem evangelischen Damenstift, dessen Reglement jedoch recht liberal war. Mit Arnim unternahmen die beiden Mädchen einen Ausflug, der zum Palais der von Bethmanns im Bereich des heutigen Grüneburgparks (in Frankfurt) führte.

191 Die Oper, die Clemens nach eignen Angaben binnen vier Tagen dichtet, ist das kleine Singspiel »Die lustigen Musikanten«, das 1803 (ohne Musik) als Büchlein erschien. Der Düsseldorfer Kapellmeister A. F. Burgmüller stellte seine Komposition nicht rechtzeitig fertig; später vertonte E. T. A. Hoffmann das Werk.

193 Das oft separat veröffentlichte und vertonte Gedicht gehört zum Text des Singspiels »Die lustigen Musikanten« (s. vorige Anm.).

198 Das Hofgut Trages – der bis heute erhaltene und von der Familie Savigny bewohnte Landsitz unweit von Hanau, auf dem der große Jurist auch bestattet ist – war ein Treffpunkt der Romantiker. Brentano entwarf dort einen Teil seines Romans »Godwi«; die Günderrode und Bettine waren oft dort zu Gast. Einen Tagesausflug dorthin beschreibt sie im gleichen Brief (S. 202 ff.).

201 Bettine beschreibt das »Haus zum Goldenen Kopf« in der Sandgasse in Frankfurt mit seinen großen Speichern und Galerien. Mit diesem Haus, das zunächst Wohnsitz und Zentrale der Großhandlung war, verbinden sich bei beiden Geschwistern Erinnerungen frühester Kindheit. Im Alter von 9 Jahren mußte Bettine dieses Kinderparadies, das Brentano als Märchenreich in seiner Zueignung des »Gockel«-Märchens beschreibt, verlassen. Von Offenbach kehrte sie dann auf Initiative von Clemens noch einmal für einige Zeit nach Frankfurt zurück.

204, Z. 21 Leichter zweirädriger offener Wagen.

204, Z. 28 Minchen war eine Schwester der Günderrode. Marianne Jung (1784-1860) war Adoptivkind von Geheimrat Willemer, der seine Ziehtochter später heiratete. Brentano war von der jungen Schauspielerin fasziniert und widmete ihr mehrere Gedichte, darunter das berühmte »Es stehet im Abendglanze . . .«

(S. 265-268). Die Spätfassung des »Gockel«-Märchens ist ebenfalls Marianne von Willemer (dem »Großmütterchen«) zugeeignet. Im »West-östlichen Divan« Goethes ist sie Vorbild der Suleika und tritt auch dichtend hervor.

235 Gemeint ist der Bad Homburger Freund Hölderlins, Isaak von Sinclair (1775-1815), der als Geheimer Rat an der Spitze der Hessischen-Homburgischen Regierung stand und auch als Dichter hervorgetreten war.

238 Das Lustspiel »Ponce de Leon«, das Brentano aufgrund einer Preisausschreibung Goethes 1801 geschrieben hatte, wurde gleichzeitig mit Arnims Werk »Ariels Offenbarungen« in Göttingen gedruckt und erschien im Herbst 1803 als Buch.

240 Zierlicher Schmuckanhänger.

241, Z. 19 Sämtliche Kauwerkzeuge in Bewegung.

241, Z. 24 Herzeleid.

243 Zum Geburtstag der bei den Kindern sehr beliebten Claudine Piautaz (1772-1840; genannt »Klausner«), die nach dem Tode der Mutter die Erziehung der Kinder übernommen hatte, sollte 1803 ein Schattenspiel aufgeführt werden. Clemens entwarf einen Text, der erstmals in Band 12 der Frankfurter Brentano-Ausgabe (1982) publiziert wurde. Die Aufführung kam jedoch zum Ärger des Dichters nicht zustande, und Brentano veröffentlichte in einem Privatdruck den ernsten Teil des Stückes, den Bettine auch im »Frühlingskranz« abdruckt (vgl. S. 252-255), unter dem Titel »Claudia«.

244 Die Professorengattin Sophie Mereau (1770-1806) hatte Brentano bereits 1798 in Jena kennengelernt. Es kam jedoch im Jahre 1800 zu einer ernsten Verstimmung, und im August notiert Sophie in ihrem Tagebuch: »Umgang mit B. gänzlich aufgehoben«. Erst im Januar nahmen sie den Briefwechsel wieder auf. Im November 1803 wird Clemens mit der seit 1801 geschiedenen Frau, die bereits ein 1797 geborenes Kind hatte, getraut. Die Frankfurter Familie war anfangs gegen eine Verbindung von Clemens mit der 8 Jahre älteren Schriftstellerin gewesen, schwenkte jedoch um, als sich herausstellte, daß Sophie ein Kind von Clemens erwartete (das im Mai 1804 geborene Kind starb nach 7 Tagen). Die Ehe endete 1806 mit dem Tod der Mereau bei der Totgeburt des dritten Kindes.

248 August Winkelmann (1770-1806) war ein Studienfreund Clemens Brentanos, der zum engeren Kreis der Romantiker gehörte und auch als Dichter hervortrat. Später war er Arzt und Professor in Braunschweig. Im »Schattenspiel« für Claudine läßt Brentano ihn auftreten.

249 Italienische Oper von Antonio Salieri.

252 Der Buchhalter aus dem Haus zum Goldenen Kopf, Georg Joseph Anton Schwa(a)b, war bei den Kindern als Märchenerzähler sehr beliebt und tritt auch im »Schattenspiel« für Claudine selbst auf.

264 Brentano hat die Zeichnung und den Spruch, die sich auf umlaufende Gerüchte von Herders Tod beziehen, in einem Zimmer des Herrenhauses von Gut Trages eigenhändig noch einmal wiederholt. – Nach Heinz Härtls Frühlingskranz-Edition (1974) geht Brentanos Text auf ein Gedicht Falks zurück, das am 3. Januar 1804 in der »Zeitung für die elegante Welt« erschien und 1803 auch im »Weimarer Wochenblatt« stand.

274 Christian Friedrich Tieck (1776-1851) war ein Bruder des Dichters Ludwig. Von der Büste, die er von Clemens Brentano fertigte, haben sich mehrere Abgüsse erhalten. Sophie Mereau schrieb ein Gedicht auf sie, und Clemens selbst meinte, sie stelle ihn so dar, wie er »aussehen würde, wenn ich das Ziel meiner Kunst erreicht hätte«.

277, Z. 6 Goethes Schauspiel »Die natürliche Tochter« wurde zum erstenmal am 2. April 1803 in Weimar aufgeführt.

277, Z. 9 Wilhelmine Reichenbach (1782-1835), die jüngste der drei Schwestern, denen Brentano den ersten Teil seines Romans »Godwi« widmete.

281 In den niederen Landen.

283 Die Großmutter hatte geschrieben (Amelung-Edition II, S. 203 f.):

Offenbach d. 14. July 1803.

Lieber wunderbarer Sohn! meiner vortreflichen Maximiliane, Gestern waren Herr, und Frau Brentano – Betina – Loulou und Melina, um mich und hörten mich sagen – das ›Madame Sophie Mereau, eine sehr liebenswürdige – interessante Frau sey – welche den Mann, der sie ganz kenne glücklich machen würde‹ – Du kanst Dir die aufmerksamkeit denken – – So wie Du Dir, die Wirkung Deiner Briefe über Deine Verbindung vorstellen kontest – warum denn in dießem Ton schreiben? Herr Frantz Brentano verdient keinen Kummer ich bin Deines innern Denken für ihn gewiß – warum dann? aber zu was meine Fragen?

Dein letzter Brief gab mir eine wehmütige Freude – – sage mir ich bitte Dich die Wahrheit Deiner Verbindung – welche ich gut finde – und mit wünschen für Dein, und Sophiens glük – aber auch mit bitte – Betina zu beruhigen – ende ich dieße Zeilen – weil ich Deine stimmung nicht kenne – Doch so viel binn ich sicher wenn Clemens Brentano und Sophie Mereau – ihre Kenntnisse und Geist – vereint zum besten verwenden, beyde so glüklich seyn werden als es wünscht – Großmutter

Sophie vla Roche

284 Das Gedicht schickte Clemens auch zweimal an seinen Freund Arnim, der es am 15. April 1808 in der von ihm herausgegebenen »Zeitung für Einsiedler« abdruckte.

305 Gemeinsame Speisetafel.

306 Kulinarische Genüsse.

307 Umgangsformen.

314 Eigentlich: »Süßigkeit«; vielleicht war auch an ein Trinkgeld gedacht.

319 Dem letzten Brief folgt im Erstdruck die Zeile »Ende des ersten Bandes«. Der geplante zweite Band erschien jedoch nicht.

321 Der Bericht richtet sich an Alexander von Humboldt, einen »Freund« des preußischen Königs, der keine offizielle Funktion im Staat hatte, aber als Berater von Friedrich Wilhelm IV. bei allen wichtigen Entscheidungen mitwirkte. Der Brief ist veröffentlicht von Ludmilla Assing in der Sammlung: Aus dem Nachlaß Varnhagen's von Ense. Briefe von Stägemann, Metternich, Heine und Bettina von Arnim, Leipzig 1865, S. 358-365. Unser Abdruck folgt dem Original im Varnhagen-Nachlaß, der heute in Krakau aufbewahrt wird. Varnhagen selbst berichtet unter dem Datum von Bettines Brief im Tagebuch (II, S. 304): »Besuch von Bettina von Arnim, die mir ihren neuen Brief an Humboldt über die Beschlagnahme ihres Buches vorliest; er hatte ihr schon Nachricht gegeben, daß der König noch vor seiner Abreise nach der Lausitz dem Kabinettsrat Uhden den

bestimmten Befehl erteilt, sogleich die Freilassung des Buches auszusprechen.« Bettine bedankte sich bei Friedrich Wilhelm IV. mit einem kurzen Brief am 18. Juni 1844 (veröffentlicht von Ludwig Geiger in: Bettine von Arnim und Friedrich Wilhelm IV., Frankfurt 1902, S. 65 f.).

322 Kasten mit Loherde zur schnellen Aufzucht von Saaten.

323 Bettines Darstellung trifft zu. Als geflügeltes Wort kursierte damals der Zweizeiler: »19 Bogen sind gefährlich,/20 Bogen machen ehrlich.« Der Gesetzgeber ging offensichtlich davon aus, daß die dickeren Bücher politisch nicht so gefährlich waren, u. a. weil sie nur von reicheren Bürgern erworben werden konnten. Das kuriose Gesetz führte dazu, daß Bettines »Königsbuch« die Zensur nicht zu passieren brauchte, eine Veröffentlichung von Auszügen durch den befreundeten Adolf Stahr jedoch verboten wurde.

324, Z. 2 Bettine beschreibt hier ihr »Armenbuch«-Projekt. Die Listen über die Lebensverhältnisse der Armen, die sie verbunden mit eignen Ideen veröffentlichen wollte, kamen vor allem aus Schlesien von verarmten Webern. Kurz nach dem Bericht zum »Frühlingskranz«, nämlich am 9. Juni 1844, trafen die Nachrichten vom Weberaufstand in Berlin ein. Man bezichtigte Bettine in Berlin der Anstiftung zu diesem Aufstand, und sie gab dann auf Anraten von Humboldt den Plan zur Publikation auf. So konnte das Material des »Armenbuchs« erst 1962 aus dem Nachlaß veröffentlicht werden.

324, Z. 18 Bettine hatte sich, wie der jüngst veröffentlichte Briefwechsel mit den Brüdern Grimm belegt (Insel Verlag 1985), intensiv für die Anstellung der in Hannover entlassenen Brüder Grimm in Berlin eingesetzt. Um so enttäuschter war Bettine, als die Brüder nach erfolgter Berufung Distanz zu den liberalen Kräften nahmen. Über die Affäre mit dem Dichter und Germanisten Hoffmann von Fallersleben berichtet Varnhagen in seinem Tagebuch (4. März 1844; II, S. 269): Hoffmann von Fallersleben ist durch die Polizei aus der Stadt gewiesen worden, obgleich er ganz unschuldig daran ist, daß die Studenten ihn, als er zufällig bei Grimm's war, hochleben ließen. (5. März 1844; II, S. 270:) Erklärung von Jacob und Wilhelm Grimm in der »Staatszeitung« über Hoffmann von Fallersleben, und das bei ihrem Fackelzug stattgefundene Lebehoch für jenen; ein winselndes, wehmütig-ärgerliches Gestöhn! Es sind gute ehrliche Leute, ja gewiß, aber bornierten Geistes und kleinen Gemütes, ohne allen politischen Sinn. Sie wollen auf den Göttinger Lorbeern ruhen . . .

327 Karl Friedrich von Savigny, der im »Frühlingskranz« als strebsamer Freund der Brentanogeschwister beschrieben ist, war 1844 Justizminister in Preußen. Die anderen genannten Minister sind: Friedrich Eichhorn (1779-1856), der Kultusminister, und Adolf Graf von Arnim-Boitzenburg, der seit 1842 Innenminister war.

Mit der Bezeichnung »Frühlingskranz« hat Bettine von Arnim einen sehr treffenden Titel für den von ihr »zusammengeflochtenen« Briefwechsel mit dem Bruder Clemens gefunden: Die Briefe führen uns in die Zeit um 1800 und vermitteln ein lebendiges Bild von der eigenen Kindheit und Jugend, die zugleich eine frühe Blütezeit der deutschen Romantik war. Wir erfahren aus den Briefen der Brentano-Geschwister, denen das Schicksal nach Eichendorffs Meinung ein »unbescheiden Teil Genie« in die Wiege gelegt hatte, von dem Leben in Offenbach bei der Großmutter La Roche, die selbst eine weitbekannte Schriftstellerin war und viel Verständnis für die phantasievollen Enkelkinder entwickelte; wir hören von dem »Haus zum Goldenen Kopf«, dem Stammsitz der reichen Brentano-Familie in der Frankfurter Sandgasse und vom Gut Trages, dem Landgut der Savignys in der Nähe von Hanau, in dem ein Teil von Brentanos frühem Roman »Godwi« spielt und auch geschrieben wurde. Auch die Rheinreise mit dem befreundeten Achim von Arnim, die zur Anregung wurde für die »Märchen vom Rhein« und die gemeinsam erarbeitete Liedersammlung »Des Knaben Wunderhorn«, wird lebendig in den mit Gedichten angereicherten Briefen beschrieben.

Doch der »Frühlingskranz« ist mehr als ein Stimmungsbild aus der Zeit der Romantik. Wir können ihn heute lesen als ersten Teil der Entwicklungsgeschichte der Schriftstellerin Bettine von Arnim, als Spiegelung eines Lebensabschnitts, der von der tiefen Beziehung zu ihrem Bruder Clemens geprägt wurde. Am Anfang steht die berühmte Szene, die Bettine aus der Erinnerung in einem Brief beschreibt: Die 13jährige wirft beim Anblick des 20jährigen Bruders, mit dem sie zuvor kaum gemeinsame Kindheitserlebnisse verbanden, ihre Puppe fort und will künftig nur noch ihren Clemens umarmen. Was wie eine Liebe auf den ersten Blick beginnt und stets erotische Untertöne aufweist, führt durch alle Verstrickungen einer geschwisterlichen Liebesbeziehung mit gelegentlich kämpferischen Auseinandersetzungen zu einem Ablösungsprozeß, bei dem sich Bettine allmählich dem prägenden Einfluß des Bruders entzieht. Am Schluß des Bandes hat sie eine erstaunliche innere Überlegenheit gewonnen, und Clemens erscheint – in Umkehrung der Eingangssituation nun von *ihr* belehrt – recht hilflos. »Clemens! . . . Ich weiß, daß bei Dir gut weilen ist . . . aber über meine Neigungen kannst Du nicht disponieren«, hatte sie bereits recht früh formuliert. »Eines Strebens bin ich mir bewußt, weil sich alle meine Kräfte darin bewegen. Das ist innere *Unantastbarkeit* . . . Nur in der Freiheit, in dem Fürsichbestehen gefällt mir das Leben«, heißt es später.

Die beiden anderen großen Briefwechsel, die Bettine veröffentlichte, bilden – was Bettines Entwicklung betrifft – die Fortsetzung dieser Entwicklungs- und Bildungsgeschichte einer sich emanzipierenden romantischen Schriftstellerin. Zusammen mit dem Günderrode-Roman (dem überarbeiteten Briefwechsel mit der befreundeten Schriftstellerin Karoline von Günderrode) und »Goethes Briefwechsel mit einem Kinde« bildet der zeitlich vorausgehende Geschwisterbriefwechsel eine Art Trilogie. Der »Frühlingskranz« schildert die erste Entwicklungsphase, den Weg vom Kind zur Frau, von der Situation der »kleinen Schwester« zur Partnerin, die ihrem Gegenüber selbstbewußt entgegentritt. Alle drei Publikationen bewegen sich in einem Grenzbereich von Briefedition und gestaltetem Briefroman, wurden erst nach dem Tode Achim von Arnims (1832) veröffentlicht – als Bettines Kinder schon erwachsen waren – und zeigen Spuren dieser späten Überarbeitung. Berühmt wurde Bettine durch die Veröffentlichung des

Goethe-Briefwechsels 1835; 1840 folgte »Die Günderode« und schließlich 1844 der »Frühlingskranz«.

Wenn Bettine diesen Briefwechsel als den letzten veröffentlichte, so liegt das daran, daß ihr Bruder Clemens einer Publikation vermutlich nicht zugestimmt hätte: Die beiden Geschwister hatten sich in ihrer Spätzeit weit auseinanderentwickelt. Bettine war zu einer engagierten Schriftstellerin des Berliner Vormärz geworden; Clemens hatte sich dem konservativen Münchner Görres-Kreis angeschlossen und stand seinen eignen frühromantischen Dichtungen und Auffassungen skeptisch gegenüber. Auch die Publikation des Goethe-Buches hatte er scharf kritisiert: »Wird dem Ganzen dadurch irgend ein Nutzen gebracht, daß alle Menschen in Europa wissen, daß Du nicht wohlerzogen auf dem Sofa sitzen kannst und Dich übelerzogen auf eines Mannes Schoß setztest . . .?«, fragte er in einem Brief provozierend.

Selbst gegenüber der Frankfurter Familie und dem Aschaffenburger Nachlaßverwalter, dem Bruder Christian, mußte sich Bettine noch rechtfertigen, als sie nach dem Tode von Clemens (1842) den Jugendbriefwechsel publizierte. Der seltsame Untertitel ». . . wie er selbst schriftlich verlangte« hatte diese Funktion. Zwei Zitate aus Briefen Brentanos, die Bettine folgen läßt, sollen die Intention des Bruders, den frühen Plan einer Veröffentlichung, beweisen. Christian Brentano dagegen orientierte sich bei seiner Zusammenstellung der »Gesammelten Schriften« (1852) eher an dem späten Brentano und versuchte schon 1843 Bettine an der Herausgabe des Briefwechsels zu hindern. Er beruft sich in einem Brief auf das »Heils- und Ehreninteresse des verstorbenen Bruders« und plädiert für die »Weglassung alles dessen, was [der späte] Clemens selbst für anstößig und nachteilig erachtet.« So kommt es, daß er den »Godwi«-Roman von 1801/1802 aus seiner Ausgabe verbannt, während Bettine, die diese Kehrtwendung gegen die Frühzeit nicht mitvollzog, ihren umfangreichen Briefwechsel, der gerade die Ideen dieser »Godwi«-Zeit auf das schönste vergegenwärtigt, veröffentlichte.

Es war Clemens, der die frühromantischen Vorstellungen, wie sie Ludwig Tieck, Friedrich Schlegel und Novalis formuliert hatten, als gelehriger »Schüler« dieser Romantikergruppe aus Jena mitbrachte, als er seine Schwester kennen und lieben lernte. Er versuchte, seine Schwester im Sinne dieser Theorien zu einem »romantischen Menschen« zu bilden. Welche der damals entwickelten Ideale bestimmend waren, läßt sich nicht ohne weiteres ausmachen: allzu widersprüchlich und utopisch waren die Vorstellungen von der angestrebten »Poetisierung des Lebens«. Eine große Bedeutung hatte zweifellos die Mignon-Figur aus dem von den Romantikern zunächst einhellig verehrten Wilhelm Meister-Roman Goethes. Die Versuche von Clemens, Bettine zu spontanem Dichten zu bewegen, ihre naive androgyne Kindlichkeit zu bewahren, entsprechen diesem Ideal, in dem Bettine sich selber wiedererkannte, als sie den Roman gelesen hatte. Clemens berichtet darüber seinem Freund Savigny am 8. September 1801: »Einige Tage, ehe Bettine den Meister las, war sie hier im Getümmel der Welt herumgejagt worden, hatte sich und mich mit meiner erbärmlichen Familie, mit diesen außerordentlichen Menschen gesehen ... Da sie hierauf mit der Mignon bekannt wurde, sagte sie: Es ist mir lieb, daß ich letzthin das noch nicht wußte, ich hätte sonst selbst gefürchtet Mignon nachgemacht zu haben, als ich weinte ... Sie denkt im Meister wenig Einzelnes, sie findet sich nur lebendig und haust und wohnt in dieser Welt.«

Die nachhaltige Wirkung dieses literarischen Modells beschreibt Ludwig Börne sehr eindrucksvoll in seiner Kritik von »Goethes Briefwechsel mit einem Kinde«. Er sieht Bettine als Reinkarnation Mignons: »Goethe schlug Mignon tot mit seiner Leier und begrub sie tief, und verherrlichte ihr Andenken mit den schönsten Liedern. Die Tote versprach er sich zu lieben, ... Aber Mignon war keine Sterbliche ... Nach vierzig Jahren kam sie wieder und nannte sich Bettina.«

Für Clemens und seine Erziehungsversuche war jedoch eine weitere dichterische Figur von Bedeutung: die Lucinde aus dem gleichnamigen Roman Friedrich Schlegels. Sie ist in mancher Beziehung ein Gegenbild zu Mignon, denn sie ist kein »Naturkind«, sondern eine kluge, erfahrene, selbstbewußte Frau, die ihrem Partner überlegen ist. Clemens scheint auch diesem Ideal zu huldigen, wenn er Bettine – zunächst – in der Entfaltung ihrer Individualität stützt, wenn er versucht, sie zu »immunisieren« gegen die bürgerlichen Vorstellungen, die aus der Frankfurter Familie auf sie eindringen, und das bald aufkeimende provozierende Selbstbewußtsein der jüngeren Schwester noch verstärkt. Wichtiger als ein bestimmtes Frauenbild dürfte die frühromantische Vorstellung von der zentralen Bedeutung einer poetisierten Liebe gewesen sein. In der Liebe, die von Kunst bestimmt war, und in der Kunst, die der Liebe und ihrer Verherrlichung galt, sollte die philiströse Bürgerwelt überwunden werden, sollte ein eues Leben gewonnen werden. Die Voraussetzungen dafür, das Leben so zu einem Kunstwerk zu gestalten, wie es bereits Tieck gefordert hatte, waren günstig: Bettine lebte bei ihrer Großmutter, einer liberalen Schriftstellerin, die viel Verständnis für die antibürgerlichen Vorstellungen ihrer Enkel entwickelte und die Geschwister verständnisvoll gegenüber der Frankfurter Familie rechtfertigte und ihnen mit ihren Kontakten in Literaten-Kreisen weiterhalf. Wesentliche Einflüsse wurden so vermittelt: Die Geschwister lernten Hölderlins Freund Sinclair kennen; sie hatten Kontakt zu französischen Emigranten, die ihnen ein lebendiges Bild von den Entwicklungen in Frankreich übermittelten, und sie machten auch die Bekanntschaft des begabten Savigny durch Sophia von La Roche.

Der Großmutter blieb freilich die erotische Komponente

der Geschwisterliebe nicht verborgen, und der Briefwechsel beginnt mit einer kleinen »Zensurmaßnahme«, die vermutlich dazu dienen sollte, die schwärmerische Liebe des jungen Mädchens zu dem faszinierenden Studenten, der ihr so artverwandt war, zu dämpfen. Auf die Dauer ließ sich freilich die aufkeimende Liebe nicht ersticken, und die beiden korrespondieren miteinander wie ein Liebespaar: Sie entdecken sich selbst in dem anderen, schirmen sich ab gegen die Geschwister, steigern sich in eine überschwengliche Liebesbeziehung, deren Schönheiten hier nicht seziert werden sollen: ». . . mein Leben und Glaube und die Lust zu bekennen, was ich will und suche, sind ja Dein, und was meine Sprache nicht auszudrücken vermag, Du mußt's finden in mir, die Dir nicht fremd ist«, schreibt Bettine. »Ich möchte Dir alles zuwenden, was mich je gerührt und bewegt hat.« ». . . ich lerne durch Dich mich aussprechen«, antwortet der Bruder.

Clemens ist in dieser Liebesbeziehung zunächst der Überlegene, der Erfahrene, und leitet behutsam die jüngere Schwester, die in der Liebe allmählich ihr Selbstbewußtsein gewinnt. Er freut sich auch, daß Bettine ihm bekannte, »Ich selber zu bleiben, das sei meines Lebens Gewinn« und antwortet: »Ich danke für den beruhigenden Klang Deines Briefes, in dem sich Selbstgefühl und Liebe so schön durchdringen.«

Als Bettine jedoch selbständige Schritte unternimmt, als sie nicht mehr allein ein genialisches Naturgeschöpf sein möchte, zu dem sie Clemens heranzubilden sucht, als sie nicht jede Lektüre, jede Bekanntschaft, jedes Erlebnis dem Bruder bekennt, reagiert der Bruder gereizt und versucht sich im Ton des zurechtweisenden Lehrers:

»Er spielt hier den altklugen Hofmeister gegen seine jüngere Schwester, was ihm gar wunderlich zu Gesicht steht und offenbar herzlich sauer wird, weshalb er denn auch oft genug aus der Rolle fällt und von Bettina derb ausgelacht wurde«, formuliert Eichendorff treffend bei der Lektüre des »Frühlingskranzes«. Die Lehren, die Clemens dann entwickelt, sind in der Tat kurios und widersprüchlich. Clemens klagt: »Überhaupt ist es mir sehr verdrüßlich, daß Du mir nichts von Deiner innern Bildung schreibst, mich nicht fragst, was Du lesen sollst u. dgl. Was soll alles Phantasieren über dies und jenes, was nun einmal so ist, wie es ist. Besser wäre es, wenn Du Dein Vertrauen zu mir so benütztest, daß Du mir Einfluß in Deine Bildung gönntest. – Daß Du mich über alle Lektüre um Rat fragtest – und dergleichen –« Dann rät er zu praktischer Arbeit und Vernünftigkeit: »Du könntest mir einen großen Gefallen tun, wenn Du, doch ohne Übereilung oder Faulheit, mir ein halb Dutzend leinene Stiefelstrümpfe stricktest, aber nichts weniger als fein, sondern nur stark und derb . . . stelle Dich nicht so heilig, nehme das Leben leicht und Deine Pflichten ernst, lerne mit vernünftigen Leuten lustig und fröhlich umgehen und habe mich in vernünftigem Andenken.«

Dann bittet er sie herzlich »ja sogar ernstlich um Vermeidung aller männlichen Gesellschaft«. Schließlich weist er auf die spezifische Rolle der Frau hin: »Das Leben des Weibes ist fester und unbeweglicher als das Leben des Mannes, das Weib berührt die Menschen näher und muß Segen über ihre Umgebung verbreiten. Was frommt es Dir, wenn dann und wann ein geflügelter Denker an Dir vorübereilt, der Dich grüßt und weitereilt und Dir die Sehnsucht unbefriedigter Liebe zurückläßt!«

Bettine reagiert auf solche Vorwürfe und widersprüchlichen Belehrungen besonnen und entschieden. Sie entlarvt manche Argumente ihres Bruders als versteckte Eifersucht und weist die plötzlich entwickelten Vorstellungen einer Wendung ins bürgerliche Leben energisch zurück: »Du sprichst aus: ›Gott werde mir hoffentlich zu einem lieben Manne und Dir zu einer lieben Frau helfen.‹ Das sind Deine Worte an mich! und das ist die Tonart, in die ich durchaus nicht übersetzen kann. Und – ich kann mich dabei auch gar nicht aufhalten, die liebe Frau, der liebe Mann mögen sich zusammenfinden, wo es ihnen deucht, ich will sie nicht genieren! mehr läßt sich von mir nicht herausbringen. –« Hier ist Bettine plötzlich die Überlegene, die inzwischen entdeckt hat, daß die Liebes-Schwärmereien ihres Bruders, wie sie sich besonders auf der Rheinreise entwickeln, oft verflogen sind, bevor ein Brief sie erreicht: »Was soll ich dem Savigny schreiben? daß Du glücklich in Wochen gekommen bist mit einer neuen Liebschaft? – am Rhein, wo's allemal so geht? – ja in Wochen! – denn so lang wird's kaum dauern, denn Du wirst Dich gewiß schon früher wieder herausmachen und wirst gelaufen kommen und Deinen Kirchgang tun bei mir und von mir Dich aussegnen lassen wieder, denn das muß ich allemal. Das erstemal Walpurgis, das zweitemal die Gachet, und nun Benediktchen, hinter all dem steckt nun noch Mienchen, da steckt die Günderode, da steck ich auch, dahinter steckt auch die Eitelkeit. –«

Die Kraft für eine solche überlegene Reaktion gewinnt Bettine zum Teil aus ihrer Freundschaft mit Karoline von Günderode. Bereits der erste kritische Brief ist – gleichsam Unterstützung heischend – zugleich an die Freundin gerichtet mit der Begründung: »ich muß doch gewiß einen haben, bei dem ich Dich verklage, Dir ins Gesicht kann ich's nicht alles sagen, was ich Schlimmes von Dir weiß und aus Deinem Brief heraus sogleich entdeckt habe.« Später formuliert sie gemeinsam mit der Günderode eine Kritik an den Bruder oder zitiert Äußerungen der Freundin, die der Bettine an kühlem Intellekt weit überlegen ist und dazu die – freilich gefährdete – Distanz einer unbeteiligten Dritten behalten kann. Mit der Einbeziehung der Freundin beginnt Bettines zweite Entwicklungsphase, die in ihrem Briefwechsel mit der Günderode ausführlich dokumentiert ist. Sie bleibt dort in mancher Beziehung die Lernende gegenüber der belesenen, ehrgeizigen Günderode, bildet jedoch mit ihrer spontanen Vitalität auch einen Gegenpol zu der gefährdeten Schriftstellerin, die bereits im »Frühlingskranz« Todesphantasien entfaltet, sich später in einer kaum begründeten Schroffheit von der Bettine abwendet und bald darauf den Freitod im Rhein sucht. In der Zeit des »Frühlingskranzes« hilft die Günderode der Freundin, sich aus den raffiniert ausgeworfenen Netzen des Bruders zu befreien und Distanz zu gewinnen.

Die endgültige Lösung und Befreiung aus der Ausschließlichkeit dieser erotisch gefärbten Geschwisterbeziehung gelingt jedoch erst, als Clemens eine tiefere Bindung mit einer Frau eingeht. Während die Liebeleien am Rhein nur Bettines Spott herausfordern, führt die Begegnung von Clemens mit der Schriftstellerin Sophie Mereau zu einem schmerzlichen Lösungsprozeß der Geschwisterbeziehung. Clemens versucht die Schwester in seine Liebesbeziehung einzubeziehen. Er behauptet: »Ich schwöre Dir, liebe Bettine, ich würde nie ein Weib nehmen können, bei dem ich Dich entbehren könnte. Ich werde glücklich sein mit ihr, wenn Du mit glücklich sein willst; . . . Du wirst überhaupt entscheiden über uns.« Seine Beteuerungen werden immer bedrängender und nehmen bald einen drohenden Ton an: »Was hat Dein Brief mir und der armen Sophie für eine Angst gemacht, ich begreife Dich nicht! – Hab ich Dir nicht mehrmals gesagt, daß von Dir meine Zukunft abhänge, daß es Dein Wille ist, ja Deine Neigung, die mich bewegt zu allem, die mich lenkt! – Und ich sage Dir nun, daß ich Sophien nie heiraten werde, wenn Du sie nicht liebhaben kannst, das ist auch ihre feste Entschließung, und sie opfert mehr dabei auf als ich, denn sie liebt mich mehr als ich sie liebe, sie hat keine Bettine, ich habe eine, die ich ewig mehr lieben werde als alle Menschen!« Bettine reagiert hinhaltend, sie wartet einen Brief der Sophie ab, kündigt baldige Antwort an, die dann ausbleibt, und weist schließlich die Frage des Bruders zurück: »Und sag nicht, Du willst um meinetwillen jetzt nicht heiraten und willst lieber mit Deiner Sophie zusammen unglücklich sein! – Ich würde Dir gleich hierher schreiben: ›*Du sollst sie heiraten!*‹ wenn ich nicht fürchten müßte, Du glaubtest am Ende gar, Du habest sie nur um meinetwillen geheiratet. Nein, sowas muß man tun aus sich, für sich und wegen sich, aber keinen andern zu Gefallen weder lassen noch tun.«

Damit zieht Bettine einen vorläufigen Schlußstrich unter die geschwisterliche Beziehung, macht ihrem Bruder und sich selbst klar, daß die ausschließliche Liebesbeziehung nicht von Dauer sein kann. Schon vorher hatte sie dichterisch versteckt ihr Resümee gezogen und – einen Brief der Mereau übermittelnd – geschrieben: ». . . es war ein zu heißer Frühling. Knospe an Knospe blühen alle – Du gehst voran; ungeduldig, da machst Du die Tür auf vom nächsten Revier, wo die Blüten freudig herumtanzen, und wie es da weitergeht mit Befruchten und Reifen, das ergreift Dich. Das Leben will keine Zeit verlieren! Ich aber bleib noch hier, das schmale grüne Fleckchen des Unvergeßlichen! – erster Geschwisterliebe, erster Erscheinung des Lebens, der ich mich verbunden habe; das braucht ja keiner Rosenglut, keiner glühenden Früchte . . .«

Clemens' Abgesang auf die Geschwisterliebe findet sich im Briefwechsel mit Sophie Mereau (Januar 1804): ». . . ich habe nichts mehr auf Erden als Dich, meine viele[n] Tränen um Betinen, mit dem hohen Ernste unsers Umgangs vereint, sind gerechtfertigt, sie waren die Tränen eines Engels der an der Wiege eines Kindes weinte, das er liebt, und dessen Todes Engel er werden muß, und ich weine immer noch; Betine ist unendlich vergnügt, ohne alle Schwärmerei, genialisch wie vielleicht kein Weib auf Erden war, aber ich fühle es, sie ist mir verloren . . .« Hier erkennt Clemens, daß seine Schwester ihre innere Freiheit gewonnen hat, wird mit diesem Ergebnis seiner Erziehungsbemühungen jedoch emotional nicht fertig. Für ihn bleibt das Ideal einer emanzipierten, unabhängigen weiblichen Persönlichkeit, wie es Friedrich Schlegel mit seiner »Lucinde« entworfen hatte, ein Postulat, das er rational anerkennen, aber nicht in eine menschliche Beziehung umsetzen lernte. Er wollte Bettine als das Natur-Kind erhalten und konnte auch in der Ehe die freie Entfaltung seiner Partnerin Sophie Mereau nicht verkraften. Bettine dagegen kam dem Lucinde-Ideal sehr viel näher. Sie formuliert ihr Selbstbewußtsein bereits in den frühen Briefen so deutlich, daß Eichendorff von einem »Veitstanz des freiheitstrunkenen Subjekts« spricht. Seine Kritik trifft Bettine viel schärfer als Clemens: »Bettina jubelt noch bis heute eigensinnig fort in ihrer Eigenmacht, während Clemens, jene Eigenmacht vielmehr als eine falsche Fremdherrschaft erkennend, mit dem Phantom gerungen bis an sein Ende.« Eichendorff spielt mit dieser Bemerkung auf die Entzweiung der Geschwister in der Spätzeit an. Im Gegensatz zu Clemens hatte Bettine die Auffassungen des »Frühlingskranzes« bis ins hohe Alter nicht revidiert (was nicht den Beifall des eher konservativen, tief religiösen Eichendorff fand). Sie hat ohne Einschränkungen die frühromantischen Ideen in die restaurative Zeit Preußens bis in den Berliner Vormärz hinübergetragen. Ihr Einsatz für die Minderheiten, für die Armen und Ausgestoßenen – ein Engagement, das mit einer Kritik aller erstarrten Normen und scheinheiligen Gesetzeserfüllungen einhergeht – ist im Kern frühromantisch und bestimmt schon ihr Verhalten gegenüber dem Judenmädchen Veilchen. Das provozierende Überschreiten der gesellschaftlichen Konventionen – von Clemens bereits im »Frühlingskranz« gelegentlich kritisiert – gehört zu ihren Eigenarten, die später ihr Verfahren politischer Wirksamkeit durchweg bestimmen. Schon früh muß sie als »enfant terrible« gefürchtet worden sein, denn »Jede Idee, die ich ausspreche, deucht ihm ein Pistolenschuß« berichtet Bettine bereits im »Frühlingskranz« von einem Beobachter.

Auch die Art der dicherischen Umsetzung in einfachen Naturbildern, die sie oft aus persönlichem Umgang mit der Natur, buchstäblich aus dem eigenen Garten und ihren Gesprächen mit dem Gärtner gewinnt, ist im »Frühlingskranz« nicht anders als in den späten Briefwechseln mit den Brüdern Grimm, dem Fürsten Pückler-Muskau und dem Preußischen König Friedrich Wilhelm IV. Sie entwickelt eine charakteristische schwärmerische, aber allgemeinverständliche Naturmetaphorik, die zwar der artistischen Durchformung entbehrt, aber dafür eine volkstümliche Spontanität bewahrt und gelegentlich biblische Kraft entfaltet. Kaum ein Brief, in dem nicht vom Säen, Keimen und Blühen die Rede ist.

Man mag darüber streiten, ob die »Spontanformen« Bettinischer Schreibkunst Ergebnis einer speziell weiblichen Ästhetik sind, die sich gegen die Abgeschlossenheit durchstrukturierter Werkeinheiten sträubt – wie Christa Wolf meint – oder ob sie einem Unvermögen entspringen. Die selbstkritische Bemerkung: »ich komme vom Hundertsten ins Tausendste« (vgl. S. 326) scheint auf letzteres zu weisen. Im »Frühlingskranz« ist es denn auch Clemens, aus dessen Feder die dichterisch ausgeformten Formulierungen fließen. Von ihm stammt auch der tiefsinnige Satz: »Leben ist nichts als die Ewigkeit, die wir uns zueignen dadurch, daß wir uns ein Stückchen von ihr mit einem hinten vorgehaltenen Tod auffangen.« Das Bild hat noch Hugo von Hofmannsthal so beeindruckt, daß er es in seinem Dilthey-Aufsatz zitiert und dreimal versucht, es in sein dichterisches Werk einzubeziehen. In einem Entwurf zum »Rosenkavalier« zum Beispiel wird es dem Beichtvater der Marschallin in den Mund gelegt: »Ich weiß ein Wort, Quin-quin, das mein Beichtvater mir einmal gesagt hat. Das ist ein sonderbares Wort, aber man muß es verstehen: Das Leben ist ein Stück der Ewigkeit, das fangen wir mit unserm hinten vorgehaltenen Tode uns auf.«

Bettine gibt in der Antwort auf Briefe so hohen Niveaus unumwunden zu verstehen, daß sie lähmend auf sie wirken. Sie bekennt im Antwortbrief auf den zitierten Brief, »daß ich nämlich mit Deinem Brief nichts anzufangen weiß und lieber Dir etwas vorzaubere vom Frühling, der hier gar nicht schlecht ist. Gibt's der Tage viele wie der gestrige Sonntag? – Himmelsbläue – unendliche! kräftige! vom Sonnenfeuer durchglüht, die Bäume vermählten ihre Schatten einander, alles im schönsten Frieden lautloser Stille – die Orangen warfen als ihre Blüten herunter – da hab ich gelegen im Boskett und alle Blüten aufgefressen, konnt nichts mehr zu Mittag essen, die Großmama frägt, ob ich krank sei, in der Nachbarschaft sind die Röteln.«

Die humoristische Wendung ins Volkstümliche, Alltägliche ist typisch für Bettine – auch in der Spätzeit. Sie behält ihren frischen Ton bei, in den romantische Vorstellungen eingehen, aber ein hoher Stil nicht intendiert ist. Dieser Ton wird von allen verstanden, und sie ändert ihn kaum, ob sie mit den preußischen Kronprinzen und dem König selbst redet oder an einfache Leute schreibt, die sich mit der Bitte um Hilfe an sie wandten. Das Spontane, Unkonventionelle und zugleich Volkstümliche ist ihre Stärke, die auch die Organe des preußischen Staates fürchten lehrte. Selbst der »Frühlingskranz« wurde deshalb einer kuriosen Zensur- und Polizeikontrolle unterzogen. Bettine berichtet darüber ausführlich in einem Bericht, den sie für den Berater und Freund des Königs, für Alexander von Humboldt formulierte, und der hier nach der im Varnhagen-Nachlaß in Krakau aufgefundenen Handschrift veröffentlicht wird. Ansatzpunkt für die polizeiliche Beschlagnahme war die Zueignung an den preußischen Prinzen Waldemar, die den typischen Bettine-Ton trägt und als Majestätsbeleidigung aufgefaßt wurde. Nicht ohne Genugtuung berichtet Bettine von dem Dialog des Buchhändlers mit der Polizei: »Der Buchhändler bemerkte . . . der Grund der Beschlagnahme sei um so auffallender, da der Prinz die Zueignung angenommen habe. – Wie? – schon angenommen? – Warum haben Sie mich nicht gleich davon instruiert?«

Es entbehrt nicht der Komik, daß Bettine unter den »hinter der Polizei steckenden Ministern« auch ihren Schwager, den »großen Juristen« Savigny nennt, denn dieser preußische Justizminister ist der gleiche, der in dem Geschwisterbriefwechsel gelegentlich als »Studiermaschine« kritisiert wird. ». . . der Winter ist hier so traurig, und Savigny, tief in den Studien, überwintert die Saat seiner großen Zukunft unter einer Schneedecke von Verschlossenheit, die mich verzweifeln macht«, berichtet Clemens. Es ist nicht auszuschließen, daß Bettine bei der späten Überarbeitung der Jugendbriefe solche Beschreibungen durch kleine Spitzen verstärkte. Vor der Veröffentlichung des Briefwechsels war sie nämlich mit dem mächtigen Schwager aneinandergeraten. Bettine hatte sich mit aller Kraft um die Wiedereinstellung der vom Hannoverschen König entlassenen Brüder Grimm in Berlin bemüht und war der Auffassung, daß Savigny sich zu wenig für die gemeinsamen Freunde eingesetzt hatte. Bettine war in ihrem Engagement schließlich erfolgreich und Friedrich Wilhelm IV. berief die beiden unmittelbar nach seinem Amtsantritt nach Berlin.

Welche Korrekturen Bettine in den vierziger Jahren unter dem Eindruck ihrer Auseinandersetzungen mit der preußischen Bürokratie in ihren Briefen vorgenommen hat, läßt sich heute nicht mehr feststellen; die wenigen erhaltenen Briefe – von denen einer hier als Muster zum Vergleich in den Anmerkungen abgedruckt ist – zeigen, daß Bettine bei der Überarbeitung zwar konzentrierte und modifizierte und auch die Chronologie durchbrach, um die Briefe zu einem »Kranz«, einem lesbaren Briefroman, zusammenzufügen, aber dabei doch in der Regel behutsam vorging. Das Bild Savignys, das sie entwirft, deckt sich auch weitgehend mit Beschreibungen aus anderen Quellen und dürfte durch den Zorn der Bearbeiterin kaum verzerrt sein.

Die Freigabe des »Frühlingskranzes« ist – wie wir aus den Tagebüchern August Varnhagens von Ense wissen – einem direkten Eingriff des Preußischen Königs zu verdanken. Er räumte der engagierten Schriftstellerin einen Freiraum ein und war aufgeschlossen für ihren romantisierenden Ton.

So erreichte Bettine mit ihrem Frühlingskranz-Ton ein großes Spektrum an Lesern. Sie wurde Vorbild nicht nur für die Schriftsteller des Jungen Deutschland, sondern erreichte mit vielen ihrer Ideen auch den bekämpften Preußischen König und wurde im Berlin dieser Jahre eine Art moralische Instanz, die von beiden einander bekämpfenden Parteien als eine Art Kassandra ernstgenommen wurde, eine romantische Kassandra freilich, die ihren Humor nie verlor und noch ihren Bericht über die Polizeischikane zum satirischen Kunstwerk gestaltet.

Erklärendes Namen-, Orts- und Sach-Register zum Text des »Frühlingskranz«

(nach der Amelung-Edition)